An der Biegung des großen Flusses

Das Buch

Der junge Salim stammt aus einer indischen Händlerfamilie, die schon lange Zeit an der afrikanischen Küste lebt. Doch Salim hat einen Weg in das Innere des Kontinents gesucht. Er übernimmt in einer Provinzstadt, der Stadt an der Biegung des großen Flusses, einen heruntergekommenen kleinen Laden und versucht, dort Wurzeln zu schlagen. Das Land befindet sich in ständigem Aufruhr, das Ende der Kolonialzeit naht mit Bürgerkrieg und Stammeskämpfen. Bald herrschen Chaos, Gewalt und Hunger. Die Versuche des neuen Präsidenten, die Verhältnisse zu stabilisieren, lassen die Stadt für einen Augenblick aufblühen, bringen aber auch einen unerträglichen Personenkult, maßlose Korruption und Willkür mit sich. Völlig unvorbereitet auf die moderne Welt treibt das Land dem sozialen Bankrott entgegen. *An der Biegung des großen Flusses* erzählt von der unendlichen Einsamkeit eines einer anderen Kultur entstammenden Grenzgängers in Afrika.

Der Autor

Vidiadhar Surajprasad Naipaul wurde am 17. August 1932 auf Trinidad geboren und lebt seit 1950 in Großbritannien. Der Romancier, Reiseschriftsteller und Journalist gilt weltweit als bedeutendster Vertreter der englischsprachigen Autoren aus dem früheren Empire und hat alle nur denkbaren literarischen Auszeichnungen gewonnen, zuletzt den Nobelpreis für Literatur. V. S. Naipaul lebt in England.

Von V. S. Naipaul sind in unserem Hause außerdem erschienen:
Auf der Sklavenroute. Meine Reise nach Westindien
Guerillas
Land der Finsternis. Fremde Heimat Indien
Der mystische Masseur
Wahlkampf auf karibisch
Ein Weg in der Welt

V. S. Naipaul

An der Biegung des großen Flusses

Roman

Aus dem Englischen
von Sabine Roth

List Taschenbuch

Besuchen Sie uns im Internet:
www.list-taschenbuch.de

Umwelthinweis:
Dieses Buch wurde auf chlor- und
säurefreiem Papier gedruckt.

List Taschenbücher erscheinen im Ullstein Taschenbuchverlag,
einem Unternehmen der Ullstein Heyne List GmbH & Co. KG,
München
2. Auflage 2002
© 1979 by V. S. Naipaul
Titel der Originalausgabe: *A Bend in the River*
(André Deutsch, London)
Übersetzung: Sabine Roth
Lektorat: Karen Nölle-Fischer
Umschlagkonzept: HildenDesign, München – Stefan Hilden
Umschlaggestaltung: Hauptmann und Kampa, Werbeagentur, CH–Zug
Titelabbildung: Michael Martin/Look (unten),
Bob Krist (oben)
Satz: Pinkuin Satz und Datentechnik, Berlin
Druck und Bindearbeiten: Elsnerdruck, Berlin
Printed in Germany
ISBN 3-548-60256-8

Eins

Die zweite Rebellion

1

So ist die Welt; wer nichts ist, wer es geschehen lässt, dass aus ihm nichts wird, hat keinen Platz darin.

Nazruddin, der mir den Laden billig verkauft hatte, behauptete nicht, dass ich es leicht haben würde. Das Land hatte schlimme Zeiten hinter sich, wie so viele afrikanische Länder nach der Unabhängigkeit. Von der Stadt im Landesinneren, an der Biegung des großen Flusses, war fast nichts mehr übrig, und Nazruddin sagte, ich würde ganz von vorn anfangen müssen.

Ich fuhr mit dem Peugeot hin. Eine solche Fahrt wäre im heutigen Afrika gar nicht mehr möglich – im Auto von der Ostküste bis in die Mitte des Kontinents. Zu viele Staaten haben ihre Grenzen dichtgemacht oder schwimmen im Blut. Und selbst damals, als der Weg noch mehr oder weniger frei war, brauchte ich über eine Woche für die Strecke.

Es lag nicht nur an den Sandverwehungen und dem Schlamm und den schmalen, gewundenen, maroden Straßen durch die Berge. Es lag an den ständigen Verhandlungen mit Grenzposten, dem ständigen Gefeilsche vor Holzhütten mitten im Urwald, von denen dubiose Fahnen wehten. Ich musste mich und meinen Peugeot an Männern mit Gewehren vorbeipalavern, nur um durch Busch und abermals Busch fahren zu dürfen. Und dann musste ich noch mehr palavern und noch mehr Scheine lockermachen und noch mehr von meinen Konservendosen herausrücken, um mich – und den Peugeot – da wieder herauszulavieren, wo ich uns zuvor hineinlaviert hatte.

Manche dieser Palaver zogen sich über halbe Tage hin. Der Anführer verlangte irgendeine irrwitzige Summe – zwei- oder dreitausend Dollar. Ich sagte nein. Er verschwand in seiner Hütte, als gäbe es nichts mehr zu besprechen, und ich konnte schauen, wie ich mir draußen die Zeit vertrieb. Nach einer Stunde oder zwei ging ich dann zu ihm hinein, oder er kam wieder heraus, und wir einigten uns auf zwei, drei Dollar. Nazruddin hatte völlig Recht gehabt, als er auf meine Frage nach den Einreisevisen gesagt hatte, Banknoten seien besser. »Rein kommst du immer irgendwie. Das Schwierige ist, wieder rauszukommen. Da kämpfst du für dich allein. Jeder muss sich auf seine Weise durchschlagen.«

Je tiefer ich ins Innere Afrikas vordrang – Savanne, Wüste, der felsige Anstieg hinauf ins Gebirge, die Seen, die nachmittäglichen Regengüsse, der Schlamm und dann, auf der anderen, feuchteren Seite der Berge, die Farnwälder und die Gorillawälder –, je tiefer ich eindrang, desto mehr dachte ich: Das ist purer Wahnsinn. Ich fahre in die falsche Richtung. Das kann nicht der Weg zu einem neuen Leben sein.

Doch ich fuhr weiter. Jede Tagesetappe war wie ein Sieg; jeder Tagessieg machte mir das Aufgeben schwerer. Und ich wurde den Gedanken nicht los: Genauso mussten es früher die Sklaven erlebt haben. Sie hatten die gleiche Strecke zurückgelegt, nur zu Fuß natürlich, und in umgekehrter Richtung, von der Mitte des Kontinents zur Ostküste. Je weiter sie sich von der Mitte und ihrem Stammesland entfernten, desto weniger verlangte es sie, aus der Karawane auszubrechen und in ihre Dörfer zurückzulaufen, desto unheimlicher wurden ihnen die fremden Afrikaner ringsum, bis sie an der Küste schließlich lammfromm waren, ja es kaum mehr erwarten konnten, die Schiffe zu besteigen und sich übers Meer zu einem sicheren Zuhause tragen zu lassen. Wie ein verschleppter Sklave sehnte ich mich nur noch danach, anzukommen. Je mehr mir die Reise den Mut nahm, desto ungeduldiger drängte ich vorwärts, meinem neuen Leben entgegen.

Bei der Ankunft stellte ich fest, dass Nazruddin nicht übertrieben hatte. Das Land hatte schlimme Zeiten hinter sich; die Stadt an der Flussbiegung war mehr als zur Hälfte zerstört. Der europäische Vorort an den Stromschnellen lag in Schutt und Asche, und über die Ruinen wucherte der Busch; kaum, dass sich noch sagen ließ, was Gärten gewesen waren und was Straßen. Der Verwaltungs- und Geschäftsbezirk um den Bootsanleger und die Zollstation war heil geblieben, und einige Wohnstraßen in der Innenstadt ebenfalls. Aber darüber hinaus gab es fast nichts mehr. Selbst die afrikanischen *cités* waren nur da und dort noch bewohnt und überall sonst im Verfall begriffen; viele ihrer niedrigen, schachtelförmigen blassblauen oder blassgrünen Betonhäuser standen leer, überrankt von rasch wachsenden, rasch sterbenden tropischen Kletterpflanzen, Wandbehängen aus Braun und Grün.

Nazruddins Laden lag an einem der Marktplätze im Geschäftsviertel. In seinem Innern stank es nach Ratten, alles war voll mit ihrem Kot, aber sonst unversehrt. Ich hatte für Nazruddins Lagerbestände mitbezahlt – doch die gab es nicht mehr. Ich hatte auch für den Kundenkreis bezahlt – doch das half mir nicht weiter, denn viele Afrikaner waren in den Busch zurückgeflohen, in die Sicherheit ihrer Dörfer, die nur über versteckte, unwegsame Flussarme zu erreichen waren.

Nach meiner Ungeduld, anzukommen, gab es nun wenig für mich zu tun. Aber ich war nicht allein. Es waren andere Händler da, andere Ausländer; einige von ihnen hatten während der Unruhen ausgeharrt. Ich wartete mit ihnen. Der Frieden hielt. Die Stadt begann sich zu beleben; die Höfe der *cités* füllten sich. Die Menschen brauchten allmählich wieder die Waren, die wir beschaffen konnten. Und langsam kam der Handel wieder in Schwung.

Zu meinen ersten regelmäßigen Kunden gehörte Zabeth. Sie war eine *marchande* – keine Marktfrau, eher eine Einzelhändlerin kleinen Stils. Sie kam aus einem Dorf von Fischern, fast einem kleinen Stamm, und etwa einmal im Monat reiste sie aus diesem Dorf in die Stadt, um ihre Waren en gros einzukaufen.

Bei mir kaufte sie Bleistifte und Schreibhefte, Rasierklingen, Spritzen, Seife, Zahnpasta und Zahnbürsten, Stoff, Plastikspielzeug, Eisentöpfe und Aluminiumpfannen, Emailleteller und -schüsseln. Solches waren die einfachen Dinge, für die Zabeths Fischervolk auf die Außenwelt angewiesen war und auf die es während der Unruhen hatte verzichten müssen. Keine lebenswichtigen Güter, keine Luxusartikel: Dinge, die das tägliche Leben leichter machten. Die Menschen hier besaßen vielerlei Fertigkeiten; sie versorgten sich selbst. Sie gerbten Leder, webten Stoff, trieben Eisen; sie höhlten dicke Baumstämme zu Booten aus und dünnere zu Mörsern. Aber wenn es darum ging, ein großes Gefäß zu finden, das weder leckte noch auf Wasser und Essen abfärbte – welch ein Segen war da eine Emailleschüssel!

Zabeth wusste genau, was die Leute aus ihrem Dorf benötigten und wie viel sie dafür zu zahlen fähig oder willens waren. Die Händler an der Küste (unter ihnen mein Vater) sagten gern – zumal wenn sie auf einem Posten sitzen blieben –, dass alles früher oder später einen Käufer findet. Hier war das nicht so. Die Menschen zeigten sich aufgeschlossen für Neues – wie die Spritzen, was mich überraschte –, ja sogar Modernes; aber sie bestanden auf der Erscheinungsform, in der ihnen ein Gegenstand zum ersten Mal begegnet war. Sie trauten nur dieser einen Ausführung, dieser Marke. Es war sinnlos, Zabeth irgendetwas »verkaufen« zu wollen; ich musste mich so weit wie nur möglich an Altbekanntes halten. Das machte das Geschäft eintönig, aber es beugte Schwierigkeiten vor. Und es machte Zabeth zu der guten und geradlinigen Geschäftsfrau, die sie, untypisch für eine Afrikanerin, war.

Sie konnte weder lesen noch schreiben. Sie hatte ihre komplizierte Einkaufsliste im Kopf und wusste immer, wie viel sie bei früheren Gelegenheiten wofür bezahlt hatte. Sie ließ niemals anschreiben – so etwas kam für sie nicht in Frage. Sie bezahlte in bar, und das Geld dazu entnahm sie dem Schminkkoffer, den sie in die Stadt mitbrachte. Alle Händler kannten Zabeths Schminkkoffer. Sie misstraute den Banken nicht etwa; sie begriff ihren Zweck nicht.

Ab und zu sagte ich zu ihr in der Mischsprache, der wir uns alle am Fluss bedienten: »Eines Tages, Beth, schnappt sich noch jemand diesen Koffer. Es ist gefährlich, mit so viel Geld unterwegs zu sein.«

»Wenn das passiert, Mis' Salim, dann weiß ich, dass es Zeit ist, daheim zu bleiben.«

Eine ungewöhnliche Sichtweise. Aber Zabeth war auch eine ungewöhnliche Frau.

Mis', so wie Zabeth und andere das Wort gebrauchten, war eine Kurzform von Mister. Mister wurde ich genannt, weil ich fremd hier war, ein Ausländer von der fernen Ostküste, wo man englisch sprach; Mister auch deshalb, um mich von den anderen Fremden am Ort zu unterscheiden, die mit Monsieur angesprochen wurden – zumindest so lange, bis der Große Mann daherkam und uns alle zu *citoyens* und *citoyennes* erklärte. Wogegen eine Weile niemand etwas einzuwenden hatte, bis die Lügen, die er uns zu leben zwang, die Menschen so verwirrten und ängstigten, dass sie, als sich ein Fetisch fand, der stärker war als der seine, beschlossen, alledem ein Ende zu machen und zu den Ursprüngen zurückzukehren.

Zabeths Dorf war nur etwa sechzig Meilen entfernt. Aber es lag ein gutes Stück abseits der Straße, die kaum mehr als eine Fahrspur war, und etliche Meilen vom Fluss entfernt. Zu Lande wie zu Wasser war es eine beschwerliche Reise, die zwei Tage in Anspruch nahm, während der Regenzeit zu Lande sogar drei. Anfangs kam Zabeth auf dem Landweg – schlug sich mit ihren Gehilfinnen bis zur Straße durch und wartete dort auf einen Lastwagen oder Bus. Als dann der Dampfer wieder verkehrte, reiste Zabeth immer auf dem Fluss, was kaum weniger beschwerlich war.

Die geheimen Wasserwege zu den Dörfern waren seicht, mit Baumstümpfen gespickt, schwirrend von Moskitos. Durch diese Seitenarme mühten sich Zabeth und ihre Frauen mit ihren Einbäumen, stakend und oft auch schiebend, bis sie den Fluss erreichten. Dort warteten sie in Ufernähe auf den Dampfer, die Einbäume beladen mit Waren – Esswaren meist – zum Verkauf an die Leute auf dem Dampfer und dem Passagierboot, das der Dampfer im Schlepp hatte. Bei dem Essen handelte es sich gewöhnlich um Fisch oder Affenfleisch, frisch oder bukaniert, sprich auf die landesübliche Weise geräuchert, also mit einer dicken schwarzen Kruste. Manchmal war auch eine geräucherte Schlange oder ein kleines geräuchertes Krokodil dabei, ein schwarzes Etwas, kaum erkennbar als das, was es einmal gewesen war, aber mit weißem oder blassrosa Fleisch unter der verkohlten Haut.

Wenn endlich der Dampfer mit dem Passagierboot im Schlepp auftauchte, stakten oder paddelten Zabeth und ihre Frauen in die Flussmitte hinaus und ließen sich von der Strömung neben der Fahrrinne entlangtreiben. Der Dampfer zog vorbei, die Einbäume schwankten, und dann kam der kritische Moment, in dem Einbäume und Passagierboot auf gleicher Höhe waren. Zabeth und ihre Frauen warfen Seile auf das untere Stahldeck, wo sich immer Hände ausstreckten, um die Enden zu packen und um ein Spant zu schlingen, und die Einbäume, die bis dahin parallel zum Passagierboot flussabwärts gedriftet waren, begannen sich zu drehen, während die Fahrgäste schon Zettelchen oder Stofffetzen auf den Fisch oder das Stück Affenfleisch warfen, das sie kaufen wollten.

Dieses Festmachen an dem fahrenden Dampfer oder dem Passagierboot wurde von jeher praktiziert, aber es war nicht ungefährlich. Der Dampfer legte die Strecke selten zurück, ohne dass man von einem gekenterten Einbaum und ertrunkenen Insassen irgendwo entlang der Tausend-Meilen-Route hörte. Doch das riskante Manöver zahlte sich aus, denn anschließend wurde Zabeth – ohne noch eine Hand zu rühren, nur mehr die *marchande*, die ihre Waren verkaufte – flussaufwärts bis zur Stadt mitgezogen, wo sie bei der verfallenen Kathedrale ihre Einbäume losmachte, weit genug vom Anleger entfernt, um den Beamten dort zu entgehen, die immer irgendwelche Gebühren zu erheben fanden. Welch eine Reise! So viel Mühsal und Gefahr, nur um einfache Dorferzeugnisse zu verkaufen und andere Ware zu den Dörflern zurückzubringen.

Bereits ein oder zwei Tage vor Ankunft des Dampfers verwandelte sich das Gelände vor dem Tor zum Anleger in einen Markt- und Lagerplatz. Auch Zabeth lagerte dort, solange sie in der Stadt war. Bei Regen schlief sie auf der Veranda eines Lebensmittelgeschäfts oder einer Bar; in späteren Jahren nahm sie sich ein Zimmer in einem afrikanischen Gästehaus, aber anfangs gab es so etwas noch nicht. Ihrem Äußeren sah man die beschwerliche Anreise und die Nächte im Freien nicht an, wenn sie in den Laden kam. Sie war förmlich gekleidet, in ein Gewand aus Kattun, dessen Falten nach afrikanischem Brauch so drapiert waren, dass sie die Breite ihres Gesäßes zur Geltung brachten. Sie trug einen Turban, wie es flussabwärts Sitte war, und den Schminkkoffer mit den zerknitterten Geldscheinen, die sie von den Leuten aus ihrem Dorf und den Fahrgästen von Dampfer und Passagierboot erhalten hatte. Sie kaufte ein, sie zahlte; und ein paar Stunden, bevor der Dampfer wieder ablegte, kamen ihre Frauen – mager, klein, mit fast haarlosen Köpfen und zerlumpten Arbeitskleidern –, um die Waren abzuholen.

Flussabwärts ging die Reise schneller. Doch die Gefahren, das Fest- und Losmachen der Einbäume, waren wieder die gleichen. Damals legte der Dampfer um vier Uhr nachmittags ab, und es war tiefe Nacht, bis Zabeth und ihre Frauen die Stelle erreichten, wo sie die Vertäuung lösen mussten. Zabeth achtete stets sorgfältig darauf, die Abzweigung zu ihrem Dorf nicht preiszugeben. Sie löste das Seil; sie wartete, bis Dampfer, Passagierboot und Lichter verschwunden waren. Dann stakten sie und ihre Frauen flussaufwärts oder ließen sich flussabwärts zu ihrem geheimen Wasserlauf treiben, zu ihrer nächtlichen Mühsal des Stakens und Schiebens unter tief herabhängenden Zweigen.

Heimfahrt bei Nacht! Es geschah nicht oft, dass ich bei

Nacht auf dem Fluss war. Ich mochte es nie. Ich fühlte mich immer ausgeliefert. In der Dunkelheit von Wasser und Urwald konnte man sich nur dessen sicher sein, was man sah – und selbst in einer Mondnacht sah man nicht viel. Sooft man ein Geräusch machte – ein Ruder ins Wasser tauchte –, klang es, als wäre noch jemand anderes da. Der Fluss und der Wald waren wie Lebewesen, weit mächtiger als man selbst. Man kam sich schutzlos vor, wie ein Eindringling.

Bei Tag – mochten die Farben auch noch so blass und geisterhaft scheinen in dem Hitzedunst, der so dicht war, dass er zuweilen ein kühleres Klima vorgaukelte – konnte man sich vorstellen, dass die Stadt wieder aufgebaut wurde, dass sie wuchs. Man konnte sich gerodete Wälder vorstellen, und Straßen, die durch Sümpfe und über Flussarme führten. Man konnte sich vorstellen, dass das Land zur Gegenwart aufschloss, wie es der Große Mann später formulierte, als er uns einen zweihundert Meilen langen »Industriepark« entlang des Flusses versprach. (Aber es war ihm nicht ernst damit; ihm ging es lediglich darum, als der größte Zauberer dazustehen, den das Volk je gesehen hatte.) Bei Tag konnte man tatsächlich an solche Zukunftsvisionen glauben. Man konnte sich ein Land wie alle anderen vorstellen, bewohnbar gemacht für ganz normale Menschen – so wie kleine Teile davon vor der Unabhängigkeit für eine kurze Zeit bewohnbar gemacht worden waren, eben jene Teile, die nun in Trümmern lagen.

Nachts jedoch, draußen auf dem Fluss, war alles anders. Das Wasser schien einen zurückzutragen zu etwas Vertrautem, zu etwas, das man einmal gekannt, doch dann vergessen oder ignoriert hatte und das dennoch immer da gewesen war. Das Wasser schien einen zurückzutragen in das Land, wie es vor hundert Jahren gewesen war, wie es von Anbeginn gewesen war.

Was für Wege Zabeth auf sich nahm! Mal um Mal war es, als käme sie aus ihrem Versteck hervor, um ein Stückchen Gegenwart (oder Zukunft) zu stehlen, kostbare Fracht, die sie mit heimbringen konnte zu ihren Leuten – die Rasierklingen zum Beispiel, die sich aus der Packung nehmen und einzeln verkaufen ließen, eine jede ein kleines metallenes Wunder. Und die Fracht wurde umso kostbarer, je weiter sich Zabeth von der Stadt entfernte, je mehr sie sich ihrem Dorf näherte, ihrer wahren, sicheren Welt, die vor Eindringlingen durch Wald und unpassierbare Wasserarme geschützt war. Und nicht nur dadurch. Jeder in dieser Welt wusste sich bewacht von seinen Ahnen, die in einer höheren Sphäre für immer weiterlebten, ihr Wandel auf Erden nicht vergessen, sondern in seinem Kern bewahrt, Teil der Wesenheit des Waldes. Je tiefer der Wald, desto größer die Sicherheit. Diese Sicherheit ließ Zabeth hinter sich, um ihre kostbare Fracht zu beschaffen, und in diese Sicherheit kehrte sie wieder zurück.

Niemand verließ gern sein Stammesgebiet. Aber Zabeth reiste ohne Furcht; sie kam und ging mit ihrem Schminkkoffer, und niemand behelligte sie. Sie war nicht wie andere Frauen. Schon vom Äußeren her unterschied sie sich von den Menschen unserer Gegend, die klein und schmächtig und pechschwarz waren. Zabeth war eine große, breit gebaute Frau mit kupferfarbenem Teint; es gab Zeiten, da wirkte dieser Kupferglanz – gerade auf ihren Backenknochen – wie hingeschminkt. Und noch etwas war ungewöhnlich an Zabeth. Ein besonderer Geruch haftete ihr an. Er war stark und unangenehm, und da sie in einem Fischerdorf lebte, hielt ich ihn anfangs für einen alten, tiefsitzenden Geruch nach Fisch. Dann dachte ich, er müsse von der einseitigen Ernährung in ihrem Dorf herrühren. Aber die anderen Leute von Zabeths Stamm, mit denen ich zusammenkam, rochen nicht wie sie.

Auch die Afrikaner bemerkten Zabeths Geruch. Wenn sie gleichzeitig mit ihr im Laden waren, rümpften sie die Nase, und manchmal gingen sie wieder.

Metty, der halbafrikanische Junge, der im Haus meiner Familie an der Küste aufgewachsen war und später zu mir zog, Metty sagte, Zabeths Geruch sei stark genug, um Moskitos fern zu halten. Ich dachte bei mir, der Geruch halte auch die Männer fern, trotz Zabeths Körperfülle (die die Männer hier schätzten) und trotz des Schminkkoffers – denn sie war nicht verheiratet und lebte, soweit ich wusste, auch mit keinem Mann zusammen.

Doch der Geruch war dazu gedacht, andere auf Distanz zu halten. Metty war es, der mir – flink im Erlernen der hiesigen Bräuche – erzählte, dass Zabeth eine Zauberin war, eine in unserer Gegend weithin anerkannte Zauberin. Ihr Geruch war der ihrer schützenden Salben. Andere Frauen benützten Parfums und Düfte, um sich anziehend zu machen; Zabeths Salben stießen ab und warnten. Sie war beschützt. Sie wusste es, und die anderen wussten es ebenfalls.

Bis dahin hatte ich Zabeth als *marchande* und gute Kundin behandelt. Seit ich wusste, dass sie in unserer Region als eine Person von Macht, eine Prophetin galt, konnte ich es nicht mehr vergessen. So wirkte der Zauber also auch bei mir.

2

AFRIKA WAR MEINE HEIMAT, die Heimat meiner Familie schon seit Jahrhunderten. Aber wir lebten an der Ostküste, und das war entscheidend. Die Küste war nicht wirklich afrikanisch. Sie war arabisch-indisch-persisch-portugiesisch, und wir, ihre Bewohner, waren eigentlich Völker des Indischen Ozeans. Das wahre Afrika lag in unserem Rücken. Viele Meilen Savanne oder Wüste trennten uns von den Menschen im Landesinneren; wir blickten ostwärts zu den Ländern, mit denen wir Handel trieben – Arabien, Indien, Persien. Dies waren auch die Länder unserer Vorfahren. Aber wir konnten uns nicht mehr als Araber, Inder oder Perser fühlen; wenn wir uns mit den Menschen dort verglichen, fühlten wir uns als Afrikaner.

Meine Familie war moslemisch. Aber wir bildeten eine Gruppe für uns. Wir unterschieden uns von den Arabern und anderen Moslems entlang der Küste; in unseren Anschauungen und Gebräuchen ähnelten wir mehr den Hindus im indischen Nordwesten, unserem Ursprungsland. Wann wir nach Afrika gekommen waren, konnte mir niemand sagen. Über solches Wissen verfügten wir nicht. Wir lebten dahin; wir taten, was von uns erwartet wurde, was wir von der Generation vor uns vorgelebt bekommen hatten. Wir fragten nicht nach Gründen; wir zeichneten nichts auf. Wir spürten tief im Innern, dass wir ein sehr altes Volk waren, aber es schien, als fehlte uns eine Maßeinheit für das Voranschreiten der Zeit. Weder mein Vater noch mein Großvater konnten den Geschichten, die sie erzählten, Jahreszahlen zuordnen. Nicht, weil sie sie vergessen hatten oder verwirrt waren: Vergangenes war einfach vergangen.

Irgendwann erwähnte mein Großvater, dass er einmal eine Bootsladung Sklaven verschifft und die Fracht als Kautschuk ausgegeben hatte. Wann das war, wusste er nicht. Es trieb einfach in seiner Erinnerung, undatiert, unverknüpft, ein ungewöhnliches Ereignis in einem ereignisarmen Leben. Er erzählte davon nicht wie von einem Husarenstück oder einer Schandtat, es war einfach nur etwas Ungewöhnliches, das er getan hatte – nicht das Verschiffen der Sklaven an sich, sondern ihre Tarnung als Kautschuk. Und hätte ich es nicht im Gedächtnis bewahrt, wäre dieses Stück Geschichte wohl unwiederbringlich verloren. Später las ich dann nach, und ich glaube, die Idee mit dem Kautschuk muss meinem Großvater in der Zeit vor dem Ersten Weltkrieg gekommen sein, als der Kautschukhandel in Zentralafrika ein großes Geschäft – und später ein großer Skandal – wurde. Das heißt, mir sind Tatsachen bekannt, die meinem Großvater verborgen oder gleichgültig blieben.

Aus dieser ganzen Zeit der Umwälzungen in Afrika – der Vertreibung der Araber, der Ausdehnung Europas, der Parzellierung des Kontinents – ist in meiner Familie sonst nichts überliefert. Das war nicht Brauch bei uns. Mein gesamtes Wissen über unsere Geschichte und die Geschichte des Indischen Ozeans habe ich aus Büchern, die von Europäern geschrieben wurden. Wenn ich sagen kann, dass unsere Araber zu ihrer Zeit große Abenteurer und Schriftsteller waren; dass das Mittelmeer unseren Seeleuten das Lateinsegel verdankt, durch das die Entdeckung Amerikas erst möglich wurde; dass ein Inder Vasco da Gama von Ostafrika nach Kalkutta lotste; dass das Wort *cheque* von unseren persischen Kaufleuten in Umlauf gebracht wurde – wenn ich das alles sagen kann, dann deshalb, weil ich es mir in europäischen Büchern angelesen habe. Es war nicht Teil unseres Wissens, Teil unseres Stolzes. Ohne die Europäer, denke ich manchmal, wäre unsere Vergangenheit vermutlich weggeschwemmt worden wie die Schleifspuren der Fischerboote am Strand vor unserer Stadt.

An diesem Strand gab es ein Fort. Seine Mauern waren aus Ziegelstein. Es war eine Ruine, als ich ein Junge war, und im tropischen Afrika mit seinen kurzlebigen Bauten mutete es wie ein seltenes Stück Geschichte an. Hinter diese Mauern hatte man, wenn die Karawanen aus dem Landesinneren ankamen, die Sklaven gesperrt; hier hatten sie auf die Daus gewartet, die sie übers Meer tragen sollten. Aber wer das nicht wusste, der sah darin gar nichts, nur vier bröckelnde Wände vor dem Postkartenhintergrund von Strand und Kokospalmen.

Einst hatten hier die Araber geherrscht; dann waren die Europäer gekommen; jetzt waren die Tage der Europäer gezählt. Aber an den Gewohnheiten und Denkweisen der Menschen hatte sich kaum etwas geändert. Die Fischer an diesem Strand malten ihren Booten nach wie vor große Augen auf den Bug, weil das Glück brachte, und sie konnten sehr böse werden, sogar mordlustig, wenn ein Tourist sie zu photographieren und damit ihrer Seele zu berauben versuchte. Die Menschen lebten, wie sie schon immer gelebt hatten; Vergangenheit und Gegenwart gingen bruchlos ineinander über. Alles, was in der Vergangenheit geschehen war, wurde weggeschwemmt; es gab stets nur die Gegenwart. Es war, als würde das erste Morgenlicht aufgrund einer Störung im Himmel sogleich wieder in die Dunkelheit zurückgesogen, sodass die Menschen in ewiger Dämmerung lebten.

Die Sklaverei an der Ostküste war nicht wie die an der Westküste. Niemand wurde auf Plantagen verschickt. Von unserer Küste aus kamen die meisten als Domestiken in arabische Häuser. Manche wurden in die Familien aufgenommen, bei denen sie lebten; einige wenige konnten sich auf eigene Füße stellen. Ein Afrikaner, ein Sohn des Urwalds, der nach einem endlos langen Fußmarsch aus dem Landesinneren viele hundert Meilen von seinem Dorf und Stamm entfernt war, wusste sich lieber unter dem Dach einer ausländischen Familie geborgen als allein fremden und feindseligen Afrikanern ausgeliefert. Das war einer der Gründe, warum der Sklavenhandel sich auch nach dem Verbot durch die europäischen Machthaber noch so lange hielt – und warum zu einer Zeit, da die Europäer ihre Geschäfte mit einer Sorte Kautschuk machten, mein Großvater die seinen gelegentlich noch mit einer anderen machen konnte. Und es war auch der Grund, warum die Sklaverei an der Küste bis vor kurzem noch stillschweigend weiterging. Die Sklaven – oder die Menschen, die man so nennen könnte – wollten, dass alles beim Alten blieb.

Auf dem Grundstück meiner Familie lebten zwei Sklavenfamilien, beide mindestens in der dritten Generation. Wehe, man hätte sie fortschicken wollen! Offiziell waren sie einfach Dienstboten. Aber sie legten Wert darauf, andere Afrikaner, arme Araber und Inder wissen zu lassen, dass sie in Wirklichkeit Sklaven waren. Nicht dass sie auf das Sklavendasein als solches stolz waren; was sie so eifersüchtig verteidigten, war die Zugehörigkeit zu einer vornehmen Familie. Sie konnten sehr grob mit Leuten umspringen, die ihrer Meinung nach weniger Klasse hatten als ihre Familie.

Als kleiner Junge wurde ich oft in den schmalen, weißen Gassen der Altstadt spazierengetragen, wo wir unser Haus hatten. Man badete mich, man zog mich schön an, man schwärzte mir die Augen mit Kajal und hängte mir einen Talisman um den Hals, und dann stemmte mich Mustafa, einer unserer alten Diener, auf seine Schultern. So ritt ich durch die Straßen, auf Mustafas Schultern zur Schau gestellt zum Zeichen des Rangs, den unsere Familie bekleidete, und gleichzeitig zum Zeichen des Vertrauens, das er selbst in der Familie genoss. Es gab ein paar Jungen, die es nie versäumten, uns nachzuspotten. Wenn wir diesen Jungen begegneten, setzte Mustafa mich ab, ermutigte mich, sie zu beschimpfen, ergänzte meine Beschimpfungen noch um seine eigenen, stachelte mich dazu an, mich mit ihnen zu schlagen, und wenn es für mich brenzlig wurde, schwang er mich hoch, außer Reichweite ihrer Füße und Fäuste, und setzte mich wieder auf seine Schultern. Und wir spazierten weiter.

Mustafa, Arabien, Daus, Sklaven – das klingt nach Geschichten aus *Tausendundeiner Nacht*. Aber wenn ich an Mustafa denke, ja nur das Wort »Sklave« höre, sehe ich sofort unser enges, verdrecktes Familiengrundstück vor mir, eine Mischung aus Schulhof und Hinterhof: all die Menschen, immer irgendwo Geschrei, ständig Wäsche auf der Leine, Wäsche auf den Bleichsteinen, deren säuerlicher Geruch sich mit dem Gestank aus der Latrine und den Urindünsten aus dem Bretterverschlag in der Ecke vermischt, stapelweise schmutziges Emaille- und Messinggeschirr auf dem Spültisch in der Hofmitte, überall herumlaufende Kinder, das dauernde Gekoche im rußgeschwärzten Küchenhaus. Ich sehe ein Gewimmel von Frauen und Kindern vor mir, meine Schwestern und ihre Familien, die Dienerinnen und ihre Familien, beide Seiten in scheinbar unausgesetztem Wettstreit miteinander; ich höre das Gezänk aus den Familienräumen und das nicht minder laute Gezänk aus den Dienstbotenquartieren. Wir waren viel zu viele auf dem kleinen Grundstück. Wir brauchten die vielen Menschen in den Dienstbotenquartieren nicht. Aber sie waren keine gewöhnlichen Dienstboten, und sie loszuwerden war unmöglich. Wir hatten sie am Hals.

So stand es an der Ostküste. Die Sklaven konnten überhand nehmen, und nicht nur in einer Hinsicht. Die Menschen in unseren Dienstbotenquartieren waren keine reinen Afrikaner mehr. Auch wenn niemand in der Familie es zugab: irgendwann im Lauf der Zeit, und wahrscheinlich nicht nur einmal, war dem afrikanischen Blut asiatisches beigemengt worden. In Mustafas Adern floss Blut aus Gudscharat, und das Gleiche galt für Metty, den Jungen, der mir später durch den halben Kontinent nachreisen sollte. Doch in ihrem Fall war Blut des Herrn auf den Sklaven übergegangen. Bei den Arabern an unserer Küste verhielt es sich umgekehrt. Hier hatten sich die Sklaven gegen ihre Herren durchgesetzt; die arabische Herrscherrasse war so gut wie ausgelöscht.

Die Araber hatten als große Entdecker und Krieger einmal alles beherrscht. Sie waren weit ins Landesinnere vorgedrungen, sie hatten Städte gegründet und im Urwald Obstgärten gepflanzt. Dann war ihre Macht von den Europäern gebrochen worden. Ihre Städte und Obstgärten verschwanden, der Busch schluckte sie auf. Keine Visionen der eigenen Größe beflügelten sie mehr; ihre Energien verpufften; sie vergaßen, wer sie waren und woher sie kamen. Nur, dass sie Moslems waren, wussten sie noch, und nach Art der Moslems brauchten sie Frauen und nochmals Frauen. Aber sie waren von ihren arabischen Wurzeln abgeschnitten und konnten sich ihre Frauen nur unter den Afrikanerinnen suchen, die einmal ihre

Sklavinnen gewesen waren. Bald waren die Araber – oder vielmehr die, die sich Araber nannten – von den Afrikanern nicht mehr zu unterscheiden. Von ihrer ursprünglichen Kultur hatten sie fast keinen Begriff. Sie hatten den Koran und seine Gesetze; sie kleideten sich auf eine bestimmte Weise, trugen eine bestimmte Art von Kopfbedeckung, bevorzugten eine spezielle Barttracht, das war alles. Was ihre Vorfahren in Afrika geleistet hatten, war ihnen kaum mehr bewusst. Ihre Autorität beruhte nur noch auf Gewohnheit, ohne den nötigen Rückhalt von Tatkraft und Bildung. Die Autorität der Araber – in meiner Kindheit noch mit Händen greifbar – war bloße Fassade geworden. Sie konnte jeden Augenblick zum Einsturz gebracht werden. So ist die Welt.

Ich fürchtete um die Araber. Ich fürchtete auch um uns. Denn was die Macht anbetraf, gab es keinen Unterschied zwischen uns und ihnen. Wir waren beide Minderheiten, die unter einer europäischen Flagge am äußersten Rand des Kontinents lebten. Als Kind hörte ich nicht eine einzige Diskussion über unsere Zukunft oder die Zukunft der Küste in unserem Haus. Man schien sich darauf zu verlassen, dass es weitergehen würde wie gehabt, dass Ehen auch weiterhin zwischen befreundeten Familien arrangiert würden, dass Handel und Geschäfte fortbestehen würden, dass Afrika für uns bleiben würde, wie es immer gewesen war.

Meine Schwestern wurden auf die herkömmliche Weise verheiratet; niemand zweifelte daran, dass auch ich, wenn meine Zeit kam, heiraten und unser Haus mit meinen Nachkommen bevölkern würde. Aber ich empfand schon frühzeitig, als Schüler noch, dass unsere Lebensweise überholt war und dem Ende zuging.

Bisweilen reichen kleine Dinge aus, um unser Denken zu verändern, und bei mir waren es die Briefmarken unseres Landes. Die britische Verwaltung gab uns wunderschöne Marken. Auf ihnen waren Ansichten und Gegenstände der Region abgebildet; eine nannte sich »Arabische Dau«. Es war, als hätte mit diesen Briefmarken ein Fremder gesagt: »Das ist es, was die Gegend hier ausmacht.« Ohne die Marke mit der Dau hätte ich die Daus womöglich als gegeben hingenommen. So aber lernte ich, sie erstmals wirklich zu sehen. Die am Ufer vertäuten Daus erschienen mir von nun an als Wahrzeichen, ein Blickfang für Fremde: malerisch, einer älteren Welt entstammend, etwas ganz anderes als die Dampfer und Frachter, die in unseren modernen Hafenbecken vor Anker lagen.

Schon in frühen Jahren gewöhnte ich mir also an, richtig hinzusehen – einen Schritt zurückzutreten und das Vertraute mit Abstand zu betrachten. Aus diesem Abstand schien es mir immer stärker, dass wir uns als Gemeinschaft überlebt hatten. Und damit begann meine Unsicherheit.

Ich empfand die Unsicherheit als Versagen meinerseits, als eine Charakterschwäche, und ich hätte mich geschämt, wenn andere sie entdeckt hätten. Ich behielt meine Zukunftsängste für mich, was nicht weiter schwer war in unserem Haus, wo es, wie bereits gesagt, keine politische Diskussionen gab. Meine Familie war nicht dumm. Mein Vater und seine Brüder waren Händler, Geschäftsleute; auf ihre Art mussten sie mit der Zeit Schritt halten. Sie konnten Situationen einschätzen; sie gingen Risiken ein, und bisweilen wagten sie sehr viel. Aber sie steckten zu tief in dem Leben, das sie führten, um Abstand zu gewinnen und über dieses Leben nachzudenken. Sie taten, was sie tun mussten. Ging etwas schief, so fanden sie im Glauben Trost. Das war mehr als die Bereitschaft, sich dem Schicksal zu fügen; es war die stille, tiefwurzelnde Überzeugung, dass alles menschliche Streben vergeblich war.

In solche Höhen konnte ich mich nicht aufschwingen. Mein eigener Pessimismus, meine Unsicherheit waren eine irdischere Angelegenheit. Mir fehlte das religiöse Empfinden meiner Familie. Die Unsicherheit, die mich quälte, entsprang meinem Mangel an echter Religiosität; sie war wie ein Abklatsch des Pessimismus unseres Glaubens, dieses hehren Pessimismus, der Menschen befähigt, Wunder zu vollbringen. Sie war der Preis für meine materialistischere Einstellung, für mein Bestreben, den Mittelweg zu gehen – sich nicht zu tief in die Dinge des Lebens hineinziehen zu lassen und nicht zu hoch über ihnen zu schweben.

Lag auch die Sorge um unsere Aussichten an der Küste mit in meinem Naturell begründet, so geschah doch wenig, um mich ruhiger zu stimmen. Die Ereignisse in diesem Teil Afrikas begannen sich zu überstürzen. Im Norden erhob sich ein Stamm aus dem Landesinneren – eine blutige Revolte, der die Briten offenbar nicht Herr wurden, und auch anderorts kam es zu Ausbrüchen von Ungehorsam und Hass. Selbst Hypochonder können ernstlich krank werden, und ich glaube, nicht nur meine Ängstlichkeit gab mir das Gefühl, dass das politische System, das wir kannten, am Ende war und ihm nichts Erfreuliches nachfolgen würde. Ich fürchtete die Lügen – die Lügen der Weißen, nun aus dem Munde Schwarzer.

Wir Küstenbewohner mochten Europa ein klareres Bild von unserer Geschichte verdanken, aber wir verdankten ihm, meine ich, auch die Lüge. Wir, die wir vor den Europäern in diesem Teil Afrikas ansässig geworden waren, hatten uns niemals etwas vorgelogen. Nicht, weil wir bessere Menschen waren. Wir logen nicht, weil wir keine Distanz zu uns selbst hatten und nicht wussten, was wir uns hätten vorlügen sollen; wir waren Menschen, die schlicht so handelten, wie sie handelten. Aber die Europäer konnten das eine tun und etwas ganz anderes sagen, und sie konnten es deshalb, weil sie feste Vorstellungen davon hatten, was sie ihrer Zivilisation schuldeten. Das machte ihre Überlegenheit aus. Die Europäer wollten Gold und Sklaven, wie alle anderen auch, aber zugleich wollten sie sich als Wohltäter der Sklaven ein Denkmal setzen. Da sie über Intelligenz und Energie verfügten und überdies auf dem Höhepunkt ihrer Macht waren, gelang es ihnen, beiden Seiten ihrer Zivilisation gerecht zu werden, und sie bekamen sowohl die Sklaven als auch ihr Denkmal.

Durch ihre größere Distanz zu sich selbst waren sie besser als wir dafür gerüstet, mit Veränderungen fertig zu werden. Und wenn ich uns mit den Europäern verglich, sah ich deutlich, dass unsere Rolle in Afrika ausgespielt war, dass wir im Grunde nichts mehr zu bieten hatten. Die Europäer bereiteten sich darauf vor, entweder das Feld zu räumen oder zu kämpfen oder sich mit den Afrikanern zu arrangieren. Wir dagegen lebten einfach weiter, wie wir es immer getan hatten, blindlings. Selbst in diesem späten Stadium war Politik in unserem Haus und den Häusern, in denen ich verkehrte, nie ein Thema. Man rührte nicht daran. Auch ich rührte nicht daran.

Zweimal pro Woche besuchte ich meinen Freund Indar zum Squash-Spielen. Sein Großvater war als Fremdarbeiter bei der Eisenbahn aus dem indischen Pandschab gekommen. Der alte Pandschabi hatte sein Glück gemacht. Nach Ablauf seines Vertrags hatte er sich an der Küste als Geldverleiher niedergelassen, der den Standbesitzern auf dem Markt bei Engpässen mit zwanzig oder dreißig Schilling aushalf, damit sie ihre Ware einkaufen konnten. Für zehn verliehene Schilling ließ er sich nach einer Woche zwölf oder fünfzehn zurückzahlen. Kein sehr einträgliches Geschäft – aber ein Mann, der rührig (und hartgesotten) genug war, konnte sein Kapital innerhalb eines Jahres um ein Beträchtliches vervielfachen. Man half, und man hatte sein Auskommen. Sogar mehr als ein Auskommen. Die Familie war inzwischen sehr vornehm. Sie betrieben jetzt eine Art inoffizieller Handelsbank und beteiligten sich an kleinen Schürfgesellschaften und an Handelsexpeditionen nach Indien, Arabien und in den Persischen Golf (immer noch in den arabischen Daus von der Briefmarke).

Die Familie bewohnte ein großes Anwesen mit asphaltiertem Hof. Das Haupthaus lag am hinteren Ende dieses Hofs, flankiert von kleineren Häusern für diejenigen Familienmitglieder, die für sich bleiben wollten. Dazu kamen Häuser für die Dienstboten (richtige Dienstboten, denen man kündigen konnte, keine Kletten wie unsere) und der Squashplatz. Um das Ganze zog sich eine hohe, ockerfarben getünchte Mauer mit einem Eingangstor, das von einem Wachmann bewacht wurde. Das Anwesen war in einem neueren Teil der Stadt gelegen; exklusiver und behüteter, so schien es mir, konnte man nicht leben.

Die Reichen vergessen nie, dass sie reich sind, und ich erlebte Indar stets als guten Sohn seiner Geldverleiher- oder Bankiersfamilie. Er war hübsch, auf sein Äußeres bedacht und ein klein wenig feminin, immer mit einem Ausdruck leiser Abwehr im Blick. Ich meinte in diesem Ausdruck Ehrfurcht vor seinem eigenen Reichtum, aber auch sexuelle Ängste zu erkennen. Ich vermutete, dass er insgeheim ein häufiger Gast im Bordell war und in der ständigen Furcht lebte, erwischt zu werden oder sich mit einer Krankheit zu infizieren.

Wir stärkten uns nach einer unserer Partien mit kaltem Orangensaft und heißem Schwarztee (Indar achtete bereits auf seine schlanke Linie), als er mir sagte, dass er fortgehen werde. Er werde ins Ausland gehen, nach England, zu einem dreijährigen Studium an einer berühmten Universität. Es war typisch für Indar und seine Familie, bedeutsame Neuigkeiten derart beiläufig zu verkünden. Die Nachricht bedrückte mich ein wenig. Indar konnte sich so etwas leisten, nicht nur, weil er reich war (in meinen Augen war ein Auslandsstudium Zeichen großen Reichtums), sondern auch, weil er die englischsprachige Oberschule in unserer Stadt bis zum Ende besucht hatte. Ich war mit sechzehn abgegangen, nicht aus Mangel an Begabung oder Interesse, sondern weil niemand in unserer Familie länger als bis sechzehn zur Schule gegangen war.

Wir saßen auf den schattigen Stufen vor dem Squashplatz. Indar sagte auf seine leise Art: »Wir sind hier bloß Treibgut. Um dich in Afrika zu behaupten, musst du stark sein. Wir sind nicht stark. Wir haben nicht einmal eine Flagge.«

Er hatte das Unaussprechliche ausgesprochen. Und kaum war es gesagt, da erkannte ich, wie nutzlos die Mauer um sein Anwesen war. Zwei Generationen hatten aufgebaut, was ich hier sah, und mir wurde das Herz schwer bei dem Gedanken an all die vergebliche Mühe. Kaum war es gesagt, war mir, als könnte ich Indars Umgebung mit seinen Augen sehen: das Lächerliche an dieser Großartigkeit, an diesem Tor und dem Wachmann, die die wahre Gefahr doch nicht würden abhalten können.

Aber ich ließ ihn nicht merken, wie gut ich ihn verstand. Ich machte es wie all die anderen, die mich mit ihrer Weigerung, dem unaufhaltbaren Wandel ins Gesicht zu sehen, so erbittert und betrübt hatten. Und als Indar als Nächstes fragte: »Was willst du tun?«, sagte ich, als sähe ich gar kein Problem: »Hier bleiben. Ins Geschäft einsteigen.«

Nichts hätte unwahrer sein können. Es war das Gegenteil dessen, was ich empfand. Aber ich fand mich außerstande – nun da die Frage gestellt war –, meine Hilflosigkeit einzugestehen. Ich imitierte instinktiv die Haltung meiner Familie. Aber bei mir war der Fatalismus geheuchelt; die Welt war mir keineswegs gleichgültig, und aufgeben wollte ich schon gar nichts. Ich konnte mich nur vor der Wahrheit verstecken. Und diese Erkenntnis machte meinen Heimweg durch die heiße Stadt sehr unbehaglich.

Die Nachmittagssonne schien auf den weichen schwarzen Asphalt und die hohen Hibiskushecken. Es war alles so alltäglich. Noch drohte keine Gefahr von den sich drängenden Menschen, den löchrigen Straßen, den Gassen mit ihrem kahlen Mauerwerk. Aber für mich war die Atmosphäre vergiftet.

Mein Zimmer lag unterm Dach. Es war noch hell, als ich zurückkam. Ich sah hinaus auf unser Grundstück, auf die Bäume, das Grün der Nachbarhöfe und der freien Flächen dazwischen. Meine Tante rief nach einer ihrer Töchter: ein paar alte Messingvasen, die in den Hof hinausgestellt worden waren, damit sie mit Zitrone gescheuert würden, waren nicht wieder hereingeholt worden. Ich schaute hinunter auf diese fromme Frau, geborgen hinter ihrer Mauer, und erkannte, wie nichtig ihre Besorgnis um die Messingvasen war. Das dünne, weiß gekalkte Gemäuer (dünner als die Wände des Sklavenforts am Strand) bot so wenig Schutz. Sie war so verwundbar – ihr Körper, ihr Glaube, ihre Traditionen, ihre Lebensweise. Der lärmerfüllte Hof war so lange schon ein kleiner Kosmos für sich, voll von seinem eigenen Leben. Wie konnte er irgendjemandem nicht selbstverständlich erscheinen? Wie konnte irgendjemand innehalten und fragen, was uns eigentlich diese ganze Zeit beschützt hatte?

Ich dachte an den verächtlichen, unwilligen Blick, mit dem Indar mich angesehen hatte. Und ich kam zu einem Entschluss. Ich musste ausbrechen. Ich konnte niemanden beschützen; niemand konnte mich beschützen. Wir konnten uns selbst nicht schützen; wir konnten uns nur auf vielerlei Weise vor der Wahrheit verstecken. Ich musste ausbrechen aus unserem Haus und unserer Gemeinschaft. Zu bleiben, so zu tun, als reichte es, den Dingen ihren Lauf zu lassen, hieß zusammen mit den anderen untergehen. Ich konnte nur dann Herr über mein Geschick sein, wenn ich für mich allein kämpfte. Der Strom der Geschichte – eine von uns selbst vergessene Strömung, gegenwärtig einzig in den Büchern der Europäer, die ich erst noch lesen sollte – hatte uns hierher getragen. Wir hatten unser Leben nach unseren Bräuchen gelebt, getan, was wir tun mussten, Gott verehrt und seine Gebote geachtet. Nun hatte die Strömung ihre Richtung gewechselt und schwemmte – um Indars Wort aufzugreifen – das Treibgut fort.

Ich konnte mich nicht länger einfach dem Schicksal ergeben. Mir war es nicht um meinen Platz bei Gott zu tun, wie unsere Tradition es vorsah; ich wollte meinen Platz in der Welt sichern. Doch wie? Was konnte ich ins Feld führen? Welche Talente, welche Fertigkeiten, abgesehen von der Handelstüchtigkeit meiner Familie hier in Afrika? Diese Sorge zehrte immer stärker an mir. Weshalb ich, als mir Nazruddin sein Angebot machte – ein Ladengeschäft in einem fernen Land, das trotzdem noch in Afrika lag –, eilends zugriff.

Nazruddin war in unserer Gemeinschaft ein Exot. Er war ein Mann im Alter meines Vaters, wirkte jedoch wesentlich jünger und in jeder Hinsicht weltmännischer. Er spielte Tennis, trank Wein, sprach Französisch und trug eine getönte Brille und Anzüge (mit auffällig breiten Revers, deren Ecken nach unten gebogen waren). Besondere Beachtung (und hinter seinem Rücken auch ein klein wenig Spott) trugen ihm seine europäischen Manieren ein, die er sich nicht etwa in Europa zugelegt hatte (dort war er nie gewesen), sondern in einer Stadt im Herzen Afrikas, in der er lebte und seinen Handel trieb.

Viele Jahre zuvor war es Nazruddin eingefallen, seine Geschäfte an der Küste einzuschränken und landeinwärts zu verlagern. Die Kolonialgrenzen verliehen dem Unternehmen einen Anstrich von Internationalität. Aber im Grunde folgte Nazruddin lediglich den alten arabischen Handelsrouten ins Innere, und die führten ihn in die Mitte des Kontinents, an die Biegung des großen Flusses.

Bis dorthin hatten sich die Araber im letzten Jahrhundert vorgearbeitet. Dort waren sie auf Europa getroffen, das von der anderen Seite vordrang. Für die Europäer war es ein Vorstoß unter vielen. Für die Araber in Zentralafrika dagegen ging es ums Ganze; die arabische Energie, die sie so tief in den Kontinent getrieben hatte, war versiegt, und ihre Macht glich dem Licht eines Sterns, das sich weiter durchs All bewegt, nachdem der Stern selbst längst erloschen ist. Die Macht der Araber war vergangen; an der Flussbiegung war eine europäische Stadt entstanden, keine arabische. Und diese Stadt war es, aus der Nazruddin bei seinen gelegentlichen Gastspielen in der alten Heimat seine fremdländischen Sitten und Vorlieben und seine immer neuen Geschichten über geschäftliche Erfolge mitbrachte.

Nazruddin mochte ein Exot sein, unserer Gemeinschaft blieb er dennoch verbunden, weil er Ehemänner und Ehefrauen für seine Kinder brauchte. Auch in mir sah er den zukünftigen Mann einer seiner Töchter, das wusste ich; aber ich lebte schon so lange in diesem Wissen, dass es mich nicht verlegen machte. Ich mochte Nazruddin. Ich begrüßte seine Besuche, seine Art zu reden, selbst die Fremdheit, die ihn umgab, wenn er unten in unserem Wohnzimmer oder auf der Veranda saß und von den Abenteuern in seiner fernen Welt erzählte.

Er war ein Genießer. Er konnte sich für alles begeistern: für die Häuser, die er kaufte (durchweg zu Spottpreisen), die Restaurants, die er auswählte, die Gerichte, die er bestellte. Alles fügte sich stets zu seinem Besten, und seine ständigen Geschichten über sein unfehlbares Glück hätten ihn unausstehlich gemacht, wenn er sie nicht so anschaulich zu erzählen gewusst hätte. Wenn ich ihm zuhörte, wünschte ich mir, zu tun, was er getan hatte, dorthin zu gehen, wo er gewesen war. In gewisser Weise wurde er mein Vorbild.

Neben allem anderen konnte er aus der Hand lesen, und seine Weissagungen wurden hoch geschätzt, weil er zu ihnen nur imstande war, wenn ihn die Stimmung überkam. Als ich zehn oder zwölf war, hatte er meine Handfläche studiert und große Dinge herausgelesen. Darum achtete ich sein Urteil. Ab und an fügte er diesem Orakel etwas hinzu. Eine Gelegenheit ist mir besonders lebhaft in Erinnerung. Er saß in dem Wiener Schaukelstuhl und kippelte zwischen Teppichkante und Betonboden hin und her. Dann unterbrach er sich mitten im Satz und wollte meine Hand sehen. Er befühlte meine Fingerspitzen, bog meine Finger auf und wieder zu, warf einen kurzen Blick auf den Handteller und ließ die Hand los. Er dachte ein wenig nach über das, was er gesehen hatte – so machte er es immer, er dachte über das Gesehene nach, statt die ganze Zeit auf die Hand zu starren –, und sagte dann: »Du bist der treueste Mann, der mir je untergekommen ist.« Das gefiel mir gar nicht; es schien mir kein rechtes

Leben zu verheißen. Ich fragte: »Kannst du dir selbst aus der Hand lesen? Weißt du, was die Zukunft für dich bereithält?« Er sagte: »O ja. O ja.« Sein Tonfall klang plötzlich verändert, und ich erkannte, dass dieser Mann, der stets nur von glücklichen Fügungen zu berichten hatte, in Wirklichkeit mit der Vision lebte, dass es für ihn übel ausging. Ich dachte: So verhält sich ein wahrer Mann; und ich fühlte mich ihm von da an sehr nahe, näher als manchem Mitglied meiner Familie.

Dann kam der Einbruch, den einige diesem erfolgreichen und gesprächigen Mann insgeheim schon lange vorausgesagt hatten. Nazruddins Wahlheimat erlangte fast über Nacht die Unabhängigkeit, und über Wochen und Monate hörte man von nichts anderem als von Kämpfen und Gemetzel. So wie manche redeten, hätte man meinen können, wenn Nazruddin nur ein anderer Mensch gewesen wäre, wenn er nicht so mit seinen Erfolgen geprahlt, weniger Wein getrunken und sich schicklicher betragen hätte, dann hätte es mit dem Land eine andere Wendung genommen. Wir hörten, dass er mit seiner Familie nach Uganda geflohen war. Tagelang, so hieß es, seien sie auf der Ladefläche eines Lasters durch den Busch gefahren, bis sie schließlich verängstigt und bettelarm die Grenzstadt Kisoro erreicht hätten.

Wenigstens war er in Sicherheit. Nicht lang, und er stattete der Küste einen Besuch ab. Wer erwartet hatte, einen gebrochenen Mann zu sehen, wurde enttäuscht. Nazruddin, unverändert mit getönter Brille und Anzug, war aufgeräumt wie eh und je. Die Katastrophe schien ihn völlig unberührt gelassen zu haben.

Bei Nazruddins Besuchen wurden für gewöhnlich alle Anstrengungen unternommen, ihn würdig zu empfangen. Das Wohnzimmer wurde geputzt, die Messingvasen mit den Jagdszenen blank poliert. Doch da man diesmal glaubte, er sei vom Schicksal gebeutelt und daher wieder ein normaler Sterblicher wie wir, mochte sich keiner rechte Mühe geben. Im Wohnzimmer herrschte die übliche Unordnung, und wir setzten uns auf die Veranda, die auf den Hof hinausging.

Meine Mutter brachte den Tee, den sie nicht wie sonst mit der verlegenen Gastlichkeit einfacher Leute darbot, sondern so, als würde sie ein obligatorisches letztes Ritual vollziehen. Als sie das Tablett hinstellte, schien sie drauf und dran, in Tränen auszubrechen. Meine Schwäger scharten sich mit sorgenvollen Mienen um unseren Gast. Doch Nazruddin hatte, jener Geschichte von der langen Fahrt auf der Ladefläche des Lasters zum Trotz, keine Katastrophen zu vermelden, nur anhaltendes Glück und Erfolg. Er hatte das Unheil nahen sehen; er hatte sich Monate vorher abgesetzt.

Nazruddin sagte: »Es waren nicht die Afrikaner, die mir unheimlich geworden sind. Es waren die Europäer und alle anderen. Wenn ein Zusammenbruch bevorsteht, fangen die Leute an, verrückt zu spielen. Der Ansturm auf Bauland war unvorstellbar. Alle redeten nur noch vom Geld. Ein Stück Busch, das eben noch ohne Wert war, ging einen Tag später für eine halbe Million Francs weg. Es war wie Zauberei, nur mit echtem Geld. Ich habe mich selbst davon anstecken lassen, und beinahe hätte es mich erwischt.

An einem Sonntagmorgen bin ich zu dem Neubaugebiet gefahren, wo ich ein paar Parzellen gekauft hatte. Das Wetter war schlecht. Heiß und drückend. Der Himmel war dunkel, aber nach Regen sah es nicht aus, eher so, als ob es einfach den ganzen Tag dunkel bleiben würde. Weit weg blitzte es – irgendwo draußen im Wald ging ein Guss nieder. Ich dachte: Und hier lebe ich! Ich konnte den Fluss hören – das Baugebiet war nicht weit von den Stromschnellen. Ich lauschte dem Fluss und schaute in diesen Himmel, und ich dachte:

Das ist kein Bauland. Das ist einfach nur Busch. Es ist immer nur Busch gewesen. Und danach konnte ich kaum noch warten, bis endlich Montag wurde. Ich habe alles zum Verkauf angeboten. Unter dem Marktwert, aber das Geld habe ich mir nach Europa überweisen lassen. Und meine Familie habe ich nach Uganda geschickt.

Kennt ihr Uganda? Wunderschön da. Kühl, drei- bis viertausend Fuß hoch, und angeblich sieht es wie in Schottland aus mit den Bergen. Die Engländer haben eine Verwaltung eingerichtet, die wirklich tipptopp ist. Ganz einfach und sehr effizient. Hervorragende Straßen dort. Und die Bantus sind auch recht aufgeweckt.«

So war Nazruddin. Wir hatten ihn am Ende geglaubt. Stattdessen versuchte er uns mit seiner Begeisterung für sein neues Land anzustecken, und wieder einmal konnten wir über sein Glück nur staunen. Und wenn jemand gönnerhaft war, dann er. Obwohl er es nicht offen aussprach, sah er uns an der Küste in Gefahr, und er war gekommen, um mir ein Angebot zu machen.

Er hatte noch Geschäftsinteressen in seinem alten Land – einen Laden, einige Vertretungen. Er hatte es für klüger gehalten, den Laden weiterlaufen zu lassen, während er sein Vermögen außer Landes schaffte, damit niemand auf die Idee kam, in seinen Angelegenheiten herumzustöbern. Und diesen Laden und die Vertretungen bot er mir nun an.

»Momentan sind sie nichts wert. Aber das bleibt nicht so. Eigentlich sollte ich sie dir umsonst überlassen. Aber das wäre für uns beide nicht gut. Du musst immer wissen, wann es Zeit ist, dich abzusetzen. Ein Geschäftsmann ist kein Mathematiker. Vergiss das nie. Lass dich nie von der Schönheit der Zahlen hypnotisieren. Ein Geschäftsmann ist jemand, der für zehn kauft und froh ist, wenn er für zwölf verkaufen kann. Die Mathematiker kaufen für zehn, schauen zu, wie der Wert auf achtzehn steigt, und tun nichts. Sie warten darauf, dass er bei zwanzig ankommt. Die Schönheit der Zahlen. Wenn er dann auf zehn sinkt, warten sie, dass er wieder auf achtzehn steigt. Wenn er auf zwei sinkt, warten sie, dass er wieder auf zehn steigt. Gut, irgendwann passiert das auch. Aber bis dahin haben sie ein Viertel ihres Lebens vertan. Und ihr ganzes Geld hat ihnen nichts eingebracht als einen kleinen mathematischen Kitzel.«

Ich fragte: »Dieser Laden – angenommen, du hast ihn für zehn gekauft, für wie viel willst du ihn mir verkaufen?«

»Zwei. In drei, vier Jahren wird er bei sechs sein. In Afrika geht der Handel nie ein; er wird nur unterbrochen. Für mich ist es Zeitverschwendung zu warten, bis der Wert von zwei auf sechs steigt. Da bin ich mit Baumwolle in Uganda besser bedient. Aber du könntest dein Kapital verdreifachen. Du musst nur rechtzeitig merken, wann du dich absetzen musst.«

Nazruddin hatte aus meiner Hand Treue gelesen. Aber er hatte sich getäuscht. Denn indem ich sein Angebot annahm, kündigte ich ihm in einem wichtigen Punkt die Treue auf. Ich nahm sein Angebot an, weil ich frei sein wollte. Und Freiheit von meiner Familie und Gemeinschaft bedeutete auch Freiheit von meiner unausgesprochenen Verpflichtung Nazruddin und seiner Tochter gegenüber.

Sie war hübsch und nett. Einmal im Jahr verbrachte sie einige Wochen an der Küste bei der Schwester ihres Vaters. Ihre Schulbildung war besser als meine; es war die Rede davon, dass sie Rechnungswesen oder Jura studieren sollte. Ich hätte froh sein können, sie zu bekommen, aber ich empfand eine Zuneigung zu ihr, wie ich sie einer Schwester oder Kusine entgegengebracht hätte. Nichts schien naheliegender, als

Nazruddins Tochter zu heiraten. Nichts hätte mir einengender erscheinen können. Und diesem Gefühl der Einengung entfloh ich zusammen mit allem anderen, als ich in meinem Peugeot von der Küste aufbrach.

Ich brach Nazruddin die Treue. Und doch war er – der Genießer, immer hungrig nach neuen Erfahrungen – mein Vorbild gewesen, und das Ziel meiner Reise war seine Stadt. Alles, was ich über die Stadt an der Flussbiegung wusste, stammte aus Nazruddins Erzählungen. Die absonderlichsten Dinge können in Momenten der Anspannung Bedeutung gewinnen, und so ging mir damals gegen Ende der strapaziösen Fahrt immer wieder im Kopf herum, was Nazruddin über die Restaurants der Stadt erzählt hatte, über die europäischen Gerichte und den Wein: »Die Weine sind von Saccone & Speed ...« Da sprach der Kaufmann. Er hatte damit sagen wollen, dass selbst hier, im Herzen Afrikas, die Weine von unserer Ostküste geliefert wurden, nicht etwa von den Händlern im Westen. Aber in meiner Phantasie standen die Worte für die Seligkeit schlechthin.

Ich hatte nie ein echtes europäisches Restaurant besucht oder an Wein – der uns verboten war – Geschmack finden können, und ich wusste, dass das Leben, das Nazruddin geschildert hatte, der Vergangenheit angehörte. Und doch fuhr ich quer durch Afrika in Nazruddins Stadt, als könne dieses Leben dort für mich wiedererstehen.

Aber die Stadt, aus der er seine Geschichten mitgebracht hatte, war zerstört worden, zurückerobert vom Busch, den er vor seinem geistigen Auge gesehen hatte, als er den Beschluss gefasst hatte, zu verkaufen. Wider besseres Wissen, trotz allem, was mir über die jüngsten Ereignisse berichtet worden war, fühlte ich mich hintergangen, getäuscht. Was zählte da mein Treuebruch?

Wein! Selbst an einfachsten Lebensmitteln mangelte es, und wer Gemüse wollte, behalf sich entweder mit alten – und teuren – Konservenbüchsen oder er zog es selber. Den Afrikanern, die aus der Stadt geflohen und in ihre Dörfer zurückgekehrt waren, ging es besser; sie hatten ihren traditionellen Lebensstil wiederaufgenommen und waren mehr oder weniger autark. Aber die Stadtbewohner, die auf Läden und Dienstleistungen angewiesen waren – ein paar Belgier, einige Griechen und Italiener, eine Handvoll Inder –, führten das karge Dasein Schiffbrüchiger. Wir hatten Autos und wohnten in richtigen Häusern – ich hatte meine Wohnung über einem leerstehenden Lagerhaus praktisch geschenkt bekommen. Aber wenn wir uns in Felle gekleidet und in Schilfhütten gehaust hätten, wäre das nur passend gewesen. Die Geschäfte waren leer; Wasser war ein Problem, elektrischer Strom Glückssache und das Benzin oft knapp.

Einmal mussten wir mehrere Wochen ohne Petroleum auskommen. Zwei leere Ölkähne waren ein Stück stromabwärts gekapert, als Beute in einen versteckten Nebenarm gezogen und dort zu Behausungen umfunktioniert worden. Die Menschen hier duldeten um ihre Hütten meist nur nackte rote Erde, um die Schlangen fern zu halten; da waren die stählernen Decks der Kähne ideal.

Ohne Petroleum musste ich morgens zum Wasserkochen eine gusseiserne englische Kohlenpfanne aus meinen Lagerbeständen benutzen, die eigentlich zum Verkauf an afrikanische Dorfbewohner gedacht war. Ich trug die Pfanne auf die Plattform der Außentreppe hinten am Haus, hockte mich hin und fächelte. Ringsum machten es alle genauso; die Luft war blau von Rauch.

Und überall die Ruinen. *Miscerique probat populos et foedera iungi*. Diese lateinischen Worte, deren Bedeutung ich nicht verstand, waren alles, was von einem Denkmal vor dem Tor zum Anleger übrig geblieben war. Ich kannte sie auswendig; ich gab ihnen meine eigene Aussprache, und sie klingelten mir beharrlich und sinnlos im Kopf. Sie waren in einen Granitblock eingraviert, und die übrige Granitfläche war jetzt nackt. Das Bronzerelief unter der Inschrift war herausgebrochen worden; die schartigen kleinen Bronzezacken, die noch aus dem Stein ragten, ließen ahnen, dass der Bildhauer sein Werk mit einem Baldachin aus Bananenblättern oder Palmwedeln gekrönt hatte. Das Denkmal, so erfuhr ich, war erst wenige Jahre zuvor errichtet worden, fast am Ende der Kolonialzeit, zum sechzigjährigen Bestehen der Dampferverbindung in die Hauptstadt.

Kaum aufgestellt, zweifellos mit etlichen Reden, die weitere sechzig Jahre Schiffsverkehr versprachen, hatte das Dampfermonument also schon fallen müssen. Wie all die anderen kolonialen Statuen und Denkmäler. Sockel waren verschmiert, Schutzzäune niedergetrampelt worden, zertrümmerte Scheinwerfer rosteten vor sich hin. Die Ruinen blieben sich selbst überlassen; ans Aufräumen dachte hier keiner. Sämtliche Hauptstraßen waren umbenannt worden. Rohe Brettertafeln verkündeten die neuen, roh hingemalten Namen. Niemand benutzte die neuen Namen, weil sie eigentlich niemanden interessierten. Das einzige Ziel war gewesen, das Alte auszulöschen, jede Erinnerung an die Eindringlinge auszumerzen. Es war beängstigend, das Ausmaß dieses afrikanischen Hasses, diese blinde Zerstörungswut, die nicht nach den Folgen fragte.

Doch beängstigender als alles andere war der verwüstete Vorort nahe den Stromschnellen. Kurzfristig exklusiver Grundbesitz, war er nun wieder Busch und damit nach afrikanischem Verständnis Gemeinschaftsland. Die Häuser hatte man eins nach dem anderen niedergebrannt. Fortgeschleppt worden waren – vorher oder nachher – nur die Dinge, die die Einheimischen brauchten: Blechstücke, Rohre, Badewannen, Waschbecken und Klosettschüsseln (wasserdichte Gefäße, geeignet zum Einweichen von Maniok). Die weiten Rasenflächen und Gärten hatte der Busch zurückgefordert, die Straßen waren verschwunden, Schlingpflanzen und Ranken wucherten über eingestürzte, ausgebleichte Mauern aus Beton oder Hohlziegeln. Hier und da ragten aus dem Gestrüpp noch die Außenwände ehemaliger Restaurants (Saccone & Speed) und Nachtclubs auf. Ein Nachtclub hatte »Napoli« geheißen; der nunmehr sinnentleerte Name, auf nackten Beton gemalt, war fast völlig verblasst.

Sonne, Regen und Busch hatten den Trümmern zugesetzt, so dass sie alt wirkten, wie Relikte einer toten Zivilisation. Die über so viele Hektar ausgedehnten Ruinen schienen von einer Endzeitkatastrophe zu künden. Aber die Zivilisation war nicht tot. Es war die Zivilisation, zu der auch ich gehörte, ja in der ich eben erst Fuß fasste. In den Ruinen konnte sich ein ganz merkwürdiges Gefühl einstellen: sie setzten jeden Zeitbegriff außer Kraft. Ein Gefühl, als wäre man ein Geist, nicht aus der Vergangenheit, sondern aus der Zukunft. Ein Gefühl, als wären das eigene Leben, der eigene Ehrgeiz bereits von anderen ausgelebt worden, und man selbst blickte nur noch auf die Überreste dieses Lebens. Ein Gefühl, als wäre die Zukunft hier bereits eingetreten und wieder vergangen.

Mit ihren Ruinen und ihren Entbehrungen war Nazruddins Stadt eine Geisterstadt. Und für mich als Neuankömmling gab es kaum Geselligkeit. Die Ausländer waren nicht entgegenkommend. Sie hatten viel durchgemacht, sie wussten nach wie vor nicht, wie die Situation sich entwickeln würde, und sie trauten niemandem. Die Belgier, vor allem die jüngeren, waren verbittert; sie fanden, dass ihnen Unrecht geschehen war. Die Griechen, große Familienmenschen allesamt und dementsprechend aggressiv und frustriert, hielten sich an ihre Familien und enge Freunde. Drei Paare gab es, mit denen ich verkehrte; ich besuchte sie unter der Woche reihum zum Mittagessen, das nun meine Hauptmahlzeit darstellte. Sie waren sämtlich Asiaten oder Inder.

Eines der Paare kam aus Indien. Es lebte in einer kleinen, mit Papierblumen und grellfarbigen religiösen Drucken dekorierten Wohnung, in der es durchdringend nach Stinkasant roch. Er war ein UNO-Experte irgendeiner Provenienz, der nach Ablauf seines Vertrags nicht nach Indien zurückgewollt hatte und sich nun mit Arbeiten aller Art behalf. Sie waren ein gastfreundliches Paar, und sie nahmen (aus religiösen Gründen, wie ich vermute) gerade verängstigte oder gestrandete Fremde gern unter ihre Fittiche. Nur verdarben sie ihre Gastlichkeit dadurch, dass sie etwas zu viel darüber redeten. Ihre Speisen waren mir zu wässrig und zu scharf, und der Mann hatte eine furchtbare Art zu essen. Er beugte sich weit über den Tisch dazu, die Nase keine fünf Zentimeter über dem Teller, und er aß geräuschvoll, mit schmatzenden Lippen. Währenddessen fächelte seine Frau ihm Luft zu, den Blick unverwandt auf seinen Teller gerichtet, die rechte Hand fächelnd, die linke unters Kinn gestützt. Dennoch ging ich zweimal die Woche zu ihnen, weniger des Essens wegen als um nicht daheim sitzen zu müssen.

Das zweite Haus, in dem ich verkehrte, war ein primitives Gehöft, das von einem ältlichen indischen Paar bewohnt wurde; der Rest der Familie hatte die Gegend während der Unruhen verlassen. Der Hof war groß und staubig und stand voller herrenloser Autos und Lastwagen, den Überresten eines

Fuhrunternehmens aus der Kolonialzeit. Diese beiden Alten schienen nicht zu wissen, wo sie waren. Rund um ihren Hof breitete sich afrikanischer Busch, aber sie sprachen kein Französisch, keine hiesige Sprache, und so wie sie lebten, konnte man meinen, der nahe gelegene Fluss sei der Ganges mit seinen Tempeln und heiligen Männern und Badetreppen. Aber es war wohltuend, bei ihnen zu sitzen. Sie waren nicht auf Unterhaltung aus und vollauf zufrieden, wenn man nichts sagte, wenn man nur aß und ging.

Am nächsten fühlte ich mich Shoba und Mahesh; sie betrachtete ich nach kurzer Zeit als Freunde. Sie hatten einen Laden in einer ehemals vorzüglichen Geschäftslage, gegenüber dem Hotel van der Weyden. Sie stammten von der Ostküste, Flüchtlinge aus ihrer Heimatgemeinde wie ich. Beide waren außerordentlich gut aussehend; man traf nicht oft Menschen in unserer Stadt, die so sehr auf ihre Kleidung und ihr Äußeres achteten. Aber sie hatten zu lange abgeschottet von ihresgleichen gelebt, und darüber war ihnen alle Neugier abhanden gekommen. Wie so viele isolierte Menschen kreisten sie nur um sich selbst und brachten wenig Interesse für den Rest der Welt auf. Auch dieses schöne Paar hatte seine problematischen Tage. Shoba, ganz die feine Dame, war eitel und neurotisch. Mahesh, der einfachere der beiden, wusste sich manchmal nicht zu lassen vor Sorge um sie.

So sah mein Leben in Nazruddins Stadt aus. Ich hatte die alten Bande durchtrennen und neu anfangen wollen. Aber so neu? Die Leere meiner Tage bedrückte mich. Mein Dasein war durch nichts gebunden, aber eingeengter als je zuvor; die einsamen Abende waren wie ein körperlicher Schmerz. Ich glaubte nicht, dass ich das Zeug hatte, hier auszuharren. Ich tröstete mich mit dem Gedanken, dass ich außer Zeit wenig verlor; ich konnte immer noch fortgehen – nur wohin, das war die Frage. Und dann war es plötzlich vorbei mit der Möglichkeit fortzugehen. Ich musste bleiben.

Meine Befürchtungen, was die Küste anlangte, bewahrheiteten sich. Es kam zum Aufstand, und mit den Arabern – Männern, die kaum weniger afrikanisch waren als ihre Diener – wurde kurzer Prozess gemacht.

Ich erfuhr davon durch meine Freunde Shoba und Mahesh, die es aus dem Radio wussten – die BBC-Nachrichten zu hören, war eine Exilanten-Gewohnheit, die ich mir damals noch nicht zugelegt hatte. Wir behielten die Nachricht für uns, ein Geheimnis, das der hiesigen Bevölkerung besser verborgen blieb; ausnahmsweise waren wir froh darüber, dass es keine Lokalzeitung gab.

Dann trafen bei einzelnen Leuten in der Stadt europäische und amerikanische Zeitungen ein, die von Haus zu Haus wanderten, und es erschien mir ungeheuerlich, dass einige dieser Zeitungen dem Blutbad an der Küste positive Aspekte abgewinnen konnten. Aber so leicht machen es sich die Leute mit Ländern, die ihnen im Grunde gleichgültig sind und in denen sie nicht leben müssen. In manchen Zeitungen war vom Ende des Feudalismus und dem Anbruch einer neuen Ära die Rede. Dabei war das, was sich abgespielt hatte, keineswegs neu. Menschen, deren Kräfte nachgelassen hatten, waren aus dem Weg geräumt worden. Zumindest in Afrika war das nichts Neues; es war das älteste Gesetz dieses Erdteils.

Schließlich erreichten mich Briefe – ein ganzes Bündel – von meinen Angehörigen an der Küste. Sie waren vorsichtig formuliert, aber die Botschaft war unmissverständlich. An der Küste war für uns kein Platz mehr; unser Leben dort war vorbei. Die Familie zerstreute sich. Nur die Alten wollten auf unserem Grundstück wohnen bleiben – wo nun endlich Ruhe einkehren würde. Die Dienstboten, eine Last bis zum Schluss, Kletten, die auch jetzt, in Zeiten der Revolution, auf ihren Sklavenstatus pochten, wurden unter den Familienmitgliedern aufgeteilt. Und die Briefe stellten unter anderem klar, dass auch ich meinen Beitrag zu leisten hatte.

Nicht dass ich mir jemanden hätte auswählen können; nein, ich war meinerseits erwählt worden. Einer der Jungen – oder jungen Männer – aus den Dienstbotenquartieren wollte so weit von der Küste fort wie nur irgend möglich, und er hatte darauf bestanden, dass er nur »zu Salim ziehen« könne. Er habe sich immer »so gut mit Salim verstanden«, hatte er behauptet und sich dermaßen aufgeführt, dass entschieden wurde, ihn zu mir zu schicken. Ich konnte mir das Theater lebhaft vorstellen: das Geschrei, das Stampfen und Schmollen. So setzten die Diener in unserem Haus ihren Willen durch; sie konnten schlimmer sein als Kinder. Mein Vater, über die Briefe der anderen nicht im Bilde, schrieb lediglich, er und meine Mutter hätten beschlossen, mir jemanden zu schicken, der sich um mich kümmern würde – was nichts anderes hieß, als dass er mir einen Jungen schickte, den ich durchfüttern durfte.

Nein sagen konnte ich nicht; der Junge war schon unterwegs. Dass dieser Junge sich mit mir besonders gut verstehen sollte, war mir neu. Ein plausibler Grund für seine Wahl schien mir, dass ich nur drei, vier Jahre älter als er und ledig war und ihm daher seine Herumtreiberei eher nachsehen würde. Er war schon immer ein Herumtreiber gewesen. Als er klein war, hatten wir ihn in die Koranschule geschickt, aber er war ständig anderswo herumstrawanzt, da konnte seine Mutter ihn prügeln, so viel sie wollte. (Und wie er geheult hatte drüben im Dienstbotenhaus, und wie seine Mutter gezetert hatte, wie beide das Drama ausgekostet hatten, damit auch ja jeder auf sie aufmerksam wurde!) Ein schöner Hausdiener war das! Ein Bett und ein gedeckter Tisch hatten für ihn stets bereitgestanden, und so war aus ihm ein kleiner Lebemann geworden, liebenswürdig und unzuverlässig und mit allen gut Freund, immer hilfsbereit, immer voll der Versprechungen, von denen er nie auch nur ein Viertel hielt.

Eines Abends, nicht lang nachdem die Briefe mir sein Kommen angekündigt hatten, setzte ihn einer von Daulats Lastern vor meiner Tür ab. Und meine Abwehr schmolz dahin: Er sah so verändert aus, so erschöpft und verängstigt. Die Ereignisse an der Küste steckten ihm noch in den Gliedern, und die Fahrt quer durch Afrika hatte ihm gar nicht behagt.

Die erste Hälfte der Strecke hatte er mit der Eisenbahn zurückgelegt, mit einer Durchschnittsgeschwindigkeit von zehn Meilen die Stunde. Dann war er auf Busse umgestiegen und schließlich auf Daulats Lastwagen: trotz Krieg, schlechter Straßen und abgehalfterter Fahrzeuge hielt Daulat, ein Inder wie wir, einen Speditionsdienst zwischen unserer Stadt und der Landesgrenze im Osten aufrecht. Daulats Fahrer hatten dem Jungen geholfen, die verschiedenen Grenzposten zu passieren. Aber der lebemännische Mischling von der Küste war doch noch so sehr Afrikaner, dass ihm die fremden Stämme im Landesinneren Angst machten. Er hatte sich nicht überwinden können, ihre Speisen anzurühren, und tagelang gehungert. Ohne es zu wissen, war er in umgekehrter Richtung den Weg gegangen, den seine Vorfahren vor über einem Jahrhundert zurückgelegt hatten.

Er warf sich in meine Arme, verwandelte die moslemische Begrüßung in die klammernde Umarmung eines Kindes. Ich klopfte ihm leicht auf den Rücken, was er zum Anlass nahm, in lautes Wehgeheul auszubrechen. Und zwischen Schluchzen und Heulen fing er an, mir das Gemetzel zu schildern, das er daheim auf dem Marktplatz mit angesehen hatte.

Ich bekam nicht alles mit, was er erzählte. Ich sorgte mich wegen der Nachbarn und versuchte sein Geplärr zu dämpfen, ihm begreiflich zu machen, dass solch effekthascherisches Sklavengetue (denn zum Teil war es das) an der Küste gut und schön sein mochte, hier jedoch nicht am Platz war. Zwischendrin ereiferte er sich ein wenig sehr über die Barbarei der *kafar*, der Afrikaner, als wäre meine Wohnung unser Familiengrundstück, wo er über die Leute draußen herziehen konnte, wie es ihm passte. Und immerzu erschien währenddessen über die Außentreppe Daulats freundlicher afrikanischer Auflader mit dem Gepäck – eigentlich nicht viel Gepäck, aber in lauter sperrigen kleinen Einzelteilen: ein paar Bündeln, einem geflochtenen Wäschekorb, Pappschachteln.

Ich machte mich von dem heulenden Jungen los – den die Aufmerksamkeit nur noch mehr in Fahrt brachte – und kümmerte mich erst einmal um den Auflader. Ich ging mit ihm auf die Straße hinunter, um ihm sein Trinkgeld zu geben. Das Geheul oben in der Wohnung erstarb, wie ich es vorausgesehen hatte; das Alleinsein und die fremde Umgebung taten ihre Wirkung; und als ich wieder nach oben kam, weigerte ich mich, mir ein weiteres Wort anzuhören, ehe er nicht etwas gegessen hatte.

Er wurde ruhig und gesittet, und während ich ihm Baked Beans und Käsetoast machte, suchte er aus seinen Bündeln und Schachteln die Dinge hervor, die ihm meine Familie für mich mitgegeben hatte. Ingwer und Saucen und Gewürze von meiner Mutter. Von meinem Vater zwei Familienphotos und ein Wanddruck auf billigem Papier, der eine unserer heiligen Stätten in Gudscharat zeigte, aber in modernem Gewand: der Maler hatte wahllos Autos, Motorräder, Fahrräder und sogar Eisenbahnzüge über die umliegenden Straßen verteilt. So modern ich auch sein mochte, wollte mir mein Vater damit sagen, ich würde dennoch zum Glauben zurückfinden.

»Ich war auf dem Markt, Salim«, sagte der Junge, als er aufgegessen hatte. »Erst habe ich gedacht, es wäre einfach eine Prügelei vor Mians Stand. Ich habe meinen Augen nicht getraut. Sie haben sich benommen, als ob Messer nicht schneiden würden, als ob Menschen nicht aus Fleisch wären. Ich konnte es nicht glauben. Zum Schluss sah es aus, als wäre eine Hundemeute über einen Metzgerstand hergefallen. Ich habe Arme und Beine gesehen, aus denen das Blut lief, und sie lagen herum. Einfach so. Am nächsten Tag lagen sie immer noch da, diese Arme und Beine.«

Ich versuchte ihn zum Schweigen zu bringen. Ich wollte nicht noch mehr hören. Aber er war nicht so ohne weiteres zum Schweigen zu bringen. Er fing immer wieder an von diesen abgehackten Armen und Beinen, die Leuten gehört hatten, die wir seit unserer Kindheit kannten. Es war furchtbar, was er miterlebt hatte. Aber ein bisschen bekam ich auch das Gefühl, dass er sich wieder hineinzusteigern versuchte, um noch ein wenig weiterweinen zu können, nachdem die Tränen bereits versiegt waren. Offenbar beunruhigte es ihn, wenn er sich von Zeit zu Zeit dabei ertappte, dass er vergaß und an andere Dinge dachte. Er schien sein Entsetzen immer von neuem anfachen zu wollen, und das störte mich.

Nach ein paar Tagen jedoch entkrampfte er sich. Und die Ereignisse an der Küste wurden nie wieder erwähnt. Er gewöhnte sich leichter ein, als ich erwartet hatte. Ich hatte erwartet, dass er sich zurückziehen und schmollen würde; ich hatte gedacht, zumal nach der beschwerlichen Herfahrt würde er an unserer rückständigen Stadt kein gutes Haar lassen. Aber ihm gefiel es hier; und es gefiel ihm deshalb, weil er selbst Gefallen erregte, auf eine Weise, die er zuvor nicht gekannt hatte.

Vom Äußeren her unterschied er sich deutlich von den Einheimischen. Er war größer, muskulöser, bewegte sich lockerer und lebhafter. Er wurde bewundert. Die hiesigen Frauen, freizügig, wie es ihre Art war, machten kein Hehl daraus, dass sie ihn begehrenswert fanden – riefen ihm auf der Straße nach, blieben stehen und starrten ihn an, mit frechen, halb lächelnden (und leicht schielenden) Blicken, die zu sagen schienen: »Tu's als Scherz ab und lache. Oder nimm es ernst.« Ich begann ihn mit anderen Augen zu sehen. Er war für mich nicht länger der Junge aus dem Dienstbotenquartier; ich sah ihn jetzt mit den Augen der Einheimischen, und er gewann an Attraktivität und Charakter. Die Einheimischen betrachteten ihn nicht als richtigen Afrikaner, deshalb begegneten sie ihm ohne die üblichen Stammesvorbehalte; für sie war er ein Exot mit Verbindung zu Afrika, auf den sie Anspruch erhoben. Sie rissen sich um ihn. Er erlernte rasch ihre Sprache, und er erhielt sogar einen neuen Namen.

Zu Hause hatten wir ihn Ali genannt oder – wenn wir die besondere Ungebärdigkeit und Unzuverlässigkeit dieses Ali betonen wollten – Aliwa (»Ali! Ali! Wo steckt dieser Ali-wa denn schon wieder?«). Dagegen verwahrte er sich jetzt. Er wollte stattdessen Metty gerufen werden, wie bei den Einheimischen. Es dauerte eine Weile, bis ich begriff, dass das nicht eigentlich ein Name war, sondern nur das französische Wort *métis*, Halbblut. Aber so verwendete ich es nicht. Ich verwendete es als richtigen Namen: Metty.

Metty war ein Herumtreiber, genauso wie Ali es gewesen war. Sein Schlafzimmer lag direkt gegenüber der Küche, gleich die erste Tür rechts, wenn man von der Außentreppe hereinkam. Oft hörte ich ihn spätnachts heimkommen. Das war die Freiheit, die er bei mir zu finden gehofft hatte. Doch der Metty, der diese Freiheit auskostete, war ein anderer als der Junge, der hier eingetroffen war, heulend und schreiend, wie er es in den Dienstbotenquartieren gelernt hatte. Derlei Unarten hatte er schnell abgelegt; für so etwas war er sich jetzt zu gut. Er machte sich im Laden nützlich; und in der Wohnung sorgte sein Herumtreibertum – vor dem mir gegraust hatte – dafür, dass seine Gegenwart nicht erdrückend wurde. Doch er war immer da, wie ein Angehöriger in der Stadt. Er minderte meine Einsamkeit und machte die öden Monate erträglicher – diese Monate, in denen wir alle warteten, dass der Handel wieder in Schwung kam. Wie er es ganz allmählich auch tat.

Wir entwickelten unseren festen Tagesablauf: Morgenkaffee in der Wohnung, Geschäft, getrennte Mittagszeit, Geschäft, getrennte Abende. Ab und zu trafen sich Diener und Herr als Gleichgestellte mit gleichen Bedürfnissen in den dunklen kleinen Bars, die in unserer Stadt aufzutauchen begannen, Zeichen des wiedererwachenden Lebens: enge, primitive Verschläge mit Wellblechdächern ohne Decke, dunkelblau oder dunkelgrün gestrichenen Betonwänden, rotem Betonboden.

In einer dieser Bars besiegelte Metty eines Abends unser neues Verhältnis. Als ich eintrat, tanzte er hingebungsvoll – schlank, schmalhüftig, blendend gebaut. Sobald er mich sah, hörte er auf: sein Sklaveninstinkt. Doch dann verbeugte er sich und begrüßte mich mit großer Geste, als sei er der Besitzer des Lokals. In dem französischen Akzent, den er sich zugelegt hatte, sagte er: »Ich werd mich vor dem *patron* doch nicht ungehörig auffführen!« Und dann machte er genauso weiter wie zuvor.

So lernte er, sich zu behaupten. Aber es gab keine Spannungen zwischen uns. Und er wurde immer wertvoller für mich. Er löste meine Ware beim Zoll aus. Er konnte gut mit Menschen umgehen und brachte mir und dem Laden viel Kundschaft ein. Und als Exot, als Privilegierter, war er der Einzige in der Stadt, der sich erlauben konnte, gegenüber Zabeth, der *marchande*, die gleichzeitig eine Zauberin war, einen Scherz zu riskieren.

So also stand es mit uns, als die Stadt sich wieder belebte, als die Dampfer aus der Hauptstadt den Verkehr wieder aufnahmen, erst einmal pro Woche, dann zweimal, als immer mehr Menschen aus den Dörfern in die *cités* zurückkamen, als der Handel sich erholte und mein Geschäft, das so lange (um Nazruddins Zehnerskala zu verwenden) bei null gedümpelt hatte, auf zwei stieg und sogar Hoffnung auf vier gab.

3

ZABETH, als die Zauberin oder Magierin, hielt Männer von sich fern. Doch es hatte auch andere Zeiten gegeben; Zabeth war nicht immer eine Zauberin gewesen. Sie hatte einen Sohn. Sie sprach manchmal von ihm, aber so, als gehörte er zu einem Leben, das weit hinter ihr lag. Sie ließ ihn so fern erscheinen, dass ich dachte, der Junge sei vielleicht tot. Dann brachte sie ihn eines Tages in den Laden mit.

Er war fünfzehn oder sechzehn und schon recht groß, höher aufgeschossen und kräftiger als die Männer unserer Region, die selten mehr als einen Meter fünfzig maßen. Seine Haut war pechschwarz, ganz ohne Zabeths Stich ins Kupferfarbene; sein Gesicht war länglicher, die Züge ausgeprägter, und Zabeths Bemerkungen entnahm ich, dass der Vater des Jungen aus einem der Stämme im Süden kam.

Der Vater des Jungen war ein Händler. Als Händler war er während des wundersamen Friedens der Kolonialzeit, als niemand, der dies nicht wollte, die Stammesgrenzen beachten musste, im ganzen Land umhergezogen. Seine Reisen hatten ihn mit Zabeth zusammengebracht; von ihm hatte Zabeth das Handeln gelernt. Nach der Unabhängigkeit hatten die Stammesgrenzen ihre alte Bedeutung wiedererlangt, und mit dem sicheren Reisen war es vorbei. Der Mann aus dem Süden war zu seinem Stamm zurückgekehrt, und seinen Sohn von Zabeth hatte er mitgenommen. Ein Vater konnte sein Kind jederzeit für sich fordern; es gab genügend Volksweisheiten, die diese fast auf dem ganzen Kontinent gültige Regel bestätigten. Und Ferdinand – so hieß der Junge – hatte die letzten Jahre von seiner Mutter getrennt gelebt. Er war im Süden zur Schule gegangen, in einer der Bergwerksstädte, und hatte dort all die Unruhen miterlebt, die auf die Unabhängigkeit gefolgt waren, namentlich den langen Sezessionskrieg.

Nun aber war Ferdinand – sei es, weil sein Vater gestorben war oder neu geheiratet hatte und den Sohn los sein wollte, sei es einfach deshalb, weil Zabeth es gewünscht hatte – zu seiner Mutter zurückgeschickt worden. Er war ein Fremder in unserer Gegend. Aber hier konnte niemand ohne einen Stamm sein, und so war Ferdinand, auch dies gemäß den afrikanischen Traditionen, in den Stamm seiner Mutter aufgenommen worden.

Zabeth hatte beschlossen, Ferdinand auf das Gymnasium in unserer Stadt zu schicken. Das war inzwischen aufgeräumt worden, und der Unterricht lief wieder. Es war ein typisches koloniales Amtsgebäude, ein massiver zweigeschossiger Steinbau mit zwei Höfen und breiten Veranden unten wie oben. Den unteren Stock hatten eine Zeit lang Obdachlose mit Beschlag belegt, die sich ihr Essen auf Feuersteinen auf der Veranda gekocht und ihre Abfälle in die Höfe und den Garten geworfen hatten. Seltsame Abfälle, nicht die Blechdosen, Tüten, Schachteln und anderen Behältnisse, die man in einer Stadt erwartet hätte, sondern filigranere Rückstände – Schalen, Knochen, Asche, verbranntes Sackleinen –, sodass die Kehrichthaufen grau-schwarzen Hügeln gesiebter Erde ähnelten.

Die Rasenflächen und Beete waren längst kahlgetreten.

Aber die Bougainvillea wucherte wild; sie würgte die hohen Fiederpalmen, ergoss sich über die Schulmauern und kletterte an den viereckigen Säulen des Eingangsportals hoch, wo sie sich den verschnörkelten Eisenbogen entlangrankte, auf dem in eisernen Lettern noch der Wahlspruch der Schule stand: SEMPER ALIQUID NOVI. Die Hausbesetzer, ängstlich und halb verhungert, waren gleich auf die erste Aufforderung hin verschwunden. Einige der Türen, Fenster und Fensterläden waren ausgewechselt worden, die Leitungen repariert, die Wände frisch gestrichen, der Müll aus dem Garten geschafft, der Garten zuasphaltiert, und in dem Gebäude, das ich nur als Ruine gekannt hatte, sah man nun die ersten weißen Lehrergesichter.

Ferdinand trug die Schuluniform, als er in den Laden kam: weißes Hemd und weiße kurze Hose. Es war eine einfache, aber auffällige Tracht, und obwohl die kurzen Hosen bei einem so großen Jungen ein bisschen absurd aussahen, war die Uniform für Ferdinand wie auch für Zabeth eine ernste Angelegenheit. Zabeth lebte ein rein afrikanisches Leben; nur Afrika war wirklich für sie. Aber für Ferdinand genügte ihr das nicht. Ich sah darin keinen Widerspruch; es schien mir ganz natürlich, dass eine Frau mit einem so beschwerlichen Dasein wie Zabeth ihrem Sohn etwas Besseres wünschte. Dieses bessere Leben lag jenseits der Zeitlosigkeit von Dorf und Fluss. Der Weg dorthin führte über die Bildung, das Erlernen neuer Fertigkeiten; und wie für viele Afrikaner ihrer Generation war für Zabeth Bildung etwas, das nur Ausländer vermitteln konnten.

Ferdinand würde im Internat wohnen. Zabeth hatte ihn an diesem Morgen mit in den Laden gebracht, um ihn mir vorzustellen. Sie wollte, dass ich in der fremden Stadt ein Auge auf ihn hatte und ihn beschützte. Dass sie dazu mich ausersehen hatte, lag nicht nur daran, dass sie mir als Geschäftspartner vertraute. Es lag auch daran, dass ich Ausländer war, ein englischsprachiger Ausländer, und somit jemand, von dem Ferdinand Manieren und die Gebräuche der großen Welt lernen konnte. Ich war jemand, an dem Ferdinand üben konnte.

Der kräftige Junge stand still und respektvoll da. Aber ich fürchtete, dass sich das schnell ändern könnte, wenn seine Mutter ihm den Rücken kehrte. Er hatte so etwas Distanziertes, leicht Spöttisches im Blick. Er wirkte fast nachsichtig gegenüber der Mutter, die er eben erst kennengelernt hatte. Sie war eine Frau aus dem Dorf; er dagegen hatte in einer Bergwerksstadt im Süden gelebt, wo ihm Ausländer untergekommen sein mussten, die weit eleganter waren als ich. Mein Laden würde ihm kaum einen solchen Respekt abnötigen wie Zabeth. Es war ein Betonschuppen, in dem die wertlose Ware über den ganzen Boden verteilt lag (aber ich wusste, wo alles war). Niemand konnte ihn als modern bezeichnen, und so bunt gestrichen wie einige der griechischen Läden war er auch nicht.

Ich sagte – für Ferdinands wie für Zabeths Ohren bestimmt: »Ferdinand ist fast erwachsen, Beth. Er kann ohne mich auf sich aufpassen.«

»Nein, nein, Mis' Salim. Fer'nand kommt zu Ihnen. Geben Sie ihm Prügel, so viel Sie wollen.«

Das schien nicht sehr realistisch. Aber es war nur bildlich gemeint. Ich lächelte Ferdinand zu, und er erwiderte mein Lächeln, indem er die Mundwinkel nach hinten zog. Das Lächeln brachte mir zu Bewusstsein, wie klar geschnitten sein Mund war, wie scharf gemeißelt die übrigen Gesichtszüge. Ich glaubte darin den Ursprung gewisser afrikanischer Masken mit ihren vereinfachten, ausgeprägten Linien zu erkennen; und diese Masken vor Augen, erschienen mir seine Züge als etwas Besonderes. Mir schoss durch den Kopf, dass ich Ferdinand mit den Augen eines Afrikaners betrachtete; und so betrachtete ich ihn von da an immer. Sein Gesicht verfehlte nie seine Wirkung auf mich; auch später empfand ich stets, dass ihm große Macht innewohnte.

Ich erfüllte Zabeths Bitte nicht gern. Aber mir blieb keine andere Wahl. Und als ich den Kopf langsam hin und her drehte, um sie beide wissen zu lassen, dass Ferdinand auf mich als Freund zählen durfte, begann Ferdinand das Knie zu beugen. Doch dann stockte er. Er vollendete die Verbeugung nicht; er tat so, als juckte es ihn, und kratzte sich die Kniekehle des abgewinkelten Beins. Gegen das Weiß der Hose glänzte seine Haut schwarz und satt.

Diese kleine Verbeugung, ein Knicks eigentlich, war eine traditionelle Respektsbekundung. Dorfkinder bezeigten damit älteren Personen ihre Hochachtung. Es war eine reflexartige Geste, der wenig Förmliches anhaftete. Außerhalb der Stadt konnte man nicht selten beobachten, wie Kinder alles stehen und liegen ließen, um so plötzlich, als wären sie von einer Schlange erschreckt worden, zu einem Erwachsenen hinzusausen, den sie irgendwo erspäht hatten, auf ein Knie niedersanken, achtlos den Kopf getätschelt bekamen und wieder zurücksausten, als sei nichts geschehen. Es war ein Brauch, der sich von den Urwaldkönigreichen bis an die Ostküste ausgebreitet hatte. Aber es war ein Brauch aus dem Busch. Er ließ sich nicht in die Stadt verpflanzen; und jemandem wie Ferdinand, zumal nach seiner Zeit in der südlichen Bergwerksstadt, musste die kindliche Reverenz altmodisch und unterwürfig vorkommen.

Schon sein Gesicht hatte mich beunruhigt. Jetzt dachte ich: Das kann nicht gut gehen.

Das Gymnasium lag nicht weit vom Laden entfernt, ein bequemer Fußweg, sofern nicht die Sonne zu heiß brannte oder es regnete – Regen konnte die Straßen im Nu in Sturzbäche verwandeln. Ferdinand schaute einmal die Woche bei mir im Laden vorbei. Er kam entweder am Freitagnachmittag gegen halb vier oder samstags vormittags. Er erschien stets in seiner weißen Schuluniform; manchmal trug er sogar trotz der Hitze den Blazer mit der Schnörkelschrift des Wahlspruchs auf der Brusttasche: SEMPER ALIQUID NOVI.

Wir begrüßten einander, was sich nach afrikanischem Brauch eine ganze Weile hinziehen konnte. War das einmal abgehakt, wurde es zäh. Er erzählte nie etwas von sich aus; er überließ es mir, Fragen zu stellen. Und fragte ich dann – um irgendetwas zu sagen – Dinge wie: »Was habt ihr heute in der Schule durchgenommen?« oder »Hast du irgendein Fach bei Pater Huismans?«, antwortete er präzise und knapp, und ich durfte mir etwas Neues ausdenken.

Das Problem war, dass ich nicht willens und bald auch gar nicht mehr fähig war, mit ihm zu schwatzen wie mit den anderen Afrikanern. Ich hatte immer das Gefühl, mir bei ihm besondere Mühe geben zu müssen, und ich wusste nicht, wie. Er war ein Junge aus dem Busch; wenn die Ferien kamen, würde er ins Dorf seiner Mutter zurückkehren. Aber auf dem Gymnasium lernte er Dinge, von denen ich nichts verstand. Der Unterricht schied als Gesprächsstoff also aus; auf dem Gebiet hatte er mir zu viel voraus. Und dann war da sein Gesicht. Ich argwöhnte, dass hinter diesem Gesicht so einiges vorging, das von mir nicht zu ergründen war. Ich spürte eine Festigkeit, eine Beherrschtheit darin und fühlte mich als Mentor und Erzieher durchschaut.

Hätte es nicht einen weiteren Anreiz gegeben, hätten sich diese Besuche wohl kaum fortgesetzt. Aber der Laden verfügte über eine Attraktion: Metty. Metty verstand sich mit allen. Er hatte mit Ferdinand nicht die Probleme, die ich mit ihm hatte; und es dauerte nicht lange, da kam Ferdinand hauptsächlich Mettys wegen in den Laden und bald auch in die Wohnung. Nach unserer steifen Unterhaltung auf Englisch oder Französisch wechselte Ferdinand bei Metty in das hier übliche Patois hinüber. Dann war er wie verwandelt – redete plötzlich schneller und mit höherer Stimme, in die das Gelächter schon eingebaut schien. Und Metty stand ihm in nichts nach; Metty klang fast selbst wie die Einheimischen, mit all ihren Eigenheiten des Tonfalls und der Ausdrucksweise.

Aus Ferdinands Sicht war Metty ein besserer Stadtführer als ich. Und diese beiden ungebundenen jungen Männer fanden ihr Vergnügen in der Stadt erwartungsgemäß an Bier, Bars und Frauen.

Bier war in diesen Breiten ein Grundnahrungsmittel, selbst für die Kinder schon; die Leute tranken es von frühmorgens an. Die Stadt hatte keine eigene Brauerei, und zu einem Großteil bestand die Fracht, die der Dampfer brachte, aus dem hier so beliebten dünnen Lagerbier. Den ganzen Fluss entlang wurden vom fahrenden Dampfer aus Kästen zu den Einbäumen der Dorfbewohner hinuntergereicht, und auf dem Rückweg in die Hauptstadt nahm der Dampfer sie leer wieder mit.

Die Einstellung zu Frauen war ähnlich pragmatisch. Kurz nach meiner Ankunft hatte mein Freund Mahesh mir erklärt, dass die Frauen mit jedem Mann schliefen, der sie dazu aufforderte; ein Mann konnte bei jeder beliebigen Frau anklopfen und mit ihr ins Bett gehen. Mahesh sah darin nichts Erregendes oder Begrüßenswertes – für ihn gab es nur seine schöne Shoba. In Maheshs Augen war die sexuelle Laxheit

Ausdruck der hier alles beherrschenden Unordnung und Verkommenheit.

Mir ging es – nach anfänglichem Schwelgen – ähnlich. Aber ich konnte keine Vergnügungen verurteilen, die auch die meinen waren. Ich konnte Metty oder Ferdinand nicht davon abraten, Örtlichkeiten aufzusuchen, die ich selbst aufsuchte. Nein, das Hemmnis wirkte sich umgekehrt aus. So sehr Metty sich verändert hatte, war er für mich doch nach wie vor ein Mitglied meiner Familie, und ich musste mich hüten, etwas zu tun, das ihn verletzte – oder das andere Familienangehörige verletzen konnte, falls es ihnen zu Ohren kam. Vor allen Dingen durfte ich mich nicht mit Afrikanerinnen zeigen. Und ich war stolz darauf, dass ich mir in diesem Punkt, so schwierig es war, niemals etwas zuschulden kommen ließ.

Ferdinand und Metty konnten in den kleinen Bars trinken, ungeniert Frauen ansprechen oder die Frauen, die sie schon kannten, besuchen. Ich war es – Herr des einen und Mentor des anderen –, der sich verstecken musste.

Was konnte Ferdinand von mir lernen? An der Küste hatte ich immer gehört – und von den Ausländern hier hörte ich es wieder –, dass die Afrikaner nicht zu »leben« verstünden. Das sollte heißen, dass die Afrikaner nicht mit Geld umgehen und keinen ordentlichen Haushalt führen konnten. Nun gut. Meine Umstände waren ungewöhnlich, aber wenn Ferdinand sich bei mir umschaute, was sah er dann?

In meinem Laden herrschte wildes Durcheinander. Stoffballen und Wachstuch hatten Plätze im Regal, aber der Rest der Waren lag auf dem Betonboden ausgebreitet. Ich selbst saß an einem Schreibtisch in der Mitte meines Betonschuppens, mit dem Gesicht zur Tür, und nur die Betonsäule neben dem Tisch gab mir Halt in diesem Meer von Plunder –

den großen Emailleschüsseln, weiß mit blauen Rändern oder blau gerändert mit Blumenmustern, den Stapeln von weißen Emailletellern, jeder Teller mit einem Viereck groben schlammbraunen Papiers unterlegt, den Emailletassen und Eisentöpfen und Kohlenpfannen und eisernen Bettgestellen und Eimern aus Zink oder Plastik und Fahrradreifen und Taschenlampen und Petroleumlampen mit grünen, rosa oder bernsteingelben Glasschirmen.

Mit solchem Trödel handelte ich. Ich handelte achtsam damit, denn er war mein Lebensunterhalt, meine Chance, aus zwei vier zu machen. Aber es war veraltete Ware, eigens für Läden wie meinen hergestellt, und ich bezweifle, dass die Arbeiter, die das Zeug anfertigten – in Europa, den Vereinigten Staaten und heutzutage vielleicht Japan –, ahnten, wozu ihre Produkte verwendet wurden. Die kleineren Schüsseln etwa waren gefragt, weil man in ihnen Maden am Leben halten konnte, eingepackt in feuchte Wurzelfasern und Schlamm. In den großen Schüsseln dagegen – eine große Anschaffung: zwei oder drei mussten für ein Leben reichen – weichten die Dörfler Maniok ein, um das Gift herauszuziehen.

So viel zu meinem Arbeitsbereich. Die Wohnung war ähnlich behelfsmäßig. Meine Vorgängerin, eine ledige Dame aus Belgien, hatte künstlerische Ambitionen gehabt. Zu ihrem »Ateliers-Flair« kam bei mir eine eingefleischte Schlampigkeit, gegen die ich machtlos zu sein schien. In der Küche führte Metty das Regiment, und sie sah grauenhaft aus. Ich glaube nicht, dass er den Petroleumherd je sauber machte; in den Dienstbotenquartieren hatte er wahrscheinlich gelernt, dass so etwas Frauenarbeit war. Und es nützte auch nichts, wenn ich den Herd putzte. Metty fühlte sich nicht beschämt, der Herd fing im Nu erneut an zu stinken und sich mit Rückständen aller Art zu überziehen. Die ganze Küche stank, und das, obwohl in ihr eigentlich nur der Morgenkaffee gekocht wurde. Ich mochte kaum einen Fuß hineinsetzen. Aber Metty störte es nicht, obwohl sein Zimmer gleich auf der anderen Seite des Korridors lag.

Man betrat diesen Korridor von der Außentreppe, die an die Rückseite des Gebäudes gebaut war. Kaum öffnete man die Tür, schlug einem ein angewärmter, abgestandener Geruch nach Rost und Öl und Petroleum, schmutziger Wäsche, alter Farbe und altem Holz entgegen. Der Geruch war deshalb so stark, weil man kein Fenster offen lassen konnte. Die Stadt, verkommen wie sie war, wimmelte von Dieben, die es fertig brachten, sich noch durch die schmalsten Ritzen zu zwängen. Mettys Zimmer lag rechter Hand, und ein Blick auf die Matratze und das zusammengerollte Bettzeug, auf die diversen Bündel und Pappkartons und die an Nägeln und Fenstergriffen aufgehängten Kleidungsstücke zeigte, dass er sich eine richtige kleine Dienstbotenkammer eingerichtet hatte. Schräg gegenüber dieser Kammer, gleich hinter der Küche, lag das Wohnzimmer.

Es war ein großer Raum, und die belgische Dame hatte ihn ganz und gar weiß gestrichen, Decke, Wände, Fenster, sogar die Fensterscheiben. In diesem weißen Zimmer mit seinen nackten Dielen standen eine mit grob gewebtem dunkelblauem Stoff bezogene Couch sowie, um den Atelier-Effekt zu vervollständigen, ein unlackierter Zeichentisch von der Größe einer Tischtennisplatte. Auf dem Tisch türmte sich mein eigener Krimskrams – alte Zeitschriften, Taschenbücher, Briefe, Schuhe, Squashschläger, Schraubenschlüssel und dazu etliche Schuhschachteln und Hemdschachteln, in denen ich zwischendurch versucht hatte, Dinge zu sortieren. Eine Ecke des Tisches blieb immer frei; sie war mit einem versengten weißen Tuch bedeckt, und dort verrichtete Metty seine Bügelarbeit, manchmal mit dem elektrischen Bügeleisen (das nie weggeräumt wurde), manchmal (bei Stromausfall) mit dem schweren alten Plätteisen aus meinem Warenlager.

In der Mitte der weißen Rückwand hing ein großes, in Rot-, Gelb- und Blautönen gehaltenes Ölgemälde, das einen europäischen Hafen zeigte. Es war in einem dilettantischen modernen Stil gemalt, von der Dame selbst, die es auch signiert hatte. Sie hatte ihm den Ehrenplatz in ihrem Hauptraum gegeben. Und doch hatte sie es nicht der Mühe wert befunden, es mitzunehmen. Andere Gemälde standen an die Wand gelehnt, auch sie Erbstücke von meiner Vorgängerin. Es war, als habe die Dame den Glauben an ihren eigenen Schrott verloren und in der Unabhängigkeitskrise eine willkommene Gelegenheit gesehen, einen Schlussstrich zu ziehen.

Das Schlafzimmer lag am Ende des Korridors. Für mich war es ein unendlich trostloser Ort mit seinen großen Einbauschränken und dem riesigen Schaumstoffbett. Welche Erwartungen dieses Bett in mir ausgelöst hatte – und in der Dame zweifellos auch! Welche Erwartungen, welch Vorgefühl meiner Freiheit; welche Enttäuschungen, welche Scham. Wie viele Afrikanerinnen hatte ich zu problematischen Zeiten hier herausschmuggeln müssen, bevor Metty heimkam oder bevor Metty aufwachte! Wie oft hatte ich in diesem Bett auf den Morgen gewartet, der mich von den Erinnerungen der Nacht erlösen würde; wie oft hatte ich an Nazruddins Tochter und Nazruddins Vertrauen in meine Treue denken müssen und Besserung gelobt. Später sollte sich das ändern, mit Bett und Zimmer sollten sich für mich andere Empfindungen verknüpfen. Aber bis dahin war dies alles, was ich kannte.

Die belgische Dame hatte versucht, eine kunstsinnige Atmosphäre zu schaffen, ein Stück Europa und Heimat, als Gegengewicht zu diesem Land der Hitze, der Regengüsse und großblättrigen Bäume, die, wenn auch verschwommen, immerzu hinter den weiß gestrichenen Fensterscheiben sichtbar waren. Sie mochte eine hohe Meinung von sich gehabt haben, doch für sich betrachtet taugte das, was sie hier zuwege gebracht hatte, nicht viel. Und mir schien, dass Ferdinand, wenn er sich in meinem Laden und meiner Wohnung umsah, über mich ein ähnliches Urteil fällen musste. Wie sollte er zwischen meinem Leben und dem Leben, das er gewohnt war, einen großen Unterschied entdecken? Auch darüber brütete ich in meinen Nächten. Ich begann die Natur meines Trachtens und Strebens in Frage zu stellen, die gesamte Grundlage meiner Existenz; mir war, als könnte jegliches Leben, das ich jemals irgendwo führen würde – gleich wie üppig und erfolgreich und wohlmöbliert –, nur eine Abwandlung meines jetzigen Lebens sein.

Solche Gedankengänge konnten mich in die Verzweiflung treiben. Dabei wusste ich doch, dass es zum großen Teil an meiner Isolation lag. Natürlich hatte ich mehr zu bieten, als sich an meiner Einrichtung und meinen Gewohnheiten ablesen ließ! Natürlich gab es etwas, das mich von Ferdinand und dem Buschleben rings um mich abhob! Und da ich in meinem Alltag keinen Weg sah, diesen Unterschied kenntlich zu machen und mein wahres Ich vorzuführen, war ich dumm genug, stattdessen meine Sachen vorzuführen.

Ich zeigte Ferdinand meine Sachen. Ich zermarterte mir das Hirn, was ich noch für Schätze hatte. Er gab sich betont lässig, als würde er alles in- und auswendig kennen. Man merkte es nur an seiner Art, dem stumpfen Tonfall, in dem er mit mir redete. Aber es ärgerte mich.

Es juckte mich zu sagen: »Schau dir die Zeitschriften an. Niemand zahlt mir Geld, damit ich sie lese. Ich lese sie, weil das nun mal meine Art ist, weil ich ein vielseitig interessierter Mensch bin, der wissen will, wie es in der Welt zugeht. Schau dir diese Bilder an. Die Dame hat sich große Mühe damit gegeben. Sie wollte etwas Schönes erschaffen, um es in ihrer Wohnung aufzuhängen. Sie hat es nicht etwa deshalb aufgehängt, weil es ein Fetisch ist.«

Letzten Endes sagte ich das auch, wenngleich nicht mit diesen Worten. Ferdinand reagierte nicht. Und die Bilder taugten nichts – die Dame verstand es nicht, die Leinwand zu füllen, und hoffte sich mit groben Pinselstrichen durchmogeln zu können. Auch die Bücher und Zeitschriften taugten nichts, schon gar nicht die pornographischen, die mich oft nur deprimierten und beschämten, aber die ich nicht wegwerfen mochte, weil es Zeiten gab, in denen ich sie brauchte.

Ferdinand deutete meinen Unwillen falsch.

»Du musst mir überhaupt nichts zeigen, Salim«, sagte er eines Tages.

Er war Mettys Beispiel gefolgt und nannte mich nicht mehr Mister. Metty redete mich jetzt fast nur noch mit *patron* an, und im Beisein Dritter konnte er dem Wort einen ironischen Beiklang geben. Metty war auch da an diesem Tag; aber Ferdinand meinte es nicht ironisch, als er sagte, ich brauche ihm nichts zu zeigen. Er meinte nie etwas ironisch.

Ein paar Nachmittage später las ich in einer Zeitschrift, als Ferdinand in den Laden kam. Ich begrüßte ihn und kehrte zu meinem Artikel zurück. Es war ein populärwissenschaftlicher Artikel, eine Art der Lektüre, die bei mir regelrecht zur Sucht geworden war. Es gefiel mir, Wissen in solch kleinen Häppchen serviert zu bekommen, und beim Lesen dachte ich oft, genau diesem Fach oder Fachgebiet, über das ich gerade las, hätte ich meine Tage und Nächte weihen sollen. Dann konnte ich mir ausmalen, wie ich alten Erkenntnissen neue hinzufügte, Entdeckungen machte, wie ich all meine Kräfte einsetzte und Bedeutendes erreichte. Es war ein gutes Gefühl; eigentlich erschien es mir kaum schlechter als das Forscherleben selbst.

Metty war an diesem Nachmittag an der Zollstation und löste Waren aus, die der Dampfer vierzehn Tage zuvor geliefert hatte – das war das Tempo, in dem hier die Mühlen mahlten. Ferdinand trieb sich ein Weilchen im Laden herum. Ich hatte ihm die Abfuhr von neulich nicht vergessen und gedachte nicht, ihm den Einstieg zu erleichtern. Schließlich kam er an den Tisch und fragte: »Was liest du da, Salim?«

Ich konnte es nicht verhindern – der Mentor und Lehrer in mir gewann die Oberhand. Ich sagte: »Das solltest du dir anschauen. Die entwickeln da ein neuartiges Telefon. Eins, das mit Lichtimpulsen statt mit elektrischem Strom funktioniert.«

Ich glaubte nie so recht an diese neuen Wunderdinge, von denen ich las. Ich rechnete nicht damit, sie in meinem eigenen Leben in die Hand zu bekommen. Aber das war gerade der Reiz an der Sache: ich las Artikel um Artikel über solche Dinge, die mir noch nicht begegnet waren.

Ferdinand fragte: »Wer sind die?«

»Wie?«

»Wer sind ›die‹, die das neue Telefon entwickeln?«

Ich dachte: Da haben wir's schon, nach nur ein paar Monaten Gymnasium. Er ist frisch aus dem Busch, ich kenne seine Mutter, ich behandle ihn wie einen Freund, und schon kommt er mir mit diesem politischen Unfug. Ich gab ihm nicht die Antwort, die er so offensichtlich zu hören erwartete. Ich sagte nicht: »Die Weißen.« Auch wenn ein Teil von mir gut Lust dazu gehabt hätte, um ihn an seinen Platz zu verweisen.

Stattdessen sagte ich: »Die Wissenschaftler.«

Er sagte nichts mehr. Ich sagte ebenfalls nichts mehr und vertiefte mich demonstrativ wieder in meine Lektüre. Das war das Ende dieses kleinen Scharmützels zwischen uns. Und es war letztlich auch das Ende meiner Versuche, Ferdinand ein Lehrer zu sein und mich und meine Sachen zur Ansicht darzubieten.

Denn ich dachte noch eine ganze Weile darüber nach, warum ich auf Ferdinands Frage nach »denen«, die an dem neuen Telefon arbeiteten, nicht »die Weißen« geantwortet hatte. Und mir wurde klar, dass ich in meinem Wunsch, ihn um die politische Genugtuung zu bringen, tatsächlich das gesagt hatte, was ich eigentlich meinte. Ich meinte nicht die Weißen. Ich meinte nicht – wie denn auch? – Menschen, wie ich sie aus unserer Stadt kannte, diese Menschen, die nach der Unabhängigkeit hier ausgeharrt hatten. Ich meinte wirklich die Wissenschaftler; ich meinte Personen, die in jeder Hinsicht weit von uns entfernt waren.

Die! Wenn es um die Politik ging, wenn wir politisches Missfallen oder Lob ausdrücken wollten, sagten wir »die Amerikaner«, »die Europäer«, »die Weißen«, »die Belgier«. Ging es dagegen um die Schöpfer, die Erfinder, die Macher, sagten wir alle, unabhängig von unserer Rasse, »die«. Wir spalteten diese Männer ab von ihren Gruppen, ihren Ländern, und vereinnahmten sie auf diese Weise für uns. »*Die* bauen Autos, die auf Wasser fahren können.« – »*Die* entwickeln Fernseher, die so klein wie Streichholzschachteln sind.« »Die«, von denen wir auf diese Art sprachen, waren unendlich weit weg, so weit, dass sie kaum mehr weiß waren. Sie waren unparteiisch, hoch in den Wolken wie gütige Götter. Wir warteten auf ihre Segnungen und schmückten uns mit diesen Segnungen – wie auch ich mich vor Ferdinand mit meinem billigen Feldstecher und meiner hochmodernen Kamera geschmückt hatte –, als hätten wir sie selbst gemacht.

Ich hatte Ferdinand meine Schätze gezeigt, als würde ich ihm damit das Geheimnis meines Daseins offenbaren, die tiefere Wahrheit unter der Ödnis meiner Tage und Nächte. Doch in Wirklichkeit trennte mich – und all die anderen in unserer Stadt, die so waren wie ich, Asiaten, Belgier, Griechen – eine ebenso breite Kluft von »denen« wie ihn.

So also endeten meine Bemühungen, Ferdinand ein Lehrer zu sein. Ich beschloss, ihn sich selbst zu überlassen wie zuvor. Er durfte nach Belieben im Laden und der Wohnung aus und ein gehen, damit schien mir dem Versprechen seiner Mutter gegenüber Genüge getan.

Die Regenzeit kam und mit ihr die Schulferien, und Zabeth kam in die Stadt, um ihre Waren einzukaufen und Ferdinand heimzuholen. Sie schien zufrieden mit seinen Fortschritten. Und er schien zufrieden, das Gymnasium und die Bars in der Stadt mit Zabeths Dorf zu vertauschen. Also kehrte er für die Ferien nach Hause zurück. Ich stellte mir ihre Fahrt flussabwärts vor, mit Dampfer und Einbaum. Ich stellte mir den Regen auf dem Fluss vor, Zabeths Frauen, die die unbeleuchteten Wasserarme entlang auf das versteckte Dorf zustakten; die schwarzen Nächte und leeren Tage.

Der Himmel klarte jetzt kaum noch auf. Im besten Fall verfärbte er sich von Grau oder Dunkelgrau zu gleißendem Silber. Fast unablässig blitzte und donnerte es, bald weit entfernt über dem Wald, bald direkt über der Stadt. Vom Laden aus sah ich den Regen auf die Flammenbäume des Marktplatzes niederprasseln – Regen, der den Händlern alle Geschäfte verdarb, die Holzstände durch die Gegend blies und die Leute unter die Markisen der umliegenden Läden trieb. Alle sahen dem Regen zu; alle tranken Bier. Die unbefestigten Straßen verwandelten sich in Ströme roten Schlamms; rot war die Farbe der Erde überall im Busch.

Aber zuweilen endete ein Regentag mit einem grandiosen, wolkenumlagerten Sonnenuntergang. Dann fuhr ich gern zu dem Aussichtspunkt in der Nähe der Stromschnellen. Früher war hier ein kleiner Park gewesen, mit Bänken und Picknicktischen sogar; jetzt gab es nur noch die Ufermauer aus Beton und eine weite, vom Regen aufgewühlte freie Fläche. Fischernetze hingen über den dicken, geschälten Baumstämmen, die sich zwischen den Uferfelsen verkeilt hatten (Felsen, die weiter in der Flussmitte die Stromschnellen verursachten). Auf einer Seite der gerodeten Fläche duckten sich binsengedeckte Hütten; aus dem Park war wieder eine Fischersiedlung geworden. Die sinkende Sonne stach zwischen grauen Wolkenschichten hervor und ließ das braune Wasser golden, rot und violett aufleuchten. Und immerfort hörte man das Rauschen der Stromschnellen, unzählige kleine Kaskaden, die über die Steine sprudelten. Die Dunkelheit kam; und manchmal kam mit ihr auch neuer Regen, und das Rauschen der Stromschnellen wurde um das Regenrauschen auf dem Wasser verstärkt.

Und immerzu schoben sich von Süden, hinter der Biegung des Flusses, Wasserhyazinthen heran, dunkel dahintreibende Inseln auf dem dunklen Fluss, schaukelnd über den Stromschnellen. Man konnte meinen, Regen und Fluss rissen kleine Fetzen Urwald aus dem Herzen des Kontinents, um sie zum Ozean zu tragen, unermesslich viele Meilen weit fort. Doch der Fluss brachte die Wasserhyazinthen ganz allein hervor. Die hohen, lila blühenden Schlingpflanzen waren erst vor wenigen Jahren aufgetaucht, und in der hiesigen Sprache gab es kein Wort für sie. Die Eingeborenen nannten sie immer noch »dieses neue Zeug« oder »das neue Zeug im Fluss« und sahen darin einen Feind mehr. Die gummiartigen Stängel und Blätter verflochten sich zu dichtem Gestrüpp, das an den Ufern hängen blieb und die Wasserarme verstopfte. Sie breiteten sich schnell aus, schneller als die Dörfler ihnen mit ihren Werkzeugen beikommen konnten. Die Wasserläufe zu den Dörfern mussten fortwährend freigeschnitten werden. Tag und Nacht trieben neue Wasserhyazinthen von Süden heran und säten sich weiter und weiter aus.

Ich hatte mir vorgenommen, Ferdinand sich selbst zu überlassen. Aber nach den Ferien bemerkte ich, dass er mir anders begegnete. Er war weniger reserviert, und wenn er im Laden auftauchte, hatte er es nicht mehr so eilig, zu Metty weiterzukommen. Ich dachte, seine Mutter habe ihm vielleicht den Kopf gewaschen. Ich dachte außerdem, so lässig er sich beim Aufbruch ins Dorf seiner Mutter auch gegeben hatte, seine Zeit dort hatte ihm wahrscheinlich doch einen Schrecken eingejagt (womit, so fragte ich mich, hatte er seine Tage zugebracht?) und er sah nun die Stadt und das Stadtleben nicht mehr als so selbstverständlich an.

Die Wahrheit war einfacher. Ferdinand wurde erwachsen, und er wusste nicht recht, wo er stand. Er trug das Blut zweier Stämme in sich, und in diesem Teil des Landes war er ein Fremder. Er gehörte nirgends uneingeschränkt hin; es gab keine festen Vorbilder für ihn. Er wusste nicht, was von ihm erwartet wurde. Er wollte es herausfinden, und er brauchte mich zum Üben.

Ich erlebte nun mit, wie er verschiedene Rollen ausprobierte, verschiedene Arten des Auftretens durchspielte. Seine Bandbreite war begrenzt. Kam Zabeth in die Stadt, um ihre

Waren einzukaufen, blieb er noch ein paar Tage hinterher der Sohn seiner Mutter, der *marchande* – benahm sich, als wären wir Geschäftspartner, Kompagnons, und erkundigte sich nach Verkaufszahlen und Preisen. Dann wiederum wandelte er sich zum aufstrebenden jungen Afrikaner, zum Gymnasiasten, modern, forsch. In dieser Rolle trug er gern den Blazer mit dem eingestickten SEMPER ALIQUID NOVI; wahrscheinlich fand er, dass die kleinen Manierismen, die er sich von seinen europäischen Lehrern abgeschaut hatte, dadurch überzeugender wirkten. Wenn er einen dieser Lehrer nachahmte, lehnte er sich zum Beispiel in meiner Wohnung mit übereinander geschlagenen Beinen an die weiße Atelierwand und stand in dieser Haltung ganze Gespräche durch. Wenn er einen anderen nachahmte, umrundete er den Zeichentisch und hob beim Reden hier und da einen Gegenstand auf, betrachtete ihn und legte ihn wieder hin.

Er suchte jetzt das Gespräch mit mir. Nicht die Art Schwatz, die er mit Metty hielt: mit mir wollte er sich ernsthaft unterhalten. Während er zuvor immer darauf gewartet hatte, dass ich ihn etwas fragte, war nun er es, der kleine Ideen in den Raum stellte, gleichsam kleine Köder auswarf, wie um eine Diskussion in Gang zu bringen. Das gehörte zu dem neuen Bild des Gymnasiasten, das er von sich entwarf, und er übte an mir, fast so, als wäre ich sein Sprachlehrer. Aber ich fand es interessant. Ich bekam dadurch eine Vorstellung von dem, was er im Gymnasium durchnahm – und darüber wollte ich gern etwas wissen.

Eines Tages fragte er mich: »Salim, wie siehst du die Zukunft Afrikas?«

Ich antwortete nicht; ich wollte hören, was er dachte. Ich wollte wissen, ob er mit seiner gemischten Abstammung, seinen vielen Reisen hin und her eine klare Vorstellung von Afrika hatte, oder ob er und seine Freunde in der Schule diese Vorstellung lediglich aus dem Atlas bezogen. War nicht auch Ferdinand – wie Metty, als er von der Küste hierher gekommen war – noch ein Mensch, der bei fremden Stämmen lieber verhungerte, als ihr fremdes Essen zu kosten? War sein Afrika ein sehr viel größeres als das von Zabeth, die sich nur deshalb furchtlos aus ihrem Dorf in die Stadt wagte, weil sie sich unter einem besonderen Schutz wusste?

Ferdinand konnte mir lediglich verraten, dass die Welt außerhalb Afrikas im Niedergang begriffen war und Afrika im Aufstieg. Als ich fragte, worin sich dieser Niedergang äußerte, wusste er keine Antwort. Und als ich insistierte, bis er nicht mehr auf die im Gymnasium aufgeschnappten Brocken zurückgreifen konnte, stellte ich fest, dass er die Thesen aus den Unterrichtsdiskussionen in verworrener und stark vereinfachter Form gespeichert hatte. Vergangenes vermischte sich in seinem Kopf mit Gegenwärtigem. In seinem Schulblazer fühlte sich Ferdinand mindestens so fortschrittlich und bedeutend wie die Menschen der Kolonialzeit. Gleichzeitig aber sah er sich als einen der neuen Männer Afrikas und auch deshalb als bedeutend. Und in diesem überwältigenden Bewusstsein seiner eigenen Bedeutung hatte er Afrika auf sich selbst reduziert; die Zukunft Afrikas war damit nichts weiter als der Beruf, den er irgendwann einmal ergreifen würde.

Die Unterhaltungen, die Ferdinand in seiner Gymnasiastenrolle mit mir zu führen versuchte, verliefen meist gleich, weil er nicht sonderlich vorbereitet war. Er führte ein Thema bis zu irgendeinem Punkt und ließ es ohne Verlegenheit wieder fallen, als wäre die Diskussion eine Sprachübung, die er beim nächsten Mal besser beherrschen würde. Und dann kehrte er zu seinen alten Gewohnheiten zurück, suchte Metty und ließ mich stehen.

Obwohl ich auf diese Weise immer mehr über das Gymnasium mit seinen schnell wieder erwachten Kolonialdünkeln erfuhr, und auch immer mehr darüber, was in Ferdinands Kopf vor sich ging, hatte ich doch nicht das Gefühl, ihm näher zu kommen. Als er mir noch Rätsel aufgegeben hatte, unnahbar und spöttisch hinter seinem maskenhaften Gesicht, hatte ich ihn als eine Persönlichkeit empfunden. Nun kam es mir vor, als seien seine Posen mehr als Posen, als sei die Persönlichkeit dahinter zerflossen. Es schien nur Leere da zu sein, und die Vorstellung eines Gymnasiums voller Ferdinands machte mir Angst.

Was blieb, war der Glaube an seine Bedeutung. Das beunruhigte mich – wie konnte es da je Sicherheit für das Land geben? –, und es beunruhigte Metty. Sah man von den Häuptlingen und den Politikern ab, so herrschte in Afrika eine ganz einfache Demokratie: jeder war ein Dorfbewohner. Metty war Ladengehilfe und eine Art Diener, Ferdinand ein Gymnasiast mit Zukunft, aber die Freundschaft der beiden war eine Freundschaft zwischen Gleichgestellten. Diese Freundschaft dauerte fort. Doch Metty hatte als Diener in unserem Haus schon einmal miterlebt, wie aus Spielgefährten Herren wurden, und ihm – mit seinem neuen Selbstwertgefühl – musste es vorkommen, als hätte er erneut das Nachsehen.

Einmal war ich oben in der Wohnung, als sie zusammen hereinkamen, und ich hörte Metty erklären, wie es ihn von der Küste hierher verschlagen hatte, zu mir, in den Laden.

»Unsere Familien waren gut miteinander bekannt. Ich hieß Billy bei ihnen. Ich lerne eigentlich Buchhaltung. Ich bin nicht auf Dauer hier, weißt du. Ich gehe nach Kanada. Ich hab schon meine Papiere und alles. Ich warte nur noch auf mein Gesundheitszeugnis.«

Billy! Immerhin klang es halbwegs ähnlich wie Ali. Kanada

– dorthin war einer meiner Schwäger ausgewandert; in einem Brief, den ich kurz nach Mettys Ankunft erhalten hatte, war es darum gegangen, ob dieser Schwager rechtzeitig sein Gesundheitszeugnis bekommen würde. Das musste Metty auf die Idee gebracht haben.

Ich machte ein Geräusch, damit sie wussten, dass ich in der Wohnung war, und als sie ins Wohnzimmer kamen, tat ich so, als hätte ich nichts gehört.

Eines Nachmittags nicht viel später, als draußen der Regen rauschte, erschien Ferdinand im Laden und sagte, triefnass, wie er war, ohne Vorwarnung: »Salim, du musst mich in Amerika studieren lassen.«

Er klang völlig verzweifelt. Die Idee musste ihn jäh gepackt haben; offenbar hatte er gedacht, wenn er nicht auf der Stelle handelte, würde er es vielleicht niemals tun. Er war durch strömenden Regen und überflutete Straßen hergelaufen; er war nass bis auf die Haut. Ich war verblüfft über so viel Abruptheit und Verzweiflung, verblüfft auch über die Maßlosigkeit seines Ansinnens. Für mich war ein Auslandsstudium etwas Kostspieliges, ein Privileg, das meine eigene Familie sich nie hätte leisten können.

»Warum sollte ich dich nach Amerika gehen lassen?«, fragte ich. »Warum sollte ich Geld für dich ausgeben?«

Er wusste nichts zu erwidern. Trotz der Verzweiflung, trotz des Marschs durch den Regen hatte das Ganze möglicherweise nur wieder als Gesprächseinstieg dienen sollen.

War es nur seine Beschränktheit? In mir stieg der Zorn auf – wozu der Regen und die Blitze und die unnatürliche Dunkelheit wohl ihren Teil beitrugen.

Ich sagte: »Wie kommst du darauf, dass ich irgendeine Verpflichtung dir gegenüber habe? Was hast du je für mich getan?«

Und es stimmte. Seit er mit seinen Rollen herumexperimentierte, benahm er sich, als sei ich ihm etwas schuldig, nur weil ich bereit schien, ihm zu helfen.

Nichts. Er stand reglos im Halbdunkel des Ladens und sah mich an, ohne Groll, als hätte er meine Reaktion vorausgesehen und wollte die Sache mit Anstand hinter sich bringen. Eine Zeit lang hielt er meinem Blick stand. Dann schaute er weg, und ich wusste, dass er nach einem neuen Thema suchte.

Er zupfte sich das nasse weiße Hemd – mit dem gestickten Monogramm des Gymnasiums auf der Tasche – von der Haut weg und sagte: »Mein Hemd ist nass.« Als ich nicht antwortete, zupfte er es an ein, zwei anderen Stellen vom Körper weg und sagte: »Ich bin durch den Regen gelaufen.«

Ich antwortete immer noch nicht. Er ließ das Hemd los und sah auf die überschwemmte Straße hinaus. Das war seine Art, einen missglückten Anfang zu verwinden; nicht wenige seiner Versuche, mit mir zu diskutieren, endeten mit diesen kurzen Sätzen, entnervenden Kommentaren zu dem, was er oder ich taten. So starrte er jetzt in den Regen hinaus und machte vereinzelte Bemerkungen über das, was er sah. Er bettelte förmlich darum, dass ich ihn gehen ließ.

Ich sagte: »Metty ist hinten im Lager. Er soll dir ein Handtuch geben. Und sag ihm, er soll Tee machen.«

Doch damit war die Geschichte nicht ausgestanden. So einfach kam man bei Ferdinand jetzt selten davon.

Zweimal die Woche besuchte ich meine Freunde Shoba und Mahesh zum Mittagessen. Ihre Wohnung war protzig und darin den beiden nicht ganz unähnlich. Sie waren ein schönes Paar, mit Abstand das schönste in unserer Stadt. Sie hatten keinerlei Konkurrenz, und doch übertrieben sie es immer ein wenig mit ihrer Eleganz. Auch in ihrer Wohnung glaubten sie der schlichten Schönheit alten Messings und alter Perser- und Kaschmirteppiche mit lauter glitzerndem Schnickschnack nachhelfen zu müssen – lieblos gearbeiteten modernen Messingvasen aus Muradabad, maschinell gefertigten Blechtafeln mit Hindugottheiten darauf, blitzenden dreiarmigen Wandleuchten. Eine schwere Kristallfigur stellte eine nackte Frau dar. Ein kleines Stück Kunst – aber auch ein Tribut an die weibliche Schönheit, die Schönheit Shobas; denn körperliche Schönheit war das zentrale Thema dieses Paares, ihre fixe Idee, wie bei reichen Menschen das Geld.

Bei einem unserer Mittagessen fragte Mahesh: »Was ist denn in deinen Jungen gefahren? Wird er plötzlich *malin* wie alle anderen auch?«

»Metty?«

»Er war neulich bei mir. Hat so getan, als würden wir uns schon ewig kennen. Sich vor dem afrikanischen Jungen aufgespielt, der bei ihm war. Er bringt mir einen neuen Kunden, hat er gesagt. Der afrikanische Junge war angeblich Zabeths Sohn und ein guter Freund von dir.«

»Guter Freund – soso. Was wollte er?«

»Metty ist weggelaufen, als ich gerade anfing, wütend zu werden, und hat mich mit dem Jungen allein gelassen. Der Junge hat gesagt, er will eine Kamera, aber im Grunde wollte er, glaube ich, überhaupt nichts. Nur reden.«

»Hoffentlich hast du dir sein Geld zeigen lassen.«

»Ich konnte ihm keine Kameras zeigen. Das war ein schlechtes Geschäft, Salim. Provision, wo man hinschaut, nichts als Provision. Am Ende hat man gerade seine Unkosten heraus.«

Die Kameras waren eins von Maheshs fehlgeschlagenen Unternehmen. So war er, immer auf der Suche nach der großen Geschäftsidee, immer voller kleiner Ideen, die er schnell wieder fallen ließ. Er hatte den Tourismus im Kommen gewähnt und in unserer Stadt schon das Tor zu den Wildparks im Osten gesehen. Aber der Tourismus existierte nur auf den Plakaten, die in Europa für die Regierung in der Hauptstadt gedruckt wurden. Die Naturparks waren zur Natur zurückgekehrt, wenn auch nicht auf die beabsichtigte Weise. Die Straßen und Rasthäuser, von jeher rudimentär, gab es nicht mehr, die Touristen (Ausländer mit einem Interesse an verbilligtem Photozubehör) waren ausgeblieben. Mahesh hatte seine Kameras nach Osten weiterschicken müssen, über die Umschlagplätze, die von Leuten wie uns nach wie vor für den Gütertransport (legal oder auch nicht) genutzt wurden.

Mahesh sagte: »Der Junge hat behauptet, du würdest ihn zum Studieren nach Amerika oder Kanada schicken.«

»Und was lasse ich ihn da studieren?«

»Betriebswirtschaft. Damit er das Geschäft seiner Mutter übernehmen kann. Es ausbauen.«

»Ausbauen! Indem er eine Hunderterpackung Rasierklingen einzeln an die Fischer verkauft?«

»Ich dachte mir schon, dass er nur versucht, dich in Zugzwang zu bringen.«

Einfacher Zauber: Verbreite unter den Freunden eines Mannes, dass dieser Mann das und das tun wird, dann tut er es vielleicht ja wirklich.

Ich sagte: »Ferdinand ist Afrikaner.«

Als ich Ferdinand das nächste Mal sah, sagte ich: »Mein Freund Mahesh hat mir erzählt, du gehst nach Amerika und studierst da Betriebswirtschaft. Weiß deine Mutter das schon?«

Mit Ironie konnte er nichts anfangen. Auf diese Version der Geschichte war er nicht vorbereitet gewesen, und so blieb er die Antwort schuldig.

Ich sagte: »Ferdinand, du kannst nicht herumlaufen und Geschichten verbreiten, die nicht wahr sind. Was meinst du überhaupt mit Betriebswirtschaft?«

»Buchhaltung, Maschinenschreiben, Stenographie. Was du eben machst.«

»Ich stenographiere nicht. Und mit Betriebswirtschaft hat das nichts zu tun. Das ist eine Sekretärsausbildung. Dafür musst du nicht nach Amerika oder Kanada. Das kannst du auch hier lernen. Dafür gibt es in der Hauptstadt ganz bestimmt Kurse. Und wenn es erst einmal so weit ist, wirst du wahrscheinlich sowieso feststellen, dass du höher hinaus willst.«

Was ich da sagte, passte ihm nicht. Scham und Wut blitzten in seinen Augen auf. Aber darauf ließ ich mich nicht ein. Wenn es eine Rechnung zu begleichen gab, dann sollte er sie mit Metty begleichen, nicht mit mir.

Ich hatte mich gerade zum Squash-Spielen im Club fertig gemacht, als er gekommen war. Leinenschuhe, Shorts, Schläger, Handtuch um den Hals – es war wie in den alten Zeiten an der Küste. Ich ging vor in den Korridor und blieb dort stehen, um ihn an mir vorbeizulassen, damit ich zusperren konnte. Aber er blieb im Wohnzimmer; er wartete auf Metty.

Ich trat auf die Treppe hinaus. Es war wieder einmal ein Tag ohne Strom. Der Rauch von Kohlenpfannen und anderen offenen Feuern hing bläulich über den importierten Zierbäumen – Zimtkassien, Okwas, Jasminbäumen, Flammenbäumen – und verbreitete in diesem Wohnviertel, in dem früher, wie ich inzwischen wusste, weder Afrikaner noch Asiaten hätten wohnen dürfen, einen Hauch von Urwalddorf. Ich kannte all diese Bäume von der Küste. Vermutlich waren sie dort ebenfalls importiert worden, aber für mich gehörten sie an die Küste, nach Hause, zu einem anderen Leben. Hier erschienen sie mir künstlich, wie die ganze Stadt. Der vertraute Anblick erinnerte mich nur daran, wo ich war.

Ich hörte nichts mehr von Ferdinands Auslandsstudium, und wenig später gab er auch die Attitüde des aufgeweckten Gymnasiasten auf. Jetzt war eine neue Rolle an der Reihe. Vorbei die Zeiten, da er mit übereinander geschlagenen Knöcheln an der Wand gelehnt hatte, da er den Zeichentisch umrundet und Gegenstände aufgehoben und wieder fallen lassen hatte; vorbei die ernsthaften Gespräche.

Jetzt war sein Gesicht starr, wenn er hereinkam, sein Ausdruck finster und verschlossen. Er trug den Kopf sehr hoch, und alle seine Bewegungen waren schleppend. Auf der Wohnzimmercouch lümmelte er sich so hin, dass er manchmal mehr lag als saß. Er gab sich lustlos, gelangweilt. Er sah durch die Dinge hindurch; zuhören würde er notfalls (so der Eindruck, den er zu vermitteln versuchte), antworten ganz bestimmt nicht. Ich wusste nicht, was ich von dieser neuen Rolle halten sollte, und erst ein paar Bemerkungen von Metty brachten mich darauf, was für ein Vorbild es war, dem Ferdinand da nacheiferte.

Im Lauf des Schuljahrs waren auf dem Gymnasium mehrere Jungen aus den Kriegerstämmen im Osten aufgetaucht. Sie waren regelrechte Hünen, und wie Metty mir voller Ehrfurcht berichtete, waren sie es gewohnt, sich in Sänften fortzubewegen, getragen von ihren Sklaven, die kleiner und stämmiger gebaut waren. Diese hochgewachsenen Waldmenschen hatten schon immer die Bewunderung der Europäer erregt. Solange ich denken konnte, waren in den Illustrierten Artikel über sie zu lesen gewesen – über diese Afrikaner, die sich zu gut waren für Ackerbau oder Handel und die auf die übrigen Afrikaner ebenso herunterblickten, wie die Europäer es taten. Auch jetzt war diese europäische Bewunderung noch ungebrochen; nach wie vor erschienen in den Illustrierten Artikel und Photos, ungeachtet der Veränderungen, die in Afrika vor sich gegangen waren. Und es gab inzwischen sogar Afrikaner, die die Meinung der Europäer teilten und das Kriegervolk als die höchste Stufe des Afrikanertums ansahen.

Im Gymnasium, wo sich der koloniale Geist trotz allem so hartnäckig hielt, hatten die neuen Schüler Aufsehen erregt. Und so versuchte sich Ferdinand, dieser Sohn zweier Händler, nun in der Pose des trägen Urwaldkriegers. In der Schule konnte er nicht gut herumlümmeln und so tun, als sei er es gewohnt, von Sklaven bedient zu werden. Aber an mir, dachte er, konnte er üben.

Mir waren noch andere Dinge von dem Königreich in den Wäldern bekannt. Ich wusste, dass die Sklaven rebellierten und grausam niedergemetzelt wurden. Aber Afrika war groß. Der Busch dämpfte die Geräusche des Mordens, und die schlammigen Flüsse und Seen spülten das Blut mit sich fort.

Metty sagte: »Da müssen wir hin, *patron*. Es soll der einzige Ort in Afrika sein, wo noch was los ist. *Y a encore bien, bien des blancs côté-qui-là.* Es gibt da noch Mengen von Weißen. Bujumbura soll sein wie ein kleines Paris.«

Hätte ich geglaubt, dass Metty auch nur ein Viertel der Dinge verstand, die er sagte – hätte ich zum Beispiel geglaubt, dass es ihn tatsächlich nach der Gesellschaft der Weißen in Bujumbura verlangte oder dass er wusste, was oder wo Kanada war –, dann hätte ich mir Sorgen um ihn gemacht. Aber ich kannte ihn zu gut; ich wusste, dass sein Geschwätz nur Geschwätz war. Dennoch, was für Geschwätz! Die Weißen waren aus unserer Stadt vertrieben worden, ihre Monumente zerstört. Aber dort oben, in einer anderen Stadt, gab es noch Mengen von Weißen, und Krieger und Sklaven. Und davon schwärmten die Kriegerssöhne, davon schwärmten Metty und Ferdinand.

Mir ging allmählich auf, wie einfach und unkompliziert die Welt für mich war. Für Menschen wie mich und Mahesh und die ungebildeten Griechen und Italiener in unserer Stadt war die Welt im Grunde eine recht simple Angelegenheit. Wir verstanden sie, und wenn uns nicht zu viele Steine in den Weg gelegt wurden, dann meisterten wir sie auch. Es tat nichts, dass wir fern unserer Zivilisation waren, fern von den Erfindern und Machern. Es tat nichts, dass wir die Dinge, die wir zum Leben brauchten, nicht selbst anfertigen konnten und, jeder für sich, nicht einmal über das technische Geschick der Naturvölker verfügten. Im Gegenteil, je weniger wir wussten, desto ruhiger lebten wir vor uns hin, desto leichter konnten wir uns von unserer Zivilisation, unseren Zivilisationen mitziehen lassen.

Für Ferdinand bestand diese Möglichkeit nicht. Er würde nie einfach sein können. Je mehr er es versuchte, desto verwirrter wurde er. Sein Hirn war nicht leer, wie ich zwischendurch geargwöhnt hatte. Es war eine Rumpelkammer, angefüllt mit Plunder aller Art.

Mit der Ankunft der Kriegerssöhne war im Gymnasium die Prahlerei eingezogen, und mir schien, als habe Ferdinand – oder sonst jemand – auch mit mir geprahlt. Mit mir – oder mit dem, was bei mir zu holen war. Jedenfalls hatte sich offenbar das Gerücht verbreitet, dass mir die Ausbildung und das Wohlergehen junger Afrikaner am Herzen lag.

Junge Männer, nicht einmal alles Gymnasiasten, begannen im Laden aufzutauchen, manchmal mit Büchern in den Händen, manchmal in einem eindeutig geborgten SEMPER ALIQUID NOVI-Blazer. Sie wollten Geld. Sie sagten, sie seien arm und bräuchten Geld, um weiter die Schule besuchen zu können. Manche dieser Bettler waren dreist und bauten sich stracks vor mir auf, um ihre Forderung vorzutragen; die Schüchternen drückten sich herum, bis niemand sonst mehr im Laden war. Nur wenige hatten sich die Mühe gemacht, Geschichten zu fabrizieren, und diese Geschichten glichen alle der Ferdinands: der Vater tot oder weit weg, die Mutter im Dorf, der Junge schutzlos und voller Ehrgeiz.

Ihre Dummheit verblüffte mich erst, dann machte sie mich wütend und schließlich beklommen. Keinem von ihnen schien es etwas auszumachen, abgewiesen oder von Metty aus dem Laden vertrieben zu werden; manche kamen ein zweites Mal. Es war, als interessierte meine Reaktion niemanden, als wäre mir irgendwo draußen in der Stadt eine Rolle zugewiesen worden und meine eigene Wahrnehmung zählte überhaupt nicht. Das war das Beklemmende. Diese Arglosigkeit, diese Unschuld, die keine Unschuld war – das konnte nur auf Ferdinand zurückgehen, auf seine Sicht unserer Beziehung und seine Vorstellung von meiner Nützlichkeit.

»Ferdinand ist Afrikaner«, hatte ich zu Mahesh gesagt – leichthin, eine vereinfachende Darstellung für einen Voreingenommenen. Möglicherweise war ja Ferdinand vor seinen Freunden ganz ähnlich verfahren, als er ihnen sein Verhältnis zu mir erklärte. Und aus seinen Lügen und Übertreibungen (und dem Part, den er mir dabei zugeteilt hatte) schien sich nun ein Netz um mich zu spinnen. Ich war zu einer Beute geworden.

Vielleicht galt das für uns alle, die wir nicht aus dem Land stammten. Die Geschehnisse der jüngeren Vergangenheit hatten unsere Hilflosigkeit bewiesen. Jetzt herrschte eine Art Frieden, doch wir alle, Asiaten, Griechen und andere Europäer, waren unverändert Beute – Wild, das auf unterschiedliche Weise gejagt wurde. Manche von uns waren gefährlich, und man musste sich vorsichtig an sie heranpirschen; anderen nahte man sich unterwürfig; wieder anderen musste man so kommen, wie sie mir nun kamen. So war es in der Geschichte des Landes angelegt; hier war der Mensch seit jeher Beute. Einer Beute will man nichts Böses. Man versucht sie in die Falle zu locken. Zehnmal entgeht sie einem; aber die Falle, die man stellt, ist immer die gleiche.

Kurz nach meiner Ankunft hatte Mahesh mich vor den Einheimischen gewarnt: »Vergiss nie, Salim, sie sind *malins*.« Er hatte das französische Wort benutzt, weil all die Übersetzungen, die er hätte verwenden können – »böse«, »gerissen«, »schlau« –, an der Sache vorbeigingen. Die Einheimischen waren *malins*, wie ein Hund, der eine Eidechse jagte, oder eine Katze, die einen Vogel jagte, *malin* war. Die Einheimischen waren *malins*, weil sie in dem Bewusstsein lebten, dass der Mensch Beute ist.

Sie waren kein kräftiger Menschenschlag. Sie waren sehr klein und schmächtig. Aber wie zum Ausgleich für ihre Unbedeutendheit in dieser unendlichen Weite von Fluss und Wald prügelten sie sich am liebsten mit bloßen Händen. Sie gebrauchten nicht die Fäuste. Sie gebrauchten die flache Hand; sie schubsten, stießen, ohrfeigten. Mehr als einmal konnte ich nachts beobachten, wie ein betrunkenes Geschubse und Gestoße vor einer Bar oder einem kleinen Tanzlokal, ein einfaches Handgemenge, in systematisches Morden umschlug, als hätte die erste Wunde, das erste hervorquellende Blut das Opfer seiner Menschenwürde beraubt und stellte denjenigen, der die Wunde beigebracht hatte, unter den Zwang, sein Zerstörungswerk zu vollenden.

Ich war schutzlos. Ich hatte keine Familie, keine Flagge, keinen Fetisch. War es das, was Ferdinand seinen Freunden erzählt hatte? Ich fand, es sei an der Zeit, ein paar Dinge mit Ferdinand zu klären und sein Bild von mir zurechtzurücken.

Meine Gelegenheit kam, wie erwartet, bald. Eines Morgens erschien ein gut gekleideter junger Mann im Laden, in der Hand ein Buch, das wie ein Auftragsbuch aussah. Er gehörte zu den Schüchternen. Er drückte sich herum, wartete, dass die Leute gingen, und als er näher trat, sah ich, dass das Buch nur von weitem so geschäftsmäßig wirkte. Der Rücken war in der Mitte schwärzlich, von vielen Fingern abgewetzt. Und ich sah auch, dass das Hemd des Jünglings, wenngleich eindeutig sein bestes, nicht so sauber war, wie ich gedacht hatte. Es war das gute Hemd, das er zu besonderen Anlässen anzog und hinterher wieder auszog und an einen Nagel hängte bis zum nächsten besonderen Anlass. Der Kragen war innen gelblich schwarz.

Er sagte: »Mis' Salim.«

Ich nahm das Buch, und er wandte den Blick ab und schob die Brauen zusammen.

Das Buch gehörte dem Gymnasium, und es war alt. Es stammte aus den letzten Tagen der Kolonialzeit: eine Spendenliste für eine Turnhalle, die die Schule hatte bauen wollen. Der Deckel trug auf seiner Innenseite den Stempel des Gymnasiums mit dem Wappen und dem Wahlspruch. Auf der Seite gegenüber stand der Aufruf des Direktors, in der steifen, eckigen europäischen Handschrift, die man auch bei einigen der Afrikaner hier sehen konnte. Der erste Unterzeichner war der Gouverneur der Provinz, und sein Namenszug prangte königlich auf einer Seite für sich allein. Ich blätterte weiter, betrachtete die selbstbewussten Unterschriften von Beamten und Kaufleuten. So wenig Zeit war seither vergangen, und doch schien all dies einem anderen Jahrhundert anzugehören.

Mit Interesse bemerkte ich die Unterschrift eines der

Unsrigen, von dem Nazruddin oft erzählt hatte. Dieser Mann hatte altmodische Vorstellungen von Geld und Sicherheit gehabt; er hatte seinen Reichtum dazu verwendet, einen Palast zu erbauen, aus dem er dann nach der Unabhängigkeit hatte fliehen müssen. Die Söldner der Zentralregierung, die die Ordnung wiederhergestellt hatten, waren dort einquartiert gewesen; jetzt diente der Palast als Kaserne. Der Mann hatte sich zu einem gewaltigen Betrag verpflichtet. Ich entdeckte Nazruddins Unterschrift – zu meiner Überraschung: ich hatte vergessen, dass auch er hier zu finden sein könnte, inmitten dieser toten kolonialen Namen.

Die Turnhalle war nie gebaut worden. All diese Bekundungen von Loyalität und Zukunftsvertrauen und Bürgerstolz waren umsonst gewesen. Doch das Buch hatte überlebt. Nun war es gestohlen worden, sein Wert als Geldquelle erkannt. Das Datum war gefälscht, unübersehbar, die Unterschrift des damaligen Direktors mit Pater Huismans' Namen überschrieben.

Ich sagte zu dem jungen Mann: »Das Buch bleibt hier. Ich werde es den Leuten zurückgeben, denen es gehört. Wer hat dir das Buch gegeben? Ferdinand?«

Er sah mich hilflos an. Schweiß begann ihm über die gefurchte Stirn zu strömen; er blinzelte ihn sich aus den Augen. »Mis' Salim.«

»Du hast deinen Auftrag erledigt. Du hast mir das Buch gegeben. Jetzt geh.«

Und er gehorchte.

Ferdinand kam am Nachmittag. Ich hatte gewusst, dass er kommen würde – dass er mein Gesicht sehen und herausfinden wollte, was mit seinem Buch passiert war. Er sagte: »Salim?« Ich beachtete ihn nicht. Ich ließ ihn stehen. Aber lange musste er nicht herumstehen.

Metty war hinten im Lager, und Metty musste ihn gehört haben. Metty rief: »He!« Ferdinand rief eine Erwiderung und ging nach hinten. Er und Metty begannen sich auf Patois zu unterhalten. Wut stieg in mir auf, als ich diese zufriedenen, hohen, plätschernden Töne hörte. Ich nahm das Spendenbuch aus meiner Schreibtischschublade und ging in den Lagerraum.

Der Raum mit seinem einzelnen kleinen Gitterfenster hoch an der Wand lag im Halbdunkel. Metty stand auf einer Leiter und kontrollierte die Waren in dem Regal vor ihm. Ferdinand lehnte an dem Regal an der gegenüberliegenden Wand, unter dem Fenster. Ich konnte sein Gesicht nur ahnen.

Ich blieb an der Tür stehen. Ich schwenkte das Buch in Ferdinands Richtung und sagte: »Diesmal kriegst du Ärger.«

»Was für Ärger?«, fragte er.

Er fragte es in seinem üblichen ausdruckslosen Ton. Es war nicht sarkastisch gemeint; er wollte ernsthaft wissen, wovon ich sprach. Aber ich konnte sein Gesicht nur ahnen. Ich sah das Weiße in seinen Augen, und ich glaubte zu sehen, wie er die Mundwinkel zu einem Lächeln verzog. Dieses Gesicht, das so sehr an unheimliche Masken erinnerte! Und ich dachte: Ja – was für Ärger?

Von Ärger zu reden hieß so zu tun, als gäbe es Gesetze und Vorschriften, denen sich alle unterwarfen. Es gab nichts dergleichen. Früher hatte eine Ordnung existiert, aber eine Ordnung voller eigener Unredlichkeiten und Grausamkeiten – deshalb lag die Stadt ja in Trümmern. Wir lebten auf diesem Trümmerhaufen. Statt Vorschriften gab es jetzt nur noch Schergen, die einem jedes Unrecht nachzuweisen vermochten, bis man bezahlte. Was konnte ich zu Ferdinand sagen außer: »Leg dich nicht mit mir an, Junge, ich kann dir mehr schaden als du mir«?

Allmählich sah ich sein Gesicht deutlicher.

Ich sagte: »Du bringst dieses Buch zu Pater Huismans zurück. Wenn du es nicht tust, bringe ich es ihm selbst. Und ich sorge dafür, dass er dich ein für allemal heimschickt.«

Er schaute mich an, überrumpelt wie von einem unverhofften Angriff. Dann bemerkte ich Metty oben auf seiner Leiter. Metty war nervös, angespannt; seine Augen verrieten ihn. Und mir wurde klar, dass es ein Fehler gewesen war, meinen ganzen Zorn für Ferdinand aufzuheben.

In Ferdinands Augen begann es zu glänzen, das Weiße zeichnete sich in aller Schärfe ab. So dass er in diesem furchtbaren Moment wirkte wie ein Komiker aus einem alten Film. Er beugte sich so weit vor, dass es fast aussah, als müsste er das Gleichgewicht verlieren. Er holte tief Atem. Er wandte den Blick keine Sekunde lang von mir. Er war starr vor Wut; außer sich über diese Kränkung. Seine Arme hingen still und lose an seinen Seiten, wodurch sie länger schienen als sonst. Seine Finger krümmten sich, ohne sich zur Faust zu ballen. Sein Mund stand offen. Aber das, was ich für ein Lächeln gehalten hatte, war kein Lächeln. Wäre das Licht besser gewesen, hätte ich das von Anfang an gesehen.

Der Anblick war beängstigend, und mir schoss durch den Kopf: So wird er schauen, wenn er das Blut seines Opfers sieht, wenn er seinem Feind beim Sterben zusieht. Und diese Gedanken gipfelten in einem weiteren: Das ist die Wut, die die Stadt in Schutt und Asche gelegt hat.

Ich hätte den Druck verstärken und diese wilde Wut in Tränen umschlagen lassen können. Aber ich verzichtete darauf. Mir schien, dass sie beide ganz gut verstanden hatten, mit wem sie es ab jetzt zu tun hatten, und ich ließ sie im Lager allein, damit sie sich wieder fangen konnten. Nach einer Weile hörte ich sie reden, leise diesmal.

Um vier, zur Ladenschlusszeit, rief ich Metty. Und er, froh um die Gelegenheit, herauszukommen und sich nützlich zu machen, sagte »*patron*« und legte die Stirn in Falten, um zu zeigen, mit welchem Ernst er sich der Aufgabe des Abschließens widmete.

Ferdinand erschien, die Ruhe selbst, leichten Schritts. Er sagte: »Salim?« Ich sagte: »Ich bringe das Buch zurück.« Und ich sah ihm nach, wie er groß und betrübt und langsam unter den blattlosen Flammenbäumen die rote Straße entlangging, vorbei an den rohgezimmerten Marktbuden seiner Stadt.

4

Pater Huismans war nicht da, als ich mit dem Buch in die Schule kam. Ein junger Belgier saß im Vorzimmer, und er teilte mir mit, dass Pater Huismans ab und zu gern für ein paar Tage wegfuhr. Wegfuhr wohin? »Er fährt in den Busch. In irgendwelche Dörfer«, sagte der junge Mann – Sekretär oder Lehrer – ungehalten. Und seine Gereiztheit nahm noch zu, als ich ihm das Spendenbuch gab.

Er sagte: »Die kommen hier an und betteln darum, aufs Gymnasium gehen zu dürfen. Und kaum hat man sie aufgenommen, fangen sie an zu stehlen. Sie würden die ganze Schule wegtragen, wenn wir sie ließen. Sie kommen und betteln, dass man sich um ihre Kinder kümmert. Und auf der Straße rempeln sie einen dann an, damit auch ja klar ist, dass man ihnen den Buckel runterrutschen kann.« Er sah nicht wohl aus. Er war blass, aber die Haut unter seinen Augen war dunkel verfärbt, und er schwitzte beim Reden. Er sagte: »Es tut mir Leid. Es wäre besser, Sie würden mit Pater Huismans sprechen. Sie müssen verstehen, es ist nicht leicht für mich. Ich esse nichts als Honigkuchen und Eier.«

Das klang mir nach einer ungewöhnlich nahrhaften Kost. Dann erst begriff ich, was er eigentlich meinte: dass er halb verhungert war.

Er sagte: »Pater Huismans ist Anfang des Schuljahrs auf die

Idee verfallen, die Jungen afrikanisch zu ernähren. Dagegen schien nichts einzuwenden. Eine afrikanische Bekannte von mir in der Hauptstadt kocht ganz wunderbare Gerichte mit Garnelen und Schaltieren. Aber hier gab es Raupen und Spinat in Tomatensoße. Jedenfalls hat es wie Tomatensoße ausgesehen. Dieser erste Tag! Es war natürlich nur für die Schüler, aber mir hat sich allein von dem Anblick der Magen umgedreht. Ich konnte nicht im Speisesaal bleiben und ihnen beim Kauen zuschauen. Seitdem bringe ich nichts mehr herunter von dem Zeug aus der Küche. In meinem Zimmer habe ich keine Kochgelegenheit, und im van der Weyden kommt dieser Kloakengeruch von der Terrasse. Ich bleibe nicht hier. Ich muss weg hier. Für Huismans ist es schön und gut. Er ist Geistlicher. Ich bin kein Geistlicher. Er geht in den Busch. Ich will nicht in den Busch.«

Ich konnte ihm nicht helfen. Mit dem Essen hatten wir es alle nicht leicht. Auch ich war nicht eben zu beneiden: gerade hatte ich wieder bei dem Paar aus Indien zu Mittag gegessen, umgeben von dem Geruch nach Stinkasant und Wachstuch.

Als ich etwa eine Woche später erneut mein Glück versuchte, erfuhr ich, dass der junge Belgier nur zwei Tage nach unserer Begegnung mit dem Dampfer abgefahren war. Es war Pater Huismans, der mir die Mitteilung machte, und den Pater, sonnengebräunt und frisch nach seiner eigenen Fahrt, schien der Verlust eines seiner Lehrer nicht sonderlich zu bekümmern. Er sagte, er sei froh, das Spendenbuch zurückzubekommen. Es sei Teil der Stadtgeschichte, das würden die Jungen, die es entwendet hatten, eines Tages selber begreifen.

Pater Huismans war zwischen vierzig und fünfzig. Er trug kein Priestergewand, aber trotz Alltagshose und -hemd war etwas an ihm, das ihn von gewöhnlichen Sterblichen abhob. Er hatte das unfertige Gesicht, das mir immer wieder an Europäern auffällt, an Arabern, Persern oder Indern dagegen nie. Bei diesen Gesichtern haben die Form des Mundes und die Wölbung der Stirn etwas Säuglingshaftes behalten. Vielleicht sind solche Menschen zu früh geboren; irgendeine Fehlentwicklung muss in einem sehr frühen Stadium jedenfalls stattgefunden haben. Einige von ihnen sind so schwächlich, wie sie aussehen, andere besonders zäh. Pater Huismans war von der zähen Sorte. Er wirkte unfertig und schwächlich, und er wirkte zäh.

Er war auf dem Fluss unterwegs gewesen, zu Besuch in ein paar Dörfern, die er kannte, und er hatte zwei Dinge mitgebracht: eine Maske und eine ältere Holzschnitzerei. Diese Funde waren es, über die er reden wollte, nicht der Lehrer, der abgereist war, oder das Spendenbuch für die Turnhalle.

Die Schnitzerei war höchst sonderbar. Sie war etwa anderthalb Meter hoch, eine spindeldürre menschliche Gestalt, nur aus Gliedmaßen, Rumpf und Kopf bestehend, ganz primitiv; das Stück Holz, aus dem sie geschnitzt war, betrug im Durchmesser nicht mehr als fünfzehn, zwanzig Zentimeter. Mit Schnitzwerk kannte ich mich aus, damit trieben wir an der Küste Handel; für uns arbeiteten mehrere Holzschnitzerfamilien aus einem Stamm, der berühmt war für seine Kunstfertigkeit. Aber Pater Huismans ging darauf nicht ein, als ich es erwähnte, sondern sprach lieber darüber, was er in der Figur sah, die er erstanden hatte. Mir erschien sie übertrieben und krude; ich dachte, dass sich der Schnitzer wahrscheinlich einen Witz erlaubt hatte; das kannte ich von unseren Schnitzern daheim. Aber Pater Huismans wusste, was sich hinter dieser dürren Gestalt verbarg, und für ihn war sie phantasiereich und voller Bedeutung.

Ich hörte zu, und zum Schluss sagte er mit einem Lächeln: »*Semper aliquid novi.*« Er gebrauchte den Wahlspruch des Gymnasiums im Scherz. Die Worte seien alt, erklärte er mir, zweitausend Jahre alt, und sie bezögen sich auf Afrika. Ein alter römischer Dichter habe geschrieben, aus Afrika komme »immer etwas Neues« – *semper aliquid novi*. Und was Masken und Schnitzereien angehe, so sei dies nach wie vor wörtlich zu verstehen. Jede Schnitzerei, jede Maske sei für ihren eigenen religiösen Zweck bestimmt, deshalb dürfe es jede nur einmal geben. Nachbildungen seien Nachbildungen, ihnen wohne kein Zauber und keine Macht inne, und an solchen Nachbildungen sei er, Pater Huismans, nicht interessiert. Ihm gehe es bei Masken und Schnitzereien um die Religiosität; ohne Religiosität seien sie tot und bar jeder Schönheit.

Es wunderte mich, dass ein christlicher Priester afrikanische Glaubensvorstellungen so hoch achtete; wir an der Küste hatten nach dergleichen nie gefragt. Aber obgleich Pater Huismans so viel über die afrikanische Religion wusste und solche Mühen auf sich nahm, um seine Sammelstücke zu erwerben, hatte ich nicht den Eindruck, dass ihm die Afrikaner darüber hinaus sonderlich am Herzen lagen; der Zustand des Landes schien ihn nicht zu kümmern. Ich beneidete ihn um diese Gleichgültigkeit; und ich dachte, als wir uns an diesem Tag trennten, dass sein Afrika, dieses Afrika von Busch und Fluss, ein ganz anderes war als das meine. Sein Afrika war eine wunderbare Welt, immer voll des Neuen.

Er war Priester, nur halb ein Mann. Er hielt Gelübden die Treue, die ich nicht hätte ablegen können, und ich war ihm mit dem Respekt begegnet, den Menschen meiner Herkunft vor heiligen Männern empfinden. Aber ich sah bald mehr in ihm als nur das. Ich sah in ihm einen lauteren Mann. Es tat mir wohl, ihn in unserer Stadt zu wissen. Seine Ansichten, seine Interessen, seine Kenntnisse bereicherten sie, machten sie weniger öde. Es störte mich nicht, dass er so selbstbezogen war; dass ihn der Zusammenbruch eines seiner Lehrer so ungerührt ließ oder dass er so wenig auf mich einging, wenn er mit mir sprach. Für mich war das Teil seiner ganz eigenen Religiosität. Ich suchte ihn auf, weil ich mehr über seine Interessen erfahren wollte. Er war immer gern bereit zu reden (wobei er mich nie direkt ansah) und seine neuesten Funde herzuzeigen. Einige Male kam er auch in den Laden und bestellte Sachen für das Gymnasium. Doch eine gewisse Scheu – die nicht eigentlich Scheu war – verließ ihn nie. Unser Umgang wurde nie ganz unbefangen. Es blieb immer eine Kluft.

Er erklärte mir den zweiten Wahlspruch der Stadt – die lateinische Inschrift auf dem zertrümmerten Denkstein vor dem Tor des Anlegers: *Miscerique probat populos et foedera iungi.* »Er billigt es, dass die Völker sich mischen und Bündnisse geschlossen werden«, das war die Bedeutung dieser Worte, und wieder waren es sehr alte Worte, auch sie aus den Tagen des alten Rom. Sie stammten aus einem Epos über die Gründung Roms. Der erste römische Held, unterwegs nach Italien, um seine Stadt zu gründen, landet an der afrikanischen Küste. Die Königin dort verliebt sich in ihn, und die Weiterreise nach Italien wird auf die lange Bank geschoben. Doch da schalten sich die Göttinnen ein, die das Ganze beobachten, und eine von ihnen fragt sich, ob der große römische Gott eine Siedlung in Afrika, die Vermischung der Völker und Bündnisse zwischen Afrikanern und Römern wohl billigen wird. So weit das alte lateinische Epos. Für den Wahlspruch jedoch hatte man drei Wörter abgeändert und so den Sinn umgekehrt. Dem Wahlspruch zufolge, wie er in den Granit vor dem Tor zum Anleger graviert stand, bot die Besiedelung

Afrikas keinerlei Anlass zu Zweifeln; der große römische Gott billigte die Vermischung der Völker und den Abschluss von Bündnissen in Afrika. *Miscerique probat populos et foedera iungi.*
Ich konnte es nicht fassen. Zweitausend Jahre alte Worte: verdreht, um das sechzigjährige Bestehen der Dampferverbindung zur Hauptstadt zu feiern! Rom war Rom. Was war das hier? Eine solche Inschrift in ein Denkmal an diesem afrikanischen Fluss zu meißeln hieß nichts anderes, als den Untergang auf die Stadt herabzubeschwören. Schwang da nirgends ein klein wenig Angst mit, wie in der ursprünglichen Zeile aus dem Epos? Kaum errichtet, war das Denkmal schließlich zerstört worden, und zurückgeblieben waren nur Bronzezacken und diese zynischen Worte: Kauderwelsch für die Menschen, die jetzt an den zwei, drei Tagen vor der Ankunft des Dampfers auf dem Gelände vor dem Tor Markt hielten und lagerten, mitsamt ihren Ziegen, ihren Hennen in Käfigen und angeleinten Äffchen (Letztere, nicht anders als die Hennen und Ziegen, zum Essen gedacht).

Aber ich war froh, nichts gesagt zu haben, denn Pater Huismans erschienen die Worte nicht dünkelhaft. Ihm halfen sie, seinen Platz in Afrika zu bestimmen. Er sah sich nicht einfach in einer Stadt im Busch; er sah sich als Teil einer gewaltigen historischen Strömung. Er war aus Europa; er bezog die lateinischen Worte auf sich selbst. Es konnte ihn nicht beirren, dass die Europäer in unserer Stadt ungebildet waren und dass zwischen dem, wofür er mit seinem Leben stand, und dem, wofür der verwüstete Vorort bei den Stromschnellen gestanden hatte, ein solcher Abgrund klaffte. Er hatte sein eigenes Bild von Europa, sein eigenes Bild seiner Kultur. Das war es, was uns trennte. Von den Leuten, die ich im »Club hellénique« traf, fühlte ich mich durch nichts auf diese Weise getrennt. Und doch betonte Pater Huismans sein Europäertum und seine Distanz zu den Afrikanern weit weniger als sie. In jeder Hinsicht war er seiner selbst sicherer.

Er empfand über das, was der europäischen Stadt widerfahren war, nicht den Groll, den so viele seiner Landsleute empfanden. Er fühlte sich nicht verletzt durch die Schändung der Monumente und Statuen. Das lag nicht daran, dass er eher zur Vergebung bereit war oder klarer sah, was den Afrikanern angetan worden war. Für ihn bedeutete die Zerstörung der europäischen Stadt, der Stadt, die seine Landsleute erbaut hatten, nur einen kurzfristigen Rückschlag. Damit musste man rechnen, wenn etwas Großes, Neues entstand, wenn der Lauf der Geschichte geändert wurde.

An der Biegung des Flusses habe es im Zweifel schon immer eine Siedlung gegeben, sagte er. Es sei der natürliche Platz dafür. Die Stämme und die Machtverhältnisse mochten gewechselt haben, aber ganz sicher waren immer wieder Menschen hier zusammengekommen, um Handel zu treiben. Die arabische Stadt dürfte nur unwesentlich größer gewesen sein als die afrikanische Siedlung und auch technisch nicht viel weiter fortgeschritten. So weit im Landesinneren hatten die Araber mit dem Baumaterial vorlieb nehmen müssen, das der Wald lieferte; das Leben in ihrer Stadt hatte sich vermutlich vom Urwaldleben nicht allzu sehr unterschieden. Die Araber hatten der mächtigen europäischen Zivilisation lediglich den Weg bereitet.

Von allem, was mit der Kolonisierung durch die Europäer und der Erschließung des Flusses zusammenhing, sprach Pater Huismans mit einer Ehrfurcht, die viele Stadtbewohner verwundert hätte, denn sie sahen in ihm den Afrikaliebhaber – und damit nach ihrem Verständnis auch einen Gegner der kolonialen Vergangenheit. Diese Vergangenheit war bitter gewesen, doch Pater Huismans schien die Bitterkeit für selbstverständlich zu erachten; sein Blick machte bei ihr nicht Halt. Aus der Werft neben dem Zollhaus, die längst nur noch eine Müllhalde voll rostigem Schrott war, hatte er sich Teile von alten Dampfern und ausgemusterten Maschinen aus der Zeit vor der Jahrhundertwende geholt und sie wie Relikte einer frühen Zivilisation im Innenhof des Gymnasiums ausgelegt. Sein ganzer Stolz war ein Stück, auf dem auf einer ovalen Stahlplakette der Name des Herstellers im belgischen Seraing zu lesen war.

Aus simplen Geschehnissen am Ufer des breiten schlammigen Flusses, aus der Vermischung von Völkern, würde eines Tages Großes hervorgehen. Wir standen erst am Anfang. Und für Pater Huismans waren die Überreste der Kolonialzeit ebenso kostbar wie die Dinge Afrikas. Das echte Afrika sah er als sterbend oder todgeweiht an. Darum war es, solange dieses Afrika noch existierte, so wichtig, sein Erbe zu verstehen, zu sammeln und zu bewahren.

Was er aus dem sterbenden Afrika zusammengetragen hatte, lag alles in der Waffenkammer des Gymnasiums, wo früher die antiquierten Gewehre des Kadettencorps aufbewahrt worden waren. Die Kammer war so groß wie ein Klassenzimmer, und von außen sah sie auch wie ein Klassenzimmer aus. Aber sie hatte statt Fenster nur hohe getäfelte Türen an zweien ihrer Wände, und das einzige Licht kam von einer nackten, an einem langen Kabel baumelnden Glühbirne.

Als Pater Huismans die Tür zu dieser Kammer zum ersten Mal für mich aufschloss, als ich den warmen Geruch nach Gras und Erde und altem Fett roch und undeutlich Masken auf Lattenregalen aufgereiht sah, dachte ich: Das ist Zabeths Welt. Das ist die Welt, in die sie zurückkehrt, wenn sie meinen Laden verlässt. Aber Zabeths Welt war lebendig, und das hier war tot. Denn sie wirkten tot, diese flach in ihren Regalen liegenden Masken, die über sich nicht Urwald oder Himmel sahen, sondern nur die Unterseiten weiterer Regale. Sie lagen darnieder, in mehr als einer Hinsicht; sie hatten ihre Macht verloren.

Doch das war nur ein augenblickslanger Eindruck. In dem heißen Dunkel dieser Kammer wurden die Gerüche der Masken immer stärker, und mit ihnen mein Gefühl der Furcht, mein Bewusstsein all dessen, was uns draußen umgab. Es war das gleiche Gefühl wie nachts auf dem Fluss. So wie der Busch voll von Geistern war, den Geistern der Vorfahren, die jeden Menschen beschützten, schienen hier in dieser Kammer die Geister all der toten Masken – und mit ihnen die Kräfte, die sie beschworen, die religiösen Ängste einfacher Menschen – auf engstem Raum konzentriert.

Die Masken und Schnitzereien wirkten alt. Sie hätten beliebig alt sein können, hundert Jahre, tausend Jahre. Aber sie waren datiert; Pater Huismans hatte sie datiert. Sie waren alle recht neu. Ich dachte: Was, 1940? In dem Jahr bin ich geboren. Oder: Da, 1963. Das ist das Jahr, in dem ich hierher gekommen bin. Während das hier entstanden ist, saß ich wahrscheinlich beim Mittagessen mit Shoba und Mahesh.

So alt, so neu. Und mit seiner grandiosen Vorstellung von seiner Kultur, mit seiner grandiosen Vorstellung von der Zukunft, sah sich Pater Huismans am Ende der Reihe: der letzte, glückliche Zeuge.

5

DIE MEISTEN von uns kannten nur den Fluss, die schadhaften Straßen und den Busch am Straßenrand. Dahinter kam das Unbekannte; dahinter mussten wir auf Überraschungen gefasst sein. Wir fuhren selten an Orte, die abseits der gewohnten Routen lagen. Ja wir fuhren überhaupt selten irgendwo hin. Es war, als wollten wir uns, nachdem wir einen so weiten Weg hergekommen waren, nicht mehr recht von der Stelle rühren. Wir hielten uns an das Vertraute – Wohnung, Laden, Club, Bar, die Uferstraße bei Sonnenuntergang. Manchmal machten wir einen Wochenendausflug zur Nilpferdinsel ein Stück oberhalb der Stromschnellen. Aber dort lebte niemand, außer den Nilpferden – sieben in meiner ersten Zeit hier, jetzt nur noch drei.

Einen Eindruck von den versteckten Dörfern bekamen wir nur durch die Dorfbewohner, die in die Stadt kamen. Sie wirkten erschöpft und zerlumpt nach ihren Jahren der Isolation und der Entbehrungen und schienen froh darüber, sich wieder frei bewegen zu können. Von meinem Laden aus konnte ich sie beobachten, wie sie zwischen den Marktbuden auf dem Platz herumstrichen und all die Stoffballen und fertigen Kleidungsstücke bestaunten, bevor es sie wieder zu den Essensständen zog, zu den kleinen öligen, auf Zeitungsfetzen ausgelegten Häuflein gebratener Fliegender

Ameisen (teure Ware, die löffelweise verkauft wurde), den haarigen orangefarbenen Raupen mit den hervorquellenden Augen, die in Emailleschüsseln übereinander krochen, den fetten weißen Maden, die in Säckchen voll nasser Erde feucht und weich gehalten wurden, fünf oder sechs Stück pro Säckchen – ein Allzweck-Sattmacher, saugfähig und geschmacksneutral, süß zu süßen Gerichten, würzig zu würzigen. Eigentlich alles Nahrung des Urwalds, die im Umkreis der Dörfer jedoch nicht mehr zu finden war (die Maden etwa lebten im Herzen von Palmen), und niemand wagte sich zum Sammeln gern weit in den Wald.

Immer mehr von den Dorfbewohnern, die in die Stadt kamen, schlugen Lager auf und blieben. In den Nächten wurde auf den Straßen und Plätzen gekocht. Auf den Gehsteigen wurden die Schlafplätze unter den Ladenmarkisen mit symbolischen Mauern abgegrenzt – niedrigen Zäunen, teils aus Karton, der zwischen Steine oder Ziegel geklemmt wurde, teils aus Schnüren, die man (wie die Seile eines Boxrings in Miniatur) um Stöckchen spannte, die ihrerseits in kleinen Steinhaufen steckten.

War die Stadt kürzlich noch wie ausgestorben gewesen, fühlte sie sich nun überlaufen an. Nichts, so schien es, konnte den Andrang aus den Dörfern aufhalten. Da erreichten uns – aus der unbekannten Welt außerhalb der Stadt – Kriegsgerüchte.

Und es war der alte Krieg, der Krieg, von dem wir uns immer noch erholten, dieser halbe Stammeskrieg, der nach der Unabhängigkeit ausgebrochen war und die Stadt verheert und entleert hatte. Wir hatten geglaubt, dass er aus und vorbei sei, dass die Leidenschaften sich verzehrt hätten. Nichts hatte auf etwas anderes hingedeutet. Selbst die hiesigen Afrikaner sprachen inzwischen von jener Zeit als einer Zeit des

Wahnsinns. Und Wahnsinn war das einzig treffende Wort. Von Mahesh und Shoba hatte ich Gräuelgeschichten von Soldaten und Rebellen und Söldnern gehört, die über Monate hinweg drauflosgemordet hatten, von Menschen, die mitten auf der Straße, auf perfide Arten gefesselt, Lieder hatten absingen müssen, während sie zu Tode geprügelt wurden. Keiner von denen, die aus den Dörfern herbeigeströmt kamen, schien für ein solches Grauen gerüstet. Und doch begann nun alles wieder von neuem.

Nach der Unabhängigkeit waren die Menschen in unserer Region toll geworden vor Wut und Angst – all der angestauten Wut der Kolonialzeit, all den neu erwachten Stammesängsten. Die Menschen in unserer Region hatten viel zu leiden gehabt, nicht nur unter Europäern und Arabern, sondern auch unter anderen Afrikanern, und nach der Unabhängigkeit hatten sie der neuen Regierung in der Hauptstadt den Gehorsam verweigert. Es war ein instinktives Aufbegehren, ohne Anführer, ohne Manifest. Wäre es von Vernunft geleitet gewesen statt von unreflektierter Ablehnung, hätten die Menschen unserer Region vielleicht eingesehen, dass die Stadt an der Flussbiegung ihre Stadt war, die Hauptstadt eines jeglichen Staates, den sie ausrufen mochten. Aber sie hassten die Stadt, weil sie die Eindringlinge hassten, die dort – und von dort aus – regiert hatten; und statt sie zu übernehmen, zerstörten sie sie.

Und nachdem sie ihre Stadt zerstört hatten, trauerten sie um sie. Sie wünschten sie sich wieder lebendig. Und kaum sahen sie sie wieder aufleben, packte sie von neuem die Furcht.

Sie wussten selber nicht, was sie wollten. Sie hatten so viel gelitten; sie hatten so viel Leid über sich gebracht. Sie sahen so geschwächt und irr aus, wenn sie aus ihren Dörfern kamen und in der Stadt herumliefen. Sie schienen die Nahrung und den Frieden, den die Stadt ihnen bot, so sehr zu brauchen. Aber in diesen selben Menschen erwachte, wenn sie in ihre Dörfer zurückkehrten, der Wunsch, die Stadt wieder in Schutt und Asche zu legen. Welcher Hass! Wie ein Waldbrand, der unter der Erde weiterschwelt, der sich unsichtbar durch die Wurzeln der bereits zerstörten Bäume frisst, um dann auf versengtem Land, wo er wenig Nahrung findet, wieder aufzulodern, so flammte inmitten von Verwüstung und Entbehrung der Zerstörungswille neu auf.

Und der Krieg, den wir für beendet gehalten hatten, umringte uns plötzlich von allen Seiten. Wir hörten von Hinterhalten an Straßen, die wir kannten, von Überfällen auf Dörfer, von ermordeten Aufsehern und Beamten.

In dieser Zeit sagte Mahesh etwas, das sich mir einprägte. Es war eine Äußerung, die ich ihm gar nicht zugetraut hätte – diesem Mann, der so viel Wert auf sein Äußeres und seine Kleidung legte, der so verwöhnt war, so vernarrt in seine schöne Frau.

Mahesh sagte zu mir: »Was du tun sollst? Du lebst hier und stellst so eine Frage? Du machst dasselbe wie wir anderen auch. Du machst weiter.«

Wir hatten Soldaten in der Stadt – Angehörige eines Kriegerstamms, deren Vorfahren hier für die Araber Sklaven gejagt und später im Dienst der Kolonialregierung ein, zwei hässliche Meutereien niedergeschlagen hatten. Für Ordnung sorgten sie also schon lange.

Aber niemand brauchte mehr Sklaven, und im postkolonialen Afrika konnte sich jeder ein Gewehr verschaffen; jeder Stamm konnte ein Kriegerstamm sein. Und so hielt sich die Armee zurück. Manchmal fuhren Lastwagen voller Soldaten durch die Straßen – aber diese Soldaten ließen nie ihre Waffen sehen. Manchmal gab es eine feierliche Wachablösung vor der Kaserne – diesem von dem reichen Mann meiner Herkunft erbauten Palast, auf dessen abgeteilten Veranden, oben wie unten, jetzt Frauenkleider zum Trocknen hingen (das Reinigen der Uniformen besorgte ein Grieche). Provozierender als das wurden die Soldaten selten. Sie konnten es sich nicht leisten. Sie waren umgeben von ihren traditionsgemäßen Feinden, ihrer einstigen Sklavenbeute; und obwohl sie regelmäßig ihren Sold bekamen und gut lebten, wurden sie mit Waffen knapp gehalten. Wir hatten einen neuen Präsidenten, einen Militär. Auf diese Weise kontrollierte er das Land und gleichzeitig seine aufsässige Armee.

Es sorgte für ein Gleichgewicht in der Stadt. Und eine gut bezahlte, zahme Armee belebt das Geschäft. Die Soldaten brachten Geld unter die Leute. Sie kauften Möbel, und sie waren versessen auf Teppiche – eine Vorliebe, die sie von den Arabern geerbt hatten. Aber nun war dieses Gleichgewicht plötzlich gefährdet. Die Armee musste in einem richtigen Krieg kämpfen, und niemand konnte sicher sein, dass die Männer, jetzt wieder mit modernen Waffen und dem Befehl zum Töten ausgestattet, nicht in die Gewohnheiten ihrer Sklaven jagenden Vorfahren zurückfallen und sich in marodierende Banden aufsplittern würden, wie schon einmal, in dem Chaos nach der Unabhängigkeit.

Nein, in diesem Krieg war ich unparteiisch. Mir machten beide Seiten Angst. Ich wollte die Armee nicht entfesselt sehen. Und bei allem Verständnis für die Menschen unserer Region wollte ich auch nicht Zeuge sein müssen, wie die Stadt aufs Neue zerstört wurde. Ich wünschte keiner Seite den Sieg; ich wollte das alte Gleichgewicht gewahrt wissen.

Eines Nachts war mir auf einmal, als sei der Krieg ganz

nahe herangerückt. Ich erwachte und hörte in der Ferne einen Lastwagen brummen. Es hätte irgendein Lastwagen sein können; es hätte sogar einer von Daulats Lastwagen sein können, fast am Ziel seiner beschwerlichen Fahrt von Osten. Aber ich dachte: Das ist Kriegslärm. Dieses Geräusch eines stetig stampfenden Motors erinnerte mich an Gewehrfeuer, und ich musste an die halb irren, verhungerten Dorfbewohner denken, auf die die Gewehre gerichtet sein würden, Menschen, deren Lumpen schon jetzt die Farbe von Asche hatten. Es war eine augenblickslange Beklemmung; ich schlief wieder ein.

Als Metty mir am Morgen meinen Kaffee brachte, sagte er: »Die Soldaten fliehen. Sie sind an eine Brücke gekommen. Und als sie an der Brücke waren, haben sich plötzlich ihre Gewehre verbogen.«

»Metty!«

»Wenn ich's doch sage, *patron*.«

Das war schlimm. Wenn es stimmte, dass die Soldaten zurückwichen, war das schlimm – diese Armee in Auflösung, das war etwas, das ich lieber nicht miterleben wollte. Und selbst wenn es nicht stimmte, war es schlimm. Was Metty da erzählte, hatte er von den Einheimischen gehört; und wenn Gerüchte über verbogene Gewehre umgingen, dann hatten sich die Rebellen, die Männer in Lumpen, einreden lassen, dass Gewehrkugeln ihnen nichts anhaben konnten und alle Geister von Wald und Fluss auf ihrer Seite waren. Und das bedeutete, dass nur der richtige Ruf zu ertönen brauchte, und schon hatten wir einen Aufstand in der Stadt selbst.

Es war schlimm, und es gab nichts, was ich tun konnte. Meine Waren – die ließen sich nicht schützen. Was blieb mir darüber hinaus an Wertvollem? Zwei oder drei Kilo Gold, an das ich durch verschiedene kleine Geschäfte gekommen war;

meine Papiere – die Geburtsurkunde und der britische Pass – und die Kamera, die ich Ferdinand gezeigt hatte, aber mit der ich jetzt lieber niemanden mehr in Versuchung führen wollte. All das packte ich in eine Holzkiste. Dazu packte ich den Wanddruck von dem Heiligtum, den mein Vater Metty mitgegeben hatte, und ich ließ auch Metty seinen Pass und sein Geld mit hineinpacken. Metty war plötzlich wieder ganz der Familiendiener, der es als Prestigesache ansah – selbst in einem Moment wie diesem –, alles genauso zu machen wie ich. Ich musste ihn bremsen, damit er nicht noch lauter Plunder mit hineinwarf. Wir hoben ein Loch im Hof aus, gleich am Fuß der Außentreppe, was in der steinlosen roten Erde nicht schwer war, und vergruben die Kiste darin.

Es war früh am Morgen. Unser Hinterhof war so unscheinbar, so normal mit seinem Sonnenlicht und seinem Geruch nach den Nachbarshennen, so normal mit seinem roten Staub, den toten Blättern, den Morgenschatten der von der Küste vertrauten Bäume, dass ich dachte: Wie albern von mir. Und etwas später dachte ich: Ich habe einen Fehler begangen. Jetzt weiß Metty, dass alles, was ich an Wertsachen besitze, in dieser Kiste ist. Ich habe mich ihm in die Hand gegeben.

Wir gingen in den Laden und schlossen auf: Ich machte weiter. In der ersten Stunde lief das Geschäft einigermaßen. Doch dann leerte sich der Marktplatz, und in der Stadt wurde es still. Die Sonne brannte hell und heiß, und ich schaute den Schatten der Bäume und Marktbuden und der Häuser rund um den Platz beim Kleinerwerden zu.

Manchmal glaubte ich das Rauschen der Stromschnellen zu hören. Draußen an der Flussbiegung verstummte es nie, aber bis hierher drang es an einem gewöhnlichen Tag selten. Jetzt trug der Wind es in Schwällen heran. Mittags, als wir den Laden zusperrten und ich durch die Straßen fuhr, schien das einzig Lebendige der im grellen Licht glitzernde Fluss. Einbäume freilich waren keine unterwegs, nur die Wasserhyazinthen trieben von Süden heran und fort nach Westen, ein Teppich nach dem anderen, ihre dickstängeligen lila Blüten wie Masten.

Ich aß bei dem alten asiatischen Ehepaar zu Mittag – sie hatten ein Fuhrunternehmen betrieben, bis mit der Unabhängigkeit jegliche Geschäfte zum Erliegen kamen und der Rest der Familie fortging. Bei ihnen war alles gleich geblieben, seit ich meine Essensbesuche zweimal die Woche aufgenommen hatte. In ihrem Leben ereignete sich kaum etwas, und wir hatten uns immer noch wenig zu sagen. Von der Veranda des primitiven Gehöfts sah man unverändert auf die im Hof vor sich hin rostenden Motorfahrzeuge hinaus, Überbleibsel des alten Unternehmens. Mich an ihrer Stelle hätte der Anblick bedrückt. Aber diesen beiden machte der Verlust, den sie erlitten hatten, offenbar nichts aus, oder er war ihnen gar nicht bewusst. Sie schienen es zufrieden, ihr Leben zu Ende zu leben. Sie hatten getan, was Religion und Familienbräuche von ihnen verlangten, und wie die Alten in meiner eigenen Familie empfanden sie das Leben, das hinter ihnen lag, als gut und vollständig.

Daheim an der Küste hatte ich mich um Leute gegrämt, die ihrer Umgebung gegenüber so gleichgültig waren. Ich hatte sie aufrütteln, ihnen die Augen für die Gefahr öffnen wollen. Aber heute wirkte die Gegenwart dieses abgeklärten alten Paares wohltuend auf mich, und es wäre schön gewesen, ihr Haus nicht verlassen zu müssen – wieder ein Kind zu sein, beschützt von der Weisheit der Alten, geborgen in dem Glauben an ihre Wahrheit.

Wer brauchte in guten Zeiten Philosophie oder Religion?

Mit den guten Zeiten kamen wir alle zurecht. Die schlechten Zeiten waren es, für die wir gewappnet sein mussten. Und hier in Afrika war niemand besser dafür gewappnet als die Afrikaner. Die Afrikaner hatten diesen Krieg herbeigeführt; sie würden Fürchterliches durchmachen, mehr noch als alle anderen; aber sie würden damit fertig werden. Selbst die zerlumptesten unter ihnen hatten ihre Dörfer und Stämme, Welten, die unantastbar die ihren waren. Sie konnten sich zurückflüchten in diese geheimen Welten, sich in ihnen verlieren, wie sie es immer getan hatten. Die schrecklichsten Dinge konnten ihnen zustoßen, und sie starben doch in der tröstlichen Gewissheit, dass ihre Ahnen beifällig auf sie herabblickten.

Nicht so Ferdinand. Durch seine gemischte Abstammung war er in der Stadt fast ebenso sehr ein Fremder wie ich. Er kam an diesem Nachmittag in die Wohnung, und er war außer sich, beinahe hysterisch, getrieben von der tiefwurzelnden afrikanischen Angst vor fremden Afrikanern.

Der Unterricht am Gymnasium war eingestellt worden, zum Schutz der Schüler wie der Lehrer. Ferdinand fühlte sich dort nicht sicher; er war überzeugt, dass das Gymnasium mit als Erstes angegriffen würde, wenn es in der Stadt zum Aufruhr kam. Er hatte all seine Posen über Bord geworfen, all die Rollen, die er sonst spielte. Der Blazer, den er als junger Mann des neuen Afrika so stolz getragen hatte, erschien ihm jetzt als zusätzliches Stigma; er war ihm zu gefährlich geworden, und auch die weiße kurze Hose der Schuluniform hatte er gegen eine khakifarbene lange Hose vertauscht. Er redete wilde Dinge von einer Rückkehr in den Süden, zum Stamm seines Vaters. Aber daran war nicht zu denken – er wusste, dass daran nicht zu denken war; schon ihn flussabwärts ins Dorf seiner Mutter zu schicken, war unmöglich.

Er schluchzte, dieser große Junge, der fast schon ein Mann war. »Ich wollte überhaupt nie hierher. Ich kenne hier doch niemand. Meine Mutter wollte, dass ich herkomme. Ich wollte nie in der Stadt wohnen oder aufs Gymnasium gehen. Warum hat sie mich aufs Gymnasium geschickt?«

Metty und mir war es ein Trost, jemanden trösten zu können. Wir kamen überein, dass Ferdinand bei Metty im Zimmer schlafen sollte, und suchten ihm Bettzeug heraus. Die Fürsorge beruhigte Ferdinand. Wir aßen früh, noch ehe es dunkel wurde. Ferdinand schwieg beim Essen. Aber später, als wir in unseren Zimmern waren, hörte ich ihn und Metty reden.

»Sie sind an eine Brücke gekommen«, sagte Metty. »Und plötzlich ist bei allen ihren Lastern der Motor abgestorben, und ihre Gewehre haben sich verbogen.«

Mettys Stimme war hoch und aufgeregt. Das war nicht die Stimme, mit der er mir die Nachricht frühmorgens überbracht hatte. Jetzt klang er so wie die Afrikaner, von denen ihm die Geschichte erzählt worden war.

Am nächsten Morgen erwachte der Marktplatz vor dem Laden erst gar nicht zum Leben. Die Stadt blieb leer. All die Menschen, die sonst auf den Straßen lagerten, schienen sich verkrochen zu haben.

Als ich zum Mittagessen zu Shoba und Mahesh kam, fiel mir auf, dass ihre besseren Teppiche verschwunden waren, genau wie einige der wertvolleren Glas- und Silbersachen und der weibliche Akt aus Kristall. Shoba sah angespannt aus, besonders um die Augen, und Mahesh, so mein Eindruck, war besorgter um sie als um sonst irgendetwas. Shobas Stimmung gab bei unseren Mahlzeiten immer den Ton an, und an diesem Tag wollte sie uns für das gute Essen, das sie gekocht hatte, anscheinend büßen lassen. Eine Zeit lang aßen wir schweigend, Shoba hielt die müden Augen auf den Tisch gesenkt, und Mahesh wandte den Blick nicht von ihr.

»Eigentlich sollte ich diese Woche daheim sein«, sagte Shoba. »Mein Vater ist krank. Habe ich dir das schon erzählt, Salim? Ich sollte bei ihm sein. Und heute ist sein Geburtstag.«

Maheshs Blick ging im Zickzack über den Tisch. »Wir machen einfach weiter«, sagte er – und verdarb damit die Wirkung der Worte, die ich als so weise empfunden hatte. »Es wird schon werden. Der neue Präsident ist nicht dumm. Er wird sich nicht in seinem Haus verstecken und die Hände in den Schoß legen wie der alte.«

Sie sagte: »Weitermachen, weitermachen. Was tue ich denn je anderes? Mein ganzes Leben ist doch ein einziges Weitermachen. So habe ich immer hier gelebt, unter lauter Afrikanern. Ist das ein Leben, Salim?«

Sie sah ihren Teller an, nicht mich. Und ich blieb stumm.

Sie sagte: »Ich habe mein Leben vergeudet, Salim. Du ahnst nicht, wie sehr. Du ahnst nicht, was für Ängste ich in dieser Stadt durchmache. Du ahnst nicht, was für Ängste ich ausgestanden habe, als ich zum ersten Mal von dir gehört habe – als ich hörte, ein Fremder sei in die Stadt gekommen. Ich muss vor allen Menschen auf der Hut sein, weißt du.« Ihre Augen zuckten. Sie hörte auf zu essen und drückte sich die Fingerspitzen an die Backenknochen, wie um einen Nervenschmerz wegzudrücken. »Ich komme aus einer wohlhabenden Familie, einer reichen Familie. Das weißt du ja. Meine Familie hatte Pläne mit mir. Aber dann habe ich Mahesh kennen gelernt. Er hatte ein Motorradgeschäft. Und etwas Schreckliches ist passiert. Ich kannte ihn noch kaum, da habe ich schon mit ihm geschlafen. Du kennst uns und unsere

Bräuche gut genug, um zu wissen, was für ein schreckliches Vergehen das war. Aber für mich war es auch noch auf andere Weise schrecklich. Denn danach wollte ich keinen anderen Mann mehr als ihn. Das ist zu meinem Fluch geworden. Warum isst du nicht, Salim? Iss, iss. Wir müssen weitermachen.«

Maheshs Lippen pressten sich nervös aufeinander, und er schaute ein wenig töricht drein. Aber gleichzeitig brachte das Lob, das in den klagenden Worten mitschwang, seine Augen zum Leuchten; dabei waren er und Shoba seit fast zehn Jahren zusammen.

»Mahesh ist von meinen Verwandten halb totgeschlagen worden. Aber das hat mich nur bestärkt. Meine Brüder haben mir gedroht, mir Säure ins Gesicht zu schütten. Es war ihnen ernst. Sie haben auch gedroht, Mahesh umzubringen. Deshalb sind wir hierher gekommen. Ich habe jeden Tag nach meinen Brüdern Ausschau gehalten. Ich halte immer noch nach ihnen Ausschau. Ich warte auf sie. Bei Familien wie der unseren sind solche Dinge nicht leicht zu nehmen, das weißt du. Und dann, als wir schon hier waren, kam es noch schlimmer, Salim. Mahesh meinte eines Tages, es sei dumm von mir, Ausschau nach meinen Brüdern zu halten. Er sagte: ›Deine Brüder würden nie den weiten Weg auf sich nehmen. Sie werden jemanden schicken.‹«

Mahesh sagte: »Das war ein Witz.«

»Nein, das war kein Witz. Es war völlig richtig. Es könnte irgendjemand kommen – sie könnten jeden schicken. Es muss kein Asiate sein. Es kann genauso gut ein Belgier oder ein Grieche oder sonst ein Europäer sein. Es kann ein Afrikaner sein. Woher soll ich das wissen?«

So ging es die ganze Mahlzeit hindurch. Mahesh ließ sie reden; er erlebte eine solche Szene wohl nicht zum ersten Mal. Hinterher fuhr er mit mir in die Innenstadt zurück – er wollte seinen Wagen lieber nicht mit hineinnehmen, sagte er. Seine Nervosität schwand, sobald wir von Shoba weg waren. Was Shoba über ihre Beziehung gesagt hatte, schien ihn nicht in Verlegenheit zu setzen; er verlor kein Wort darüber.

Während wir durch die staubigen roten Straßen fuhren, sagte er: »Shoba übertreibt. Es steht nicht so schlecht, wie sie meint. Der neue Mann ist nicht dumm. Der Dampfer hat heute Morgen schon die weißen Männer hergebracht. Das weißt du noch gar nicht? Geh ins van der Weyden rüber und schau sie dir an. Der neue Präsident mag der Sohn eines Zimmermädchens sein. Aber er wird die Zügel in der Hand behalten. Er wird die Gelegenheit nutzen, um einer Menge Leuten einen Denkzettel zu verpassen. Geh ins van der Weyden. Dann kriegst du eine Vorstellung davon, wie es hier nach der Unabhängigkeit ausgesehen hat.«

Was Mahesh sagte, stimmte. Der Dampfer war da; ich sah ihn aus den Augenwinkeln, als wir am Anleger vorbeifuhren. Er hatte nicht getutet bei seiner Ankunft, und auf dem Hinweg hatte ich nicht in die Richtung geschaut. Mit seinem flachen Rumpf und dem niedrigen Deck wurde er fast völlig von den Zollgebäuden verdeckt; nur der oberste Teil des Deckaufbaus am hinteren Ende ragte über den Dächern hervor. Und als ich vor Maheshs Laden gegenüber dem van der Weyden anhielt, standen da eine Reihe von Armeefahrzeugen und einige zusätzlich requirierte Lastwagen und Taxis.

Mahesh sagte: »Ein Glück, dass die Afrikaner so ein kurzes Gedächtnis haben. Geh rein, schau dir die Männer an, die gekommen sind, um sie vor dem Selbstmord zu bewahren.«

Das van der Weyden war ein moderner Bau, ein vierstöckiger Betonkasten aus den fetten Jahren vor der Unabhängigkeit, und trotz allem, was es durchgemacht hatte, sah es sich immer noch als modernes Hotel. Zur Straße hin hatte es viele Glastüren; das Foyer war mit Mosaikboden ausgelegt; es gab Aufzüge (mittlerweile nicht mehr sehr verlässlich) und eine Rezeption mit einer noch aus der Kolonialzeit stammenden Reklame für eine Fluglinie und einem Schild, auf dem *Hôtel Complet* stand – seit vielen Jahren eine glatte Lüge.

Ich hatte mit Gedränge im Foyer gerechnet, Lärm, rauen Sitten. Stattdessen erwarteten mich eine Halle, die leerer als sonst war, und fast völlige Stille. Aber das Hotel hatte Gäste: auf dem Mosaikboden waren zwanzig, dreißig Koffer aufgereiht, alle mit den gleichen blauen Anhängern von *Hazel's Travels* versehen. Der Fahrstuhl war außer Betrieb, und ein einzelner Hotelboy, ein kleiner alter Mann in der kolonialen Dienstbotenlivree (khakifarbene kurze Hose, kurzärmliges Hemd und darüber eine große, grob gewebte weiße Schürze), war damit beschäftigt, die Koffer die Terrazzo-Stufen neben dem Fahrstuhl hinaufzuschleppen. Überwacht wurde er bei dieser Arbeit von dem schmerbäuchigen Afrikaner aus einem der Dörfer flussabwärts, der normalerweise an der Rezeption stand, sich mit einem Zahnstocher im Mund herumstocherte und unwirsche Antworten gab; nun jedoch hatte er sich neben dem Gepäck aufgebaut und tat sehr ernsthaft und tüchtig.

Einige der Ankömmlinge waren in der Bar im Innenhof, wo ein paar grüne Palmen und Kletterpflanzen aus Betontrögen wuchsen. Hier senkte sich der Terrazzo-Boden von allen Seiten zu einem Gitterrost in der Mitte ab, dem zu allen Zeiten, besonders aber nach Regen, ein Geruch nach Kloake entströmte. In diesem Geruch – nicht allzu schlimm im Moment: es war trocken und heiß, und an einer der Mauern flimmerte ein Dreieck aus Sonnenschein – saßen die weißen Männer bei Lagerbier und den Sandwiches des Van-der-Weyden.

Sie trugen Zivil, aber sie wären dennoch überall aufgefallen. Normalerweise hätte es unter den Besuchern einer Bar ein paar aufgeschwemmtere Exemplare geben müssen, und die Altersunterschiede wären größer gewesen. Diese Männer waren alle in bester körperlicher Verfassung, und selbst die wenigen Grauhaarigen unter ihnen konnten nicht älter als vierzig sein; sie hätten als Sportlermannschaft durchgehen können. Sie saßen in zwei getrennten Gruppen. In der einen ging es lauter zu; die Männer waren raubeiniger und zum Teil sehr auffallend gekleidet; die zwei oder drei Jüngsten alberten herum und spielten die Betrunkenen. Die Männer der anderen Gruppe waren gesetzter, besser rasiert; sie wirkten gebildeter, bewusster im Auftreten. Und man hätte meinen können, die beiden Gruppen wären rein zufällig in derselben Bar gelandet, bis man bemerkte, dass sie alle die gleichen schweren braunen Stiefel an den Füßen hatten.

Mit den Hotelboys des Van-der-Weyden war gewöhnlich nicht viel zu wollen. Die alten mit ihren gequetschten, säuerlichen kleinen Gesichtern, die ihre kurzen Hosen und übergroßen Schürzen wie eine Pensionärsuniform trugen, saßen still und stumm auf ihren Hockern und warteten auf ihr Trinkgeld (zeitweise mit reglos unter den Schürzen versteckten Armen, sodass sie aussahen wie Männer beim Barbier); die jüngeren Boys, die ihre Arbeit erst nach der Unabhängigkeit aufgenommen hatten, trugen ihre eigenen Kleider und schwatzten hinter dem Tresen, als wären sie Kunden. Jetzt waren sie alle auf Zack und flitzten herum.

Ich bestellte eine Tasse Kaffee, und wohl nie war mir ein Kaffee im Van-der-Weyden flinker gebracht worden. Ein winziger alter Mann bediente mich. Und ich dachte nicht zum ersten Mal, dass die Hotelboys in der Kolonialzeit nach ihrer Schmächtigkeit ausgesucht worden sein mussten, ihrer Eignung dazu, herumgeschubst zu werden. Kein Wunder, dass so viele der früheren Sklaven von hier stammten: Sklavenvölker sind erbärmlich klein von Wuchs, halbe Menschen, halbe Männer in jeder Hinsicht mit Ausnahme ihrer Fähigkeit, die nächste Generation zu zeugen.

Der Kaffee kam schnell, aber das Edelstahlkännchen, das der alte Mann mir brachte, war leer bis auf einen abgestanden wirkenden Rest Kondensmilch. Ich hob das Kännchen auf. Der alte Mann begriff, ehe ich es ihm noch hinhalten konnte, und aus seiner Miene sprach solches Entsetzen, dass ich es wieder hinstellte und den grässlichen Kaffee unverdünnt trank.

Die Männer in der Bar waren hier, weil sie einen Auftrag zu erfüllen hatten. Sie – oder ihre Kameraden – hatten wahrscheinlich schon damit angefangen. Sie wussten sich von Dramatik umwittert. Sie wussten, dass ich hier war, um sie mir anzusehen; sie wussten, dass die Hoteldiener vor ihnen zitterten. Noch am Morgen hatten diese Diener einander mit Geschichten über die Unbesiegbarkeit ihrer Leute in den Wäldern übertrumpft; und diese Diener hätten, wäre es in der Stadt zum Aufstand gekommen, mit ihren kleinen Händen fürchterliche Dinge getan. Jetzt, so wenige Stunden später, krochen sie zu Kreuze. Einerseits war das gut; andererseits war es ein Trauerspiel. So ging es einem hier in allem; man wusste nie, was man denken oder empfinden sollte. Angst oder Scham – dazwischen schien es nichts zu geben.

Ich fuhr zurück zum Laden. Auch das war eine Art, weiterzumachen, eine Art, die Zeit zu vertreiben. Die Flammenbäume hatten neue Blätter bekommen, ein zartes, fedriges Grün. Das Licht veränderte sich; Schatten fielen schräg über die roten Straßen. An einem anderen Tag hätte ich jetzt an Tee in der Wohnung gedacht, an Squash im »Club hellénique«, gefolgt von ein paar kalten Drinks in der primitiven kleinen Bar, wo man an Metalltischen saß und zusah, wie das letzte Licht schwand.

Als Metty auftauchte, zum Ladenschluss kurz vor vier, sagte er: »Heute früh sind die weißen Männer gekommen. Ein paar von ihnen sind zur Kaserne gefahren und ein paar zum Kraftwerk.« Er meinte das Wasserkraftwerk einige Meilen flussaufwärts. »In der Kaserne haben sie als Allererstes Oberst Yenji erschossen. Befehl vom Präsidenten. Er macht keine halben Sachen, dieser neue Präsident. Oberst Yenji ist ihnen entgegengegangen. Sie haben ihn gar nicht zu Wort kommen lassen. Sie haben ihn erschossen, und die Frauen und alle mussten zuschauen. Und Sergeant Iyanda – der diese Rolle Vorhangstoff mit dem Apfelmuster gekauft hat –, den haben sie gleich mit erschossen, und ein paar andere von den Soldaten auch.«

Ich erinnerte mich an Iyanda mit seiner stärkekrachenden Uniform, dem breiten Gesicht, den lächelnden, kleinen, boshaften Augen. Ich sah ihn wieder vor mir, wie er mit der ganzen Handfläche über den Stoff mit den großen roten Äpfeln rieb, wie er stolz seine zusammengerollten Geldscheine hervorzog – eine so kleine Summe, wenn man es bedachte. Vorhangstoff! Die Nachricht von seiner Hinrichtung musste den Einheimischen Genugtuung bereitet haben. Nicht weil er ein so schlechter Mensch gewesen war, sondern weil er dem verhassten Sklavenjägerstamm angehört hatte, wie der Rest der Armee, wie sein Oberst.

Der Präsident hatte in unserer Stadt und Region Schrecken verbreitet. Doch indem er diesen Schrecken gleichzeitig auch auf die Armee ausdehnte, hatte er der Bevölkerung ein Zeichen gesetzt. Die Hinrichtungen dürften sich rasch herumgesprochen haben, und die Leute waren schon vorher verwirrt und nervös gewesen. Nun gab ihnen – wie auch mir –

erstmals seit der Unabhängigkeit etwas das Gefühl, dass in der Hauptstadt jemand das Ruder in die Hand nahm, dass die Zeiten der Willkür vorbei waren.

Ich sah die Veränderung schon an Metty. Er war mit blutigen Nachrichten heimgekehrt. Dennoch machte er einen ruhigeren Eindruck als am Morgen, und seine Ruhe färbte auf Ferdinand ab. Spätnachmittags begannen wir Gewehrfeuer zu hören. Am Morgen hätte das Geräusch uns alle in Panik versetzt. Jetzt empfanden wir fast Erleichterung – die Salven waren weit entfernt, und sie klangen deutlich leiser als Donnergrollen, das wir gewöhnt waren. Nur die Hunde verstörte das fremde Rumpeln, und ihr Gebell hallte in der ganzen Stadt wider und übertönte zuweilen sogar das Gewehrfeuer. Abendsonne, Bäume, Rauch von den Kochstellen, das war alles, was wir sehen konnten, wenn wir auf die Außentreppe hinaustraten und Ausschau hielten.

Nach Sonnenuntergang gingen keine Lichter an. Es gab keinen Strom. Ein weiterer technischer Defekt, oder der Strom war vorsätzlich abgedreht worden; vielleicht hatten auch die Rebellen das Kraftwerk in ihre Gewalt gebracht. Aber jetzt war es uns ganz recht, kein Licht zu haben; zumindest für die Nacht waren wir dadurch vor einer Revolte sicher. Die Einheimischen mochten das Dunkel nicht; manche konnten nur schlafen, wenn in ihren Zimmern oder Hütten Lichter brannten. Und keiner von uns, weder Metty noch Ferdinand noch ich selbst, glaubte wirklich, dass das Kraftwerk in die Hände der Rebellen gefallen war. Wir hatten Vertrauen in die weißen Männer des Präsidenten. So verworren die Situation noch am Morgen gewesen war, so einfach erschien sie jetzt plötzlich.

Ich setzte mich ins Wohnzimmer und las im Licht einer Öllampe in alten Zeitschriften. Metty und Ferdinand unterhielten sich in ihrem Zimmer. Sie sprachen mit anderer Stimme als am Tag, anders auch, als sie bei elektrischem Licht gesprochen hätten. Sie klangen langsam, bedächtig, alt; sie redeten wie alte Männer. Als ich in den Korridor hinaustrat, sah ich durch die offene Tür Metty in Unterhemd und Hose auf seiner Matratze sitzen; Ferdinand, ebenfalls in Unterhemd und Hose, lag auf seinem Schlaflager auf dem Boden, einen Fuß angehoben und gegen die Wand gestemmt. Im Lampenschein erinnerte es an das Innere einer Hütte; ihre Haltung, die gemächlichen, leisen Stimmen und dazwischen die Pausen, das Schweigen, alles passte. Zum ersten Mal seit Tagen waren sie entspannt, ja sie fühlten sich so fern der Gefahr, dass sie von Gefahren zu reden begannen, von Krieg und Armeen.

Er habe am Morgen die weißen Männer gesehen, sagte Metty.

»Im Süden gab es Unmengen von weißen Soldaten«, sagte Ferdinand. »Da war richtig Krieg.«

»Du hättest sie sehen sollen heute früh. Sie sind mit Vollgas zur Kaserne gefahren und haben alle mit ihren Gewehren bedroht. Solche Soldaten habe ich noch nie vorher gesehen.«

Ferdinand sagte: »Ich habe meine ersten Soldaten gesehen, als ich noch klein war. Die Europäer waren noch kaum weg. Es war bei meiner Mutter im Dorf, bevor mein Vater mich geholt hat. Die Soldaten sind in unser Dorf gekommen. Sie hatten keine Offiziere dabei, und sie haben sich furchtbar aufgeführt.«

»Hatten sie Gewehre?«

»Natürlich hatten sie Gewehre. Sie wollten Weiße finden, die sie umbringen konnten. Sie haben behauptet, wir würden Weiße bei uns verstecken. Aber ich glaube, sie waren eigentlich nur auf Ärger aus. Dann hat meine Mutter etwas zu ihnen gesagt, und sie sind abgezogen. Sie haben bloß ein paar Frauen mitgenommen.«

»Was hat sie zu ihnen gesagt?«

»Ich weiß es nicht. Aber es hat ihnen Angst gemacht. Meine Mutter hat geheime Kräfte.«

Metty sagte: »Wie dieser Mann bei uns an der Küste. Der kam auch irgendwo hier aus der Nähe. Er hat die Leute dazu gebracht, die Araber umzubringen. Es hat auf dem Marktplatz angefangen. Ich war dabei. Wenn du das gesehen hättest, Ferdinand. Die Arme und Beine, die auf der Straße herumlagen.«

»Warum hat er die Araber umgebracht?«

»Er hat gesagt, der Gott der Afrikaner hätte es ihm befohlen.«

Davon hatte Metty mir nie erzählt. Vielleicht hatte er es nicht für wichtig gehalten; vielleicht war es ihm selber unheimlich gewesen. Aber er hatte es sich gemerkt.

Sie schwiegen eine Weile; ich hatte das Gefühl, dass Ferdinand das Gehörte überdachte. Als sie weitersprachen, ging es um andere Dinge.

Das Gewehrfeuer dauerte an. Aber es kam nicht näher. Es waren die weißen Männer des Präsidenten, deren Waffen wir da hörten, eine Verheißung von Ordnung und Kontinuität, und das Geräusch hatte etwas merkwürdig Beruhigendes, wie Regenrauschen bei Nacht. All das Bedrohliche in der unbekannten Ferne dort draußen wurde in Schach gehalten. Und nach der langen Ungewissheit tat es wohl, in der halbdunklen Wohnung zu sitzen, Schatten zu beobachten, die man bei elektrischem Licht niemals zu sehen bekam, und Ferdinand und Metty mit ihren schleppenden Altmännerstimmen reden zu hören, in diesem Zimmer, das sie in eine warme kleine Höhle verwandelt hatten. Ich fühlte mich in eines der versteckten Urwalddörfer versetzt, in die Geborgenheit und Verschwiegenheit seiner nächtlichen Hütten, wie durch einen Bannkreis abgeschirmt von allem Fremden ringsum; und wie schon bei meinem Mittagessen bei dem alten Ehepaar dachte ich, wie schön es doch sein müsste, wenn es wahr wäre. Wenn wir in der Früh aufwachen und entdecken könnten, dass die Welt auf das zusammengeschrumpft war, was wir kannten und was uns Halt gab.

Am Morgen darauf kam der Düsenjäger. Kaum dass wir das erste Brummen hörten, ehe wir auch nur Zeit hatten, nach draußen zu gehen und uns umzuschauen, war er schon über uns, im Tiefflug, so gellend laut, dass man nicht mehr Herr des eigenen Körpers zu sein schien; sekundenlang waren sämtliche Sinne wie ausgelöscht. Ein Tiefflieger, dessen dreieckige silberne Unterseite sich deutlich erkennen lässt, ist eine Tötungsmaschine. Im nächsten Moment war er vorüber, kaum sichtbar am Himmel, der weiß war von der Hitze des eben angebrochenen Tages. Mehrere Male stieß er noch auf die Stadt herab, dieser eine Düsenjäger, wie ein böser Raubvogel, der nicht von seiner Beute ablassen will. Dann flog er über den Busch. Schließlich stieg er ein wenig, und Augenblicke später detonierten die Bomben, die er abgeworfen hatte, ein Stück entfernt im Busch. Und das klang wie der Donner, den wir kannten.

Mehr als einmal im Verlauf der Woche kehrte er zurück, dieser einzelne Tiefflieger, um über Stadt und Busch hinwegzustreichen und seine Geschosse wahllos über dem Busch abzuwerfen. Doch der Krieg war schon nach jenem ersten Tag aus. Auch wenn noch ein Monat verging, bis die Armee sich wieder aus dem Busch hervorwagte, und ganze zwei Monate, ehe das van der Weyden seine neuen Gäste wieder hergeben musste.

Anfangs, vor dem Eintreffen der weißen Männer, hatte ich mich als neutral empfunden. Ich hatte keiner Seite den Sieg gewünscht, der Armee so wenig wie den Rebellen. Wie sich zeigte, verloren beide.

Viele der Soldaten – der Soldaten aus dem berühmten Kriegerstamm – wurden getötet. Und noch viele mehr büßten ihre Gewehre und stärkeknisternden Uniformen und die Quartiere ein, deren Verschönerung sie sich so viel hatten kosten lassen. Der Präsident in der fernen Hauptstadt strukturierte die Armee um; die Truppen in unserer Stadt waren jetzt aus Soldaten vieler verschiedener Stämme und Regionen zusammengesetzt. Die Männer des Kriegerstammes konnten zusehen, wo sie Schutz fanden. In der Kaserne spielten sich grausige Szenen ab; die Frauen wehklagten auf ihre Urwaldart, indem sie die Bäuche hochhoben und schwer wieder heruntersacken ließen. Ein berühmter Stamm, nun hilflos seinen einstigen Opfern ausgeliefert – es war, als sei ein altes Gesetz der Wälder, ein Gesetz der Natur selbst, aus den Angeln gehoben.

Auch die hungernden Rebellen unserer Gegend tauchten bald wieder in der Stadt auf, so verhungert und elend nun, dass die schwärzlichen Lumpen an ihren Leibern schlackerten – Männer, die sich nur wenige Wochen zuvor im Besitz eines Fetischs gewähnt hatten, der mächtig genug war, die Gewehrläufe ihrer Feinde zu verbiegen und ihre Kugeln in Wasser zu verwandeln. Bitterkeit stand ihnen in die ausgemergelten Gesichter geschrieben, und eine Weile gingen sie versunken umher, wie Menschen, deren Geist sich verwirrt hat. Aber sie brauchten die Stadt, die sie hatten zerstören wollen; Mahesh hatte Recht gehabt: sie waren vor dem Selbstmord bewahrt worden. Nun erkannten sie die starke Hand, die das Land aus der Ferne lenkte, und sie kehrten zu ihrem altgewohnten Gehorsam zurück.

Zum ersten Mal seit meiner Ankunft hielt im Van-der-Weyden eine Art Leben Einzug. Die Dampfer brachten den weißen Männern des Präsidenten nicht nur Vorräte, sondern auch üppige, phantastisch gekleidete Frauen von Stämmen weiter flussabwärts, neben denen die Frauen unserer Region, die Einbaumstakerinnen und Lastenträgerinnen, wie knochige Knaben aussahen.

Schließlich war es auch wieder erlaubt, zum Staudamm und dem Wasserkraftwerk hinauszufahren, wo ein Teil der Kämpfe sich abgespielt hatte. Die Anlage selbst war unversehrt, aber einer unserer neuen Nachtclubs hatte dran glauben müssen. Er war von einem Flüchtling aus dem portugiesisch regierten Gebiet im Süden aufgemacht worden (einem Mann, der nicht eingezogen werden wollte) und wunderschön gelegen, auf einem Felsen hoch über dem Fluss. Wir hatten eben erst begonnen, uns dort einzugewöhnen. Kleine bunte Glühbirnen hingen in den Zweigen, und man saß an Metalltischen im Freien, trank leichten portugiesischen Weißwein, schaute hinaus auf die Schlucht und den angestrahlten Damm und kam sich verwöhnt und mondän vor. Dieses Lokal hatten die Rebellen in ihre Gewalt gebracht und geplündert. Es war ein schmuckloser und sehr schlichter Bau – Wände aus Betonziegeln fassten eine unüberdachte Tanzfläche mit einer überdachten Bar an einer Seite ein. Die Wände standen noch (obwohl die Rebellen versucht hatten, den Beton in Brand zu stecken; an vielen Stellen waren Rußflecken zu sehen), aber sämtliche Installationen waren zerstört worden. Die Wut der Rebellen schien sich gegen Metall, Maschinen, Stromkabel gerichtet zu haben, gegen alles, was nicht zum Urwald und zu Afrika gehörte.

Spuren dieser Wut fanden sich auch andernorts. Nach dem früheren Krieg hatten die Vereinten Nationen das Kraftwerk und die Straße auf dem Damm wieder instand setzen lassen; daran erinnerte eine Metalltafel auf einer kleinen Steinpyramide ein Stück vom Damm selbst entfernt. Diese Tafel war mit einem schweren eisernen Gegenstand verbeult und unleserlich gemacht worden; einzelne Buchstaben waren ganz weggefeilt. Auf dem ersten Stück der Straße über den Damm hatte man als Verzierung alte gusseiserne Laternenpfähle aus Europa aufgestellt: alte Lampen an einem Ort, an dem neue Energie gewonnen wurde. Eine sinnige Idee, aber die Laternenpfähle waren ebenfalls übel zugerichtet, und wiederum war versucht worden, die Inschriften wegzufeilen, hier den Namen des Pariser Herstellers aus dem neunzehnten Jahrhundert.

Sie machte tiefen Eindruck, diese Wut, die einfache Menschen dazu getrieben hatte, Metall mit ihren Händen zu attackieren. Und doch schien sie schon jetzt – nach nur wenigen Wochen des Friedens, die so viele hungrige, bettelnde Dörfler in die Stadt zurückgelockt hatten – weit weg, kaum mehr vorstellbar.

In dieser ersten Friedenszeit wurde Pater Huismans auf einer seiner Reisen umgebracht. Die Tat hätte niemals ans Licht kommen müssen; er hätte leicht irgendwo im Busch verscharrt werden können. Aber die Menschen, die ihn getötet hatten, wollten, dass alle es wussten. Sein Leichnam wurde in einen Einbaum gelegt, und der Einbaum trieb den Fluss hinunter, bis er sich in einem Wasserhyazinthendickicht am Ufer verfing. Der Tote war verstümmelt worden, der Kopf vom Rumpf getrennt und aufgespießt. Er wurde rasch beerdigt, mit nicht mehr als den nötigsten Feierlichkeiten.

Es war furchtbar. Sein Tod ließ sein Leben so sinnlos erscheinen. So viel Wissen wurde mit ihm begraben, und was für mich noch mehr zählte als Wissen, seine Ansichten, seine Freude an Afrika, sein Gespür für die Religionen des Urwalds. Mit ihm ging ein Stückchen Welt verloren.

Ich hatte ihn seiner Lauterkeit wegen bewundert, aber nun musste ich mich fragen, ob sie letzten Endes etwas wert gewesen war. Nach einem solchen Tod stellen wir alles in Frage. Aber wir sind Menschen; auch wenn rings um uns der Tod herrscht, sind wir doch Fleisch und Blut und Geist, und diese Stimmung des Zweifelns hält keiner lange durch. Als sie verging, spürte ich umso sicherer, was ich als ein Mann, der das Leben liebte, tief im Innern schon immer gewusst hatte: dass er seine Zeit besser genutzt hatte als die meisten von uns. Pater Huismans' Vertrauen in seine Kultur hatte ihm seine besondere Art der Erfüllung ermöglicht. Es hatte ihn zu einem Suchenden werden lassen; es hatte ihn menschlichen Reichtum entdecken lassen, wo wir anderen nur Wildnis sahen oder aufgehört hatten, überhaupt etwas zu sehen. Aber in diesem Vertrauen lag auch sein Dünkel begründet. Es hatte ihn zu viel in die Vermischung der Völker an unserem Fluss hineinlesen lassen, und er hatte den Preis dafür bezahlt.

Darüber, wie er gestorben war, hörte man wenig. Aber sein Leichnam war in einem Einbaum den Fluss hinabgetrieben; viele Leute mussten ihn gesehen haben. Die Sache sprach sich am Gymnasium herum. In unserer Stadt war Pater Huismans – auch wenn die meisten keine rechte Meinung hatten – als Afrikaliebhaber bekannt gewesen; und einige der Schüler reagierten verlegen und beschämt. Andere waren aggressiv. Ferdinand, nun wieder genesen von seiner Angst, seiner Sehnsucht nach dem väterlichen oder mütterlichen Dorf, gehörte zu den Aggressiven. Ich war nicht überrascht.

Ferdinand sagte: »Ein Museum, das ist eine europäische Erfindung. Der Gott der Afrikaner duldet so etwas nicht. Wir haben Masken in unseren Häusern, und wir wissen, wofür sie gut sind. Wir müssen nicht in Huismans' Museum gehen.«

»Der Gott der Afrikaner«, das waren Mettys Worte, und Metty hatte sie von dem Anführer des Aufstands gegen die Araber an der Küste. Mir waren sie erstmals in jener Nacht zu Ohren gekommen, als wir die Gewehrsalven beim Wasserkraftwerk gehört und uns in Sicherheit gewusst hatten. Die Worte – gepaart mit dem Zeitpunkt ihrer Äußerung – schienen in Ferdinand etwas ausgelöst zu haben. Er hatte in den Tagen in der Wohnung regelrecht eine Krise durchlebt; danach hatte er sich eine neue Rolle zu Eigen gemacht. Diese Rolle passte, oder war zumindest passender. Er legte es nicht mehr darauf an, eine bestimmte Art von Afrikaner zu sein; stattdessen war er einfach Afrikaner, er selbst, bereit, sich mit allen Facetten seines Charakters zu akzeptieren.

Leichter wurde es dadurch nicht mit ihm. Er legte alle Höflichkeit ab; er war aggressiv, bockig, und darunter spürte ich eine versteckte Anspannung. Er begann den Laden und die Wohnung zu meiden. Das hatte ich erwartet; nach den Ängsten, die er während der Rebellion ausgestanden hatte, musste er mir zeigen, dass er nicht auf mich angewiesen war. Doch dann brachte mir Metty eines Tages einen Brief von Ferdinand, und dieser Brief rührte mich. Er bestand nur aus einem Satz, in übergroßen Buchstaben auf ein liniertes Blatt geschrieben, das schief aus einem Schulheft herausgerissen und in keinen Umschlag gesteckt, sondern nur sehr klein und fest zusammengefaltet war. »Salim! Du hast mich neulich aufgenommen und wie ein Mitglied deiner Familie behandelt. F.«

Es war sein Dankesbrief. Ich hatte ihm unter meinem Dach Schutz geboten, und ihm als Afrikaner erschien diese Gastfreundschaft etwas Außerordentliches, das gewürdigt werden musste. Aber er wollte nicht unterwürfig oder schwach wirken, darum war alles an dem Brief betont ruppig – der fehlende Umschlag, das an einer Seite abgerissene Papier, die große, schludrige Handschrift, die Vermeidung des Wortes »Danke«, das »Salim!« statt »Lieber Salim«, das »F.« statt »Ferdinand«.

Ich fand es komisch und anrührend. Andererseits barg die Sache auch eine gewisse Ironie. Die Handlungsweise, die Ferdinand weich gestimmt hatte, war lediglich die eines Mannes von der Küste, dessen Familie eng, zu eng, mit ihren Dienern zusammengelebt hatte – Dienern, die einmal ihre Sklaven gewesen waren und deren Vorfahren man aus diesem Teil des Kontinents verschleppt hatte. Ferdinand wäre außer sich gewesen, wenn er das gewusst hätte. Dennoch zeigten der Brief und die neue Unbeirrtheit seiner Haltung, wie erwachsen Ferdinand geworden war, wie weit sein Charakter sich gefestigt hatte. Und darum war es seiner Mutter Zabeth zu tun gewesen, als sie ihn zu mir in den Laden gebracht und mich gebeten hatte, ein Auge auf ihn zu haben.

Was Ferdinand über Pater Huismans' Sammlung gesagt hatte, sagten bald auch andere. Solange er gelebt hatte, war Pater Huismans, der Sammler der Dinge Afrikas, als Freund Afrikas angesehen worden. Aber nun änderte sich das. Nun sah man in der Sammlung einen Affront gegen die afrikanische Religion, und niemand am Gymnasium nahm sich ihrer an. Vielleicht besaß einfach niemand die nötige Sachkenntnis, den nötigen Blick.

Ab und zu wurde die Sammlung Besuchern gezeigt. Die Holzschnitzereien veränderten sich nicht, aber den Masken bekam die unbelüftete Waffenkammer schlecht, und der Geruch wurde strenger. Die Masken selbst, zerfallend auf ihren Lattenregalen, schienen die religiöse Kraft zu verlieren, die

Pater Huismans mich in ihnen zu sehen gelehrt hatte; ohne ihn wurden sie einfach zu Kuriositäten.

In dem langen Frieden, der jetzt bei uns einkehrte, begann unsere Stadt Besucher aus einer ganzen Reihe von Ländern anzuziehen – Lehrer, Studenten, Helfer bei diesem und jenem, Leute, die sich wie die Entdecker Afrikas benahmen, von allem, was sie sahen, begeistert waren und auf Ausländer wie uns, die seit Jahren hier lebten, nur herabschauen konnten. Die Sammlung wurde dezimiert. Wer hätte afrikanischer sein können als der junge Amerikaner, der bei uns auftauchte, wer begieriger, afrikanische Kleider anzuziehen und afrikanische Tänze zu tanzen? Eines Tages bestieg er plötzlich den Dampfer, und hinterher zeigte sich, dass ein Großteil der Sammlung aus der Waffenkammer in Kisten gepackt und zusammen mit seinen Habseligkeiten in die Vereinigten Staaten verschifft worden war, zweifellos als Grundstein für seine geplante Galerie primitiver Kunst, von der er so oft erzählt hatte. Die kostbarsten Früchte des Urwalds.

Zwei

Das neue Reich

6

WER EINE AMEISENKOLONNE auf einem ihrer Märsche beobachtet, wird immer einzelne Ameisen bemerken, die zurückfallen oder vom Weg abkommen. Die Kolonne achtet nicht auf sie; sie zieht weiter. Manchmal sterben die Nachzügler. Doch auch das beirrt die Kolonne nicht. Es gibt einen kurzen Auflauf um den Kadaver, der nach einer Weile davongetragen wird – und dann wirkt er ganz leicht. Und immerzu nimmt währenddessen die emsige Geschäftigkeit ihren Fortgang, entsteht der Anschein von Verbundenheit in diesem Ritual von Gruß und Kuss, das sich Ameisen, die sich auf dem Weg von und zu ihrem Bau begegnen, nicht nehmen lassen.

Ganz ähnlich war es nach dem Tod von Pater Huismans. In früheren Tagen hätte sein Tod Zorn entfacht, wären die Leute ausgerückt, um seine Mörder zu suchen. Jetzt aber zogen wir Übriggebliebenen – Außenseiter zwar, aber weder Siedler noch Touristen, einfach Menschen, die es irgendwann hierher verschlagen hatte – die Köpfe ein und kümmerten uns um unsere eigenen Angelegenheiten.

Sein Tod lehrte uns nur, uns in Acht zu nehmen und immer daran zu denken, wo wir waren. Und ironischerweise verhalfen wir gerade, indem wir die Köpfe einzogen und uns um unsere Arbeit kümmerten, seiner Prophezeiung für unsere Stadt zur Erfüllung. Er hatte der Stadt Rückschläge vorhergesagt, die jedoch nicht von Dauer sein würden. Nach jedem Rückschlag würde die europäische Zivilisation an der Flussbiegung ein wenig fester Fuß fassen; die Stadt würde immer wieder aufblühen, und mit jedem Mal würde sie ein Stück wachsen. In dem Frieden, den wir nun erlebten, erholte die Stadt sich nicht nur wieder, sie wuchs. Und die Erinnerung an die Rebellion und Pater Huismans verblasste rasch.

Wir hatten nicht Pater Huismans' weittragende Visionen. Einige von uns hatten ihre eigenen dezidierten Ansichten über die Afrikaner und ihre Zukunft. Aber mir schien, dass wir im tiefsten Innern sein Vertrauen in die Zukunft teilten. Hätten wir nicht daran geglaubt, dass der Wandel auch unseren Teil Afrikas erreichen würde, hätten wir nicht weiter unseren Geschäften nachgehen können. Es wäre sinnlos gewesen. Und auch uns selbst sahen wir letztlich so, wie er sich gesehen hatte. Er hatte sich als Teil eines großen historischen Prozesses begriffen; er hätte seinen eigenen Tod als unbedeutend abgetan, als eine kaum merkliche Störung des Ablaufs. Uns erging es ähnlich, nur unser Blickwinkel war ein anderer.

Wir waren einfache Menschen. Wir hatten unsere Zivilisation, aber keine Heimat dazu. Wann immer sich uns die Möglichkeit bot, führten wir unsere komplizierten Rituale durch, wie die Ameisen. Gelegentlich wurden unsere Mühen belohnt, aber in guten wie in schlechten Zeiten lebten wir in dem Wissen, dass wir entbehrlich waren; dass unsere Anstrengungen von einer Sekunde auf die andere zunichte gemacht und wir selbst von der Bildfläche gefegt werden konnten; dass andere uns ersetzen würden. Das war für uns das Bittere: dass die bessere Zeit andere erleben würden. Aber wir waren wie die Ameisen; wir marschierten weiter.

Bei Menschen in unserer Lage kann Verzagtheit über Nacht in Optimismus umschlagen und umgekehrt. Jetzt hatte uns Aufbruchstimmung erfasst. Wir spürten die Kraft der ordnenden Hand aus der Hauptstadt, es war eine Menge Kupfergeld in Umlauf, und diese beiden Dinge – Ordnung und Geld – genügten schon, um uns Zuversicht zu geben. Ein wenig Zuversicht reichte bei uns sehr weit. Sie setzte unsere Energie frei; und diese Energie, viel mehr als Tempo oder Vermögen, war unser Kapital.

Alle möglichen Projekte wurden in Angriff genommen. Regierungsbehörden erwachten zu neuem Leben, und die Stadt wurde endlich zu einem Ort, an dem die Dinge liefen, wie sie sollten. Der Dampfer verkehrte bereits; jetzt wurde auch der Flugplatz wieder in Betrieb genommen und ausgebaut, für die Jets aus der Hauptstadt (und für die Maschinen, die die Soldaten einflogen). Die *cités* wurden zu eng, und neue wuchsen aus dem Boden, aber auch sie wurden dem Andrang der Leute aus den Dörfern nicht Herr; die Schlaflager auf den Straßen und Plätzen in der Stadtmitte hielten sich hartnäckig. Dafür gab es jetzt Busse und viel mehr Taxis als früher. Sogar ein neues Telefonnetz sollten wir bekommen. Es war viel zu aufwändig für unsere Bedürfnisse, aber so wollte es der Große Mann in der Hauptstadt nun einmal.

Der Gradmesser für das Bevölkerungswachstum war das Anwachsen der Müllhaufen in den *cités*. Die Menschen dort verbrannten ihren Abfall nicht wie wir in Ölfässern; sie warfen ihn einfach auf die löchrigen Straßen hinaus – diesen gesiebten, aschigen afrikanischen Abfall. Immer wieder von Regengüssen plattgedrückt, schwollen die Haufen im Lauf der Monate zu kompakten kleinen Bergen an, und die Berge waren bald so hoch wie die schachtelförmigen Betonhäuser der *cités*.

Niemand mochte diesen Müll wegschaffen. Aber die Taxis stanken nach Desinfektionsmittel; die Beamten der Gesundheitsbehörde kannten bei Taxis kein Pardon. Mit gutem Grund. In der Kolonialzeit hatten öffentliche Fahrzeuge laut Gesetz einmal jährlich von der Gesundheitsbehörde desinfiziert werden müssen. Dafür hatten die ausführenden Beamten eine Gebühr kassieren dürfen. Dieser Brauch gelangte nun zu neuen Ehren. Jeder wollte Desinfekteur sein, und die Taxis und Lastwagen wurden nicht mehr jährlich desinfiziert; sie wurden desinfiziert, sooft ein Desinfekteur sie in die Finger bekam. Kassiert wurde jedes Mal, und die Desinfekteure in ihren Amtsjeeps spielten mit den Taxis und Lastwagen zwischen den Müllbergen Verstecken. Die unbefestigen roten Straßen unserer Stadt, über Jahre hinweg kaum befahren, wurden bei dem neuen Verkehrsaufkommen zusehends welliger und zerfurchter; und so spielten sich diese Desinfektionsjagden in einer Art Zeitlupe ab, bei der die Fahrzeuge von Jägern und Gejagten in grotesker Langsamkeit von Welle zu Welle schaukelten wie Barkassen bei schwerem Seegang.

Alle, die ihre Dienste gegen Bares leisteten – nicht nur Gesundheitsbeamte, auch der Zoll, die Polizei und sogar die Armee –, versahen ihre Aufgaben mit großer Energie, und wenn nicht, konnten sie dazu gebracht werden. Die Verwaltung, wenngleich immer noch hohl, war nicht mehr so hohl wie früher; Appelle verhallten nicht länger ungehört. Man konnte etwas bewegen, wenn man es nur geschickt anzustellen wusste.

Und so wurde die Stadt an der Biegung des Flusses wieder zu dem, was sie laut Pater Huismans von jeher gewesen war, lang vor der Ankunft der Völker vom Indischen Ozean und aus Europa. Sie wurde das Handelszentrum der gesamten riesengroßen Region. *Marchands* kamen von weit her, auf Wegen, die noch beschwerlicher waren als die, die Zabeth auf sich nahm; manche waren bis zu einer Woche unterwegs. Der Dampfer fuhr nicht weiter als bis zu unserer Stadt; oberhalb der Stromschnellen gab es nur noch die Einbäume (vereinzelt mit Außenbordmotor) und ein paar Barkassen. Unsere Stadt wurde zu einem Warenlager, und ich übernahm eine Reihe von Vertretungen (darunter einige, die früher Nazruddin gehabt hatte) für den Vertrieb von Artikeln, die ich bis dahin einzeln im Laden verkauft hatte.

Mit Vertretungen war Geld zu verdienen. Je einfacher das Produkt, desto einfacher und besser lief das Geschäft. Es gehorchte anderen Regeln als der Einzelhandel. Batterien zum Beispiel kaufte und verkaufte ich in großen Mengen, bevor sie überhaupt eintrafen; ich musste sie nicht in die Hand nehmen oder auch nur sehen. Sie hätten bloße Worte sein können, zu Papier gebrachte Ideen; es war wie eine Art Spiel – bis eines Tages die Meldung kam, dass die Batterien da waren, und dann ging man zum Lagerhaus an der Zollstation und überzeugte sich davon, dass sie existierten, dass es irgendwo Arbeiter gab, die diese Dinge tatsächlich herstellten. Solch nützliche Dinge, solch notwendige Dinge – schlichte braune Papierverpackungen hätten völlig ausgereicht für sie, aber die Menschen, die sie anfertigten, hatten sich auch noch die Mühe gemacht, sie mit hübschen Etiketten und verlockenden Aufschriften zu versehen. Handel, Waren! Welch ein Mysterium! Wir konnten die Dinge, mit denen wir Handel trieben, nicht herstellen; wir verstanden kaum die Gesetze, nach denen sie funktionierten. Geld allein brachte diese Zauberdinge zu uns in den tiefsten Busch, und wir gingen so lässig mit ihnen um!

Handelsvertreter aus der Hauptstadt, vorwiegend Europäer, von denen die meisten lieber mit dem Flugzeug anreisten, als sieben Tage mit dem Dampfer flussaufwärts und fünf Tage flussabwärts unterwegs zu sein, begannen im Van-der-Weyden abzusteigen, und sie brachten ein wenig Abwechslung in unser Gesellschaftsleben. Durch sie erhielten der »Club hellénique« und die Bars endlich den so lang ersehnten Anstrich von Europa und Großstadt – jenes Flair, das mir immer vorgeschwebt hatte, wenn ich an Nazruddins Leben hier dachte.

Mahesh mit seinem Laden gegenüber dem Van-der-Weyden sah das Kommen und Gehen aus nächster Nähe, und seiner Begeisterung entsprang eine kleine Geschäftsidee nach der anderen. Es war eine seltsame Sache mit Mahesh. Ständig hoffte er auf den großen Durchbruch, aber dann hielt er sich Wochen mit Dingen auf, die nirgendwo hinführten.

Einmal erwarb er ein Gerät, mit dem man Zahlen und Buchstaben ausstanzen oder gravieren konnte, und dazu einen Stapel sehr harter Plastikschilder, in die diese Zahlen oder Buchstaben eingraviert werden sollten. Damit wollte er die ganze Stadt mit Namensschildern ausstatten. Er übte daheim; Shoba sagte, der Krach sei unerträglich. Mahesh zeigte die Übungsschilder in der Wohnung und im Laden herum, als sei er selbst es, nicht der Apparat, der all die bildschönen Linien hervorgebracht hatte. Die Modernität und Präzision – und erst recht der fabrikmäßige Anstrich der Schilder – beglückten ihn über die Maßen, und er war überzeugt, dass sie alle anderen ebenso glücklich machen mussten.

Er hatte die Ausrüstung einem Vertreter abgekauft, der im van der Weyden abgestiegen war. Und es war typisch für Maheshs legere Geschäftseinstellung, dass er, als die Zeit kam, sich nach Gravuraufträgen umzutun, nur wieder darauf verfiel, über die Straße zum Van-der-Weyden zu laufen – in den

Fußstapfen des Vertreters sozusagen, der ihm die Ausrüstung verkauft hatte. Er setzte seine gesamten Hoffnungen auf das van der Weyden. Es sollte neue Zimmernummern bekommen, neue *Hommes*- und *Dames*-Schilder und Tafeln an fast allen Türen im Erdgeschoss, die erklärten, welcher Raum wozu da war. Allein mit dem van der Weyden würde er über Wochen beschäftigt sein und die Kosten für den Apparat hereinholen. Doch die Besitzer des van der Weyden (ein nicht mehr ganz junges italienisches Ehepaar, das selten in Erscheinung trat und sich meist hinter seinen afrikanischen Strohmännern versteckte) spielten nicht mit. Und nur wenige von uns waren erpicht auf dreieckige hölzerne Namensschildchen für den Schreibtisch. Also wurde wieder eine Idee fallen gelassen, verschwand wieder ein Gerät in der Versenkung.

Mahesh gab sich gern geheimnisvoll, wenn er etwas Neues im Schilde führte. Als er beispielsweise plante, aus Japan einen Apparat zu importieren, der kleine flache Holzstäbchen und Holzlöffel zum Eisessen zurechtschnitt, sagte er das nicht etwa geradeheraus. Er drückte mir erst einmal ein Papiertütchen mit einem Musterlöffel in die Hand, das der Vertreter ihm gegeben hatte. Ich sah den schuhförmigen kleinen Löffel an. Was war da zu sagen? Er forderte mich auf, an dem Löffel zu riechen und dann auch zu lecken, und während ich der Aufforderung nachkam, fixierte er mich so erwartungsvoll, dass ich mich für eine Überraschung wappnete. Die Überraschung blieb aus; er hatte mir nur vorführen wollen (eine Frage, über die ich mir zugegebenermaßen nie Gedanken gemacht hatte), dass Eiscremelöffel und -stäbchen nach nichts schmecken oder riechen sollten.

Er wollte wissen, ob es hier Holz gab, das genauso war wie dieses schöne japanische Holz. Das Holz zusammen mit der Maschine aus Japan zu importieren wäre zu umständlich gewesen und hätte die Stäbchen und Löffel teurer gemacht als das Eis selbst. Also drehten sich unsere Gespräche ein paar Wochen lang um Holz. Die Idee interessierte mich; ich ließ mich mitreißen und fing an, Bäume mit anderen Augen zu betrachten. Wir führten Verkostungen durch, bei denen wir verschiedene Holzsorten berochen und in den Mund steckten, darunter einige Arten, die Daulat, der Mann mit den Lastern, auf seinen Fahrten zur Ostküste für uns besorgte. Aber dann fiel mir ein, dass wir, ehe die Löffelschneidemaschine geliefert wurde, besser herausfinden sollten, ob die Einheimischen, die beim Essen sehr eigen sein konnten, überhaupt für Speiseeis zu haben sein würden. Vielleicht gab es ja gute Gründe, warum noch kein anderer auf die Idee gekommen war; immerhin hatten wir Italiener in der Stadt. Und wie wollten wir das Eis herstellen? Wo bekamen wir die Milch und die Eier her?

»Braucht man zum Eismachen denn Eier?«, fragte Mahesh.

»Ich weiß es nicht«, sagte ich. »Ich frage dich.«

Es war nicht das Eis, das Mahesh reizte. Ihn bestach dieses einfache Gerät, oder vielmehr die Vorstellung, der einzige Mann in der Stadt zu sein, der solch ein Gerät besaß. Bevor er Shoba kennen gelernt hatte, war er Motorradmechaniker gewesen; und ihre Liebe hatte ihm derart geschmeichelt, dass er nie mehr aus sich gemacht hatte. Er war immer noch der Mann, der kleine Maschinen und elektrische Geräte liebte und in ihnen ein wundersames Mittel zum Broterwerb sah.

An der Küste hatte ich eine ganze Reihe solcher Männer gekannt, Inder wie wir; ich denke, man findet sie überall dort, wo keine Maschinen gebaut werden. Diese Männer sind geschickt mit ihren Händen und auf ihre Art begabt. Sie sind hingerissen von den Apparaten, die sie einführen. Das ist Teil ihrer Begabung; aber schon bald benehmen sie sich, als besäßen sie nicht nur die Apparate, sondern auch die Patente dazu; sie möchten die einzigen Männer der Welt sein, die über solche Zaubermaschinen verfügen. Mahesh war auf der Suche nach dem importierten Wunderding, das er als Einziger besitzen würde, dem simplen Gerät, das ihn von heute auf morgen reich und mächtig machte. Und in dieser Hinsicht stand er nur wenige Stufen über den *marchands*, die in die Stadt kamen, um moderne Waren zu kaufen und sie mitzunehmen in ihre Dörfer.

Ich fragte mich manchmal, wie ein Mensch wie Mahesh all die Schrecklichkeiten in unserer Stadt überlebt haben konnte. Es war eine versteckte Klugheit im Spiel, eine Schläue, das ja. Aber ich vermutete immer stärker, dass Mahesh auch deshalb überlebt hatte, weil er sorglos war, frei von Zweifeln oder tiefersitzenden Ängsten und – so viel er auch davon redete, von hier wegzugehen, in ein besseres Land (davon sprachen wir alle) – frei von wirklichem Ehrgeiz. Er passte hierher; er hätte sich schwer getan, irgendwo anders zu überleben.

Sein Ein und Alles war Shoba. Sie gab ihm durch ihre Anbetung zu verstehen, wie wunderbar er war, und ich glaube, er sah sich, wie sie ihn sah. Ansonsten nahm er die Dinge, wie sie kamen. Und jetzt ließ er sich, vollkommen unbekümmert, fast gänzlich ohne Bemühen um Geheimhaltung oder irgendwelche Winkelzüge, auf »Geschäfte« ein, die mich schon ängstigten, wenn er mir nur davon erzählte. Er schien nichts ausschlagen zu können, was im weitesten Sinne als Okkasion zu bezeichnen war. Und die meisten solcher Okkasionen kamen über die Armee.

Ich war über unsere neue Armee nicht glücklich. Die Männer des Kriegerstammes waren mir lieber gewesen, trotz ihrer rohen Sitten. Ich kannte ihren Stammesstolz; solange man den berücksichtigte, konnte man mit ihnen zurechtkommen. Die Offiziere der neuen Armee waren von einem anderen Schlag. Von einem Kriegerkodex oder überhaupt einem Kodex konnte bei ihnen keine Rede sein. Auf ihre Weise waren sie alle wie Ferdinand, und oft waren sie auch so jung wie Ferdinand. Sie waren aggressiv wie er, aber ohne das Gewinnende, das Ferdinand haben konnte.

Sie trugen ihre Uniformen wie Ferdinand früher den Blazer des Gymnasiums: Sie sahen sich als die neuen Männer Afrikas und zugleich als die Männer des neuen Afrika. Sie machten solch ein Tamtam um die Staatsflagge und das Porträt des Präsidenten – diese beiden gehörten nun untrennbar zusammen –, dass ich anfangs dachte, nach allem, was das Land durchgemacht hatte, und nach allem, was ihnen, den Offizieren, widerfahren war, all den glücklichen Zufällen, die sie dahin gebracht hatten, wo sie jetzt waren – nach all dem, dachte ich anfangs, verkörperten diese neuen Offiziere einen neuen, konstruktiven Stolz. Aber sie waren einfacher gestrickt. Die Fahne und das Porträt des Präsidenten waren nur eine Art Fetisch für sie, der Quell ihrer Autorität. Sie sahen nicht, diese jungen Männer, dass es in ihrem Land etwas aufzubauen gab. Soweit es sie betraf, war alles schon da. Sie brauchten sich nur zu bedienen. Sie glaubten, dass ihre Stellung ihnen das Recht gab, sich zu bedienen; und je höher der Dienstgrad, desto geringer die Moral – soweit dieses Wort überhaupt noch griff.

Diese Männer mit ihren Gewehren und Jeeps waren Elfenbeinjäger und Goldräuber. Gold, Elfenbein – es fehlten nur die Sklaven, dann hätte man sich ins älteste Afrika zurückversetzt geglaubt. Und sie hätten mit Sklaven gehandelt, wenn der Markt dafür da gewesen wäre. Wir Händler in der Stadt kamen dann ins Spiel, wenn es darum ging, das Gold und mehr noch das gewilderte Elfenbein loszuschlagen. Behörden und Regierungen quer über den ganzen Kontinent waren an diesem Elfenbeinhandel beteiligt, den sie selbst für ungesetzlich erklärt hatten. Es machte das Schmuggeln leicht, aber ich ließ doch lieber die Finger davon; eine Regierung, die ihre eigenen Gesetze bricht, kann auch dich jederzeit brechen, und ein Geschäftspartner kann sich über Nacht in einen Gefängniswärter oder Schlimmeres verwandeln.

Mahesh störte das nicht. Wie ein Kind, so schien es mir, griff er nach all den vergifteten Süßigkeiten, die man ihm hinstreckte. Aber er war kein Kind; er wusste, dass die Süßigkeiten vergiftet waren.

Er sagte: »Sicher, irgendwann fallen sie dir in den Rücken. Aber dann zahlst du eben. Das rechnest du von vornherein in deine Kalkulation mit ein. Du zahlst einfach. Ich glaube, du verstehst da etwas nicht, Salim. Gut, es ist auch schwer zu verstehen. Es ist nicht, dass es hier recht und unrecht nicht gibt. Es gibt nur kein Recht.«

Zweimal schaffte ich, nachdem ich einen ungereimten Anruf von ihm wie durch ein Wunder als Notruf erkannt hatte, Dinge für ihn aus der Wohnung.

Beim ersten Mal – es war Nachmittag – redete er unverständliches Zeug über Tennis und die Schuhe, um die ich gebeten hätte, und ich fuhr zu seiner Wohnung und hupte. Er kam nicht herunter. Er stieß das Wohnzimmerfenster auf und rief zu mir auf die Straße hinaus: »Ich schicke den Jungen mit deinen Tennisschuhen runter, in Ordnung, Salim?« Und, immer noch am Fenster stehend, drehte er sich um und rief jemandem in der Wohnung auf Patois zu: »*'Phonse! Aoutchikong pour Mis' Salim!*« – *aoutchikong*, hergeleitet von *caoutchouc*, dem französischen Wort für Kautschuk, hieß Turnschuhe. Woraufder Hausdiener Ildephonse mir, für die ganze Straße sichtbar, ein grob mit Zeitungspapier umwickeltes Bündel brachte. Ich warf es auf den Rücksitz und fuhr ohne Verzug weg. Als ich es später inspizierte, fand ich darin einen Packen ausländischer Banknoten, die, sobald es dunkel war, in das Loch am Fuß meiner Außentreppe wanderten. Die Rettungsaktion spornte Mahesh nur an. Das nächste Mal musste ich Elfenbein vergraben. Elfenbein vergraben! In welchem Zeitalter lebten wir hier? Wozu brauchte irgendjemand Elfenbein, es sei denn, um daraus – dieser Tage meist stümperhaft – Zigarettenspitzen, kleine Figürchen und ähnlichen Plunder zu schnitzen?

Dennoch, seine Geschäfte brachten Mahesh Geld ein, und er zeigte sich für meine Hilfe erkenntlich, indem er mich in die Lage versetzte, meinen kleinen Goldvorrat zu vergrößern. Er hatte gesagt, es gebe kein Recht. Mir fiel es schwer, mich damit zu arrangieren, aber ihm gelang es spielend. Er stand nie unter Spannung, blieb immer ruhig und unbekümmert. Ich musste ihn dafür bewundern, auch wenn sein Gleichmut ihn in Situationen bringen konnte, die ganz lächerlich waren.

Eines Tages sagte er auf die geheimnisvolle, übertrieben unschuldige Art, die er immer hatte, wenn er von einem neuen Plan erzählte: »Du liest doch ausländische Zeitungen, Salim. Behältst du den Kupfermarkt im Auge? Wie sieht's da aus?« Kupfer stand gut. Das wussten wir alle; ohne Kupfer hätte es unseren kleinen Boom gar nicht gegeben. Er sagte: »Das ist dieser Krieg, den die Amerikaner führen. Durch den sollen sie in den letzten zwei Jahren mehr Kupfer verbraucht haben als die ganze Welt in den letzten beiden Jahrhunderten.« Das war die Sprache des Aufschwungs; ich glaubte die Kaufleute aus dem van der Weyden zu hören. Mahesh in seinem Laden gleich über die Straße schnappte viel von ihren

Reden auf; ohne sie hätte er längst nicht so viel über die Welt gewusst.

Vom Kupfer brachte er das Gespräch auf andere Metalle, und eine Zeit lang fachsimpelten wir recht unbedarft über die Aussichten für Zinn und Blei. Dann sagte er: »Uran – wie steht's damit? Wie hoch wird das jetzt notiert?«

Ich sagte: »Ich glaube nicht, dass es überhaupt notiert wird.«

Er sah mich mit seinem Unschuldsblick an. »Aber es steht ziemlich hoch, oder? Ich hab da wen, der ein Stück verkaufen will.«

»Wird Uran denn stückweise verkauft? Wie sieht es aus?«

»Gesehen hab ich's nicht. Aber der Mann will eine Million Dollar dafür.«

So waren wir. Eben noch hatten wir im Boden nach Essbarem gescharrt, rostige Dosen geöffnet, auf Kohlenpfannen und über Erdlöchern gekocht, und jetzt redeten wir über eine Million Dollar, als hätten wir unser Leben lang über Millionen gesprochen.

Mahesh sagte: »Ich habe dem General gesagt, wenn, dann kann es nur an eine andere Regierung verkauft werden, und er meinte, ich soll nur machen. Du kennst doch den alten Mancini? Der ist ja Konsul für alle möglichen Länder hier – auch keine schlechte Branche, denke ich mir immer. Ich bin zu ihm gegangen. Ich habe ihm mein Angebot gemacht, aber er war nicht interessiert. Besser gesagt, er war außer sich. Er ist zur Tür gerannt und hat sie zugedrückt und sich mit dem Rücken dagegen gelehnt und gesagt, ich soll machen, dass ich rauskomme. Er war puterrot im Gesicht. Alle haben Angst vor dem Großen Mann in der Hauptstadt. Was soll ich jetzt dem General sagen, Salim? Er hat auch Angst. Er hat es aus irgendeinem Hochsicherheitstrakt gestohlen, sagt er. Ich will's mir mit dem General nicht verderben. Er soll nicht denken, ich hätte es nicht versucht. Was meinst du, dass ich ihm sagen soll? Ganz im Ernst.«

»Er hat Angst, sagst du?«

»Furchtbare Angst.«

»Dann sag ihm, dass er beobachtet wird und dass man ihn nicht mehr mit dir zusammen sehen darf.«

Ich nahm mir meine Wissenschaftszeitschriften und die inzwischen fast komplett gelieferte Kinderenzyklopädie vor (auf die ich nichts kommen ließ) und las über Uran nach. Uran zählt zu den Dingen, von denen jeder gehört hat, aber über die kaum jemand richtig Bescheid weiß. Wie Öl. Nach dem, was ich über Ölvorkommen gehört und gelesen hatte, war ich der Meinung gewesen, Öl fließe in unterirdischen Strömen. Erst meine Kinderenzyklopädie klärte mich darüber auf, dass Ölvorkommen aus Stein, manchmal sogar aus Marmor sind und dass das Öl in winzigen Einschlüssen darin verteilt ist. So musste auch der General sich Uran – von dem er nur wusste, dass es immens viel wert war – als ein unendlich kostbares Metall vorgestellt haben, eine Art Goldklumpen. Mancini, dem Konsul, war es im Zweifel genauso gegangen. In meinen Büchern war von Tonnen und Abertonnen Erz die Rede, die verarbeitet und ausgeschmolzen werden mussten – allerdings zu massiven Blöcken.

Der General, der ein »Stück« zum Verkauf angeboten hatte, mochte seinerseits hinters Licht geführt worden sein. Aber vielleicht hatte Mahesh ihm ja wirklich gesagt, dass er beobachtet würde; jedenfalls bedrängte er Mahesh nie wieder. Und nicht lange darauf wurde er aus unserer Stadt abkommandiert. Das war die Strategie des neuen Präsidenten: Er stattete seine Leute mit Macht und Autorität aus, aber er hinderte sie daran, es sich auf einem Posten bequem zu machen und sich als kleine Könige aufzuspielen. Er ersparte uns eine Menge Ärger.

Mahesh betrieb seine Geschäfte lässig wie zuvor. Der Einzige, der einen Schrecken bekommen hatte, war Mancini, der Konsul.

So waren wir in jenen Tagen. Wir fühlten uns umgeben von Schätzen, die nur darauf warteten, gehoben zu werden. Es war der Busch, der uns dieses Gefühl gab. Während der leeren, untätigen Zeit war uns der Busch gleichgültig gewesen; in den Tagen der Rebellion hatte er uns bedrückt. Jetzt erregte die Vorstellung uns – all die unberührte Erde, diese Verheißung des Unberührten. Wir vergaßen, dass andere vor uns da gewesen waren und das Gleiche empfunden hatten.

Auch ich profitierte vom Aufschwung. Auch ich entwickelte meine eigene, bescheidene Geschäftigkeit. Aber gleichzeitig war ich unruhig. Man gewöhnt sich so schnell an den Frieden. Es ist wie mit dem Gesundsein – man nimmt es als selbstverständlich hin und vergisst, dass einem, als man krank war, Gesundwerden alles schien. Und ich begann, in dieser Zeit von Frieden und Aufschwung, die Stadt zum ersten Mal als banal zu sehen.

Die Wohnung, der Laden, der Markt auf dem Platz davor, der »Club hellénique«, die Bars, das Leben am Fluss, die Einbäume, die Wasserhyazinthen – ich kannte es alles so gut. Und besonders an heißen Sonnennachmittagen – mit ihrem harten Licht, ihren schwarzen Schatten, ihrer fühlbaren Stille – schien es nichts zu geben, das ein Mensch sich hier noch erwarten konnte.

Ich hatte nicht vor, bis ans Ende meiner Tage an dieser Flussbiegung zu bleiben wie Mahesh und die anderen. Insgeheim erhob ich mich über sie. Ich sah meinen Aufenthalt hier nach wie vor als eine Zwischenstation. Aber wo war der Ort, an dem es besser sein würde? Ich wusste es nicht. Ich dachte nie ernsthaft darüber nach. Ich wartete darauf, dass eine Erleuchtung kommen und mir den Weg zu diesem besseren Ort weisen würde, zu dem »Leben«, das ich immer noch vor mir glaubte.

Dann und wann erinnerte ein Brief von meinem Vater an der Küste mich daran, dass es allmählich Zeit für mich wurde, meinen eigenen Hausstand zu gründen – als Mann von Nazruddins Tochter. Das war fast eine Art Familienpflicht. Doch ich war dazu weniger bereit denn je. Sicher, zuweilen hatte es etwas Tröstliches, sich vorzustellen, dass außerhalb dieser Stadt ein komplettes Leben auf mich wartete, mit all den Bindungen, die einen Mann im Boden verankern und ihm das Gefühl geben, einen Platz in der Welt zu haben. Aber ich wusste, die Wirklichkeit sah anders aus. Ich wusste, für uns gab es keine solche Beständigkeit mehr.

Und wieder holten die Ereignisse meine Befürchtungen ein. In Uganda, wo Nazruddin seine Baumwolle verarbeitete, brachen Unruhen aus. Bis dahin war Uganda das sichere, wohlgeordnete Land gewesen, von dem Nazruddin uns vorgeschwärmt hatte, das Land, in dem die Flüchtlinge aus all den Nachbarländern Schutz fanden. Jetzt wurde in Uganda selbst ein König gestürzt und musste fliehen; von Daulat hörten wir Gräuelgeschichten von einer weiteren marodierenden Armee. Nazruddin, das wusste ich ja, lebte in dem Bewusstsein, dass es für ihn nach all seinem Glück zuletzt doch schlecht ausgehen würde, und ich glaubte, nun habe das Blatt sich endgültig gewendet. Aber ich irrte mich: Nazruddins Glück ließ ihn auch jetzt nicht im Stich. Die Unruhen in Uganda dauerten nicht an; es traf nur den König. Sonst kehrte wieder der Alltag ein. Dennoch machte ich mir Gedanken um Nazruddin und seine Familie, und die Heirat mit seiner Tochter erschien mir nicht länger als eine Pflichterfüllung, wie die Familie sie zu Recht von mir erwarten konnte. Sie wurde zu einer drückenden Verantwortung, die ich in den hintersten Winkel meines Bewusstseins verbannte und der ich mich erst stellen wollte, wenn es gar nicht mehr anders ging.

So nagten an mir inmitten des Aufschwungs die Sorgen, und ich war fast wieder so unzufrieden und rastlos wie in der allerersten Zeit. Das lag nicht nur an äußeren Zwängen, nicht nur an meiner Einsamkeit oder meinem Naturell. Es hatte auch mit dem Ort selbst zu tun, der Veränderung, die der Frieden mit sich gebracht hatte. Niemand trug Schuld daran. Es war einfach geschehen. In den Tagen der Rebellion hatte ich so eindringlich die Schönheit von Urwald und Fluss empfunden, und ich hatte mir gelobt, wenn der Frieden kam, wollte ich mich dieser Schönheit aussetzen, sie begreifen und mir zu Eigen machen. Ich hatte nichts dergleichen getan; der Frieden war gekommen, und ich hatte auf gar nichts mehr geachtet. Und nun schienen mir das Geheimnis und die Magie von damals verflogen zu sein.

In jener Zeit der Angst hatte ich zu spüren gemeint, dass auch wir durch die Afrikaner mit den Geistern von Fluss und Wald verbunden waren; eine Spannung hatte alles erfüllt. Nun jedoch war es, als seien die Geister entschwunden, so wie sie nach Pater Huismans' Tod aus seinen Masken entwichen waren. Wir hatten die Afrikaner damals mit solcher Beklommenheit betrachtet; wir hatten nichts und niemanden für selbstverständlich erachtet. Wir waren die Eindringlinge, die ganz gewöhnlichen Menschen gewesen – sie die von höheren Mächten Beseelten. Jetzt hatten diese Mächte sie verlassen; sie waren gewöhnlich geworden, verwahrlost, arm.

Ohne unser Zutun hatten wir uns in die wahren Herren verwandelt, in die Hüter von Gaben und Fertigkeiten, auf die sie angewiesen waren. Dabei waren wir so simpel. Auf diesem Land, das nun wieder gewöhnliches Land war, hatten wir uns ein so gewöhnliches Leben eingerichtet – in den Bars und Bordellen, den Nachtclubs. Oh, es war unbefriedigend. Aber was hatten wir für eine Wahl? Wir konnten nur tun, was uns gegeben war. Wir hielten uns an Maheshs Wahlspruch: Wir machten weiter.

Mahesh tat mehr als das. Er landete einen Coup. Er studierte immer weiter Kataloge, füllte Bestellscheine aus, ließ sich nähere Informationen schicken, und schließlich fand er, wonach er gesucht hatte, das Paket, das sich im Ganzen importieren ließ und ihm von heute auf morgen ein Geschäft und gutes Geld bescheren würde: Er sicherte sich die Bigburger-Konzession für unsere Stadt.

Es war nicht das, was ich erwartet hatte. Er hatte einen rumpeligen kleinen Laden mit Eisenwaren aller Art betrieben, Elektrogeräten, Kameras, Feldstechern, den verschiedensten kleinen Apparaturen. Hamburger – Bigburger – schienen mir nicht sein Stil. Ich war mir nicht einmal sicher, dass Bigburger in unserer Stadt Anklang finden würden. Aber ihn plagten keine solchen Bedenken.

Er sagte: »Die haben ihre Marktanalysen gemacht und eine Großoffensive in Afrika beschlossen. Die Regionalvertretung sitzt in einer von diesen französischen Städten an der Westküste. Sie haben schon wen geschickt, der den Laden vermessen hat und all das. Die liefern dir nicht nur die Soße, Salim. Die liefern die ganze Bude.«

Und so war es. Die Kisten, die ein paar Monate später vom Dampfer angeliefert wurden, enthielten tatsächlich die ganze Bude: die Herde, die Milk-Shake-Automaten, Kaffeeautomaten, Becher und Teller, Tische und Stühle, den spezialangefertigten Tresen, die Hocker, die spezialangefertigte Wandvertäfelung mit dem Bigburger-Logo. Und zur harten Substanz kam der Firlefanz: Bigburger-Essig-und-Öl-Ständer, Bigburger-Ketchupflaschen, Bigburger-Speisekarten und -Speisekartenhalter und die glänzenden Reklametafeln: *»Bigburger – The Big One – The Bigwonderful One«*, mit Abbildungen der verschiedenen Bigburger-Sorten.

Für mich sahen die Bigburger auf den Bildern aus wie glatte weiße Brotlippen mit einer zerkauten schwarzen Zunge aus Fleisch dazwischen. Aber Mahesh fand es nicht komisch, als ich ihm das sagte, und ich beschloss, despektierliche Bemerkungen über Bigburger in Zukunft lieber für mich zu behalten. Während der Planungen hatte Mahesh über sein Vorhaben gewitzelt; kaum waren die Sachen eingetroffen, wurde er todernst. Er war Bigburger.

Maheshs Laden war sehr einfach geschnitten, eine Betonschachtel wie so viele in unserer Stadt, und der italienische Baumeister brauchte nicht lang, um die alten Regale herauszureißen, neue Kabel zu verlegen, die Wasserrohre auszuwechseln und eine blitzende Snackbar einzubauen, die aussah wie geradewegs aus den Vereinigten Staaten importiert. Die Fertigausstattung funktionierte tatsächlich bestens, und es machte Spaß, bei Bigburger zu sein, dem Kloakengeruch der Straße, dem Staub und dem Müll für eine Weile zu entrinnen und in dieses adrette Ladeninnere mit seinen Reklametafeln zu kommen. Mahesh hatte den ersehnten Durchbruch geschafft.

Auch auf Shoba blieb das Blitzen und Blinken nicht ohne Wirkung. Es gab ihr Auftrieb und förderte etwas von der Geschäftstüchtigkeit zutage, die ihr im Blut lag. Sie übernahm das Kommando, und bald lief alles wie am Schnürchen. Sie ließ das Fleisch von unserem neuen Supermarkt anliefern (das Fleisch kam aus Südafrika, wie neuerdings auch unsere Eier) und das Brot von einem Italiener. Sie lernte die Jungen an und stellte Schichtpläne für sie auf.

Ildephonse, der Hausboy, wurde aus der Wohnung geholt, mit Bigburger-Kochmütze und einer gelben Bigburger-Jacke eingekleidet und hinter den Tresen gestellt. An seiner Jacke steckte ein Schildchen mit seinem Namen und dem Titel Manager – auf Englisch, damit es mehr hermachte. Das war Maheshs Idee gewesen; Mahesh kam manchmal auf solch kleine Dinge, die einem zeigten, dass er bei allem Gleichmut instinktiv wusste, womit man in unserer Stadt Effekte erzielte. Er habe Ildephonse den Titel Manager gegeben, erklärte er, um afrikanischen Ressentiments gegen den neuen, feudalen Laden vorzubeugen und afrikanische Kunden anzulocken. Und er achtete darauf, dass Ildephonse jeden Tag ein paar Stunden allein die Aufsicht führte.

Aber es war seltsam mit Ildephonse. Er liebte seine Bigburger-Uniform, und er liebte seine neue Arbeit. Niemand war flinker, freundlicher, emsiger bemüht, alles recht zu machen, wenn Shoba oder Mahesh in der Nähe waren. Sie vertrauten Ildephonse; sie verkündeten in seinem Beisein lauthals, wie sehr sie ihm vertrauten. Doch sobald sie ihm den Rücken kehrten, war er wie verwandelt. Er wurde abwesend. Nicht unhöflich, einfach nur abwesend. Es war eine Veränderung, die ich auch in anderen Läden bei den afrikanischen Angestellten beobachtete. Für sie alle schien die Arbeit, die sie vor diesen funkelnden und blitzenden Kulissen versahen, nur eine Rolle zu sein, die sie ihren Dienstherren zuliebe spielten; die Tätigkeit als solche, so hatte man den Eindruck, ging völlig an ihnen vorbei, und sobald sie allein waren, ohne Publikum, lösten sie sich innerlich ganz und gar von ihrer Umgebung, ihrer Aufgabe, ihrer Uniform.

Bigburger wurde ein Erfolg. Dem van der Weyden gegenüber reichte es, seinen Profit mit Betten und Zimmern zu erzielen. Der Service und die Küche dort trieben die Gäste dazu, sich ihr Essen anderswo zu suchen, und Bigburger lag genau richtig, um diese Flüchtlinge aufzufangen. Auch die Armee und die afrikanischen Beamten hatten eine Vorliebe für Bigburger – ihnen gefiel der Dekor, die Modernität. So dass sich Mahesh, der einstige Besitzer eines unscheinbaren kleinen Eisenwarenladens, im Zentrum des Stadtgeschehens wiederfand.

All dies ging sehr schnell vor sich, in weniger als einem Jahr. Alles ging jetzt schnell. Es war, als versuchten alle die verlorenen Jahre wettzumachen – oder als hätten alle das Gefühl, dass die Zeit knapp war, dass es jeden Moment wieder vorbei sein konnte mit der Herrlichkeit.

Mahesh sagte eines Tages zu mir: »Noimon hat mir zwei Millionen geboten. Aber du kennst ja Noimon. Wenn er für eine Sache zwei bietet, weißt du, dass sie vier wert ist.«

Noimon war einer unserer mächtigen Griechen. Der neue Möbelladen – eine wahre Goldgrube – war nur eine seiner Firmen. Bei den zwei Millionen, die er bot, handelte es sich um hiesige Francs, die zum Dollar sechsunddreißig zu eins standen.

Mahesh sagte: »Dein Laden müsste jetzt auch einiges wert sein. Nazruddin hat ihn mir damals ja angeboten. Hundertfünfzigtausend. Was meinst du, wie viel du jetzt dafür kriegen würdest?«

Solche Immobiliengespräche konnte man nun überall hören. Jeder zählte seine Gewinne zusammen, rechnete aus, wie viel er wert war. Die Leute lernten es, große Zahlen gelassen auszusprechen.

Es hatte schon einmal einen Boom gegeben, kurz vor dem Ende der Kolonialzeit, und geblieben war davon nur das verwüstete Neubaugebiet an den Stromschnellen. Nazruddin hatte uns die Geschichte ja erzählt – wie er eines Sonntagmorgens hingefahren war, statt Grundbesitz plötzlich nur noch Busch gesehen und beschlossen hatte, zu verkaufen. Damals war das sein Glück gewesen; jetzt aber wurde diese tote Gegend neu besiedelt. Ihre Erschließung – Wiedererschließung – war der Dreh- und Angelpunkt unseres Booms geworden. Und ihr verdankten wir auch den rapiden Anstieg der Grundstückspreise in unserer Stadt.

Der Busch an den Stromschnellen wurde gerodet. Die Ruinen – so lange fester Bestandteil der Landschaft – wurden von Bulldozern eingerissen, neue Straßen angelegt. Hinter alledem steckte der Große Mann. Die Regierung hatte das gesamte Gebiet übernommen und es zur »Staatsdomäne« erklärt, und so wie es aussah, baute der Große Mann dort eine kleine Stadt. Es ging alles sehr schnell. Das Kupfer ließ die Gelder strömen und die Preise in unserer Stadt höher und höher klettern. Das tiefe, erderschütternde Brummen der Bulldozer übertönte fast das Rauschen der Stromschnellen. Jeder Dampfer, jedes Flugzeug brachte europäische Bauleute und Handwerker her. Das van der Weyden hatte selten Zimmer frei.

Der Präsident hatte Gründe für alles, was er tat. Als Herrscher in potenziell feindlichem Territorium schuf er einen Bereich, in dem er und seine Fahne unangefochten waren. Als Afrikaner ließ er eine neue Stadt aus den Trümmern eines reichen europäischen Vororts erstehen – doch seine Stadt sollte ungleich großartiger werden. Unser einziges »modernes« Bauwerk war das Van-der-Weyden, und wir konnten nur staunen über die größeren Gebäude der Domäne mit ihren Betontürmchen, ihren riesenhaften durchbrochenen Betonblöcken, dem getönten Glas. Die bescheideneren Gebäude – Häuser und Bungalows – muteten schon vertrauter an. Aber klein waren auch sie nicht, und die Klimaanlagen, die allenthalben aus dem Mauerwerk ragten wie verrutschte Bausteine, gaben ihnen etwas Extravagantes.

Wozu die Domäne dienen sollte, wusste niemand, selbst als die ersten Häuser bereits möbliert waren. Von einem großen neuen Mustergut und einer Landwirtschaftsschule war die Rede, von einem Tagungszentrum für den ganzen Kontinent, Ferienhäusern für treue Staatsbürger. Der Präsident selbst äußerte sich nicht. Wir schauten zu und rätselten, während immer mehr Gebäude aus dem Boden wuchsen. Und nach und nach begriffen wir, dass der Präsident etwas so Gewaltiges im Sinn hatte, dass er es selbst gar nicht zu verlautbaren wagte. Er erschuf das moderne Afrika. Er erschuf ein Wunder, das den Rest der Welt staunen machen würde. Er umging das wirkliche Afrika, das schwierige Afrika mit seinem Busch, seinen Dörfern, und erschuf dafür etwas, das allem, was andere Länder zu bieten hatten, das Wasser reichen konnte.

Photos der Staatsdomäne (und anderer Staatsdomänen in anderen Teilen des Landes) begannen in Zeitschriften zu erscheinen, die afrikanische Themen behandelten und in Europa veröffentlicht, aber von Regierungen wie der unseren subventioniert wurden. Auf diesen Photos war die Botschaft der Domäne unmissverständlich: Unter der Herrschaft unseres neuen Präsidenten war das Wunder geschehen, die Afrikaner waren moderne Menschen geworden, die mit Beton und Glas bauten und in weichen, kunstsamtbezogenen Sesseln saßen. Auf verquere Weise erfüllte sich so Pater Huismans' Prophezeiung – das afrikanische Afrika war verdrängt worden, das europäische Pfropfreis aufgegangen.

Besucher wurden herbeigenötigt, aus den *cités* und Barackenstädten, den umliegenden Dörfern. Sonntags karrten Busse und Armeelaster die Leute heran, und Soldaten spielten die Fremdenführer – leiteten die Gruppen Fußwege entlang, die nur in Pfeilrichtung beschritten werden durften, und zeigten den Menschen, die noch vor kurzem die Stadt hatten zerstören wollen, was ihr Präsident für Afrika getan hatte. Solch schäbige Bauten, wenn das Auge sich einmal an die Formen gewöhnt hatte; solch protziges Mobiliar – Noimon verdiente ein Vermögen mit seinem Möbelgeschäft. Und ringsum ging das Leben von Einbaum, Fluss und Dorf weiter; in den Bars der Stadt tranken die ausländischen Bauleute und Handwerker und machten ihre Witze über das Land. Es war bitter, und es war traurig.

Der Präsident wollte uns ein neues Bild von Afrika vermitteln. Und wirklich sah ich Afrika auf eine Weise, auf die ich es nie zuvor gesehen hatte, sah die Niederlagen und Demütigungen, die ich bis dahin schlicht als gegeben hingenommen hatte. Und diesen Blick – voller Mitgefühl mit dem Großen Mann, mit den zerlumpten Dorfbewohnern, die durch die Domäne tappten, und den Soldaten, die ihnen die armseligen Sehenswürdigkeiten zeigten – behielt ich bei, bis irgendein Soldat mir dumm kam oder ein Zollbeamter Sperenzien machte, und dann fiel ich zurück in die alten Sehweisen, die simpleren Betrachtungsweisen der Fremden in den Bars. Das alte Afrika, das alles unterschiedslos in sich aufzusaugen schien, war unproblematisch; die Domäne hatte etwas Zermürbendes. Wie viel Kraft es kostete, dieses ständige Lavieren zwischen Dummheit und Aggressivität und Stolz und Kränkung.

Doch wozu war die Domäne gedacht? Die Gebäude vermittelten Stolz oder sollten es zumindest; sie befriedigten ein persönliches Bedürfnis des Präsidenten. War das ihr alleiniger Zweck? Immerhin hatten sie Millionen verschlungen. Aus dem Gut wurde nichts. Die Chinesen oder Taiwanesen, die die Äcker des neuen afrikanischen Musterguts pflügen sollten, tauchten nie auf; die sechs von einer ausländischen Regierung gestifteten Traktoren standen in Reih und Glied unter freiem Himmel und rosteten, umwuchert von hohen Gräsern. Der große Swimming-Pool neben dem Gebäude, das angeblich ein Tagungszentrum sein sollte, bekam Risse und blieb leer, abgedeckt mit einem weitmaschigen Netz aus Stricken. Die Domäne war schnell erbaut worden, und in der Sonne und dem Regen setzte auch der Verfall schnell ein. Nach der ersten Regenzeit verkümmerten etliche der jungen Bäumchen, die entlang der breiten Hauptstraße gepflanzt worden waren, weil ihre Wurzeln im Wasser standen und faulten.

Aber für den Präsidenten in der Hauptstadt blieb die Domäne unverändert lebendig. Neue Statuen kamen hinzu, neue Laternenpfähle. Die Sonntagsbesichtigungen wurden fortgesetzt; die Photos erschienen nach wie vor in den subventionierten Zeitschriften. Und endlich fand sich doch eine Verwendung für die Gebäude.

Die Domäne wurde Universitätsstadt und Forschungszentrum. Das Tagungsgebäude wurde zu einem Polytechnikum für Studenten aus der Region umfunktioniert, andere Häuser zu Wohnheimen und Verwaltungsgebäuden. Dozenten und Professoren reisten aus der Hauptstadt und bald auch aus anderen Ländern an; eine Parallelwelt entwickelte sich, von der wir in der Stadt kaum etwas mitbekamen. Und an diesem Polytechnikum – auf dem Gelände des zerstörten europäischen Neubaugebiets, in dem ich in meiner ersten Zeit hier die Trümmer einer Zivilisation erblickt hatte, die gekommen und wieder verschwunden war – erhielt Ferdinand, nachdem er die Schule abgeschlossen hatte, ein staatliches Stipendium.

Die Domäne lag einige Meilen von der Stadt entfernt. Es gab Busse, die jedoch nicht regelmäßig verkehrten. Oft hatte ich Ferdinand auch vorher nicht zu Gesicht bekommen; jetzt sah ich ihn fast gar nicht mehr. Metty verlor einen Freund. Ferdinands Umzug machte den Unterschied zwischen den beiden Männern endgültig deutlich, und ich hatte den Eindruck, dass Metty es schwer nahm.

Meine eigenen Gefühle waren komplizierter. Ich sah für das Land verworrene Verhältnisse voraus. Niemand konnte sich hier Sicherheit erhoffen; niemand, der hierher gehörte, war zu beneiden. Dennoch konnte ich nicht umhin, zu denken, wie viel Glück Ferdinand hatte, wie leicht ihm alles gemacht wurde. Man holte einen Jungen aus dem Busch heraus und lehrte ihn lesen und schreiben; man planierte den Busch und baute ein Polytechnikum und ließ ihn dort studieren. So einfach war das für Leute, die spät zur Welt kamen und all das, was sich andere Länder und Völker so mühsam erarbeitet hatten, auf einem silbernen Tablett serviert bekamen – eine Schrift, Drucktechniken, Universitäten, Bücher, Wissen. Wir anderen hatten uns Schritt für Schritt vorankämpfen müssen. Ich dachte an meine Familie, Nazruddin, mich selbst – wie beschwert waren wir von alledem, was die Jahrhunderte in unseren Köpfen und Herzen abgelagert hatten. Ferdinand, der bei null anfing, hatte sich mit einem Schlag von allem befreit und würde uns bald abgehängt haben.

Die Domäne mit ihrer schäbigen Pracht war ein Schwindel.

Weder der Präsident, der sie ins Leben gerufen hatte, noch die Ausländer, die mit dem Bau ein Vermögen verdient hatten, hatten an das geglaubt, was sie da schufen. Aber war der Glaube früherer Zeiten größer gewesen? *Miscerique probat populos et foedera iungi*: Pater Huismans hatte mich die Arroganz dieses Wahlspruchs erkennen lassen. Er selbst hatte an ihn geglaubt. Aber wie viele der damaligen Stadtgründer hätten ihm beigepflichtet? Und doch hatte der Schwindel von damals die Menschen im Land geprägt; und auch dieser neue Schwindel würde Menschen prägen. Ferdinand nahm das Polytechnikum ernst; nach dem Studium warteten auf ihn die Beamtenausbildung und über kurz oder lang ein einflussreicher Posten. Für ihn war die Domäne die fabelhafte Einrichtung, die sie sein sollte. Er sonnte sich im Glanz seiner Hochschule genauso, wie er sich früher im Glanz des Gymnasiums gesonnt hatte.

Es war absurd, neidisch auf Ferdinand zu sein, dessen Heimat trotz allem immer noch der Busch war. Aber ich beneidete ihn nicht nur darum, dass er mich wissensmäßig überflügeln und in Sphären vordringen würde, die mir verschlossen bleiben sollten. Ich beneidete ihn vor allem um seinen immergleichen Glauben an die eigene Wichtigkeit, die eigene Großartigkeit. Wir lebten auf demselben Fleck Erde; wir blickten auf die gleiche Aussicht hinaus. Doch für ihn war die Welt neu und wurde mit jedem Tag neuer. Für mich war diese selbe Welt öde, bar jeder Verheißung.

Meine Umgebung begann mich körperlich anzuekeln. Meine Wohnung sah noch genauso aus wie bei meinem Einzug. Ich hatte nichts daran getan, weil ich in der steten Angst lebte, über Nacht alles verloren geben zu müssen – das Schlafzimmer mit seinen weiß gestrichenen Fensterscheiben und dem großen Schaumstoffbett, die rohgezimmerten Schränke mit meinen muffigen Kleidern und Schuhen, die Küche mit ihrem Geruch nach Petroleum und Bratfett und Rost und Dreck und Kakerlaken, das leere weiße Atelier-Wohnzimmer. Immer da, nie wirklich zu mir gehörig, erinnerten mich diese Dinge einzig daran, dass die Zeit verfloss.

Mich ekelten die importierten Zierbäume, die Bäume meiner Kindheit, ein so unnatürlicher Anblick an diesem Ort mit seinen staubroten Straßen, die sich bei Regen in Morast verwandelten, dem verhangenen Himmel, der drückende Schwüle bedeutete, dem klaren Himmel, der stechende Hitze bedeutete; dem Regen, der selten Kühlung brachte und alles nur klebrig machte; dem braunen Fluss mit den lilafarbenen Blüten auf ihren gummiartigen grünen Stängeln, die unaufhörlich dahintrieben, Tag und Nacht.

Ferdinand war nur wenige Meilen weit fortgezogen. Und ich, so kürzlich noch der Überlegene, blieb neidisch und einsam zurück.

Auch Metty wirkte, als plagten ihn Sorgen. Die Freiheit hatte ihren Preis. Früher war er geborgen gewesen in der Sicherheit des Sklaven. Hier hatte er sich als Mann zu sehen gelernt, der sich mit anderen Männern messen konnte. Bisher war das nur erfreulich für ihn gewesen. Nun aber hatte er einen Wermutstropfen zu schmecken bekommen. Mir schien, dass er seine Freunde mied.

Er hatte zahlreiche Freunde, und alle möglichen Leute tauchten im Laden und in der Wohnung auf und fragten nach ihm. Manchmal schickten sie auch andere, die für sie fragten. Unter diesen Boten war ein Mädchen, das immer wieder kam. Sie ähnelte mehr einem abgemagerten Jungen – eins jener Mädchen, wie man sie die Einbäume staken sah, in den Augen ihrer Leute eine Arbeitskraft, ein Paar Hände, nicht mehr. Plackerei und schlechte Ernährung schienen ein Neutrum aus ihr gemacht, alles Weibliche ausgelöscht zu haben; ihr Kopf war fast kahl.

Sie wartete vor dem Laden auf Metty, drückte sich am Eingang herum. Manchmal sprach er mit ihr; manchmal war er barsch. Manchmal tat er so, als wolle er sie wegjagen – bückte sich, um einen nicht vorhandenen Stein aufzuheben, wie es die Leute hier machten, wenn sie einen streunenden Hund verscheuchen wollten. Wer erkennt den Sklaven so untrüglich wie der Sklave, weiß mit so feinem Gespür, wie er ihn zu behandeln hat? Dieses Mädchen gehörte zu den Niedrigsten der Niedrigen; viel mehr als ein Sklavendasein fristete sie in dem afrikanischen Haushalt, in dem sie lebte, gewiss nicht.

Mettys Methoden hatten Erfolg; nach einer Weile tauchte sie nicht mehr im Laden auf. Aber als ich eines Nachmittags nach Ladenschluss in die Wohnung ging, sah ich sie draußen am Straßenrand stehen, zwischen den staubigen Gräserbüscheln, die vor dem Seiteneingang zu unserem Hinterhof wucherten. Ein aschfarbener, ungewaschener Baumwollkittel mit weiten Ärmeln und weitem Ausschnitt hing lose um ihre knochigen Schultern und ließ erkennen, dass sie darunter nichts anhatte. Ihr Haar wuchs so spärlich, dass ihr Kopf wie geschoren aussah. Ihr dünnes kleines Gesicht war zu einer grimmigen Miene verzogen, die freilich nicht Grimm ausdrücken, sondern nur besagen sollte, dass sie mich nicht anschaute.

Sie war immer noch da, als ich nach meinem Tee, in Sportkleidung jetzt, wieder herunterkam. Ich war auf dem Weg in den »Club hellénique«. Darin war ich eisern: so widrig auch die Umstände, so unwillig auch der Geist, die tägliche Partie Squash musste sein. Hinterher fuhr ich zum Staudamm hinaus, zu dem portugiesischen Nachtclub auf dem Felsen, der jetzt wieder in Betrieb war, und aß gebratenen Fisch – ich konnte nur hoffen, dass er in Portugal besser schmeckte. Für die Band und die Gäste aus der Stadt war es noch zu früh, aber der Damm war angestrahlt, und sie knipsten die bunten Lichter in den Bäumen für mich an.

Bei meiner Rückkehr wartete das Mädchen immer noch auf der Straße. Diesmal sprach sie mich an. Sie sagte: »*Metty-ki là?*«

Sie sprach nur ein paar Brocken des hiesigen Patois, aber sie verstand es, und als ich sie fragte, was sie wolle, sagte sie: »*Popo malade. Dis-li Metty.*«

Popo hieß Baby. Metty hatte ein Baby irgendwo in der Stadt, und das Baby war krank. Metty hatte ein ganzes Leben irgendwo in der Stadt, das nichts mit seinem Leben mit mir in der Wohnung zu tun hatte, nichts mit dem Kaffee, den er mir morgens brachte, nichts mit dem Laden.

Es bestürzte mich. Ich fühlte mich verraten. Hätten wir in unserem Familienhaus an der Küste gewohnt, dann hätte er sein eigenes Leben gelebt, aber es hätte keine Heimlichkeiten gegeben. Ich hätte gewusst, wer sein Mädchen war; ich hätte von seinem Baby gewusst. Ich hatte Metty an diesen Teil Afrikas verloren. Er war da angekommen, wo er eigentlich herstammte, und ich hatte ihn verloren. Ich war niedergeschmettert. Ich hatte solchen Widerwillen gegen den Ort empfunden, gegen die Wohnung, doch nun erschien mir das Leben, das ich mir in dieser Wohnung geschaffen hatte, plötzlich als etwas Gutes, das verloren war.

Wie das Mädchen draußen, wie so viele andere Menschen, wartete ich auf Metty. Und als er heimkam – sehr spät –, nahm ich ihn mir sogleich vor.

»Oh, Metty, warum hast du mir nichts gesagt? Warum machst du so etwas?« Dann nannte ich ihn bei dem Namen, mit dem wir ihn zu Hause gerufen hatten. »Ali, Ali-wa! Wir haben zusammengelebt. Ich habe dich unter mein Dach aufgenommen und dich wie ein Mitglied meiner Familie behandelt. Und jetzt tust du mir das an.«

Pflichtschuldig, ganz der Diener aus alten Tagen, versuchte er seine Stimmung der meinen anzupassen und schaute drein, als litte er mit mir.

»Ich verlasse sie, *patron*. Sie ist ein Tier.«

»Wie kannst du sie verlassen? Es ist passiert. Du kannst es nicht ungeschehen machen. Du hast dieses Kind irgendwo. Oh, Ali, was hast du getan? Ekelt es dich nicht vor dir selber? Ein kleines afrikanisches Kind, das mit baumelndem *toto* in einem fremden Hof herumstapft! Schämst du dich nicht, ein Junge wie du?«

»Es ist ekelhaft, Salim.« Er trat zu mir und legte mir die Hand auf die Schulter. »Und ich schäme mich sehr. Sie ist nur eine Afrikanerin. Ich werde sie verlassen.«

»Wie willst du sie verlassen? Das ist jetzt dein Leben. War dir nicht klar, dass es so kommen würde? Wir haben dich zur Schule geschickt, wir haben dich von den Mullahs unterrichten lassen. Und jetzt so etwas.«

Es war Schauspielerei dabei, sicher. Aber es gibt Zeiten, da offenbaren sich in den Rollen, die wir spielen, unsere wahren Gefühle, da flüchten wir uns in einen Auftritt, weil wir mit bestimmten Emotionen nicht zurande kommen. Und Metty schauspielerte ebenfalls, indem er sich so loyal gab und die Vergangenheit beschwor, unsere alte Welt beschwor – lauter Erinnerungen, die ich in dieser Nacht kaum ertragen konnte. Als ich theatralisch fragte: »Warum hast du es mir nicht gesagt, Metty?«, griff er das Stichwort auf, mir zuliebe. Er sagte: »Wie hätte ich es dir sagen sollen, Salim? Ich wusste ja, dass du dich aufregen würdest.«

Woher hatte er das gewusst?

Ich sagte: »Weißt du noch, Metty, an deinem ersten Tag in der Schule bin ich mit dir gegangen. Du hast die ganze Zeit geweint. Du hast in der Sekunde zu weinen angefangen, als wir das Haus verlassen haben.«

Es gefiel ihm, daran erinnert zu werden – solch alte Erinnerungen an ihn bewahrt zu wissen. Er fragte, lächelnd fast: »Geweint habe ich? Laut?«

»Ali, du hast gebrüllt. Du hattest deine weiße Kappe auf dem Kopf, und du bist in die kleine Seitengasse neben Gokools Haus gebogen, laut heulend. Ich konnte nicht sehen, wo du hingelaufen warst. Ich habe nur dein Geheul gehört. Ich konnte es nicht aushalten. Ich dachte, sie tun dir sonst was an, und ich habe gebettelt und gefleht, dass du nicht in die Schule gehen musst. Dann war das nächste Problem, dich wieder nach Hause zu bekommen. Du hast es vergessen, und warum solltest du dich auch erinnern? Ich mache so meine Beobachtungen an dir, seit du hier bist. Du benimmst dich immer mehr, als wärst du niemandem Rechenschaft schuldig.«

»O Salim! So etwas darfst du nicht sagen. Ich zeige dir immer Respekt.«

Das stimmte. Aber er war heimgekehrt; er hatte sein neues Leben gefunden. Selbst wenn er es wünschte, gab es kein Zurück für ihn. Er hatte die Vergangenheit abgestreift. Seine Hand auf meiner Schulter – was bedeutete das noch?

Ich dachte: Nichts steht still. Alles verändert sich. Ich werde kein Haus erben; in keinem Haus, das ich in meinem Leben noch bauen werde, werden einmal meine Kinder wohnen. Dafür ist es jetzt zu spät. Ich bin fast dreißig, und das, wonach ich suche, seit ich von daheim fortgegangen bin, kommt nicht. Ich habe nur gewartet. Ich werde auch den

Rest meines Lebens warten. Als ich hier eingezogen bin, war dies noch die Wohnung der Dame aus Belgien. Ich habe darin nicht gewohnt, sondern kampiert. Dann wurde daraus mein Zuhause. Jetzt ist es abermals anders geworden.

Später wachte ich auf, einsam in meinem Schlafzimmer, in der harschen Welt. Ich spürte das ganze Herzweh eines Kindes, das allein in der Fremde ist. Durch das weiß gestrichene Fenster sah ich die Bäume draußen – nicht ihre Schatten, nur die angedeuteten Umrisse. Ich sehne mich zurück in die Heimat, schon seit Monaten sehne ich mich heim. Aber es gab keine Heimat, in die ich zurückkehren konnte. Zuhause, das war ein Ort in meinem Kopf. Es war etwas, das ich verloren hatte. Und das machte mich den zerlumpten Afrikanern gleich, die so kläglich durch die Stadt schlichen, die wir mit Waren versorgten.

7

Ich wusste zur Genüge, was Leid mit den Menschen macht, wie es sie altern lässt, darum verwunderte es mich nicht, dass Metty und ich uns gerade in dem Moment, in dem wir erkannten, dass jeder seinen eigenen Weg gehen musste, so nahe waren. Was an diesem Abend die Illusion der Nähe erzeugt hatte, war lediglich Trauer um die Vergangenheit gewesen, Wehmut darüber, dass die Welt nicht stillsteht.

An unserem gemeinsamen Leben änderte sich nichts. Er blieb in seinem Zimmer wohnen, und er brachte mir morgens auch weiterhin meinen Kaffee. Aber jetzt verstand es sich, dass er ein komplettes Leben anderswo hatte. Es verwandelte ihn. Er verlor die Wohlgemutheit und Unbekümmertheit des Dieners, der weiß, dass er versorgt ist, dass andere für ihn die Entscheidungen treffen; und er verlor das, was mit dieser Unbekümmertheit einherging – die Fähigkeit, Geschehenes von sich abzustreifen und zu vergessen; die immer neue Bereitschaft für den nächsten Tag. Ein kleiner Verdruss schien ständig an ihm zu nagen. Verantwortung war etwas ganz Neues für ihn; und mit der Verantwortung hatte er offenbar auch die Einsamkeit entdeckt, trotz seiner Freunde und seines neuen Familienlebens.

Auch mich hatte die Abkehr vom Althergebrachten die Einsamkeit entdecken lassen, und mit ihr die Melancholie, die die Wurzel des Glaubens ist. Der Glaube verwandelt diese Melancholie in etwas Erhebendes, in Furcht und Hoffnung. Aber ich hatte mich von den Denkweisen und Tröstungen des Glaubens losgesagt; ich konnte nicht auf einmal wieder bei ihnen Zuflucht suchen. Der Weltschmerz blieb etwas, womit ich allein fertig werden musste. Manchmal war er stechend; manchmal spürte ich ihn gar nicht.

Und kaum war meine Trauer um Metty und um die Vergangenheit abgeklungen, da tauchte jemand aus dieser Vergangenheit auf. Er erschien eines Morgens im Laden, hereingeführt von Metty, der aufgeregt rief: »Salim! Salim!«

Es war Indar, der Mann, der mich damals an der Küste so in Panik gestürzt hatte, als er mich nach unserer Squashpartie auf dem Squashplatz seines großen Hauses unversehens mit meinen eigenen Befürchtungen konfrontiert hatte, so dass mein Kopf danach voll gewesen war von Bildern des Untergangs. Er hatte mir meine Fluchtgedanken eingegeben. Er war nach England gegangen, auf die Universität; ich war hierher geflohen.

Und auch als Metty ihn jetzt hereinführte, fühlte ich mich wieder ertappt von ihm: an meinem Schreibtisch im Laden, inmitten meiner auf dem Boden verstreuten Ware, meiner Regale voll billiger Stoffe und Wachstuch und Batterien und Hefte.

Er sagte: »Ich habe vor ein paar Jahren in London gehört, dass du hier bist. Ich habe mich gefragt, was du wohl machst.« Sein Ausdruck war kühl, halb gereizt und halb hämisch; ich entnahm ihm, dass er die Frage als beantwortet ansah und dass die Antwort ihn nicht überraschte.

Es war alles so schnell gegangen. Als Metty mit dem Ruf hereingestürmt war: »Salim! Salim! Rate, wer da ist«, hatte ich gleich mit jemandem gerechnet, den wir beide von früher kannten. Mein erster Gedanke war, dass es entweder Nazruddin sein musste oder jemand aus meiner Familie, ein Schwager oder Neffe. Und ich hatte gedacht: Das kann ich nicht. Das Leben hier ist nicht mehr das alte Leben. Ich lasse mir diese Verantwortung nicht aufbürden. Ich will kein Hospiz betreiben.

Umso bestürzter war ich – nachdem ich mir in aller Eile ein Gesicht und eine Haltung für diesen Bittsteller zurechtgelegt hatte, der mich angehen würde im Namen von Familie, Heimat und Religion –, als Indar in den Laden geführt wurde, von einem freudestrahlenden Metty, dessen Gefühle diesmal nicht gespielt waren, nein, für den Augenblick war er überglücklich, wieder in alte Zeiten einzutauchen, als der Mann, der mit Familien von Rang auf Du und Du war. Und ich, eben noch der Geplagte, dessen Weltschmerz sich in einer Flut barscher Ratschläge über den ohnehin schon halb gebrochenen Neuankömmling ergießen sollte – »Hier ist kein Platz für dich. Hier ist kein Platz für Obdachlose. Versuch dein Glück anderswo« –, musste nun eine jähe Kehrtwendung vollziehen. Ich musste den Mann spielen, dessen Geschäfte gut, ja mehr als gut liefen, der Mann, hinter dessen tristem Laden sich ein größeres Unternehmen, ein Millionenunternehmen verbarg. Ich musste den Mann spielen, der alles geplant hatte, der in die zerstörte Stadt an der Flussbiegung gezogen war, weil er die glorreiche Zukunft vorausgesehen hatte.

Ich konnte nicht anders. Ich hatte mich Indar immer so unterlegen gefühlt. Seine Familie, wiewohl neu an der Küste, hatte uns alle weit hinter sich gelassen, und selbst ihre niedrigen Anfänge – der Großvater, der erst Bahnarbeiter gewesen war und dann Geldverleiher auf dem Markt – waren gewissermaßen sakrosankt, wenn man die Leute reden hörte, Teil ihrer Größe. Sie legten ihr Geld kühn an und gaben es besonnen aus; es ging bei ihnen vornehmer zu als bei uns, und dann hatten sie diesen ungewöhnlichen Hang zu Spielen und körperlicher Ertüchtigung. Für mich waren sie immer »modern« gewesen, Menschen mit einem Stil, der nicht der unsere war. Man gewöhnt sich an derartige Unterschiede; mit der Zeit kann man sie sogar als naturgegeben empfinden.

Deshalb hatte mein Unmut an jenem Nachmittag nach unserer Squashpartie, mein Neid auf Indar, auch nicht daher gerührt, dass er nach England auf die Universität ging. Ausland, Universität – das passte zu seinem Stil, das überraschte mich nicht. Meine Unzufriedenheit war die des Mannes, der abgeschlagen zurückbleibt, ungerüstet für die Dinge, die auf ihn zukommen. Und mein Groll entsprang der Unsicherheit, die er in mir weckte. Er hatte gesagt: »Wir sind hier bloß Treibgut.« Es war die Wahrheit; ich wusste, dass es die Wahrheit war. Aber ich grollte ihm dafür, dass er es aussprach; seine Worte waren die Worte eines Menschen, der alles vorausgesehen und seine Vorkehrungen getroffen hatte.

Acht Jahre waren seit diesem Tag vergangen. Was er prophezeit hatte, war eingetreten. Er und die seinen hatten viel verloren; sie hatten ihr Haus verloren; diese Familie, die immerhin den Namen unserer Küstenstadt an ihren eigenen angehängt hatte, war in der Welt verstreut, nicht anders als meine Familie. Und doch schien der Abstand zwischen uns, als er nun in den Laden kam, der gleiche geblieben zu sein.

An ihm verriet alles den Londoner: seine Hose, das gestreifte Baumwollhemd, der Haarschnitt, die Schuhe (ochsenblutfarben, dünnsohlig, aber fest, ein wenig zu schmal um die Spitzen). Und ich, nun, ich saß in meinem Laden mit der roten Sandstraße und dem Marktplatz davor. Ich hatte so lange gewartet, so viel durchgemacht, mich verändert; doch für ihn war ich derselbe wie immer.

Bis dahin war ich sitzen geblieben. Als ich jetzt aufstand, durchfuhr mich ein Stich der Angst. Möglicherweise kam er ja auch jetzt wieder mit einer Hiobsbotschaft. Und ich brachte nichts heraus als: »Was führt dich zu uns ins Hinterland?«

Er sagte: »So würde ich das nicht nennen. Ihr seid doch mittendrin.«

»Mitten in was?«

»Im Zentrum des Geschehens. Sonst wäre ich nicht hier.«

Das erleichterte mich. Wenigstens erteilte er mir nicht wieder den Marschbefehl, ohne mir zu sagen, wohin ich gehen sollte.

Metty unterdessen strahlte Indar an und wiegte den Kopf von einer Seite auf die andere, und dazu sagte er: »Indar! Indar!« Und Metty war es auch, der sich unserer Gastgeberpflichten erinnerte. »Möchtest du einen Kaffee, Indar?«, fragte er. Als wären wir in unserem Familienladen an der Küste, und er bräuchte nur eben auf die Gasse hinauszulaufen, zu Noors Stand, um mit den kleinen Messingtassen voll süßem, dickflüssigem Kaffee auf ihrem schweren Messingtablett zurückzukommen. Hier gab es nichts dergleichen, nur Nescafé von der Elfenbeinküste in großen Porzellantassen – ein völlig anderes Gebräu, keines, über dem man behaglich schwatzte, mit einem Seufzer bei jedem heißen, süßen Schluck.

Indar sagte: »Das wäre sehr nett, Ali.«

»Sein Name hier ist Metty«, sagte ich. »Das heißt ›Halbblut‹.«

»Und so was lässt du dir bieten, Ali?«

»Afrikaner, Indar. *Kafar*. Was soll man da erwarten?«

Ich sagte: »Glaub ihm kein Wort. Er findet es herrlich. Sämtliche Mädchen laufen ihm nach. Er ist jetzt ein großer Familienvater. Der Mann ist verloren.«

»Salim, Salim«, sagte Metty, während er ins Lager ging, um das Wasser für den Nescafé zu kochen, »fall mir nicht so in den Rücken.«

Indar sagte: »Er ist schon lange verloren. Hast du von Nazruddin gehört? Ich habe ihn vor ein paar Wochen in Uganda getroffen.«

»Wie sieht es da jetzt aus?«

»Die Lage beruhigt sich. Fragt sich allerdings, für wie lange. Keine einzige von diesen verdammten Zeitungen macht sich für den König stark. Wusstest du das? Wenn es um Afrika geht, haben die Leute entweder ihre vorgefasste Meinung oder gar keine. Und die Menschen, die hier leben, können schauen, wo sie bleiben.«

»Aber du kommst offenbar viel herum.«

»Das ist mein Beruf. Und wie steht's bei dir?«

»Seit der Rebellion sehr gut. Ein Boom sondergleichen. Die Grundstückspreise sind sagenhaft. Zum Teil bekommst du siebenhundert Francs für den Quadratmeter.«

Indar schien unbeeindruckt – aber der Laden war ja auch nicht sehr eindrucksvoll. Außerdem hatte ich wohl ein wenig zu dick aufgetragen; ich hatte das Gefühl, bei Indar das Gegenteil von dem zu erreichen, was ich beabsichtigte. In meinem Eifer, ihm zu beweisen, dass er sich in mir täuschte, entsprach ich haargenau dem Bild, das er sich von mir machte. Ich schwang Reden wie die Händler in der Stadt; ich sagte sogar die gleichen Dinge wie sie.

Ich versuchte es mit einem anderen Ton. »Es ist ein extrem spezialisierter Markt. Eine größere Bandbreite würde es in mancher Hinsicht einfacher machen. Aber hier muss man seine persönlichen Vorlieben und Abneigungen hintanstellen. Das Entscheidende ist, zu wissen, was die Leute brauchen. Und dann sind da natürlich die Vertretungen. Da steckt das eigentliche Geld drin.«

Indar sagte: »Ja, ja. Die Vertretungen. Alles wie in den alten Zeiten, Salim.«

Ich ging nicht darauf ein. Aber ich beschloss, etwas zurückzustecken. Ich sagte: »Die Frage ist natürlich, wie lange es so weitergehen kann.«

»Es wird so lange so weitergehen, wie euer Präsident es will. Und wie lange das ist, weiß keiner. Er ist ein seltsamer Mann. Er scheint völlig passiv, und im nächsten Moment zieht er sein Skalpell heraus und schneidet das, was ihm nicht passt, einfach weg.«

»So hat er es mit der alten Armee gemacht. Es war schrecklich, Indar. Er hat Oberst Yenji Nachricht geschickt, dass er in der Kaserne bleiben und den Befehlshaber der Söldner empfangen soll. Also hat der Oberst in voller Montur auf der Treppe gewartet, und als sie ankamen, ist er ihnen entgegengegangen. Sie haben ihn erschossen, ehe er noch am Tor war. Und alle, die bei ihm waren, gleich mit.«

»Aber dir hat es die Haut gerettet. Apropos, ich habe etwas für dich. Ich habe bei deinen Eltern vorbeigeschaut, bevor ich hierher gekommen bin.«

»Du warst daheim?« Aber mir graute davor, durch ihn davon zu erfahren.

Er sagte: »Ach, ich war schon ein paarmal dort seit der großen Wende. So schlimm ist es gar nicht. Erinnerst du dich an unser Haus? Das haben sie in den Farben der Partei gestrichen. Es ist jetzt irgendein Parteigebäude. Deine Mutter hat mir eine Flasche Kokosnuss-Chutney mitgegeben. Aber nicht für dich allein. Es ist für Ali und dich. Das hat sie mir extra ans Herz gelegt.« Und zu Metty, der in diesem Augenblick mit dem Krug mit dem heißen Wasser und den Tassen und der Nescafébüchse und der Kondensmilch zurückkam, sagte er: »Ma hat dir Kokosnuss-Chutney mitgeschickt, Ali.«

Metty sagte: »Chutney. Kokosnuss-Chutney. Das Essen hier ist *grausig*, Indar.«

Alle drei saßen wir um den Schreibtisch und verrührten Kaffee, Wasser und Kondensmilch miteinander.

Indar sagte: »Ich wollte auch nicht wieder zurück. Nicht beim ersten Mal. Ich dachte, es würde mir das Herz brechen. Aber Flugzeuge sind eine wunderbare Erfindung. Du bist noch gar nicht fort und kommst schon an. Das Flugzeug ist schneller als das Herz. Du kommst schnell an, und du bist schnell wieder weg. Zum Trauern bleibt da wenig Zeit. Und das Flugzeug hat noch einen Vorteil. Du kannst viele Male an einen Ort zurückkehren. Und wenn du oft genug zurückkehrst, geschieht etwas Seltsames. Du hörst auf, der Vergangenheit nachzutrauern. Du begreifst, dass die Vergangenheit nur in deinem Kopf existiert, dass es sie in der Wirklichkeit gar nicht gibt. Du trittst die Vergangenheit mit Füßen, du trampelst darauf herum. Am Anfang ist es, als würdest du einen Garten zertrampeln. Zuletzt ist es einfach nur noch der Boden, auf dem du gehst. So müssen wir jetzt zu leben lernen. Die Vergangenheit ist hier.« Er berührte sein Herz. »Sie ist nicht dort.« Und er zeigte auf die staubige Straße.

Ich hatte das Gefühl, dass er diese Sätze schon einmal gesprochen oder sie sich zumindest zurechtgelegt hatte. Ich dachte: Er kämpft darum, sich seinen Stil zu bewahren. Er hat wahrscheinlich mehr gelitten als wir anderen.

Da saßen wir, zu dritt, und tranken Nescafé. Und ich fand es einen sehr schönen Moment.

Doch bisher war das Gespräch einseitig verlaufen. Er wusste alles über mich; ich wusste nichts über sein derzeitiges Leben. In meiner ersten Zeit hier hatte ich die Erfahrung gemacht, dass für die meisten Leute eine Unterhaltung darin bestand, Fragen über sich selbst zu beantworten; sie fragten fast nie zurück; dafür lebten sie schon zu lange isoliert. So wollte ich nicht auf Indar wirken. Und ich wollte ja wirklich mehr von ihm erfahren. Also begann ich, etwas unbeholfen, Fragen zu stellen.

Er sagte, er sei seit ein paar Tagen in der Stadt und werde einige Monate bleiben. Ob er mit dem Dampfer gekommen sei? Er sagte: »Bist du wahnsinnig? Sieben Tage zusammengepfercht mit diesen Flussafrikanern? Ich bin geflogen.«

»Ich würde keine Meile mit dem Dampfer mitfahren«, sagte Metty. »Es muss ganz furchtbar sein. Und das Passagierboot ist noch schlimmer, überall Latrinen und Leute, die kochen und essen. Ganz, ganz furchtbar muss das sein.«

Ich fragte Indar, wo er denn wohnte; mir war eingefallen, dass ich ihm eigentlich meine Gastfreundschaft anbieten sollte. Ob er im van der Weyden abgestiegen sei?

Das war die Frage, auf die er gewartet hatte. Mit leiser, bescheidener Stimme sagte er: »Ich wohne in der Staatsdomäne. Ich habe ein Haus da. Ich bin als Gast der Regierung hier.«

Und Metty reagierte großzügiger als ich. Metty schlug auf den Tisch und sagte: »Indar!«

»Hat der Große Mann dich eingeladen?«, fragte ich.

Er ruderte ein wenig zurück. »Nicht direkt. Ich habe meine eigene Organisation. Ich unterrichte ein Semester am Polytechnikum. Kennst du es?«

»Ich kenne jemanden dort. Einen Studenten.«

Indar schaute, als wäre ich ihm ins Wort gefallen; als wäre ich – obwohl doch ich der Einheimische war und er der Neue

– in sein Revier eingedrungen und hätte kein Recht, einen Studenten am Polytechnikum zu kennen.

Ich sagte: »Seine Mutter ist *marchande*, eine von meinen Kundinnen.«

Das war schon besser. Er sagte: »Du solltest einmal kommen und ein paar von den anderen Leuten dort kennen lernen. Möglich, dass dir das, was dort vor sich geht, wenig zusagt. Aber du darfst nicht so tun, als würde es nicht existieren. Diesen Fehler darfst du nicht noch einmal machen.«

Ich hätte gern gesagt: »Ich lebe hier. Ich habe genug miterlebt in den letzten sechs Jahren.« Aber ich schwieg. Ich gestand ihm seine Eitelkeit zu. Er hatte sein festes Bild von mir – und in der Tat hatte ich mich ja in meinem Laden ertappen lassen, ein Händler wie meine Väter. Und er hatte auch sein festes Bild von sich und seinen Leistungen, von der Distanz, die er zwischen sich und uns andere gelegt hatte.

Seine Eitelkeit störte mich nicht. Im Gegenteil, sie hatte sogar ihren Reiz für mich, einen ähnlichen Reiz wie Jahre zuvor, in meiner Kindheit an der Küste, Nazruddins Geschichten von seinem Glück und dem herrlichen Leben hier in der Kolonialstadt. Ich hatte nicht auf den Tisch gehauen wie Metty, doch auch mich beeindruckte der Indar, den ich hier vor mir sah. Und es tat wohl, das Ungenügen, das er mich empfinden ließ, dieses Gefühl des Ertapptseins, beiseite zu schieben und ihn einfach zu bewundern für das, was er aus sich gemacht hatte – für seine Londoner Kleidung und die gehobene Stellung, für die diese Kleidung stand, sein Haus in der Domäne, den Lehrauftrag am Polytechnikum.

Sich bewundert zu wissen – konkurrenzlos, unangefochten –, entspannte ihn. Während wir plaudernd bei unserem Nescafé saßen und Metty in guter Dienermanier durch gelegentliche laute Ausrufe die Bewunderung kundtat, die sein Herr ebenfalls empfand, schwand Indars Verkniffenheit zusehends. Er wurde liebenswürdig, zuvorkommend, anteilnehmend. Als der Vormittag um war, hatte ich das Gefühl, endlich einen Freund gefunden zu haben, der mir entsprach. Und ich hatte einen solchen Freund bitter nötig.

Und statt für ihn den Gastgeber und Fremdenführer zu spielen, wurde ich derjenige, der sich herumführen ließ. Es war nicht so abwegig, wie man meinen mochte. Ich hatte ihm so wenig zu zeigen. Das, was die Stadt für mich ausmachte, war in ein paar Stunden besichtigt, wie unsere Rundfahrt später am Vormittag bewies.

Da waren der Fluss und das Stück bröckelnde Promenade in der Nähe des Anlegers. Da war der Anleger selbst, die Werft mit ihren offenen Wellblechschuppen voller rostiger Maschinenteile und etwas weiter flussabwärts die verfallene Kathedrale in ihrem malerischen Dornenwald, die altertümlich und fast europäisch anmutete – aber man konnte sie nur von der Straße aus sehen, weil der Busch zu dicht wuchs und das Gelände berüchtigt für seine Schlangen war. Da waren die kahlen Plätze mit ihren inschriften- und statuenlosen Sockeln; die Amtsgebäude aus der Kolonialzeit in ihren Palmenalleen, das Gymnasium mit den zerfallenden Masken in der Gewehrkammer (doch die langweilten Indar), und das Van-der-Weyden und Maheshs Bigburger-Restaurant – beides schwerlich dazu geeignet, einen Mann zu beeindrucken, der in Europa gewesen war.

Da waren die *cités* und die Barackenstädte (durch einige davon fuhr ich zum ersten Mal) mit ihren Abfallbergen, ihren zerfurchten, staubigen Straßen und den vielen alten Autoreifen im Staub. Für mich stellten die Abfallberge und die Reifen eine Attraktion dieser Siedlungen dar. Die spinnengleichen kleinen Kinder, die hier lebten, konnten wunderbare Saltos auf den Autoreifen schlagen, indem sie mit Anlauf davon abfederten und hoch in die Luft schnellten. Aber es ging auf Mittag zu. Nirgends schlugen Kinder Saltos, als wir vorüberfuhren, und mir wurde bewusst, dass ich Indar (nach einem nackten Monument und Sockeln ohne Statuen) buchstäblich nur einen Haufen Müll zeigte. Ich brach die Besichtigungstour ab. Die Stromschnellen und das Fischerdorf – das war jetzt Teil der Staatsdomäne; das kannte er bereits.

Als wir zur Domäne hinausfuhren – auf dem ungenutzten Land entlang der Straße schossen jetzt die Hütten der neu angekommenen Dörfler aus der roten Erde, Hütten, die ich in Indars Gegenwart wie zum ersten Mal sah, inmitten ihrer schwarzen oder graugrünen Abwasserrinnsale, der Mais- und Maniokanpflanzungen, die jedes freie Fleckchen bedeckten –, als wir zur Domäne hinausfuhren, fragte Indar: »Wie lange wohnst du schon hier, sagst du?«

»Sechs Jahre.«

»Und du hast mir alles gezeigt?«

Was hatte ich ihm nicht gezeigt? Das Innere einiger Läden, Häuser und Wohnungen, den »Club hellénique« – und die Bars. Aber die Bars hätte ich ihm auf keinen Fall gezeigt. Nun betrachtete ich die Stadt mit seinen Augen, und ich konnte kaum fassen, wie dürftig mein Leben hier war. So viele Dinge bemerkte ich schon gar nicht mehr. Für mich war die Stadt, trotz allem, eine richtige Stadt gewesen; jetzt sah ich nur eine Ansammlung von Elendsvierteln. Ich hatte geglaubt, meine Distanz zu wahren. Aber ich hatte nur blind dahingelebt – wie die Menschen, die ich kannte und über die ich mich im Innersten erhaben gewähnt hatte.

Es passte mir nicht, dass Indar der Meinung zu sein schien, ich würde es halten wie damals unsere Leute an der Küste und die Augen vor dem verschließen, was um mich geschah. Aber so Unrecht hatte er nicht. Er sprach von der Domäne; und für uns in der Stadt war die Domäne nicht mehr als eine Auftragsquelle. Wir wussten wenig über das Leben dort, und wir hatten uns nicht bemüht, mehr herauszufinden. Wir sahen die Domäne als Ausdruck der Verschwendung und Torheit, die im Land gang und gäbe war. Aber wichtiger noch: Wir sahen sie als Teil der Politik des Präsidenten, und mit der wollten wir nichts zu schaffen haben.

Ganz konnten wir die neuen Ausländer am Rande unserer Stadt freilich nicht ausblenden. Sie waren anders als die Ingenieure und Vertreter und Handwerker, die wir kannten, und wir trauten ihnen nicht recht. Die Leute aus der Domäne waren wie Touristen, nur dass sie kein Geld in die Stadt brachten – in der Domäne war für alles gesorgt. Sie hatten kein Interesse an uns; und wir, denen sie auf besondere Weise behütet erschienen, fanden, dass sie mit der Wirklichkeit unserer Stadt nichts zu tun hatten und daher nicht ganz echt waren, weniger echt als wir selbst.

Ohne uns dessen bewusst zu sein (wir dachten, wir wären eben schlau, zögen die Köpfe ein, wahrten unsere Interessen), waren wir so geworden wie die Afrikaner, über die der Präsident herrschte: Wir spürten nur das Gewicht seiner Macht. Die Domäne war vom Präsidenten geschaffen worden, und aus irgendwelchen Gründen hatte er ausgewählte Ausländer dorthin berufen. Uns genügte das; es war nicht an uns, die Dinge zu hinterfragen oder zu genau hinzusehen.

Wenn Ferdinand sich mit seiner Mutter während einer ihrer Einkaufsfahrten in der Stadt traf, brachte ich ihn hinterher manchmal in sein Wohnheim in der Domäne zurück. Was ich auf diesem Weg sah, war alles, was ich kannte, bis Indar mein Führer wurde.

Es war so, wie Indar gesagt hatte. Er hatte ein Haus in der Domäne, und er war Gast der Regierung. Sein Haus war mit Teppichboden ausgelegt und möbliert wie ein Ausstellungsraum: zwölf handgeschnitzte Stühle im Esszimmer, im Wohnzimmer Sessel aus Kunstsamt mit farblich abgesetzten Volants, dazu Lampen, Tischchen, Klimaanlagen überall. Die Klimaanlagen waren unverzichtbar: Die Häuser der Domäne, nackt auf planiertem Land, waren im Grunde auch nur größere Betonschachteln, mit Dächern, die keinen Zentimeter vorsprangen, so dass an einem klaren Tag unausgesetzt eine oder zwei Wände in der prallen Sonne lagen. Zum Haus gehörte außerdem ein Hausboy in der Dienerlivree der Domäne – weiße Shorts, weißes Hemd, dazu ein weißes *jacket de boy* (anstelle der Schürze kolonialer Tage). Das war der verordnete Lebensstil für Domänenbewohner wie Indar. Verordnet wurde er vom Präsidenten. Auch die Livree der Boys war von ihm zusammengestellt.

Und in der fremden Welt der Domäne genoss Indar offenbar hohes Ansehen. Teils verdankte er dieses Ansehen der »Organisation«, für die er arbeitete. Er konnte mir nicht recht erklären, was für eine Organisation das war, die ihn in Afrika auf Reisen schickte – oder vielleicht war ich nur zu naiv, um es zu begreifen. Aber eine Reihe von Leuten in der Domäne schienen ähnlich geheimnisvollen Organisationen anzugehören, und für sie war Indar nicht ein afrikanischer Inder oder ein Flüchtling von der Küste, sondern ihresgleichen. Mir kam es alles etwas mysteriös vor.

Dies also waren die neuartigen Ausländer, die wir Stadtbewohner schon seit einiger Zeit beobachteten. Wir nahmen die afrikanischen Gewänder zur Kenntnis, die sie anzogen, ihre Fröhlichkeit, die sich so schlecht mit unserer Vorsicht vertrug, ihre Begeisterung über alles, was sie vorfanden. Und wir stuften sie als Parasiten ein und eigentlich auch als Gefahr, als Menschen, die einem geheimen Zweck des Präsidenten dienten und bei denen Misstrauen am Platze war.

Aber nun, in der Domäne, diesem Refugium, dieser Welt der Bungalows, der Klimaanlagen, der Urlaubslässigkeit, in die ich so zwanglos Einlass fand, dieser Welt der gescheiten Gespräche, die klingelten von den Namen berühmter Städte, schwenkte ich um und begann zu sehen, wie beschränkt und schäbig und festgefahren wir in der Stadt ihnen erscheinen mussten. Ich bekam eine Ahnung davon, was Geselligkeit heißen konnte: Menschen, die auf eine mir neue, offenere Weise miteinander umgingen, die nicht überall Feinde und Gefahren witterten, sondern bereit waren, sich zu interessieren, zu amüsieren, die menschlichen Qualitäten ihres Gegenübers zu entdecken. Hier in der Domäne redeten die Leute anders über Personen und Ereignisse; sie waren in Fühlung mit der Welt. Schon ihre Gegenwart gab mir ein Gefühl von Abenteuer.

Ich dachte an mein Leben und das von Metty; an Shoba und Mahesh und ihre überhitzte Zweisamkeit; an die Italiener und Griechen – besonders die Griechen –, so angespannt, so eingesponnen in ihre Familienangelegenheiten und ihre Angst vor Afrika und den Afrikanern. Wann gab es bei ihnen jemals etwas Neues? Sooft ich die wenigen Meilen zwischen der Stadt und der Domäne zurücklegte, musste ich darum meinen Blick neu einstellen, eine neue Haltung einnehmen, ja, es war jedes Mal beinahe, als käme ich in ein anderes Land. Ich schämte mich dieser Urteile, die ich nun plötzlich über Shoba und Mahesh fällte, meine Freunde, die so viele Jahre lang so viel für mich getan hatten und bei denen ich mich so sicher gefühlt hatte. Aber es war stärker als ich. Es zog mich in die andere Richtung, zu dem Leben der Domäne, wie ich es zusammen mit Indar kennen lernte.

Nicht dass ich je vergaß, dass ich nicht in die Domäne gehörte. Wenn Indar mich mit Fremden bekannt machte, fand ich meist wenig zu sagen. Manchmal dachte ich, er müsse von mir enttäuscht sein. Aber das schien ihm nie einzufallen. Er stellte mich als Freund seiner Familie von der Küste vor, von der gleichen Herkunft wie er. Ich sollte nicht nur Zeuge seiner Erfolge in der Domäne sein, er wollte mich an diesen Erfolgen auch teilhaben lassen. Es war seine Art, mich für meine Bewunderung zu belohnen, und er legte ein Taktgefühl an den Tag, das ich von der Küste her gar nicht an ihm kannte. Seine Höflichkeit war wie eine Form der Zuwendung, und so gering der Anlass auch sein mochte, sie ließ ihn nie im Stich. Ein wenig war es die Höflichkeit eines Impresarios, das ja. Aber gleichzeitig war es auch der Stil seiner Familie; es war, als habe er Sicherheit und Bewunderung gebraucht, um sich wieder darauf zu besinnen. In der Künstlichkeit der Domäne hatte er die ideale Kulisse gefunden.

Wir in der Stadt hatten Indar nichts zu bieten, das der anregenden Gesellschaft in der Domäne und seinem Ansehen dort gleichkam; kaum, dass wir diese Dinge würdigen konnten. Denn wie sahen wir – als die Zyniker, zu denen Jahre der Ungewissheit uns gemacht hatten – die Menschen um uns? Die Handelsreisenden im van der Weyden beurteilten wir nach den Firmen, die sie vertraten, den Rabatten, die sie uns gewährten. Dass wir Männer wie sie kannten, dass wir ihre Dienste in Anspruch nehmen und uns damit schmeicheln konnten, für sie keine gewöhnlichen Kunden zu sein, die den vollen Preis zahlen oder sich hinten anstellen mussten – das gab uns schon das Gefühl, das Leben zu meistern; und wir sahen in diesen Kaufleuten und Handelsreisenden Personen von Rang, die umworben sein wollten. Die Händler beurteilten wir nach ihren Erfolgen, nach den Aufträgen, die sie sich sicherten, den Vertretungen, die sie übernahmen.

Bei den Afrikanern war es das Gleiche. Wir beurteilten sie – Armeeangehörige, Zöllner, Polizisten – nach ihrer Fähigkeit, uns Dienste zu erweisen; und danach beurteilten auch sie sich. Die Mächtigen erkannte man in Maheshs Bigburger-Restaurant sofort. Sie hatten von unserem Boom profitiert und waren nicht mehr die abgerissenen Gestalten von früher, im Gegenteil, sie trugen jetzt so viel Gold wie nur möglich – goldene Brillen, goldene Ringe, goldene Kugelschreiber und Drehbleistifte, goldene Uhren mit massiven Goldarmbändern. Unter uns spotteten wir über diese vulgäre, armselige afrikanische Gier nach Gold. Gold – wie sollte es einen Mann verwandeln, der doch nur Afrikaner war? Aber wir gierten ja selber nach Gold, und wir zahlten den goldbehängten Afrikanern regelmäßig unseren Tribut.

Unser Menschenbild war simpel. Afrika war für uns ein Ort, an dem wir überleben mussten. In der Domäne dagegen lagen die Dinge anders. Dort konnten sie zu Recht über Handel und Gold spotten, denn in der magischen Sphäre der Domäne mit ihren Alleen und neuen Häusern war ein neues Afrika entstanden. In der Domäne waren die Afrikaner – die jungen Männer am Polytechnikum – von Romantik umhangen. Auch wenn sie bei Partys und Zusammenkünften nicht immer dabei waren, rankte sich doch das gesamte Leben der Domäne um sie. In der Stadt konnte das Wort »Afrikaner« als Schimpfwort oder abfällig gebraucht werden; in der Domäne bezeichnete es etwas Höheres. Ein »Afrikaner« war hier der neue Mensch, den sie alle mit vereinten Kräften erschufen, Anwärter auf ein reiches Erbe – der Mann von Bedeutung, als der sich Ferdinand schon Jahre zuvor am Gymnasium verstanden hatte.

In der Stadt, als Gymnasiasten, waren Ferdinand und seine Freunde – auf jeden Fall seine Freunde – der dörflichen Lebensweise noch sehr nahe gewesen. Wenn sie freihatten – also weder in der Schule waren noch in Gesellschaft von Leuten wie mir –, hatten sie sich unter die Afrikaner hier in der Stadt gemischt. Ferdinand und Metty – oder Ferdinand und jeder andere afrikanische Junge – konnten Freunde werden, weil sie so viel gemeinsam hatten. Aber in der Domäne wäre es undenkbar gewesen, dass jemand Ferdinand oder seine Freunde mit den weiß livrierten Dienern verwechselte.

Ferdinand und seine Freunde hatten jetzt klare Vorstellungen davon, wer sie waren und was von ihnen erwartet wurde. Sie waren junge Männer mit staatlichen Stipendien; bald würden sie als Beamtenanwärter in die Hauptstadt gehen und in den Dienst des Präsidenten treten. Der Präsident selbst hatte die Domäne geschaffen, und in der Domäne waren sie von Ausländern umgeben, für die das neue Afrika etwas ganz Großartiges war. Auch ich wurde in der Domäne von der Romantik dieser Vision angesteckt.

So bestärkten sich Ausländer und Afrikaner wechselseitig in ihren Sehweisen, und alle miteinander nahm sie die Idee von Glanz und Neuheit gefangen. Und überall blickte von seinem Photo der Präsident auf uns herab. In der Stadt, in unseren Läden und den Regierungsgebäuden, waren diese Photos einfach nur Photos: Porträts des Präsidenten, des Machthabers, die aufzuhängen Pflicht war. In der Domäne fiel von diesen Bildern der Glorienschein des Präsidenten auf all seine neuen Afrikaner.

Und sie waren gescheit, die jungen Männer. Ich hatte sie als kleine Gauner in Erinnerung gehabt, beharrlich, aber töricht, bestenfalls bauernschlau; und ich hatte angenommen, dass ein Studium für sie gleichbedeutend mit Pauken sein würde. Wie viele andere in der Stadt glaubte ich, dass bei den Studiengängen für Afrikaner das Niveau gesenkt oder der Lernstoff angepasst worden war. Ausgeschlossen schien es nicht; die Tendenz zu bestimmten Fächern war deutlich: Internationale Beziehungen, Politologie, Anthropologie. Aber diese jungen Männer hatten einen wachen Verstand, und sie drückten sich vorzüglich aus – auf Französisch, nicht Patois. Sie hatten sich rapide entwickelt. Noch vor wenigen Jahren war Afrika für Ferdinand ein leerer Begriff gewesen. Diese Zeiten waren vorbei. Die Zeitungen, wiewohl zensiert, und die Magazine, die sich mit afrikanischen Themen befassten (sogar die unseriösen, subventionierten aus Europa), hatten neue Ideen, neues Wissen, neue Sichtweisen verbreitet.

Eines Abends nahm mich Indar zu einem seiner Seminare mit, das in einem Hörsaal in dem großen Hauptgebäude stattfand. Das Seminar war keine Pflichtveranstaltung. Es war eine Zusatzübung – in englischer Konversation, wie das Schild an der Tür besagte. Aber von Indar schien mehr erwartet zu werden als das. Die meisten Tische waren besetzt. Ferdinand war da, mit einer eigenen kleinen Gruppe von Freunden.

Die hellbraun getünchten Wände des Hörsaals waren kahl bis auf eine Photographie des Präsidenten – nicht in Uniform, sondern mit einer Häuptlingsmütze aus Leopardenfell, kurzärmliger Jacke und gepunktetem Halstuch. Indar, der direkt unter dieser Photographie saß, begann ungezwungen von den Gegenden Afrikas zu erzählen, die er bereist hatte, und die jungen Männer lauschten gebannt. Ihre Unschuld und ihr Eifer waren erstaunlich. Trotz der Kriege und Putsche, von denen allenthalben berichtet wurde, war Afrika für sie noch immer der unbekannte neue Kontinent, und sie redeten, als müsste es Indar ebenso gehen, fast als wäre er einer der ihren. Aus der Sprachübung wurde eine Diskussion über Afrika, und ich merkte, dass Themen aus den anderen Kursen und Vorlesungen an die Oberfläche kamen. Einige der Fragen waren Zündstoff erster Güte, aber Indar handhabte sie ausgezeichnet, immer ruhig, nie überhastet. Er ging es philosophisch an; er versuchte die jungen Männer dazu zu bringen, die Wörter, die sie benutzten, zu hinterfragen.

Eine Weile redeten sie über den Putsch in Uganda und die Stammes- und Religionskonflikte dort. Dann wandte sich die Diskussion der Religion in Afrika im Allgemeinen zu.

In die Gruppe um Ferdinand kam leichte Unruhe. Und Ferdinand – sich meiner Gegenwart vollauf bewusst – stand auf und sagte: »Darf ich den ehrenwerten Gast bitten, uns mitzuteilen, ob er die Afrikaner durch das Christentum ihrer Identität beraubt sieht?«

Indar machte es wie zuvor auch. Er formulierte die Frage neu. Er sagte: »Ich vermute, Ihre Frage ist im Grunde die, ob Afrika mit einer Religion gedient sein kann, die keine afrikanische ist. Ist der Islam eine afrikanische Religion? Haben Sie den Eindruck, dass er die Afrikaner ihrer Identität beraubt hat?«

Ferdinand blieb die Antwort schuldig. Es schien wie in alten Zeiten – er hatte über einen bestimmten Punkt nicht hinausgedacht.

Indar sagte: »Nun, man könnte wahrscheinlich sagen, dass der Islam zu einer afrikanischen Religion geworden ist. Er ist schon so lange auf dem Kontinent heimisch. Und dasselbe ließe sich über die koptischen Christen sagen. Ich weiß nicht – vielleicht finden Sie ja, dass diese Menschen durch ihre Religion so sehr ihrer Identität verlustig gegangen sind, dass sie den Bezug zu Afrika verloren haben. Würden Sie das so sehen? Oder würden Sie sagen, sie sind einfach eine eigene Art von Afrikanern?«

Ferdinand sagte: »Der ehrenwerte Gast weiß ganz genau, von welcher Art Christentum ich spreche. Er versucht der Frage auszuweichen. Er weiß, welchen niedrigen Status die afrikanische Religion hat, und er weiß auch, dass er zu einer direkten Stellungnahme zur Relevanz beziehungsweise Nichtrelevanz der afrikanischen Religion aufgefordert worden ist. Der Herr Gast ist ein Afrika wohlgesonnener Mann, der weit herumgekommen ist. Er kann uns Auskunft geben. Deshalb fragen wir.«

Etliche Pultdeckel klapperten Beifall.

Indar sagte: »Um diese Frage zu beantworten, müssen Sie mir erlauben, zurückzufragen. Sie sind Studenten. Sie sind keine Dorfbewohner. Sie können nicht so tun, als wären Sie es. Bald werden Sie auf Ihren jeweiligen Posten dem Präsidenten und seiner Regierung dienen. Sie sind Männer der modernen Welt. Brauchen Sie die afrikanische Religion? Oder sind Sie nur nostalgisch? Haben Sie Angst, sie zu verlieren? Oder glauben Sie nur, an ihr festhalten zu müssen, weil es nun einmal Ihre Religion ist?«

Ferdinands Blick verhärtete sich. Er ließ seinen Pultdeckel knallen und stand auf. »Sie stellen eine komplexe Frage.«

Und »komplex« war bei diesen Studenten eindeutig ein Wort, das Missfallen ausdrückte.

Indar sagte: »Sie vergessen, dass nicht ich die Frage aufgeworfen habe. Sie haben sie aufgeworfen, und ich habe lediglich nachgehakt.«

Das stellte die Disziplin wieder her, setzte dem Deckelklappern ein Ende. Es stimmte Ferdinand wieder freundlich und ließ ihn bis zum Ende der Stunde freundlich bleiben. Hinterher, als die Boys in ihren *jackets de boy* verchromte Teewagen hereinrollten und Kaffee und süßes Gebäck servierten (auch dies Teil des vom Präsidenten verordneten Stils), näherte er sich Indar.

»Du hast meinen Freund ziemlich in die Zange genommen«, sagte ich zu ihm.

Er sagte: »Ich hätte es nicht gemacht, wenn ich gewusst hätte, dass er dein Freund ist.«

Indar fragte: »Was bedeutet die afrikanische Religion denn für Sie persönlich?«

»Ich weiß es nicht«, sagte Ferdinand. »Deshalb habe ich gefragt. Es ist keine einfache Frage für mich.«

Als Indar und ich das Hauptgebäude verließen und zu seinem Haus zurückgingen, sagte Indar: »Ein eindrucksvoller Junge. Das ist also der Sohn deiner *marchande*? Das erklärt es natürlich. Sein Horizont ist einfach um das entscheidende Quäntchen weiter.«

Die Fahne auf der Asphaltfläche vor dem Hauptgebäude war mit Flutlicht angestrahlt. Reihen schlanker Laternenmasten überwölbten den breiten Weg von rechts und links mit ihren leuchtenden Armen, und auch im Gras neben der Straße brannten Lämpchen wie bei einer Landebahn. Einige der Birnen waren zerbrochen, und um die Fassungen wucherte hohes Gras.

Ich sagte: »Seine Mutter ist außerdem eine Zauberin.«

»Es ist jedes Mal wieder ein Eiertanz«, sagte Indar. »Sie haben mir zugesetzt heute Abend, aber die wirklich heikle Frage haben sie nicht gestellt. Weißt du, welche Frage das ist? Ob die Afrikaner Bauern sind. Eine ganz unsinnige Frage, aber darum werden erbitterte Gefechte geführt. Egal, was du sagst, du setzt dich in die Nesseln. Du siehst, warum meine Organisation so nötig ist. Wenn wir es nicht schaffen, sie zum Denken zu bringen, ihnen echte Ideen zu vermitteln anstelle von Prinzipien und Parolen, dann werden diese jungen Männer unsere Welt für das nächste halbe Jahrhundert ins Chaos stürzen.«

Ich dachte, wie sehr wir uns doch beide verändert hatten, dass wir so über Afrika sprachen. Selbst die afrikanische Magie hatten wir ernst zu nehmen gelernt. An der Küste wäre das undenkbar gewesen. Aber je länger wir an dem Abend über das Seminar redeten, desto mehr fragte ich mich, ob Indar und ich uns nicht etwas vormachten, ob das Afrika unserer Gespräche noch etwas zu tun hatte mit dem Afrika, das wir kannten. Ferdinand wollte die Verbindung zu den Geistern nicht verlieren; auf sich allein gestellt zu sein, war ihm nicht geheuer. Das und nichts anderes hatte hinter seiner Frage gesteckt. Wir alle verstanden seine Ängste, aber im Seminar, so schien es, verboten Scham oder Furcht, dies auszusprechen. Die Diskussion hatte sich um ganz andere Begriffe gedreht, Religion, Geschichte. So war das in der Domäne; Afrika war dort eine Sache für sich.

Und auch über Indar machte ich mir meine Gedanken. Wie war er zu seiner neuen Haltung gekommen? Seit den Geschehnissen an der Küste hatte ich angenommen, er müsse Afrika hassen. Er hatte viel verloren; ich hatte nicht das Gefühl, dass er verziehen hatte. Und doch sagte die Domäne ihm sichtlich zu; er war in seinem Element dort.

Ich war weniger »komplex«; ich gehörte in die Stadt. Und die Domäne hinter mir zu lassen und zurück in die Stadt zu fahren, Meile für Meile die Hütten zu sehen, die Abfallberge, Fluss und Wald um mich zu spüren statt gestalteter Landschaft, die zerlumpten Gestalten vor den Schankbuden zu sehen und die Feuer auf den Gehsteigen der Innenstadt, über denen sich die Leute ihr Essen kochten – diesen Weg zurückzulegen hieß, zurückzukehren in das Afrika, das ich kannte. Es hieß, aus den Höhen der Domäne herabzusteigen auf den Boden der Tatsachen. Glaubte denn Indar an dieses Afrika aus Worten? Glaubte irgendjemand in der Domäne daran? War das wirkliche Leben nicht dasjenige, das uns in der Stadt umgab – das Geschwätz der Vertreter im van der Weyden und in den Bars, die Photos des Präsidenten in den Ämtern und unseren Läden, die Kaserne im umfunktionierten Palast des reichen Inders?

Indar sagte: »Glaubt man denn überhaupt an etwas? Und ist das wichtig?«

Es gab ein Ritual, das ich jedes Mal vollführte, wenn ich eine nicht ganz zweifelsfreie Lieferung durch den Zoll bringen musste. Ich füllte die Zollerklärung aus, faltete sie um fünfhundert Francs und reichte sie dem zuständigen Beamten. Dieser überprüfte, sobald seine Untergebenen das Zimmer verlassen hatten (sie wussten genau, warum sie hinausgeschickt wurden), die Geldscheine mit Blicken allein. Dann nahm er sie an sich, studierte mit betonter Sorgfalt die Angaben auf dem Formular, und bald darauf sagte er: »*C'est bien, Mis' Salim. Vous êtes en ordre.*« Weder er noch ich verloren ein Wort über das Geld. Wir sprachen nur über die Einträge auf dem Formular, das, korrekt ausgefüllt und korrekt abgestempelt, unser beider Gesetzestreue bescheinigte. Doch das, worum es bei dem Geschäft eigentlich gegangen war, wurde mit Stillschweigen bedacht und hinterließ keine Spur in den Unterlagen.

Ganz ähnlich schien mir im Kern meiner Diskussionen mit Indar – über die Aufgaben seiner Organisation, über die Domäne, über die Gefahren, die er in den importierten Doktrinen sah, gerade weil das Land so neu war (denn neue Gehirne waren wie Fliegenleim, die ersten Ideen blieben am besten haften) – immer etwas Unredliches zu liegen, oder vielleicht auch nur eine Auslassung, eine Leerstelle, um die wir beide herumredeten. Diese Auslassung war unsere eigene Vergangenheit, das zertrümmerte Leben unserer Gemeinschaft. Indar hatte es bei unserer ersten Begegnung angesprochen, an dem Morgen bei mir im Laden. Er habe gelernt, die Vergangenheit mit Füßen zu treten, hatte er gesagt. Anfangs sei es, als zertrample man einen Garten; später werde es einfach der Boden, auf dem man ging.

Ich wurde mir meiner Sache immer unsicherer. Die Domäne war ein Schwindel. Aber gleichzeitig war sie real, weil sie voller ernsthafter Männer (und einiger weniger Frauen) war. Gab es eine Wahrheit unabhängig von den Menschen? Schufen sich Menschen ihre Wahrheit nicht selbst? Alles, was ein Mensch tat oder machte, war schließlich Realität. So pendelte ich zwischen der Domäne und der Stadt hin und her. Es war immer beruhigend, in die vertraute Umgebung der Stadt zurückzukommen, fortzugelangen von dem Afrika der Domäne, diesem Afrika der Worte und Ideen (in dem die Afrikaner selbst so oft fehlten). Aber die Domäne, ihr Glanz, die Anregungen des Soziallebens dort, lockten mich stets wieder zurück.

8

Indar sagte: »Wir sind nachher noch eingeladen. Yvette gibt eine Party. Kennst du Yvette? Ihr Mann, Raymond, hält sich meistens im Hintergrund, aber er ist hier der Boss. Der Präsident, oder der Große Mann, wie ihr sagt, hat ihn hierher abkommandiert, damit er ein Auge auf alles hat. Er ist der Weiße Mann des Großen Mannes, wenn du so willst. Der Präsident hat überall Leute wie ihn. Raymond ist Historiker. Der Präsident soll jedes Wort von ihm gelesen haben. Das wird jedenfalls immer behauptet. Raymond weiß mehr über das Land als irgendjemand sonst.«

Ich hatte noch nie von Raymond gehört. Den Präsidenten kannte ich nur von den Photographien, anfangs in Uniform, später mit der modischen kurzärmligen Jacke und dem Halstuch, und neuerdings mit der Leopardenfellmütze und dem schnitzereiverzierten Stock, Emblem seiner Häuptlingswürde. Es wäre mir nie in den Sinn gekommen, dass er Bücher las. Was Indar da erzählte, rückte ihn näher. Gleichzeitig führte es mir vor Augen, welche Fernen einen Mann wie mich vom Sitz der Macht trennten. Aus dieser Ferne betrachtet kam ich mir klein und verwundbar vor; es erschien völlig irreal, dass ich hier, so wie ich war, nach dem Abendessen durch die Domäne schlenderte, um Menschen kennen zu lernen, die mit den Mächtigen eng vertraut waren. Aber es war seltsam, ich fühlte mich plötzlich nicht mehr bedroht von dem Land, dem Wald und dem Fluss, den fremden Völkern: der Blickwinkel der Macht schien mich über all dies hinauszuheben.

Nach Indars Ankündigungen hatte ich mir Raymond und Yvette als ein Paar mittleren Alters vorgestellt. Aber die Dame, die in einer schwarzen langen Hose aus glänzendem Stoff auf uns zutrat, nachdem der weiß livrierte Boy uns eingelassen hatte, war jung, Ende zwanzig, nicht älter als ich. Das war die erste Überraschung. Die zweite war, dass ihre Füße nackt waren – weiße, schöne, zartknochige Füße. Mein Blick verweilte auf diesen Füßen, bevor er auf ihr Gesicht und die Bluse fiel, die aus schwarzer Seide war, mit einem tiefen, stickereiverzierten Ausschnitt – teuer, keine Ware, wie man sie in unserer Stadt bekam.

Indar sagte: »Diese bezaubernde Dame ist unsere Gastgeberin. Sie heißt Yvette.«

Er beugte sich zu ihr herab und legte die Arme um sie. Es war eine Bühnenumarmung. Yvette erwiderte sie spielerisch hintübergelehnt, aber ihre Wangen berührten sich nur flüchtig, er streifte kaum ihre Brust, und nur seine Fingerspitzen kamen auf ihrem Rücken zu liegen, auf der Blusenseide.

Das Haus gehörte zur Domäne, wie das von Indar. Doch sämtliche Kunstsamtsessel waren aus dem Wohnzimmer entfernt und durch Kissen, Polster und afrikanische Bodenmatten ersetzt worden. Zwei, drei Leselampen standen auf dem Boden, so dass Teile des Raums im Dunkeln lagen.

»Der Präsident hat eine etwas übertriebene Vorstellung von den Ansprüchen der Europäer«, sagte Yvette – sie sprach von den Möbeln. »Ich habe dieses ganze Samtzeug in eins von den Schlafzimmern verbannt.«

Indars Worte im Ohr, ignorierte ich die Ironie in ihrer Stimme und hörte stattdessen Privilegiertheit heraus, die Privilegiertheit einer Person aus dem Dunstkreis des Präsidenten.

Es waren schon etliche Gäste da. Indar folgte Yvette weiter in den Raum, und ich folgte Indar.

Indar fragte: »Wo ist Raymond?«

»Er arbeitet noch«, sagte Yvette. »Er schaut später herein.«

Wir drei nahmen neben einem Bücherregal Platz. Indar lehnte sich an eines der Polster, sichtlich entspannt. Ich konzentrierte mich auf die Musik. Wie so oft, wenn ich mit Indar in der Domäne war, stellte ich mich darauf ein, mich aufs Beobachten und Zuhören zu beschränken. Und alles hier war neu für mich. Auf einer Party wie dieser war ich noch nie gewesen. Allein die Atmosphäre in diesem Raum war etwas, das ich noch nie erlebt hatte.

Zwei oder drei Paare tanzten; ich konnte Frauenbeine sehen. Und ich konnte eine junge Frau in einem grünen Kleid sehen, die auf einem Esszimmerstuhl saß (einem aus der hauseigenen Zwölfergarnitur). Ich betrachtete ihre Knie, ihre Beine, die Fesseln, die Schuhe. Es waren keine übermäßig wohlgeformten Beine, aber der Anblick berührte mich dennoch. Mein ganzes Erwachsenenleben hindurch hatte ich mein Begehren in den Bars der Stadt gestillt. Ich kannte nur Frauen, die Geld nahmen. Die andere Seite der Leidenschaft, Umarmungen, die frei gegeben und frei empfangen wurden, hatte ich nie kennen gelernt; ich empfand sie als fremd, als etwas, das mir nicht bestimmt war. Und so war meine Befriedigung immer nur eine Bordellbefriedigung und damit eigentlich gar keine Befriedigung gewesen. Sie hatte mich weiter und weiter von jeder wahren Sinnlichkeit weggeführt und mich, wie ich fürchtete, untauglich dafür gemacht.

Ich war noch nie in einem Raum gewesen, in dem Männer

und Frauen zum wechselseitigen Vergnügen tanzten, einfach aus Freude an der Geselligkeit. Ungeduld pochte in den schweren Beinen des Mädchens, dieses Mädchens im grünen Kleid. Es war ein neues Kleid, sehr lose gesäumt, ohne die scharfe Plättkante, so dass man noch den Stoff vor sich zu sehen meinte, wie er abgemessen und gekauft worden war. Später beobachtete ich sie beim Tanzen, beobachtete, wie sie ihre Beine bewegte, ihre Schuhe, und eine Süße wallte in mir auf, als wäre mir ein lang verlorener Teil meiner selbst zurückgegeben. Kein einziges Mal schaute ich in ihr Gesicht; in dem Halbdämmer ließ sich das leicht vermeiden. Ich wollte mich ganz in die Süße versenken; nichts durfte mich dabei stören.

Und die Süße nahm zu. Die Musik, die bis jetzt gespielt hatte, klang aus, und alle in dem zauberisch erleuchteten Raum, an dessen Decke die Lampen auf dem Boden ihre verschwommenen Lichtkreise malten, hörten zu tanzen auf. Die nächsten Töne trafen mich mitten ins Herz – schwermütige Gitarrenklänge; Worte; ein Lied: eine amerikanische Frauenstimme, die »Barbara Allen« sang.

Diese Stimme! Sie brauchte keine Musik; sie brauchte kaum Worte. Aus sich allein schuf sie die Melodie; aus sich allein schuf sie eine ganze Welt aus Gefühl. Gefühl – nur das ist es, was Menschen unserer Herkunft in Musik und Gesang suchen; nur das ist es, was uns dazu treibt, »*Wa-wa!* Bravo!« zu schreien und dem Sänger Geldscheine und Goldstücke vor die Füße regnen zu lassen. Es war eine Stimme, bei deren Klang ich den verborgensten Teil meines Innern erwachen fühlte, den Teil, der Verlust, Heimweh und Kummer kannte und sich nach der Liebe sehnte. Es war eine Stimme, in der die Verheißung schwang, dass jeder, der ihr lauschte, erhört werden würde.

»Wer singt da?«, fragte ich Indar.

»Joan Baez«, sagte er. »In den Vereinigten Staaten ist sie sehr berühmt.«

»Und Millionärin«, fügte Yvette hinzu.

Inzwischen erkannte ich ihre Ironie. Ihre Äußerungen klangen vielsagend dadurch, auch wenn sie im Grunde sehr wenig sagte – und immerhin hatte sie die Platte in ihrem Haus aufgelegt. Sie sah mich an, lächelnd – vielleicht über ihre eigenen Worte, vielleicht weil ich Indars Freund war, vielleicht einfach nur, weil sie fand, es stehe ihr.

Ihr linkes Bein war angezogen, das rechte, am Knie abgewinkelt, lag flach auf dem Kissen, auf dem sie saß, so dass ihre rechte Ferse fast den linken Knöchel berührte. Bildschöne Füße, und so blendend weiß vor dem Schwarz ihrer Hose. Ihre aufreizende Haltung, ihr Lächeln – all das floss ein in die Stimmung des Liedes: beinahe zu viel für einen einzigen Augenblick.

Indar sagte: »Salim stammt aus einer von unseren alten Küstenfamilien. Sie haben eine interessante Geschichte.«

Yvettes Hand ruhte weiß auf ihrem schwarzen Schenkel.

»Da, schau dir das an«, sagte Indar.

Er lehnte sich über meine Knie und langte ins Bücherregal hinauf. Er zog ein Buch heraus, schlug es auf und zeigte mir die Stelle, die ich lesen sollte. Ich hielt das Buch in Richtung Boden, in den Lichtschein der Leselampe, und entdeckte in einer Liste von Namen die Namen Raymonds und Yvettes, die der Autor anlässlich eines nicht lange zurückliegenden Aufenthalts in der Hauptstadt als die »großzügigsten aller Gastgeber« rühmte.

Yvette lächelte unverändert, ohne Verlegenheit oder falsche Scham jedoch; ohne Ironie. Ihr Name in dem Buch bedeutete ihr etwas.

Ich reichte es Indar zurück, wandte mich von Yvette und

ihm ab und konzentrierte mich erneut auf die Stimme. Nicht alle Lieder waren wie »Barbara Allen«. Es waren auch moderne darunter, über Krieg und Ungerechtigkeit und Unterdrückung und atomare Zerstörung. Aber dazwischen kamen immer wieder die älteren, einschmeichelnderen Melodien. Sie waren es, auf die ich wartete, aber letztlich verknüpfte die Stimme die eine Art von Lied mit der anderen, verknüpfte die Maiden und Jünglinge und tragischen Tode aus alter Zeit mit den Menschen unserer Tage, den Unterdrückten, den Sterbenden.

Es war eine Fiktion – darüber täuschte ich mich keine Sekunde lang. Man konnte nicht süßen Liedern über Ungerechtigkeit lauschen, wenn man nicht selber Gerechtigkeit erwartete und in den meisten Fällen auch erhielt. Man konnte keine Lieder über das Ende der Welt singen, wenn man nicht – wie fast alle hier im Zimmer, diesem schönen, schlichten Zimmer mit seinen afrikanischen Bodenmatten und afrikanischen Wandteppichen und Speeren und Masken – daran glaubte, dass die Welt sich weiterdrehte und man darin gut aufgehoben war. Wie leicht fiel einem in diesem Raum eine solche Gewissheit!

Draußen sah es anders aus, und Mahesh hätte hohngelacht. »Es ist nicht, dass es hier recht und unrecht nicht gibt«, hatte er gesagt. »Es gibt nur kein Recht.« Aber Mahesh schien weit weg. Die Kärglichkeit dieses Lebens, das auch mein Leben gewesen war! Wie viel besser war es da, sich etwas vorzuspiegeln, so wie ich jetzt. Wie viel besser, sich zusammen mit allen anderen hier im Raum der Illusion hinzugeben, dass wir ein nobles, tapferes Leben im Angesicht von Ungerechtigkeit und drohendem Tod führten und unseren Trost aus der Liebe schöpften. Ehe die Lieder noch endeten, war ich mir schon gewiss, dass dies das Leben war, nach dem ich mich immer gesehnt hatte; ich wollte nie mehr in die Banalität zurückkehren. Schieres Glück, so schien mir, hatte mir endlich eine Entsprechung dessen beschert, was Jahre zuvor Nazruddin hier hatte erleben dürfen.

Es war schon spät, als Raymond hereinkam. Auf Indars Aufforderung hin hatte ich sogar mit Yvette getanzt und unter der Seide ihrer Bluse ihre Haut gespürt, und als ich nun Raymond sah – meine Gedanken sprangen inzwischen kühn von einer Möglichkeit zur nächsten –, nahm ich im ersten Moment nur den Altersunterschied zwischen ihnen wahr. An die dreißig Jahre mussten Yvette von ihm trennen; Raymond war ein Mann von Ende fünfzig.

Aber die Möglichkeiten verflüchtigten sich schlagartig, verblassten zu Wunschträumen, als ich die Fürsorge bemerkte, die sich mit einem Mal in Yvettes Zügen abzeichnete (oder vielmehr ihrem Blick, denn ihr Lächeln blieb unverändert, eine Eigenart ihres Gesichts); als ich Raymonds sicheres Auftreten bemerkte und mir seinen Rang und Namen bewusst machte, die Distinguiertheit seiner Erscheinung. Es war eine Distinguiertheit, wie sie nur von Intelligenz, von geistiger Arbeit kommt. Er sah aus, als hätte er eben die Brille abgenommen; um seine sanften Augen lag eine anziehende Müdigkeit. Er trug eine langärmlige Safarijacke, und mir ging durch den Kopf, dass sich in diesem Stil – den langen Ärmeln anstelle der kurzen – Yvettes Einfluss zeigte.

Nach dem besorgten Blick zu ihrem Mann hinüber entspannte sie sich wieder, ihr Lächeln fest an seinem Platz. Indar stand auf und holte einen der an der gegenüberliegenden Wand aufgereihten Stühle herbei. Raymond bedeutete uns, dass wir bleiben sollten, wo wir waren; er ließ die Gelegenheit, sich neben Yvette zu setzen, verstreichen und nahm stattdessen den Stuhl, den Indar brachte.

Yvette fragte, ohne sich zu rühren: »Möchtest du einen Drink, Raymond?«

»Das würde sich nur rächen, Evie«, sagte er. »Ich gehe gleich wieder in mein Zimmer zurück.«

Raymonds Ankunft war nicht unbemerkt geblieben. Ein junger Mann und ein Mädchen standen schon eine Weile erwartungsvoll in unserer Nähe. Ein, zwei andere kamen hinzu. Man begrüßte sich.

Indar sagte: »Wir haben Sie hoffentlich nicht gestört.«

»Es war als Hintergrund sehr angenehm«, sagte Raymond. »Wenn ich ein bisschen bedrückt wirke, dann nur deshalb, weil ich vorhin in meinem Zimmer ins Brüten verfallen bin und mich, wie so oft, gefragt habe, ob man die Wahrheit je ergründen wird. Der Gedanke ist nicht neu, aber es gibt Momente, da ist er besonders schmerzlich. Ich habe das Gefühl, dass alles, was man tut, verlorene Liebesmüh ist.«

»Was für ein Unsinn, Raymond«, widersprach Indar. »Natürlich dauert es seine Zeit, bis jemand wie Sie gebührend gewürdigt wird, aber irgendwann ist es so weit. Ihr Fachgebiet ist einfach nicht das populärste.«

Yvette sagte: »Bestellen Sie ihm das auch von mir, bitte schön.«

Und einer der umstehenden Männer bemerkte: »Tagtäglich zwingen neue Erkenntnisse uns dazu, unser Bild der Vergangenheit zu revidieren. Die Wahrheit ist immer da. Sie kann ans Licht geholt werden. Es muss sich nur jemand die Mühe machen, das ist alles.«

»Die Zeit als Entdeckerin der Wahrheit«, sagte Raymond. »Ich weiß. Das ist die klassische Vorstellung, das klassische Dogma. Aber es gibt Zeiten, da fängt man an zu zweifeln. Wissen wir wirklich Bescheid über die Geschichte des Römischen Reichs? Wissen wir wirklich, was bei der Eroberung

Galliens vor sich gegangen ist? Jetzt eben, in meinem Zimmer, habe ich voll Trauer an all die Dinge gedacht, die nie von jemandem aufgezeichnet worden sind. Meinen Sie, wir werden je die Wahrheit darüber wissen, was sich in den letzten hundert oder auch nur fünfzig Jahren hier in Afrika abgespielt hat? All die Kriege, all die Rebellionen, all die Anführer, all die Niederlagen?«

Schweigen trat ein. Wir sahen Raymond an, der unserem Abend diese ernste Wendung gegeben hatte. Doch eigentlich setzte sich in der neuen Stimmung nur die Stimmung der Joan-Baez-Lieder fort. Und eine kurze Zeit lang sann jeder für sich, ohne die Hilfe der Musik jetzt, über die Traurigkeit des Kontinents nach.

Dann fragte Indar: »Haben Sie Mullers Artikel gelesen?«

»Über den Bapende-Aufstand?«, sagte Raymond. »Er hat mir einen Sonderdruck geschickt. Er soll ja enorm Resonanz finden.«

Der junge Mann mit dem Mädchen sagte: »Er hat einen Lehrauftrag in Texas angeboten bekommen, habe ich gehört.«

Indar sagte: »Ich fand ihn unter aller Kritik. Eine Ansammlung von Klischees, die er einem als neue Erkenntnis verkaufen will. Die Zande, das ist eine Stammesrebellion. Die Bapende, das ist einfach ökonomische Unterdrückung, die Kautschuk-Industrie. Sie gehören mit den Baja und den Babua in einen Topf geworfen. Und zu dem Zweck wird der religiöse Aspekt heruntergespielt. Dabei ist der es doch gerade, der die Bapende-Geschichte so pikant macht. Aber so etwas passiert eben, wenn die Leute sich Afrika aussuchen, um sich auf die leichte Tour akademische Sporen zu verdienen.«

Raymond sagte: »Er war bei mir. Ich habe ihm alle seine

Fragen beantwortet und ihn alle meine Aufzeichnungen einsehen lassen.«

Der junge Mann sagte: »Ich glaube, Muller ist einer von diesen Überfliegern.«

»Ich fand ihn sympathisch«, sagte Raymond.

Yvette sagte: »Er hat mittags bei uns gegessen. Kaum war Raymond vom Tisch aufgestanden, hat er jedes Interesse an den Bapende verloren und mich gefragt, ob ich mit ihm ausgehen möchte. Einfach so. Raymond war noch nicht ganz aus dem Zimmer.«

Raymond lächelte.

Indar sagte: »Ich habe Salim erzählt, Raymond, dass Sie der einzige Autor sind, den der Präsident liest.«

»Ich kann mir nicht vorstellen, dass er dieser Tage viel zum Lesen kommt«, sagte Raymond.

Der junge Mann, sein Mädchen jetzt dicht neben sich, fragte: »Wie haben Sie ihn eigentlich kennen gelernt?«

»Das ist eine Geschichte, die ebenso simpel wie bemerkenswert ist«, sagte Raymond. »Aber dafür haben wir jetzt wahrscheinlich nicht die Zeit.« Er sah Yvette an.

»Ich glaube nicht, dass irgendjemand einen dringenden Termin hat«, sagte Yvette.

»Es war vor vielen Jahren«, sagte Raymond. »Noch während des Kolonialismus. Ich unterrichtete damals an einer Hochschule in der Hauptstadt. Ich betrieb meine historischen Recherchen. Wobei an Veröffentlichungen zu der Zeit natürlich nicht zu denken war. Es gab die Zensur, trotz des viel gerühmten Erlasses von 1922 – auch wenn alle so taten, als existierte sie nicht. Und Afrika war damals sowieso kein Thema. Aber ich machte nie ein Hehl aus meinem Standpunkt und meinen Überzeugungen, und das muss sich herumgesprochen haben. Eines Tages wurde mir an der Hochschule mitgeteilt, eine alte Afrikanerin wolle mich sprechen. Es war einer der afrikanischen Dienstboten, der mir die Meldung machte, und er schien nicht sehr viel von meiner Besucherin zu halten.

Ich bat ihn, sie zu mir zu bringen. Sie war eher in den mittleren Jahren als alt. Sie arbeitete als Zimmermädchen in dem großen Hotel in der Hauptstadt, und sie wollte mit mir über ihren Sohn sprechen. Sie gehörte zu einem der kleineren Stämme, Menschen ohne jeden Einfluss, und im Zweifelsfall gab es unter ihresgleichen einfach niemanden, an den sie sich hätte wenden können. Der Junge hatte die Schule fertig gemacht. Er war irgendeinem politischen Club beigetreten und hatte die eine oder andere Arbeit angenommen. Aber all das hatte er nun aufgegeben. Er machte überhaupt nichts mehr. Er saß nur zu Hause herum. Er traf sich mit niemandem. Er litt unter Kopfschmerzen, aber er war nicht krank. Ich dachte, sie wolle mich bitten, ihm eine Stelle zu besorgen. Aber nein. Sie wollte nichts weiter von mir, als dass ich den Jungen kommen ließ und mit ihm redete.

Sie beeindruckte mich nicht wenig. Doch, die Würde dieses Zimmermädchens war wirklich bemerkenswert. Eine andere Frau hätte angenommen, dass ihr Sohn verhext war, und die entsprechenden Maßnahmen eingeleitet. Aber sie begriff auf ihre schlichte Art, dass die Krankheit ihres Sohnes mit seiner Bildung zusammenhing. Deshalb war sie zu mir gekommen, dem Hochschullehrer.

Ich sagte ihr, sie solle den Jungen zu mir schicken. Ihm passte es gar nicht, dass seine Mutter mit mir über ihn geredet hatte, aber er kam. Er zappelte vor Nervosität. Was ihn ungewöhnlich machte – um nicht zu sagen außergewöhnlich –, war die Intensität seiner Verzweiflung. Sie rührte nicht einfach von Armut und Chancenlosigkeit her. Sie ging viel tiefer. Und tatsächlich, versuchte man die Welt von seiner Warte aus zu betrachten, dann spürte man selber fast, wie einem der Kopf zu schmerzen begann. Er kam nicht zurande mit einer Welt, in der seine Mutter, eine einfache Afrikanerin, solche Demütigungen hatte erdulden müssen. Nichts konnte das ungeschehen machen. Nichts konnte ihm eine bessere Welt verschaffen.

Ich sagte zu ihm: ›Ich habe Ihnen zugehört, und ich weiß, dass diese Verzweiflung eines Tages nachlassen wird, und dann wird es Sie zum Handeln drängen. Dann ist es wichtig, dass Sie sich auf keinen Fall in die Politik hineinbegeben, wie sie derzeit praktiziert wird. Diese Verbände und Vereine, das sind nichts als Diskussionsgruppen, Debattierclubs, in denen sich die Afrikaner für die Europäer in Szene setzen, um von ihnen das Prädikat *fortschrittlich* zu erhalten. In einem solchen Verein würden Ihre Leidenschaft aufgezehrt und Ihre Gaben vernichtet. Was ich Ihnen jetzt sage, mag Ihnen aus meinem Mund seltsam vorkommen. Gehen Sie zum Militär. Da werden Sie keinen hohen Rang bekleiden, aber Sie werden solide Kenntnisse erwerben. Kenntnisse über Waffen und Transportwesen, und Menschenkenntnis. Wenn Sie einmal begriffen haben, was die Armee zusammenhält, dann werden Sie auch begreifen, was das Land zusammenhält. Jetzt sagen Sie vielleicht zu mir: Aber ist es nicht besser, ich werde Anwalt und lasse mich mit *maître* ansprechen? Aber ich sage Ihnen: Nein. Es ist besser, Sie werden Gefreiter und schlagen vor dem Sergeanten die Hacken zusammen.

Das ist kein Rat, den ich anderen geben würde. Aber Ihnen gebe ich ihn.‹«

Raymond hatte uns alle in Bann gehalten. Als er verstummte, brach keiner von uns das Schweigen, und keiner wandte den Blick von ihm, wie er da in seiner Safarijacke vor uns auf dem Stuhl saß, distinguiert, mit zurückgekämmtem Haar und müden Augen, auf seine Art fast etwas dandyhaft.

Schließlich beendete er selbst das Schweigen und sagte in beiläufigerem Ton, als ließe er seiner Geschichte nun den Kommentar folgen: »Er ist ein höchst bemerkenswerter Mann. Ich glaube nicht, dass wir hinreichend würdigen, was er geleistet hat. Wir sehen es als selbstverständlich an. Er hat Disziplin in die Armee gebracht, er hat diesen Vielvölkerstaat befriedet. Man kann jetzt wieder quer durch das ganze Land reisen – etwas, das die Kolonialmacht sich allein zugute zu halten pflegte. Und das Bemerkenswerteste dabei: es ist alles ohne Zwang geschehen und durchweg mit der Zustimmung der Bevölkerung. Man sieht keine Polizei auf den Straßen. Man sieht keine Gewehre. Man sieht nichts von der Armee.«

Indar auf seinem Platz neben der immer weiterlächelnden Yvette schien sich ein wenig aufrichten und zum Reden ansetzen zu wollen. Aber Raymond hob die Hand, und Indar blieb reglos.

»Und dann die Freiheit«, sagte Raymond. »Diese bemerkenswerte Offenheit gegenüber jeglichen Ideen aus jeglicher Art von System. Ich kann mir nicht vorstellen« – dies nun direkt an Indar gerichtet, wie zur Entschädigung dafür, dass er ihn nicht zu Wort hatte kommen lassen –, »dass irgendjemand Ihnen auch nur andeutungsweise vorzuschreiben versucht hat, was Sie sagen dürfen und was nicht.«

Indar sagte: »Nein, es gab keine Probleme.«

»Ich glaube nicht, dass es ihm eingefallen wäre, Sie in irgendeiner Weise zu zensieren. Er ist der Meinung, dass alle Ideen der Sache dienen können. Man könnte sagen, er giert geradezu nach Ideen. Er macht sie sich alle auf seine eigene Weise zunutze.«

Yvette sagte: »Wenn er doch einmal auf die Idee käme, die Boys in eine andere Livree zu stecken. Im guten alten Kolonialstil mit kurzer Hose und langer weißer Schürze. Oder lange Hosen und Jackett. Aber nicht dieses Karnevalskostüm mit kurzen Hosen und Jackett.«

Alle, sogar Raymond, lachten wir, froh darüber, der feierlichen Stimmung zu entkommen. Und Yvettes Keckheit schien zugleich Beweis für die Freiheit, von der Raymond gesprochen hatte.

Raymond sagte: »Diese Livreen lassen Yvette keine Ruhe. Aber da zeigt sich der Militärhintergrund – und der Hotelhintergrund seiner Mutter. Die Mutter hat ihr ganzes Arbeitsleben hindurch die koloniale Dienstmädchenuniform getragen. Die Boys in der Domäne müssen auch uniformiert sein. Aber nicht im Kolonialstil – das ist das Entscheidende. Und das muss jedem, der heutzutage eine Uniform trägt, bewusst sein. Jeder muss sich beim Tragen seiner Uniform bewusst sein, dass ihn mit dem Präsidenten ein persönlicher Vertrag verbindet. Und versuchen Sie die Boys von ihrer Livree abzubringen! Yvette hat es versucht. Sie bestehen auf dieser Livree, egal, wie absurd sie für uns aussehen mag. Das ist das Verblüffende an diesem Mann Afrikas – diese Instinktsicherheit, dieses Gespür dafür, was die Leute brauchen, und wann sie es brauchen.

Seit einer Weile hängen ja überall diese Photos von ihm in afrikanischer Kleidung. Ich muss gestehen, dass mir etwas unbehaglich zumute wurde, als sie in so großer Zahl aufzutauchen begannen. Bei einem unserer Treffen in der Hauptstadt habe ich ihn darauf angesprochen. Ich war tief beeindruckt von dem Scharfblick seiner Antwort. Er sagte: ›Noch vor fünf Jahren, Raymond, hätte ich Ihnen Recht gegeben. Vor fünf Jahren hätte unser afrikanisches Volk mit dem grausamen Humor, den es haben kann, nur gelacht, und dieser Spott wäre tödlich gewesen für unser Land mit seinem damals noch so schwachen Zusammenhalt. Aber die Zeiten haben sich geändert. Die Menschen haben jetzt Frieden. Sie brauchen andere Dinge. Darum sehen sie nicht mehr das Bild eines Soldaten. Sie sehen das Bild eines Afrikaners. Und das ist nicht mein Bild, Raymond. Es ist ein Bild aller Afrikaner.‹«

Das war mir so aus der Seele gesprochen, dass ich sagte: »Ja! Niemand bei uns in der Stadt hat gern das alte Photo aufgehängt. Aber die neuen Photos sieht man mit ganz anderen Augen, gerade in der Domäne.«

Raymond ließ die Unterbrechung zu. Seine Rechte blieb jedoch erhoben, zum Zeichen, dass er fortfahren wollte. Und er fuhr fort.

»Das wollte ich gern selber nachprüfen. Eine Woche ist das jetzt her. Da habe ich vor dem Hauptgebäude einen unserer Studenten getroffen. Und um ihn ein wenig zu provozieren, machte ich eine Bemerkung über die vielen Photos des Präsidenten. Der junge Mann fuhr mir richtiggehend über den Mund. Also fragte ich ihn, was er denn empfand, wenn er das Photo des Präsidenten sah. Sie werden mir nicht glauben, was er zu mir sagte, dieser junge Mann, in so strammer Haltung, dass es jedem Kadetten Ehre gemacht hätte: ›Es ist eine Photographie des Präsidenten. Aber hier in der Domäne, als Student am Polytechnikum, betrachte ich es auch als eine Photographie meiner selbst.‹ Wortwörtlich! Aber das ist eine der Fähigkeiten großer Führer – intuitiv die Bedürfnisse ihres Volkes zu erkennen, lange bevor diese Bedürfnisse in Worte gefasst sind. Man muss Afrikaner sein, um in Afrika zu herrschen – die Kolonialmächte haben das nie wahrhaft begriffen. So intensiv wir anderen das Land auch studieren, so sehr wir uns auch einfühlen, wir bleiben doch Außenseiter.«

Der junge Mann, der sich mit seinem Mädchen auf eine der Matten gesetzt hatte, fragte: »Wissen Sie, was die Schlange auf dem Stab des Präsidenten symbolisiert? Stimmt es, dass im Bauch der menschlichen Gestalt auf dem Stab ein Fetisch verborgen ist?«

»Darüber weiß ich nichts«, sagte Raymond. »Es ist ein Stab. Es ist ein Häuptlingsstab. Er ist wie ein Amtsstab oder eine Mitra. Ich denke, wir sollten nicht in den Irrtum verfallen, überall afrikanische Mythen entdecken zu wollen.«

Die Zurechtweisung war ein kleiner Misston. Doch Raymond schien es nicht zu bemerken.

»Ich hatte kürzlich Gelegenheit, sämtliche Ansprachen des Präsidenten einzusehen. Welch eine interessante Veröffentlichung sich daraus machen ließe! Nicht die vollständigen Reden natürlich, die sich notgedrungen mit vielen zeitgebundenen Belangen befassen. Aber Auszüge. Die zentralen Gedanken.«

»Arbeiten Sie an so etwas?«, fragte Indar. »Hat er Sie damit beauftragt?«

Raymond hob die flache Hand und zog eine Schulter hoch, wie um zu sagen, möglich sei es, aber noch zu vertraulich, als dass er darauf eingehen könne.

»Das Interessante an diesen Reden, wenn man sie in Folge liest, ist die Entwicklung, die sich darin abzeichnet. Da tritt das, was ich die Gier nach Ideen genannt habe, ganz deutlich zutage. Anfangs sind diese Ideen sehr einfach. Einheit, die koloniale Vergangenheit, das Bedürfnis nach Frieden. Aber nach und nach werden sie außerordentlich komplex – wunderbare Gedanken zu Afrika, dem Regieren, der modernen Welt. In der richtigen Aufbereitung könnte ein solches Werk zum Handbuch für eine wahre Revolution auf dem ganzen Kontinent werden. Und aus jeder Zeile klingt die intensive

Verzweiflung des jungen Mannes, die mich vor so langer Zeit so tief beeindruckt hat. Aus jeder Zeile meint man zu spüren, dass das Unrecht unter Umständen nie wieder gutzumachen ist. In jeder Zeile schwingt für die, die Ohren haben zu hören, der Schmerz des Jungen über die Demütigungen mit, die seine Mutter als Hotelzimmermädchen erdulden musste. Darin ist er sich immer treu geblieben. Den wenigsten dürfte bekannt sein, dass er und sein gesamtes Kabinett Anfang des Jahres eine Wallfahrt zu dem Heimatdorf dieser Frau Afrikas gemacht haben. Ist so etwas je vorher geschehen? Hat schon je ein Herrscher versucht, den afrikanischen Busch zum Heiligtum zu erheben? Das ist ein Akt der Pietät, der mich fast zu Tränen rührt. Machen Sie sich irgendeinen Begriff von den Demütigungen, die ein afrikanisches Zimmermädchen während der Kolonialzeit über sich ergehen lassen musste? Keine noch so große Pietät kann das aufwiegen. Aber Pietät ist alles, was wir zu bieten haben.«

»Es sei denn, wir vergessen«, sagte Indar. »Es sei denn, wir treten die Vergangenheit mit Füßen.«

Raymond sagte: »Wie es die meisten der afrikanischen Anführer tun. Sie wollen Wolkenkratzer im Busch bauen. Dieser Mann will einen Schrein errichten.«

Die Musik, die bis dahin gespielt hatte, war ohne Gesang gewesen. Jetzt begann wieder »Barbara Allen«, und die Worte hatten etwas Ablenkendes. Raymond erhob sich. Der Mann, der auf der Matte gesessen hatte, stand auf, um den Ton leiser zu drehen. Raymond bedeutete ihm, dass er sich keine Mühe machen solle, aber das Lied verlor sich im Hintergrund.

Raymond sagte: »Ich würde gern länger bei Ihnen bleiben. Aber leider muss ich an meine Arbeit zurückkehren. Sonst könnte mir ein Gedanke entgleiten. Die größte Schwierigkeit erzählender Prosa, habe ich festgestellt, besteht darin, die Dinge auf die richtige Art zu verknüpfen. Dafür kann ein einzelner Satz genügen, manchmal sogar ein Wort. Das bereits Gesagte muss zusammengefasst und der Boden für das Nachfolgende bereitet werden. Während ich jetzt hier bei Ihnen saß, ist mir eine mögliche Lösung für ein Problem eingefallen, das mir schon hoffnungslos erscheinen wollte. Ich muss hinübergehen und sie notieren. Andernfalls entfällt sie mir vielleicht wieder.«

Er machte einen Schritt weg von uns. Aber dann hielt er inne und sagte: »Ich glaube, die wenigsten machen sich klar, wie schwierig es ist, über etwas zu schreiben, das noch nie zuvor beschrieben worden ist. Der gelegentliche wissenschaftliche Aufsatz zu einem eingegrenzten Thema, dem Bapende-Aufstand meinetwegen – da sind feste Formen vorgegeben. Bei einer umfassenden Chronik dagegen … Schon deshalb wird für mich Theodor Mommsen immer klarer zum Nestor der modernen Geschichtsschreibung. Unsere sämtlichen heutigen Debatten über die römische Republik sind nur eine Fortsetzung Mommsens. Die Probleme, die Schwerpunkte, die Geschehnisse an sich, besonders die in den außerordentlich turbulenten Jahren der späten Republik – all das hat dieses deutsche Genie sozusagen erst geschaffen. Wobei natürlich Theodor Mommsen immer die tröstliche Gewissheit hatte, dass sein Thema ein großes war. Wir, die wir auf unserem speziellen Gebiet hier arbeiten, müssen ohne diesen Trost auskommen. Wir wissen nicht, welche Bedeutung die Nachwelt den Ereignissen beimessen wird, die wir aufzuzeichnen versuchen. Wir wissen nicht, wo es mit dem Kontinent hingeht. Wir können nur weitermachen.«

Und jäh drehte er sich um und ging aus dem Zimmer, während wir anderen schweigend zurückblieben, den Blick noch auf die Stelle gerichtet, an der er gestanden hatte; erst nach und nach wandten wir uns Yvette zu, seiner Stellvertreterin hier im Raum nun, die unsere Aufmerksamkeit lächelnd entgegennahm.

Nach einem Moment fragte Indar mich: »Hast du Raymonds Arbeiten gelesen?«

Er wusste natürlich, wie die Antwort lauten würde. Aber um ihm sein Stichwort zu geben, sagte ich trotzdem: »Nein, ich habe sie nicht gelesen.«

Und Indar sagte: »Das ist das Tragische an diesem Land. Die großen Männer Afrikas sind allesamt unbekannt.«

Es klang wie ein förmlicher Dank. Und Indar hatte seine Worte gut gewählt. Sie machten uns alle zu Männern und Frauen Afrikas, und da wir keine Afrikaner waren, verliehen sie uns dadurch ein ganz eigenes Selbstgefühl – ein Selbstgefühl, das, zumindest für mich, noch verstärkt wurde durch die Stimme von Joan Baez, die uns, wieder lauter jetzt, nach den Spannungen, die Raymond unter uns ausgesät hatte, voller Süße an unser aller Tapferkeit und Leid erinnerte.

Indar wurde von Yvette mit einer Umarmung verabschiedet. Und als sein Freund bekam auch ich meine Umarmung. Es war ein köstlicher Höhepunkt dieses Abends, ihren Körper an mich heranziehen zu dürfen, der locker und weich war zu so später Stunde – die Seide der Bluse zu spüren und unter der Seide die Haut.

Draußen schien jetzt der Mond; vorher war er nicht zu sehen gewesen. Er war klein und hoch oben. Schwere Wolken drängten sich am Himmel, die den Mond bald verdeckten, bald freigaben. Es war sehr still. Wir konnten die Stromschnellen hören; sie lagen etwa eine Meile entfernt. Die Stromschnellen im Mondlicht! »Gehen wir zum Fluss«, sagte ich zu Indar. Und ihm war es recht.

Auf dem offenen, planierten Gelände der Domäne wirkten die neuen Gebäude klein, die Erde unendlich weit. Die Domäne schien lediglich eine winzige Lichtung im Urwald zu sein, eine winzige Lichtung in der Unendlichkeit von Busch und Fluss – die Welt hätte aus nichts anderem bestehen können. Das Mondlicht verzerrte die Entfernungen; sobald es verlosch, stürzte die Dunkelheit über unsere Köpfe herab.

Ich fragte Indar: »Was hältst du von Raymonds Theorien?«

»Raymond versteht sich aufs Geschichtenerzählen. Aber vieles von dem, was er sagt, stimmt. Auf jeden Fall das, was er über den Präsidenten und die Ideen sagt. Der Präsident greift sie alle auf und vereint sie zu einem Ganzen. Er ist der große afrikanische Häuptling und gleichzeitig der Mann des Volkes. Er ist der Apostel der Moderne und gleichzeitig der Afrikaner, der seine afrikanische Seele wiederentdeckt hat. Er ist konservativ, revolutionär, alles. Er besinnt sich auf die alten Traditionen, und er ist der Mann, der nach vorne blickt, der Mann, unter dessen Führung aus dem Land bis zum Jahr 2000 eine Weltmacht geworden sein wird. Ich weiß nicht, ob das einfach ein glücklicher Zufall ist oder ob ihm jemand sagt, was er tun soll. Aber er hat Erfolg mit diesem Mischmasch, weil er wandelbarer ist als all die anderen. Er ist der Soldat, der beschlossen hat, ein altmodischer Häuptling zu sein, und er ist der Häuptling, dessen Mutter Zimmermädchen in einem Hotel war. Damit ist er alles, und er sorgt dafür, dass alle das wissen. Im ganzen Land gibt es niemanden, der nicht von seiner Mutter, dem Zimmermädchen, gehört hätte.«

Ich sagte: »Das mit der Wallfahrt zum Dorf der Mutter, das hat bei mir auch gewirkt. Als in der Zeitung von einer Wallfahrt ohne jede Öffentlichkeit die Rede war, habe ich das für bare Münze genommen.«

»Er errichtet Schreine im Busch zu Ehren der Mutter. Und

gleichzeitig baut er das moderne Afrika. Raymond sagt, er baut keine Wolkenkratzer. Stimmt, tut er nicht. Aber dafür baut er diese sündteuren Domänen.«

»Nazruddin hat hier früher ein Stück Land besessen.«

»Und es für einen Spottpreis verkauft. Willst du mir das erzählen? Das ist eine afrikanische Geschichte.«

»Nein, Nazruddin hat einen guten Preis erzielt. Er hat noch vor der Unabhängigkeit verkauft, auf der Höhe des Booms. Er ist eines Sonntagmorgens hier herausgefahren und hat sich gesagt: ›Das ist einfach Busch.‹ Und er hat verkauft.«

»So könnte es wieder kommen.«

Das Rauschen der Stromschnellen war lauter geworden. Wir hatten die neuen Gebäude der Domäne hinter uns gelassen und näherten uns den Fischerhütten, die leblos im Mondschein lagen. Magere Dorfhunde – bleich in dem Licht, nur ihre Schatten schwarz unter ihren Leibern – trotteten träge vor uns weg. Die Stangen und Netze der Fischer hoben sich dunkel vor dem unsteten Glitzern des Flusses ab. Und dann waren wir am alten Aussichtspunkt, wieder instand gesetzt nun, die Ufer neu befestigt, und das alles übertönende Rauschen des Wassers über den Steinen hüllte uns ein. Wasserhyazinthen schaukelten vorbei. Die Blüten schimmerten weiß im Mondlicht, ihr Blattwerk ein dunkles Gewirr mit schwarzen Schattenrändern. Wenn der Mond verschwand, sah man gar nichts, und das uralte Geräusch tosenden Wassers füllte die ganze Welt aus.

Ich sagte: »Ich habe dir nie erzählt, warum ich hierher gezogen bin. Es war nicht nur, weil ich von der Küste wegwollte oder um den Laden zu übernehmen. Nazruddin hat uns immer Geschichten von seinen herrlichen Zeiten hier erzählt. Das war der eigentliche Grund. Ich dachte, ich könnte endlich mein eigenes Leben leben, und ich dachte, mit der Zeit würde es für mich so werden wie für Nazruddin. Und dann saß ich hier fest. Ich weiß nicht, was ich gemacht hätte, wenn du nicht gekommen wärst. Wenn du nicht gekommen wärst, hätte ich nie erfahren, was es hier alles zu erleben gibt – zum Greifen nahe.«

»Früher kannten wir so etwas nicht. Für Menschen wie dich und mich hat das einen großen Reiz. Europa in Afrika, im postkolonialen Afrika. Aber es ist nicht Europa, und auch nicht Afrika. Und glaub mir, von innen sieht es anders aus.«

»Du meinst, die Leute glauben nicht daran? Sie glauben nicht an das, was sie sagen und tun?«

»So plump nun auch wieder nicht. Wir glauben daran und glauben es doch nicht. Wir glauben daran, weil dadurch alles einfacher wird und sinnvoller erscheint. Und wir glauben nicht daran, weil – nun ja, deswegen.« Und Indar zeigte auf das Fischerdorf, den Busch, den mondbeschienenen Fluss.

Nach einer Weile sagte er: »Raymond hat ziemlich zu kämpfen. Er muss sich vormachen, dass er nach wie vor der Freund und Berater ist – dass er nicht schon bald zum bloßen Befehlsempfänger degradiert werden wird. Um ja keine Befehle zu empfangen, fängt er sogar schon an, sie im Vorhinein auszuführen. Er würde verrückt werden, wenn er zugeben müsste, dass es so um ihn steht. Sicher, noch befindet er sich in Amt und Würden. Aber er ist auf dem absteigenden Ast. Er ist aus der Hauptstadt wegversetzt worden. Der Große Mann geht seinen eigenen Weg, und er braucht Raymond nicht mehr. Alle wissen das, aber Raymond denkt, sie wissen es nicht. Es ist bitter für einen Mann in seinem Alter, mit so etwas fertig werden zu müssen.«

Aber meine Gedanken waren nicht bei Raymond, während ich Indar zuhörte. Sie waren bei Yvette, die durch diese Geschichte über die Not ihres Mannes plötzlich näher gerückt schien. Ich ließ die Bilder des Abends an mir vorbeiziehen wie einen Film, den man wieder von vorne abspult, rekonstruierte, was ich gesehen hatte, und deutete es um; erschuf diese Frau neu – fixiert jetzt in der Haltung, die mich behext hatte, ihre weißen Füße aneinander geschmiegt, ein Bein angezogen, das andere flach abgewinkelt –, schuf ihr Gesicht neu, ihr Lächeln, tauchte das Ganze hinein in die Stimmung der Joan-Baez-Lieder und all dessen, was sie in mir ausgelöst hatten, und fügte noch das Mondlicht hinzu, die Stromschnellen und die weißen Hyazinthen auf diesem großen afrikanischen Fluss.

9

AN DIESEM ABEND am Fluss, nach dem Gespräch über Raymond, begann Indar mir von sich zu erzählen. Mich hatte der Abend beschwingt; ihn hatte er entnervt und deprimiert; die Gereiztheit war ihm anzumerken gewesen, sobald wir Yvettes Haus verlassen hatten.

Zuvor, auf unserem Weg zu der Party, hatte er Raymond als eine Art Star hingestellt, als den Vertrauten der Mächtigen, den Weißen Mann des Großen Mannes; bei den Stromschnellen jedoch hatte er andere Töne angeschlagen. Als mein Führer war Indar darauf bedacht gewesen, mir das Leben in der Domäne und seine eigene Stellung dort nahe zu bringen. Nun da ich dem Glanz seiner Welt erlegen war, glich er einem Führer, der den Glauben an seinen Auftrag verloren hat. Oder einem Mann, der, weil er einen anderen bekehrt hat, meint, in seinem eigenen Glauben nachlassen zu können.

Der Mondschein, der mir so zu Kopf stieg, vertiefte seine Niedergeschlagenheit noch, und diese Niedergeschlagenheit war es, die ihn zum Reden trieb. Sie hielt freilich nicht an; am nächsten Tag hatte er sie abgeschüttelt und war wieder der Alte. Aber er war nun eher bereit, seine Depression einzugestehen, wenn sie kam; und er griff das, was er an dem Abend anriss, auf und führte es aus, wenn die Gelegenheit passte oder die düstere Stimmung sich seiner wieder bemächtigte.

»Wir müssen lernen, die Vergangenheit mit Füßen zu treten, Salim. Das habe ich ja schon bei meiner Ankunft gesagt. Und es sollte kein Grund zur Trübsal sein, denn es gilt nicht nur für dich und mich. Ein paar Orte gibt es vielleicht noch auf der Welt – tote Orte, oder abgeschirmte, von der Geschichte übergangene –, wo die Menschen die alten Zeiten hochhalten und sich Gedanken darüber machen können, wer einmal ihre Möbel und ihr Porzellan erben wird. Schweden, sagen wir, oder Kanada. Ein ländliches französisches Département voller Halbidioten in Châteaux, ein verfallendes indisches Fürstentum, eine tote Kolonialstadt in einem trostlosen südamerikanischen Land. Überall sonst geht es weiter mit den Menschen, mit der Welt, und die Vergangenheit kann nichts anderes bringen als Schmerz.

Es ist nicht leicht, der Vergangenheit den Rücken zu kehren. Es ist nichts, was du von heute auf morgen beschließt. Es ist etwas, für das du dich wappnen musst, sonst lauert der Kummer dir auf und vernichtet dich. Deshalb halte ich an meinem Bild von dem Garten fest, den man zertrampelt, bis er einfach Boden ist – viel ist es nicht, aber es hilft. Diese Erkenntnis ist mir in meinem dritten Jahr in England gekommen. Und merkwürdigerweise kam sie mir auch an einem Fluss. Du sagst, du hättest durch mich zu einer Art von Leben gefunden, die du bis dahin immer vermisst hast. Etwas ganz Ähnliches habe ich damals an diesem Fluss in London empfunden. Damals habe ich eine Lebensentscheidung getroffen. Und indirekt hat diese Entscheidung dazu geführt, dass ich nach Afrika zurückgekehrt bin. Dabei hatte ich mir so fest vorgenommen, nie wiederzukommen.

Ich war sehr unglücklich, als ich weggegangen bin. Du erinnerst dich ja. Ich habe versucht, dich damit anzustecken – nein, dich zu verletzen – aber nur, weil ich selber so unglücklich war. Die Vorstellung, dass die Arbeit zweier Generationen umsonst gewesen sein sollte – das war sehr schmerzhaft. Der Gedanke, das Haus zu verlieren, das mein Großvater gebaut hatte – der Gedanke an die Risiken, die er und mein Vater eingegangen waren, um aus dem Nichts ihre Firma zu schaffen, an ihre Unerschrockenheit, ihre schlaflosen Nächte – all das war sehr, sehr schmerzhaft. In einem anderen Land hätten solche Gaben, solcher Einsatz uns zu Millionären gemacht, zu Aristokraten; zumindest hätten sie uns für einige Generationen abgesichert. Hier ging alles in Rauch auf. Und mein Zorn galt nicht nur den Afrikanern. Er galt auch uns Indern und unserer Kultur, die uns Tüchtigkeit mit auf den Weg gegeben, aber uns in jeder sonstigen Hinsicht zum Spielball anderer gemacht hat. Was nützt da die größte Wut?

Ich dachte, wenn ich nach England ginge, würde ich all das hinter mir lassen. Weiter reichten meine Pläne nicht. Ich war geblendet von dem Wort ›Universität‹ und unschuldig genug, zu glauben, dass mich nach meiner Zeit an der Universität ein wunderbares Leben erwartete. Wenn man so jung ist, erscheinen drei Jahre eine lange Zeit – man hat das Gefühl, dass alles geschehen kann. Aber ich hatte mir nicht klar gemacht, in welchem Maße unsere Kultur zugleich unser Gefängnis ist. Und ich hatte mir auch nicht klar gemacht, in welchem Maße die Gegend, in der wir aufgewachsen sind, uns geprägt hat, wie Afrika und das einfache Leben an der Küste uns geprägt haben und wie unfähig wir sind, die Welt dort draußen zu begreifen. Wir sind außerstande, auch nur einen Bruchteil des Gedankenguts, der Wissenschaft und Philosophie und Rechtsordnung zu verstehen, auf die diese Welt sich gründet. Wir nehmen sie einfach hin. Wir haben ihr von klein auf Tribut gezollt, und zu mehr sind die meisten von uns nicht in der Lage. Die große Welt, das ist für uns etwas, in das nur ganz wenige Glückliche vordringen, und auch die nur, um die äußersten Ränder zu erkunden. Dass wir sie selbst mitgestalten könnten, kommt uns nicht in den Sinn. Und deshalb entgeht uns alles.

Wenn wir an einem Ort wie dem Londoner Flughafen ankommen, ist unsere einzige Sorge, uns nicht zu blamieren. Er ist schöner und komplexer, als wir uns je hätten träumen lassen, aber unsere einzige Sorge ist es, allen zu zeigen, dass wir uns zurechtfinden und nicht überwältigt sind. Vielleicht tun wir sogar so, als hätten wir mehr erwartet. So dumm und unbedarft sind wir. Mein ganzes Studium habe ich so zugebracht – unüberwältigt, immer leicht enttäuscht – und nichts begriffen, nichts hinterfragt, nichts dazugelernt. Ich habe so wenig gesehen und begriffen, dass ich die Gebäude noch am Ende meiner Universitätszeit nur nach ihrer Größe unterscheiden konnte und kaum wahrgenommen habe, wie eine Jahreszeit die andere ablöst. Und dabei war ich doch ein intelligenter Mensch und konnte mich ohne große Mühe durch meine Prüfungen pauken.

Früher wäre ich nach drei solchen Jahren mit einem schlecht und recht bestandenen Examen nach Hause zurückgekehrt und hätte mein Barett an der Wand aufgehängt, um mich von nun an dem Geldverdienen zu widmen, mit dem Halbwissen, das ich mir abgeschaut hatte, und der Halbbildung aus den Büchern anderer Männer. Aber das konnte ich nicht. Ich musste bleiben, wo ich war, und ich musste eine Arbeit finden. Ich hatte mich ja nicht auf einen Beruf vorbereitet; zu Hause hatte ich mir über so etwas nie Gedanken machen müssen.

Meine Kommilitonen redeten schon seit einer Weile von

Stellen und Vorstellungsgesprächen. Die vorwitzigeren redeten sogar darüber, in welcher Höhe die einzelnen Firmen den Kandidaten die Fahrtkosten erstatteten. Die Postfächer dieser Jungen in der Pförtnersloge füllten sich mit langen braunen Umschlägen von der Stellenvermittlung der Universität. Die beschränktesten Jungen hatten naturgemäß die vielfältigsten Aussichten; sie konnten alles sein; und in ihre Postfächer fielen die braunen Umschläge so dicht wie Herbstlaub. Das war meine Haltung diesen umtriebigen Jungen gegenüber – leicht spöttisch. Ich musste eine Stelle finden, aber ich bildete mir ein, dass dieses Spiel mit den braunen Umschlägen mich nichts anging. Ich weiß nicht warum, es war einfach so, und erst als die Zeit schon fast um war, machte ich mir beschämt und verwirrt klar, dass es mich sehr wohl etwas anging. Ich vereinbarte einen Termin mit der Stellenvermittlung, und als der Tag da war, zog ich einen dunklen Anzug an und ging hin.

Die Mühe hätte ich mir sparen können. Die Stellenvermittlung war dazu gedacht, englische Stellen an englische Jungen zu vermitteln; sie war nicht für mich gedacht. Das merkte ich schon an der Art, wie das Mädchen im Vorzimmer mich ansah. Aber sie war freundlich, und der Mann im dunklen Anzug, zu dem sie mich brachte, war auch freundlich. Er zeigte sich überaus interessiert an meiner afrikanischen Herkunft, und nach einem kleinen Plausch über Afrika fragte er: ›Und was kann unsere illustre Organisation für Sie tun?‹ Ich hätte am liebsten gesagt: ›Können Sie mir nicht auch ein paar braune Umschläge schicken?‹ Stattdessen sagte ich: ›Ich hatte gehofft, das würden Sie mir sagen.‹ Das fand er offenbar drollig. Er notierte sich meine Daten, der Form halber, und dann versuchte er ein Gespräch in Gang zu bringen, zwei Männer im dunklen Anzug, einer mit Erfahrung, einer ohne.

Zu sagen hatte er mir allerdings wenig. Und ich ihm noch weniger. Ich war blind durch die Welt gegangen. Ich wusste weder, nach welchen Regeln sie funktionierte, noch was es für mich in ihr zu tun geben könnte. Nach drei unüberwältigten Studienjahren war ich nun fassungslos über meine Ignoranz, und in diesem stillen kleinen Büro mit seinen friedlichen Akten erschien mir die Welt draußen zunehmend als ein Ort des Grauens. Mein Freund im dunklen Anzug wurde ungeduldig: ›Guter Gott, Junge! Nun geben Sie mir doch einen Anhaltspunkt. Sie müssen doch wenigstens eine Vorstellung davon haben, was für eine Art von Stelle Sie gern hätten!‹

Er hatte natürlich Recht. Aber dieses ›Guter Gott, Junge!‹ klang mir unecht, wie etwas, das er in der Vergangenheit von einem Vorgesetzten aufgeschnappt hatte und nun an mich, den unter ihm Stehenden, weitergab. In mir stieg die Wut auf. Es juckte mich, ihn mit einem feindseligen Blick zu durchbohren und zu sagen: ›Die Stelle, die ich haben will, ist Ihre Stelle. Und ich will sie deshalb, weil Sie so viel Spaß daran haben.‹ Aber ich sprach die Worte nicht aus; ich bedachte ihn nur mit dem feindseligen Blick. So dass unser Gespräch ergebnislos endete.

Draußen wurde ich ruhiger. Ich ging in das Café, in dem ich morgens oft meinen Kaffee trank. Zum Trost bestellte ich mir diesmal noch ein Stück Schokoladenkuchen dazu. Doch dann merkte ich zu meinem Erstaunen, dass ich gar keinen Trost brauchte: Ich feierte. Ich war richtiggehend glücklich, mitten am Vormittag im Café zu sitzen, Kaffee trinkend und Kuchen essend, während mein Peiniger in seinem Büro mit seinen braunen Umschlägen herumhantierte. Es war eine Flucht, es konnte nicht von Dauer sein. Aber diese halbe Stunde ist mir als eine Zeit reinen Glücks in Erinnerung.

Nach dieser Erfahrung erwartete ich mir von der Stellenvermittlung nichts. Aber der Mann war fair, das denn doch, Bürokratie war Bürokratie, und auch für mich trafen ein paar braune Umschläge ein, außerhalb der Jahreszeit, nicht mit den Herbstschauern, die die Postfächer in der Pförtnerloge überquellen ließen, eher wie die letzten toten Blätter des Jahres, die der Januarsturm von den Bäumen reißt. Eine Ölgesellschaft und zwei, drei große Firmen mit Verbindungen nach Asien und Afrika. Bei jeder Stellenbeschreibung, die ich las, spürte ich, wie sich das, was ich meine Seele nennen muss, enger zusammenschnürte. Ich merkte, wie ich mir selbst untreu wurde, wie ich mir etwas vorspielte, mir einredete, ich entspräche dem jeweiligen Bild, das da gezeichnet wurde. Für viele, glaube ich, endet das Leben so – sie erstarren in der Haltung, zu der sie sich verbogen haben, um für einen Beruf und ein Leben zu taugen, die andere ihnen aufoktroyieren.

Ich bekam die Stellen alle nicht. Auch hier war es wieder so, dass ich meine Gesprächspartner unfreiwillig erheiterte. Einmal sagte ich: ›Ich weiß nichts über Ihr Unternehmen, bin aber gern bereit, mich damit zu befassen.‹ Aus irgendeinem Grund lachte daraufhin der ganze Ausschuss los – immerhin drei Mann. Sie lachten, angeführt von dem Ältesten, der sich am Schluss sogar die Tränen abwischen musste, und dann schickten sie mich hinaus. Bei jeder Absage überkam mich ein Gefühl der Erleichterung; aber mit jeder Absage wuchs auch meine Angst vor der Zukunft.

Alle drei, vier Wochen ging ich mit einer Dozentin Mittag essen. Sie war um die dreißig, nicht schlecht aussehend und sehr nett zu mir. Sie war ungewöhnlich, weil sie so vollkommen in sich ruhte. Das zog mich zu ihr hin. Sie hat mich zu der absurden Sache angestiftet, die ich dir jetzt schildern will.

Diese Frau hatte die Vorstellung, dass Menschen wie ich keinen rechten Boden unter den Füßen haben, weil wir Männer zweier Welten sind. Sie hatte natürlich Recht. Aber damals sah ich das nicht so – ich glaubte, ziemlich fest auf meinen Beinen zu stehen –, und ich dachte, diesen Floh habe ihr ein junger Mann aus Bombay oder wo auch immer ins Ohr gesetzt, der sich interessant machen wollte. Aber diese Frau fand außerdem, dass meine Ausbildung und meine Herkunft mich zu einem außergewöhnlichen Menschen machten, und dieser Idee meiner Außergewöhnlichkeit konnte ich mich schon weniger verschließen.

Ein außergewöhnlicher Mann, ein Mann zweier Welten, braucht einen außergewöhnlichen Beruf. Und sie schlug mir vor, Diplomat zu werden. Das wollte ich also tun, und das Land, dem ich dienen wollte – denn ein Diplomat braucht ja ein Land –, war Indien. Es war absurd; ich wusste von Anfang an, dass es absurd war; dennoch schrieb ich einen Brief an die indische Hochkommission. Ich erhielt eine Antwort und bekam einen Termin.

Ich fuhr mit dem Zug nach London. Ich kannte London nicht gut; was ich kannte, gefiel mir wenig, und noch weniger gefiel es mir an diesem Morgen. Da war die Praed Street mit ihren pornographischen Buchläden, in denen es keine richtige Pornographie zu kaufen gab; da war die Edgware Road, wo die Geschäfte und Lokale unaufhörlich den Besitzer zu wechseln schienen; da waren die Läden und das Gedränge von Oxford und Regent Street. Die Weite des Trafalgar Square ließ mich aufatmen, aber sie erinnerte mich auch daran, dass ich mich dem Ziel meiner Reise näherte. Und meine Mission war mir inzwischen recht peinlich geworden.

Der Bus fuhr die Strand entlang und setzte mich an der Kreuzung zum Aldwych ab, und ich ging über die Straße zu dem Haus, das ich mir als India House hatte bezeichnen lassen. Nicht dass ich es bei all diesen indischen Motiven an der Fassade hätte verfehlen können. Mittlerweile genierte ich mich grenzenlos: Da betrat ich in meinem dunklen Anzug und meiner College-Krawatte ein Londoner Gebäude, ein englisches Gebäude, das sich als Vertretung Indiens ausgab – auch wenn dieses Indien ein ganz anderes war als das Land, von dem mein Großvater erzählt hatte.

Zum ersten Mal in meinem Leben flammte in mir Zorn gegen den Kolonialismus auf. Und es war nicht nur Zorn auf London oder England; es war auch Zorn auf die Menschen, die sich von fremden Phantasien hatten vereinnahmen lassen. Das Innere des Gebäudes besänftigte meinen Zorn in keiner Weise. Auch hier war alles voller orientalischer Motive. Die livrierten Boten waren englisch und nicht mehr jung; sie stammten ganz offensichtlich noch aus den Tagen der alten Geschäftsleitung, wenn man das so nennen kann, und dienten nun ihre Zeit unter der neuen ab. Noch nie hatte ich mich dem Land meiner – und deiner – Vorfahren so verbunden und zugleich so weit davon entfernt gefühlt. Dieses Gebäude stellte mein gesamtes Selbstverständnis in Frage. Es machte mir auf grausame Weise deutlich, wo mein Platz in der Welt war. Es war eine abscheuliche Erfahrung.

Mein Brief war von einer der niederen Chargen beantwortet worden. Die Empfangsdame rief einen der ältlichen englischen Boten herbei, der mich ohne große Förmlichkeiten und unter viel asthmatischem Gekeuche in ein Zimmer mit vielen Schreibtischen führte. Hinter einem davon saß mein Mann. Sein Schreibtisch war kahl, und der Mann selbst machte einen untätigen und recht sorglosen Eindruck. Er hatte kleine, lächelnde Äuglein, eine überhebliche Art und keine Ahnung, was ich von ihm wollte.

Trotz Schlips und Kragen war er nicht das, was ich erwartet hatte. Er war kein Mann, für den ich einen dunklen Anzug angezogen hätte. Er schien mir in eine andere Art von Amt zu gehören, eine andere Art von Gebäude, eine andere Art von Stadt. Sein Name war der Name seiner Kaufmannskaste, und ich konnte ihn mir bestens im Lendentuch vorstellen, wie er an ein Polster gelehnt in seinem Stoffladen auf dem Bazar saß, sich die nackten Füße massierte und tote Haut von den Zehen rubbelte. ›Hemden?‹, würde so ein Mann sagen, ›Hemdenstoff suchst du?‹, und lässig, fast ohne den Rücken vom Polster zu lösen, einen Ballen Tuch über das Laken auf dem Boden ausrollen.

Mir warf er nicht Hemdenstoff über den Tisch, sondern meinen Brief, den von ihm selbst geschriebenen Brief, den er sich hatte zeigen lassen. Ich suchte eine Stelle, so viel begriff er, und seine Äuglein zwinkerten vor Heiterkeit. Ich kam mir sehr schäbig vor in meinem Anzug. Er sagte: ›Da gehen Sie besser zu Mr Verma.‹ Der keuchende englische Bote, der an jedem Atemzug aufs Neue zu ersticken drohte, führte mich in ein anderes Zimmer. Und da überließ er mich meinem Schicksal.

Mr Verma trug eine Hornbrille. Er saß in einem weniger überfüllten Büro, und er hatte viele Papiere und Akten vor sich liegen. An den Wänden hingen Photographien indischer Bauwerke und indischer Landschaften, alle noch aus britischer Zeit. Mr Verma wirkte nicht so sorgenfrei wie der erste Mann. Er war höher im Rang, und den Namen Verma hatte er vermutlich angenommen, um seine Kaste zu verschleiern. Mit meinem Brief konnte er wenig anfangen, aber mein dunkler Anzug und die Krawatte verunsicherten ihn, und er versuchte halbherzig, mich ein bisschen auszufragen. Das Telephon klingelte andauernd, und unser Gespräch kam nicht recht in Gang. Nach einem dieser Telephonate stand Mr Verma auf und verließ das Zimmer. Er blieb eine Weile weg, und als er mit einem Stoß Papiere zurückkam, schien er verblüfft, mich zu sehen. Er schickte mich in ein Büro in einem anderen Stockwerk und erklärte mir, jetzt zum ersten Mal wirklich bei der Sache, wie ich dort hingelangte.

Die Tür, an die ich klopfte, führte in ein enges, düsteres Vorzimmer, in dem ein kleiner Mann an einer altmodischen Breitwagenschreibmaschine saß. Er sah mich mit einer Art Schrecken an – daran waren der dunkle Anzug und die Krawatte schuld, die Kluft des Mannes zweier Welten – und beruhigte sich erst, nachdem er meinen Brief gelesen hatte. Er bat mich zu warten. Es gab keinen Stuhl. Ich blieb stehen.

Ein Summer ertönte, und der Sekretär fuhr hoch. Es war ein Hochfahren, das ihn auf den Füßen landen ließ, auf den Zehenspitzen; geschwind zog er die Schultern hoch und krümmte sich vornüber, so dass er noch kleiner wirkte, als er ohnehin war, und erreichte mit ein paar seltsam langen, schleichenden Sprüngen die große Holztür, die uns von dem Raum auf der anderen Seite trennte. Er klopfte, öffnete sie und verschwand dahinter, mit seinem gekrümmten Gang, seinem vorbereiteten Buckel.

Mir war längst jede Lust auf das Diplomatenleben vergangen. Ich betrachtete die großen gerahmten Photographien Gandhis und Nehrus und fragte mich, wie diese beiden inmitten solcher Erbärmlichkeit überhaupt den Status von Menschen, von Männern hatten erringen können. Es war merkwürdig, diese Großen hier, in diesem Gebäude im Herzen Londons, auf so neue Weise zu sehen, gleichsam von innen heraus. Bis dahin hatte ich sie immer von außen gesehen, ohne mehr über sie zu wissen als das, was die Zeitungen und Zeitschriften schrieben, und ich hatte sie bewundert. Sie gehörten zu mir, sie erhöhten mich, sie sicherten mir einen Platz in der Welt. Jetzt ging es mir umgekehrt. In diesem Zimmer, mit den Bildern dieser bedeutenden Männer vor Augen, fühlte ich mich wie auf dem Grund eines tiefen Schachtes. In diesem Gebäude, so empfand ich, wurde vollgültige Männlichkeit nur diesen beiden zugestanden und allen anderen aberkannt. Jeder Einzelne hatte seine Männlichkeit, zu einem Teil zumindest, an diese Anführer abgetreten. Jeder Einzelne erniedrigte sich freiwillig, damit die Führer erhöht würden. Das waren ungewohnte, schmerzhafte Gedanken. Sie waren mehr als ketzerisch. Sie zerstörten den letzten Rest meines Vertrauens in die Ordnung der Welt. Ich fühlte mich verstoßen und allein gelassen.

Als der Sekretär ins Zimmer zurückkam, fiel mir auf, dass er immer noch auf Zehenspitzen ging, immer noch geduckt, immer noch vornübergekrümmt. Und erst da sah ich, dass diese Wölbung der Schultern, dieses vermeintliche Sich-Ducken, als er von seinem Stuhl hochgefahren und zur Tür geschlichen war, keine angenommene Haltung war, sondern seine Natur. Er hatte einen Buckel. Ich war bestürzt. Verwirrt versuchte ich mir meine anfänglichen Eindrücke von ihm zurückzurufen, und meine Verwirrung hatte sich noch nicht gelegt, als er mich durch die Tür in das Büro winkte, wo ein dicker Schwarzer im schwarzen Anzug, einer unserer schwarzen Inder, an einem großen schwarzen Tisch saß und mit einem Brieföffner Kuverts aufschlitzte.

Seine glänzenden Backen waren wulstig vor lauter Fett, und seine Lippen schienen zu schmollen. Ich setzte mich auf einen Stuhl, der ein Stück vom Schreibtisch entfernt stand. Er schaute nicht auf, und er sagte nichts. Und auch ich sagte nichts; ich ließ ihn seine Briefe öffnen. Sport hatte er sein

Lebtag nicht getrieben, dieser fromme Mann aus dem Süden. Er roch förmlich nach Kaste und Tempel, und ich hätte schwören können, dass er unter dem schwarzen Anzug mit Amuletten aller Art behängt war.

Schließlich sagte er, immer noch ohne aufzublicken: ›Also?‹

Ich sagte: ›Ich habe mich um eine Stelle im diplomatischen Dienst beworben. Ich habe einen Brief von Aggarwal bekommen, und er hat mich herbestellt.‹

Briefe öffnend sagte er: ›*Mister* Aggarwal.‹

Ich war froh, dass er etwas gefunden hatte, über das wir streiten konnten.

›Aggarwal ist nicht sonderlich viel eingefallen. Er hat mich zu Verma geschickt.‹

Fast sah er mich an. Aber nur fast. Er sagte: ›Mister Verma.‹

›Verma fiel auch nicht viel mehr ein. Er hat lange Zeit mit einem gewissen Divedi geredet.‹

›Mister Divedi.‹

Ich gab auf. Er hatte den längeren Atem. Müde sagte ich: ›Und er hat mich zu Ihnen geschickt.‹

›Aber in Ihrem Brief schreiben Sie, dass Sie aus Afrika sind. Wie wollen Sie dann in unseren diplomatischen Dienst eintreten? Wie können wir einen Mann mit gespaltener Loyalität beschäftigen?‹

Ich dachte: Wie kannst du es wagen, mich über Geschichte und Loyalität zu belehren, du Sklave? Leute wie du sind uns teuer zu stehen gekommen. Wem hast du je Loyalität erwiesen als dir selbst, deiner Familie und deiner Kaste?

Er sagte: ›Diese ganze Zeit habt ihr es euch in Afrika gut gehen lassen. Und kaum bläst der Wind von vorne, kommt ihr wieder angelaufen. Aber ihr müsst das Los mit den Einheimischen teilen.‹

Das waren seine Worte. Aber ich brauche dir wohl kaum zu

sagen, dass er in Wahrheit über seine eigene Tugend und sein eigenes Glück sprach. Auf seiner Seite: Kastenreinheit, arrangierte Heiraten, korrekt zubereitete Speisen, die Dienste der Unberührbaren. Überall sonst: Dreck. Alle anderen wateten im Dreck und mussten den Preis dafür zahlen. Es war dieselbe Botschaft wie die der Photographien von Gandhi und Nehru im Vorzimmer.

Er sagte: ›Um indischer Staatsbürger zu werden, müssen Sie eine Prüfung bestehen. Es gibt mehrere Universitäten hier, an denen Sie sie ablegen können. Das hätte Ihnen auch Mr Verma sagen können. Er hätte Sie gar nicht erst zu mir schicken sollen.‹

Damit drückte er auf den Summer an seinem Schreibtisch. Die Tür ging auf, und der bucklige Sekretär ließ einen großen, dünnen Mann mit hellen, bangen Augen herein, dem pure Unterwürfigkeit den Rücken krümmte. Der Mann trug eine Künstlermappe unter dem Arm und hatte einen langen grünen Wollschal um den Hals geschlungen, obwohl es ein warmer Tag war. Er nahm gar keine Notiz von mir. Er sah nur den Schwarzen. Er zog den Reißverschluss an seiner Mappe auf, holte eine Reihe von Zeichnungen heraus und hielt sie eine nach der anderen vor seine Brust, jedes Mal mit geöffneten Lippen bang zu dem Schwarzen hinüberlächelnd, ehe er selbst darauf hinuntersah, so dass er mit seinem über die Blätter gebeugten Kopf und dem Katzbuckel einem Büßer glich, der Sünde um Sünde offenbart. Der Schwarze achtete nicht auf den Zeichner, nur auf die Bilder. Sie stellten Tempel und lächelnde Teepflückerinnen dar – vielleicht für ein Schaufenster, das das neue Indien zeigen sollte.

Ich war entlassen. Der bucklige Sekretär – ängstlich über seine riesige alte Schreibmaschine geduckt, ohne jedoch zu schreiben, seine knochigen Hände wie zwei auf den Tasten hockende Krebse – warf mir einen letzten furchtsamen Blick zu. Diesmal freilich glaubte ich aus diesem Blick auch eine Frage zu lesen: ›Verstehst du jetzt?‹

Auf dem Weg die Treppe hinunter, umgeben von den Motiven des kolonialen Indiens, sah ich Mr Verma mit neuen Akten durch die Gegend eilen; aber er kannte mich schon nicht mehr. Der müßige Kaufmannsabkömmling in seinem Büro eine Etage tiefer dagegen erinnerte sich natürlich. Ich fing sein spöttisches Lächeln auf, ehe ich durch die Drehtür in die Londoner Luft hinaustrat.

Mein Schnellkurs in Diplomatie hatte etwas über eine Stunde gedauert. Es war zwölf vorbei, zu spät für die Tröstungen von Kaffee und Kuchen, wie ein Schild in einer Imbissstube mir ins Gedächtnis rief. Also marschierte ich drauflos. Ich brannte vor Wut. Ich folgte dem Halbkreis des Aldwych bis zum Ende, überquerte die Strand und ging hinunter zum Fluss.

Und im Gehen kam mir der Gedanke: Es ist Zeit, heimzugehen. Aber dabei sah ich nicht unsere Stadt vor mir, nicht unseren Abschnitt der afrikanischen Küste. Ich sah eine von hohen Bäumen gesäumte Landstraße. Ich sah Felder, Kühe, ein Dorf im Baumschatten. Ich weiß nicht, welches Buch oder Gemälde dafür Pate gestanden hatte oder warum ich mir von einer solchen Landschaft Geborgenheit versprach. Aber das war das Bild, das ich vor mir sah, und ich schmückte es aus: Morgenfrühe, Tau, frisch aufgebrochene Knospen, der Schatten der Bäume am Mittag, die Feuer am Abend. Mir war, als hätte ich dieses Leben früher einmal gekannt und als erwartete es mich irgendwo wieder. Ein Hirngespinst, was sonst.

Dann wurde ich mir meiner Umgebung wieder bewusst. Ich ging das Embankment entlang, die Promenade am Fluss, mit Augen, die nichts sahen. In die Ufermauer dort sind Laternenpfähle aus grünem Metall eingelassen. Mein Blick war die Delphine auf diesen Pfählen entlanggewandert, Delphin um Delphin, Pfahl um Pfahl. Eine ganze Strecke war ich so gegangen, und nun fiel mein Blick einen Moment lang von den Delphinen auf die metallenen Träger der Bänke auf dem Gehweg. Die Träger, entdeckte ich zu meiner Verblüffung, hatten die Form von Kamelen. Mit Säcken beladene Kamele! Seltsame Stadt: die Indienromantik in dem Gebäude dort oben, die Wüstenromantik hier. Ich blieb stehen, trat im Geist einen Schritt zurück, und mit einem Mal nahm ich die Schönheit wahr, die mich umgab – die Schönheit von Fluss und Himmel, die sanften Farbtöne der Wolken, das Licht, das sich im Wasser brach, die Bauwerke rings um mich, die Sorgfalt, mit der eins ans andere gefügt war.

In Afrika, an der Küste, hatte ich nur auf eine Farbe in der Natur geachtet – die des Meeres. Alles andere war einfach Busch, grün und lebendig oder braun und tot. In England hatte ich den Blick bisher immer auf Schaufensterhöhe gesenkt gehalten; ich hatte nichts gesehen. Eine Stadt, selbst London, das war für mich eine Ansammlung von Straßen oder Straßennamen gewesen, und eine Straße eine Reihe von Läden. Jetzt sah ich mit anderen Augen. Und ich begriff, dass London nicht etwas Naturgegebenes war, nichts, das einfach ›da war‹, wie es von den Bergen gern heißt, sondern etwas von Menschen Erschaffenes – Menschen mit einer Liebe noch zum kleinsten Detail bis hinunter zu diesen Kamelen.

Und gleichzeitig begriff ich, dass mein Leiden an meiner Unbehaustheit unecht war, dass mein Traum von Heimat und Geborgenheit im Grunde nur der Traum von der alten Isolation war, anachronistisch und dumm, ein Armutszeugnis. Ich gehörte nur mir allein. Ich würde meine Männlichkeit an niemanden abtreten. Für jemanden wie mich konnte es nur eine Kultur, ein Zuhause geben – London, oder einen vergleichbaren Ort. Jedes andere Leben war Schwindel. Heimkehren – wozu? Um mich zu verstecken? Um vor unseren großen Männern zu buckeln? Für Leute in unserer Lage, Leute, die ihr Weg in die Versklavung geführt hat, gibt es keine gefährlichere Falle. Wir haben nichts. Wir trösten uns mit diesem Bild der Großen unseres Volkes, der Gandhis und Nehrus, und wir entmannen uns. ›Da, nimm meine Männlichkeit und leg sie für mich an. Nimm meine Männlichkeit, auf dass du selbst ein größerer Mann seist, um meinetwillen!‹ Nein! Ich wollte selber ein Mann sein.

In manchen Kulturen kann es großen Anführern gelingen, aus ihrem Volk wieder ein Volk von Männern zu machen. Bei Sklaven nicht. Das ist nichts, was man den Führern vorwerfen kann. Es liegt in der Hoffnungslosigkeit der Lage begründet. Wer kann, der sollte sich einfach abkoppeln. Und ich konnte es. Manche sagen vielleicht – und ich weiß, dass du es gedacht hast, Salim –, ich hätte unsere Gemeinschaft im Stich gelassen, ich hätte sie verraten und verkauft. Ich frage dich: ›Was denn verkauft, und wofür? Was hast du mir zu bieten? Worin besteht dein eigener Beitrag? Und kannst du mir meine Männlichkeit zurückgeben?‹ Wie auch immer, das ist der Schluss, zu dem ich damals gelangt bin, am Londoner Flussufer, zwischen Delphinen und Kamelen aus der Hand längst toter Künstler, die die Schönheit ihrer Stadt um ihren Beitrag gemehrt hatten.

Fünf Jahre ist das nun her. Ich frage mich oft, was mit mir passiert wäre, wenn ich diesen Entschluss nicht gefasst hätte. Ich wäre wahrscheinlich untergegangen. Ich hätte mir irgendein Loch gesucht, um mich dort zu verkriechen, mich zu drücken. Wir machen das aus uns, was wir uns zutrauen. Ich hätte mich in meinem Loch verkrochen, gelähmt durch meine Nostalgie, ich hätte meine Pflichten versehen, und sie gut versehen, aber dabei immer nach der Klagemauer geschielt. Und der Reichtum der Welt wäre mir für immer verborgen geblieben. Du würdest mich nicht hier in Afrika sehen, auf dem Posten, den ich bekleide. Ich hätte ihn nicht haben wollen, und niemand hätte ihn mir geben wollen. Ich hätte gesagt: ›Für mich ist alles zu Ende, warum soll ich mich von irgendjemandem benutzen lassen? Die Amerikaner wollen die Welt erobern. Das ist ihr Kampf, nicht meiner.‹ Und das wäre dumm gewesen. Es ist dumm, von *den* Amerikanern zu sprechen. Sie sind kein Volksstamm, wie es von außen oft scheint. Sie sind alle Individuen, die darum kämpfen, ihren Weg zu gehen, die sich genauso mühsam über Wasser halten wie du und ich.

Es war nicht leicht, nachdem ich die Universität abgeschlossen hatte. Ich musste immer noch eine Arbeit finden, und das Einzige, was ich bis dahin herausgefunden hatte, war, was ich nicht wollte. Ich wollte nicht ein Gefängnis gegen ein anderes vertauschen. Menschen wie ich müssen sich ihren Beruf selbst erschaffen. Er kommt nicht in einem braunen Umschlag angeflattert. Er ist irgendwo und wartet. Aber er nimmt keine Gestalt an, weder für dich noch für andere, ehe du ihn nicht entdeckst, und du entdeckst ihn, weil er für dich bestimmt ist und für niemanden sonst.

An der Universität hatte ich ein bisschen geschauspielert – daran war ich durch eine Statistenrolle in einem kleinen Film geraten, den ein Bekannter von mir gedreht hatte, über einen Jungen und ein Mädchen, die im Park spazieren gehen. In London habe ich mich den Überresten dieser Truppe angeschlossen und in ein paar von ihren Aufführungen mitgespielt. Nichts Großartiges. In London wimmelt es von kleinen Theatergruppen. Sie schreiben sich ihre Stücke selbst und bekommen hier und da einen Zuschuss von Firmen oder von der Stadt. Die Schauspieler leben zum großen Teil vom Arbeitslosengeld. Manchmal durfte ich englische Rollen spielen, aber meistens haben sie eigene Rollen für mich geschrieben, so dass ich auf der Bühne genau die Personen darstellen musste, die ich im wirklichen Leben auf keinen Fall sein wollte. Ich war ein indischer Arzt, der eine sterbende Mutter aus der Arbeiterklasse besucht; ich war ein anderer indischer Arzt, der der Vergewaltigung bezichtigt wird; ich war ein Busschaffner, mit dem niemand zusammenarbeiten will. Und so weiter. Einmal habe ich Romeo gespielt. Ein andermal sollte *Der Kaufmann von Venedig* umgeschrieben werden zu *Der Bankier von Malindi*, damit ich Shylock spielen konnte. Aber das wurde zu kompliziert.

Es war ein Boheme-Dasein, und zu Anfang hat es Spaß gemacht. Dann wurde es deprimierend. Die Leute hörten auf und nahmen Stellen an, und es zeigte sich, dass sie von vornherein ihre Beziehungen gehabt hatten. Das war immer eine Enttäuschung, und es gab Zeiten während dieser zwei Jahre, da fühlte ich mich recht verloren und hatte schwer zu kämpfen, um dem Entschluss treu zu bleiben, den ich damals am Fluss gefasst hatte. Unter all diesen netten Leuten war ich der einzige wahre Aussteiger. Und ich wollte doch gar kein Aussteiger sein. Das ist nicht als Vorwurf gemeint. Die anderen sind für mich zusammengerückt, so gut sie konnten, und das ist mehr, als je ein Außenseiter von uns behaupten kann. Ihre Kultur ist da anders als unsere.

Eines Sonntags war ich bei dem Freund eines Freundes zum Mittagessen eingeladen. Weder das Haus noch das Essen waren in irgendeiner Weise bohemehaft, und ich stellte fest, dass ich um eines der anderen Gäste willen dazugebeten worden war. Dieser Gast war ein Amerikaner, der sich für Afrika interessierte. Er sprach auf eine sehr ungewöhnliche Art von Afrika. Er sprach von Afrika, als wäre Afrika ein krankes Kind und er der Vater. Später wurden er und ich gute Freunde, aber bei diesem Essen habe ich mich über ihn geärgert, und ich war recht grob zu ihm. Ich hatte einfach noch nie jemanden wie ihn getroffen. Er hatte jede Menge Gelder, die nach Afrika fließen sollten, und er wollte unbedingt das Richtige tun. Wahrscheinlich hat mich schon der Gedanke an eine so ungeheure Verschwendung aufgebracht. Aber er hatte auch die naivsten großkapitalistischen Vorstellungen davon, wie man Afrika helfen konnte.

Ich sagte ihm, dass Afrika nicht dadurch zu retten oder zu gewinnen sei, dass man die Gedichte von Jewtuschenko unters Volk bringt oder den Leuten erklärt, was für ein Unrecht der Mauerbau in Berlin war. Er wirkte nicht weiter überrascht. Er wollte noch mehr hören, und mir wurde klar, dass ich zu dem Essen eingeladen worden war, damit ich eben diese Dinge sagte. Und da erst begann ich zu begreifen, dass all das, von dem ich geglaubt hatte, dass es meine Machtlosigkeit in der Welt besiegelte, auch meinen Wert ausmachte, und dass ich für den Amerikaner genau in dieser Eigenschaft von Interesse war: als Mann ohne Seite.

So hat es angefangen. So habe ich erstmals von all den Organisationen erfahren, die den überschüssigen Reichtum der westlichen Welt dazu einsetzen, diese Welt zu schützen. Die Ideen, die ich vertreten habe – aggressiv bei dem Essen, später dann ruhiger und praxisbezogener –, waren im Grunde sehr einfach. Aber sie konnten nur von einer Person wie mir kommen, einer Person aus Afrika, der durch die neue Freiheit Afrikas in keiner Weise geholfen war.

Meine Idee war folgende. Das schwarze Afrika ist durch alle nur denkbaren Umstände in eine Vielfalt von Diktaturen hineingezwungen worden. Die Folge ist, dass der Kontinent überquillt von Flüchtlingen, Intellektuellen der ersten Generation. Die westlichen Regierungen verschließen die Augen davor, und die Afrikaspezialisten sind nicht in der Lage, es zu begreifen; sie fechten noch immer die alten Kriege aus. Wenn Afrika eine Zukunft hat, dann liegt sie in diesen Flüchtlingen begründet. Meine Idee war, sie aus den Ländern herauszuholen, in denen ihnen die Hände gebunden sind, und sie, wenigstens vorübergehend, in die Teile des Kontinents zu entsenden, wo sie tätig werden können. Ein kontinentaler Austausch, um diesen Männern wieder Hoffnung zu geben, um Afrika vor sich selbst in ein besseres Licht zu rücken und den Grundstein für die wahre afrikanische Revolution zu legen.

Die Rechnung ist aufgegangen. Jede Woche bekommen wir Anfragen von Universitäten irgendwo, die eine Art intellektuelles Leben in Gang halten möchten, ohne sich in die Landespolitik hineinziehen zu lassen. Natürlich geht es nicht ohne Trittbrettfahrer ab, schwarze wie weiße, und auch nicht ohne den üblichen Ärger mit den professionellen Anti-Amerikanern. Aber die Idee ist gut. Ich glaube, ich brauche sie nicht zu rechtfertigen. Ob sie bald genug Wirkung zeigen wird, ist eine andere Frage. Und vielleicht reicht die Zeit nicht. Du hast die Jungen hier in der Domäne gesehen. Du hast gesehen, wie helle sie sind. Aber ihnen geht es nur darum, einen Posten zu bekommen. Dafür tun sie alles, und mehr ist vielleicht nicht drin. Es gibt Zeiten, da denke ich, Afrika ist durch nichts beizukommen – Menschen, die hungern, sind eben Menschen, die hungern. Und das deprimiert mich oft sehr.

Für eine Organisation wie die meine arbeiten heißt in einem Konstrukt leben – das brauchst du mir nicht zu sagen. Aber wir alle leben in Konstrukten. Die Zivilisation ist ein Konstrukt. Und dieses Konstrukt ist wenigstens mein eigenes. Ich habe darin einen Wert, so wie ich bin. Ich muss nichts vortäuschen. Ich beute mich selbst aus. Ich gestatte keinem anderen, mich auszubeuten. Und falls es scheitert, falls meine Geldgeber zu dem Schluss kommen, dass es aussichtslos ist, dann habe ich inzwischen gelernt, dass es noch andere Arten gibt, auf die ich mich ausbeuten kann.

Ich habe großes Glück. Ich trage die Welt in mir. Denn siehst du, Salim, in dieser Welt sind wir Bettler die Einzigen, die eine Wahl haben. Bei allen anderen sind die Loyalitäten festgelegt. Ich habe die Wahl. Die Welt ist voller Möglichkeiten. Es kommt nur darauf an, für welche du dich entscheidest. Du kannst die Nostalgie wählen und dich in deinen Niederlagen suhlen. Du kannst indischer Diplomat werden und immer auf der Verliererseite stehen. Es ist wie im Bankgeschäft. Wer sich als Bankier in Kenia oder im Sudan niederlässt, ist selber schuld. Das gilt mehr oder weniger auch für meine Familie an der Küste. Wie heißt es in den Jahresberichten der Banken über diese Länder so gern? Dass ein Großteil der Bevölkerung nicht ›in die Geldwirtschaft integriert‹ ist? Da wirst du nie ein Rothschild. Die Rothschilds verdanken ihre Macht der Tatsache, dass sie sich zum richtigen Zeitpunkt für Europa entschieden haben. Die anderen Juden, die vielleicht ebenso begabte Bankiers waren, aber eben im Osmanischen Reich, in der Türkei, in Ägypten, konnten da nicht mithalten. Ihre Namen kennt niemand. Genau diesen Fehler machen auch wir seit Jahrhunderten. Wir klammern uns an unser Verlierertum und vergessen, dass wir Menschen wie alle anderen sind. Wir haben die falsche

Seite gewählt. Ich bin es leid, auf der Verliererseite zu stehen. Ich will nicht passen. Ich weiß genau, wer ich bin und wo mein Platz in der Welt ist. Aber jetzt will ich gewinnen, gewinnen, gewinnen.«

10

INDAR HATTE SEINE ERZÄHLUNG nach jenem Abend bei Raymond und Yvette begonnen. Später kam er dann mehrmals darauf zurück. Er hatte seine Erzählung an dem Abend begonnen, an dem ich Yvette zum ersten Mal gesehen hatte, und wenn ich danach mit Yvette zusammentraf, dann immer in seinem Beisein. Ich hatte mit ihrer beider Persönlichkeit meine Probleme; ich bekam keine ganz zu fassen.

In meiner Phantasie hatte ich mein eigenes Bild von Yvette, und dieses Bild blieb stets das gleiche. Aber die Frau, die ich sah – zu unterschiedlichen Tageszeiten, in unterschiedlichem Licht, unterschiedlichem Wetter, lauter Zusammenhängen, die völlig verschieden waren von denen unseres Kennenlernens –, war immer neu, immer unerwartet. Ich wagte kaum mehr, ihr ins Gesicht zu schauen; sie wurde immer mehr zur Obsession.

Und auch Indar wurde ein anderer für mich. Auch seine Persönlichkeit war nicht recht greifbar. Je mehr Details er erzählte, desto weniger ähnelte er in meinen Augen dem Mann, der etliche Wochen vorher zu meiner Ladentür hereingekommen war. Diesen Mann hatten seine Kleider als den Londoner ausgewiesen, als den Privilegierten. Dass er seinen Stil nicht ohne Mühe wahrte, hatte ich zwar bemerkt, aber dass er sich diesen Stil selbst geschaffen hatte, wäre mir niemals eingefallen. Nein, er war einfach jemand, den der Glanz der großen Welt gestreift hatte, und ich hatte gedacht, wenn ich nur seine Chancen gehabt hätte, dann hätte dieser Glanz auch mich gestreift. Damals hätte ich ihn manchmal gern angefleht: »Hilf mir, von hier wegzukommen. Zeig mir, was ich tun muss, um so zu werden wie du.«

Damit war es vorbei. Ich beneidete ihn nicht mehr um seinen Stil, seine Eleganz; sie schienen mir jetzt sein einziges Guthaben. Ich fühlte mich als sein Beschützer. Seit dem Abend bei Yvette – der mich beschwingt, ihn aber niedergedrückt hatte – war mir, als hätten wir die Rollen getauscht. Ich betrachtete ihn nicht mehr als meinen Führer; er war es, der bei der Hand genommen werden musste.

Vielleicht lag darin das Geheimnis seines gesellschaftlichen Erfolgs, um den ich ihn so beneidet hatte. Denn ich wünschte mir – so wie es auch seine Schauspielerfreunde in London gewünscht haben mussten, als sie für ihn enger zusammengerückt waren –, ich wünschte mir, seine Aggression und Depression zu verscheuchen und die Zartheit ans Licht zu bringen, die ich darunter verborgen wusste. Ich wollte ihn beschützen, ihn und seine Eleganz, seine Übertreibungen, seine Selbsttäuschungen. Sie alle wollte ich vor Schaden bewahren. Es machte mich traurig, dass er schon bald von hier würde fortgehen müssen, zum nächsten Ort, an den ihn seine Pflichten als Gastdozent riefen. Denn nichts anderes war er, wenn ich ihn richtig verstand – ein Gastdozent, sich seiner Zukunft in dieser Rolle so ungewiss wie in all seinen früheren Rollen.

Die einzigen Freunde in der Stadt, mit denen ich ihn bekannt gemacht hatte, waren Shoba und Mahesh. Sie waren die Einzigen, von denen ich glaubte, er würde etwas mit ihnen anfangen können. Doch die Rechnung war nicht aufgegangen. Der Argwohn war beidseitig. Sie glichen sich in so vielem – Fahnenflüchtige alle drei, eingenommen von ihrer eigenen Schönheit, die für sie den einfachsten Ausdruck ihrer Würde darstellte. Sie erblickten ineinander Spiegelbilder ihrer selbst, und es war, als versuchten sie – Shoba und Mahesh auf der einen Seite, Indar auf der anderen – einander der Falschheit zu überführen.

Bei einem Mittagessen in ihrer Wohnung – einem guten Essen, sie hatten keine Mühe gescheut; Silber und Messing waren blank poliert, das grelle Licht durch Vorhänge gedämpft, der Perserteppich an der Wand angeleuchtet von der dreifüßigen Stehlampe – fragte Shoba Indar: »Lässt sich mit dem, was Sie machen, denn etwas verdienen?« Indar sagte: »Für mich reicht es.« Aber draußen, in Sonnenlicht und rotem Staub, schäumte er vor Wut. Auf der Rückfahrt nach Hause, zur Domäne, sagte er: »Deine Freunde wissen nichts von mir, nichts von dem, was ich geleistet habe. Sie haben keine Ahnung, was für Strecken ich zurückgelegt habe.« Er sprach nicht von seinen Reisen; er meinte, dass sie die Kämpfe, die er ausgefochten hatte, nicht zu würdigen wussten. »Bestell ihnen, dass mein Wert der Wert ist, den ich für mich veranschlage. Es könnten ohne weiteres fünfzigtausend Dollar im Jahr sein. Hunderttausend Dollar im Jahr.«

In dieser Stimmung war er, als seine Zeit in der Domäne dem Ende zuging. Er war reizbarer als zuvor, depressiver. Für mich dagegen blieb die Domäne, so schnell die Tage auch dahinschwanden, ein Ort voller Möglichkeiten. Ich wartete auf einen Abend wie jenen ersten – Lieder von Joan Baez, Leselampen und afrikanische Matten auf dem Boden, eine beunruhigende Frau in langer schwarzer Hose, ein Spaziergang zu den Stromschnellen in Mondglanz und Wolkenschatten. Es mutete immer mehr wie ein Hirngespinst an; ich verriet Indar nichts davon. Und Yvette stürzte mich, sooft ich sie sah – in härterem elektrischem Licht oder bei gewöhnlichem Tageslicht –, in neue Verwirrung, so wenig glich sie meiner Erinnerung.

Die Tage verstrichen; die Vorlesungszeit am Polytechnikum endete. Indar verabschiedete sich eines Nachmittags sehr bündig, wie ein Mann, der lange Abschiedsszenen scheut; er wollte nicht, dass ich ihn wegbrachte. Und ich dachte, dass die Domäne und das Leben dort mir nun auf immer verschlossen sein würden.

Auch Ferdinand würde uns verlassen. Er fuhr in die Hauptstadt, um seine Beamtenausbildung zu beginnen. Und so war es Ferdinand, den ich Ende des Semesters zum Dampfer begleitete. Auf dem Fluss trieben die Hyazinthen: in den Tagen der Rebellion hatten sie von Blut erzählt, an den drückenden, hitzeglitzernden Nachmittagen späterer Jahre von Erfahrung ohne Würze; weiß im Mondlicht, hatten sie die Stimmung eines gewissen Abends widergespiegelt. Jetzt, lila auf hellgrün, sprachen sie von einem Ende, einem Neubeginn, an dem ich keinen Teil hatte.

Der Dampfer mit dem Passagierboot im Schlepp war am vorigen Nachmittag eingetroffen. Zabeth und ihren Einbaum hatte er nicht mitgebracht. Ferdinand hatte nicht gewollt, dass sie kam. Ich hatte Zabeth gesagt, das liege nur an Ferdinands Alter: er müsse seine Selbständigkeit unter Beweis stellen. Es war nicht die Unwahrheit. Die Fahrt in die Hauptstadt war Ferdinand wichtig; und weil sie ihm wichtig war, wollte er sie herunterspielen.

Wichtig genommen hatte er sich immer. Aber jetzt demonstrierte er die neue Unerschütterlichkeit, die er gegenüber allem, was mit ihm geschah, an den Tag legte. Vom Einbaum zu einer Dampferkabine erster Klasse; von einem Urwalddorf über das Polytechnikum zur Beamtenanwärterschaft – er hatte Jahrhunderte übersprungen. Sein Weg war nicht immer leicht gewesen; während der Rebellion hätte er am liebsten die Flucht ergriffen und sich irgendwo versteckt. Seitdem hatte er sämtliche Seiten seiner selbst und sämtliche Seiten seines Landes zu akzeptieren gelernt; er haderte mit keiner mehr. Er kannte nur sein Land und die Möglichkeiten, die es bot, aber alles, was ihm geboten wurde, forderte er nun als sein Recht. Man konnte es Arroganz nennen, doch es war auch ein Ausdruck von Unbefangenheit und Offenheit. Er fühlte sich in jeder Umgebung zu Hause, er fand sich in jede Situation; und er war überall er selbst.

All das bewies er an diesem Morgen, als ich ihn in der Domäne abholte, um ihn zum Anleger zu fahren. Der Gegensatz zwischen der Domäne und den Siedlungen außerhalb mit ihren zerrupften Maisanpflanzungen, ihren brackigen Rinnsalen und den Bergen von gesiebten Abfällen machte mir mehr zu schaffen als ihm. Ich dachte an seinen Stolz und hätte sie am liebsten ignoriert; er redete über sie, nicht kritisch, einfach als Teil seiner Stadt. Beim Abschied von seinen Bekannten in der Domäne war er der Beamtenanwärter gewesen, auf der Fahrt ganz mein alter Freund, und vor dem Tor zum Anleger wurde aus ihm ein Afrikaner wie jeder andere, der sich unbeschwert und geduldig ins Marktgetümmel mischte.

Miscerique probat populos et foedera iungi. Die Vermessenheit dieser Worte hatte längst aufgehört, mich zu beschäftigen. Das Denkmal war für mich nur mehr Kulisse für das Markttreiben an den Dampfertagen. Durch dieses Treiben bahnten wir uns nun unseren Weg, gefolgt von einem klapprigen Alten, der sich Ferdinands Koffer bemächtigt hatte.

Schüsseln voller Maden und Raupen; Körbe voller strickumschnürter Hennen, die gackerten, wenn ein Verkäufer oder prospektiver Kunde sie an einem Flügel herauszog; trübäugige Geißen, die auf der nackten, kahlgetretenen Erde Abfälle und sogar Papier fraßen; unglückliche junge Affen mit feuchtem Fell und eng um ihre dünnen Bäuche gezurrten Leinen, die an Erdnüssen und Bananen- und Mangoschalen knabberten, aber freudlos, so als ahnten sie schon, dass auch ihnen der baldige Verzehr blühte.

Ängstliche Reisende aus dem Busch, Kandidaten für das Passagierboot, die aus einem abgelegenen Dorf in ein anderes unterwegs waren und von ihren Familien oder Freunden verabschiedet wurden; die üblichen Verkäufer an ihren üblichen Plätzen (zwei oder drei davon am Fuß des Denkmals), umgeben von ihren Sitzkisten, Kochsteinen, Töpfen und Pfannen, Bündeln und Babys; Tagediebe, Krüppel und Schnorrer. Und Beamte.

Es gab jetzt viel mehr Beamte als früher, und an den Dampfertagen waren sie scharenweise hier am Anleger unterwegs. Nicht alle trugen Polizei- oder Militäruniform, und nicht alle waren Männer. Im Namen seiner toten Mutter, des Zimmermädchens, der »Frau Afrikas«, wie er sie in seinen Reden nannte, hatte der Präsident beschlossen, so viele Frauen wie nur möglich zu ehren, und zu diesem Zweck hatte er sie zu Staatsbediensteten gemacht, nicht immer mit klar umrissenen Aufgaben.

Ferdinand, ich und der Gepäckträger bildeten ein auffälliges Trio – Ferdinand überragte die Männer der Region deutlich –, und wir wurden wohl ein halbes Dutzend Mal von Beamten angehalten, die unsere Papiere sehen wollten. Einmal hielt uns eine Frau in einem langen afrikanischen Kattungewand an. Sie war so klein wie ihre Schwestern, die holten und schleppten und die Einbäume durch die Wasserläufe stakten;

ihr Kopf war ebenso haarlos und sah ebenso geschoren aus, aber ihr Gesicht war voller. Sie sprach in barschem Ton mit uns. Sie hielt Ferdinands Dampferkarten (eine für die Beförderung, eine für die Verpflegung) falsch herum, als sie sie begutachtete, und sie runzelte die Stirn.

Ferdinand verzog keine Miene. Als sie ihm die Karten zurückgab, sagte er: »Danke, *citoyenne*.« Er sprach ohne Ironie; das Stirnrunzeln der Frau wich einem Lächeln. Und das schien der Hauptzweck der Übung gewesen zu sein – die Frau wollte Respekt bezeigt bekommen und *citoyenne* genannt werden. *Monsieur* und *Madame* und *Boy* waren von Amts wegen verboten; der Präsident hatte uns alle zu *citoyens* und *citoyennes* erklärt. Die beiden Wörter tauchten in seinen Reden auf, immer paarweise, beharrlich wiederkehrend wie ein Leitmotiv.

Wir gingen durch die wartende Menge – die uns Platz machte, einfach weil wir gingen – bis zum Tor des Anlegers. Und dort setzte unser Gepäckträger, als wüsste er schon, was folgen würde, seine Last ab, verlangte sehr viele Francs, gab sich schnell mit weniger zufrieden und verdrückte sich. Das Tor wurde vor uns zugemacht, grundlos. Die Soldaten sahen uns an und sahen dann weg, ohne sich auf die Verhandlungen einzulassen, die Ferdinand und ich einzuleiten versuchten. Eine halbe Stunde oder länger standen wir so, von der Menge gegen das Tor gedrängt, in der stechenden Sonne, dem Gestank von Schweiß und Räucherfleisch; und dann, wieder ohne ersichtlichen Grund, öffnete ein Soldat das Tor und ließ uns durch, aber nur uns, niemanden sonst, als würde er uns, trotz Ferdinands Fahrschein und meiner Anlegerkarte, eine große Gnade erweisen.

Der Bug des Dampfers lag noch in Richtung der Stromschnellen. Der weiße Decksaufbau mit den Erste-Klasse-Kabinen – das Einzige, was hinter dem Zollgebäude hervorsah – befand sich am Heck. Auf dem Stahldeck darunter, einen knappen Meter über dem Wasser, zog sich eine Reihe eisenverkleideter barackenähnlicher Aufbauten bis vor zu dem gerundeten Bug. Die waren für die ärmeren Leute. Und für die ganz Armen war das Passagierboot da, mehrere Etagen von Käfigen auf einem flachen Eisenrumpf – die Käfige mit Maschendraht und Gitterstäben davor, Draht und Stäbe verbogen und verbeult, das Käfiginnere nicht zu erkennen, verborgen im Dämmer, trotz Sonnenlicht und dem Glitzern des Flusses.

Den Erste-Klasse-Kabinen haftete immer noch ein Hauch von Luxus an. Die Eisenwände waren weiß; die Deckbohlen geschrubbt und geteert. Die Türen standen offen; es gab Vorhänge an den Fenstern. Es gab Stewards und sogar einen Zahlmeister.

Ich sagte zu Ferdinand: »Ich dachte schon, die da unten würden deine Urkunde für staatsbürgerliche Verdienste sehen wollen. Früher wärst du ohne die nicht hier heraufgelassen worden.«

Er lachte nicht, wie ein Älterer es wahrscheinlich getan hätte. Er wusste nichts von der kolonialen Vergangenheit. Seine Wahrnehmung der größeren Welt hatte mit dem rätselhaften Tag eingesetzt, an dem marodierende Soldaten, Fremde, ins Dorf seiner Mutter eingedrungen waren, um weiße Männer zu töten, und dann, durch Zabeth eingeschüchtert, nur ein paar der Dorffrauen mitgenommen hatten.

Für Ferdinand gab es die koloniale Vergangenheit nicht. Für ihn war der Dampfer immer afrikanisch gewesen, und was er jetzt sah, war die erste Klasse. Ordentlich gekleidete Afrikaner, die älteren Männer (Aufsteiger einer früheren Generation) in Anzügen; mehrere Frauen mit Familien, alle herausgeputzt für die Reise, wobei ein paar von den Großmüttern, den Gebräuchen des Urwalds noch enger verhaftet, bereits in ihren Kabinen auf dem Boden kauerten, über bunt gemusterten Emailletellern die schwarzen Leiber geräucherter Fische und Affen aufbrachen und Schwälle von durchdringendem Salzgeruch freisetzten.

Ländliche Sitten, Urwaldsitten in einer Umgebung, die mit dem Urwald nichts gemein hatte. Aber waren das nicht in den Ländern unserer Vorfahren unser aller Anfänge gewesen? Die Gebetsmatte im Sand, dann der marmorne Boden einer Moschee; die Rituale und Tabus der Nomaden, die, verpflanzt in einen Sultans- oder Maharadschapalast, zur Tradition einer Aristokratie wurden.

Dennoch wäre ich ungern mitgefahren, besonders wenn ich wie Ferdinand die Kabine mit einem Fremden hätte teilen müssen, jemandem aus der Menge unten, die noch immer auf Einlass wartete. Aber für mich war der Dampfer ja auch nicht gedacht, und ebenso wenig – trotz der rot gestickten Kolonialembleme auf den zerschlissenen, mürbgewaschenen Laken und Kissenbezügen in Ferdinands Koje – für jene Menschen, die in den alten Zeiten Urkunden über staatsbürgerliche Verdienste hatten vorweisen können, mit gutem Grund. Jetzt war der Dampfer für die Leute gedacht, die ihn benutzten, und ihnen erschien er überaus vornehm. Die Leute auf Ferdinands Deck wussten sehr gut, dass sie nicht im Passagierboot fuhren.

Vom hinteren Ende des Decks, über die Rettungsboote hinweg, sahen wir die Leute, die mit ihren Bündeln und Kisten das Passagierboot bestiegen. Die Stadt hinter dem Dach der Zollstation schien von hier aus fast nur aus Bäumen oder Busch zu bestehen – dieselbe Stadt, die, wenn man sich mittendrin befand, voll Straßen und freien Plätzen und Sonne und Häusern war. Ganz wenige Gebäude waren so hoch wie die Bäume, und keines höher. Und hier oben auf dem Erste-Klasse-Deck sah man auch – an dem Grün selbst, dem Übergang von importierten Zierbäumen zu einheitlichem Busch –, wie bald die Stadt endete, welch schmalen Uferstreifen sie einnahm. Blickte man in die andere Richtung über den schlammigen Fluss zu dem leeren Ufer auf der anderen Seite, dem niedrigen Busch dort, konnte man sich einbilden, es gäbe gar keine Stadt. Und dann erschienen das Passagierboot an unserem Ufer wie ein Wunder und die Kabinen des Erste-Klasse-Decks wie unfassbarer Luxus.

An den beiden Enden dieses Decks gab es etwas noch Beeindruckenderes: eine *cabine de luxe*. So stand es auf den alten, farbbekleckerten Metallschildern über den Türen. Was verbarg sich in diesen Kabinen? »Sollen wir nachsehen?«, fragte Ferdinand. Wir betraten die hintere. Es war dunkel darin und sehr heiß; die Fenster waren fest verschlossen und mit schweren Gardinen verhängt. Ein Backofen von einem Bad; zwei Sessel, ziemlich ramponiert, einer mit fehlender Armlehne, aber immerhin; ein Tisch mit zwei wackeligen Stühlen; Leuchter ohne Glühbirnen; zerschlissene Vorhänge, die die Kojen vom Rest der Kabine abschirmten, und eine Klimaanlage. Wer in dieser Menge da draußen glaubte ernsthaft, so etwas zu brauchen? Wer benötigte solche Zurückgezogenheit, solch beengenden Komfort?

Am Vorderende des Decks erhob sich Lärm. Ein Mann schimpfte lauthals, und er schimpfte auf Englisch.

Ferdinand sagte: »Ich glaube, ich höre deinen Freund.«

Es war Indar. Er trug eine ungewöhnliche Last vor sich her, und er war verschwitzt und wütend. Auf seinen waagerecht ausgestreckten Unterarmen – wie auf der Gabel eines Gabelstaplers – lag ein flacher, aber breiter, oben offener Pappkarton, mit dem er sichtlich seine Mühe hatte. Der Karton war schwer. Er war voller Lebensmittel und großer Flaschen, zehn oder zwölf Flaschen; und nach dem weiten Weg vom Tor und all die Stufen des Dampfers hinauf schien Indar vor lauter Erschöpfung den Tränen nahe.

Hintübergelehnt stolperte er in die *cabine de luxe*, und ich konnte ihn den Pappkarton auf dem Bett absetzen, ja fast abwerfen sehen. Und dann führte er einen kleinen Schmerzenstanz auf, stampfte in der Kabine herum und bog wild die Unterarme hin und her, wie um die Krämpfe aus hundert gepeinigten Muskeln zu schütteln.

Es war Übertreibung dabei, aber er hatte ja auch ein Publikum. Nicht mich, den er zwar bemerkt hatte, aber den er vorerst lieber ignorierte. Yvette war bei ihm. Sie trug seine Aktentasche. »Der Koffer«, schrie er sie an – sein Englisch verlieh ihm Sicherheit, »kommt dieser Idiot mit dem Koffer?« Sie wirkte selber verschwitzt und angespannt, aber sie sagte begütigend: »Ja, ja.« Und ein Mann im geblümten Hemd, den ich für einen Passagier gehalten hatte, schleppte den Koffer herbei.

Ich hatte Indar und Yvette schon oft zusammen gesehen, aber nie in einer so häuslichen Situation. Einen verwirrten Augenblick lang dachte ich, dass sie mit ihm fortging. Doch dann sagte Yvette, indem sie den Rücken straffte und sich auf ihr Lächeln besann, zu mir: »Verabschieden Sie auch jemanden?« Und mir wurde klar, dass meine Angst töricht war.

Indar knetete mittlerweile seinen Bizeps. Was für Pläne er auch für dieses Beisammensein mit Yvette geschmiedet hatte, der Pappkarton hatte sie alle zunichte gemacht.

Er sagte: »Sie hatten keine Plastiktüten. Nicht eine verdammte Plastiktüte.«

Ich sagte: »Ich dachte, du wärst geflogen.«

»Wir haben gestern stundenlang am Flughafen gewartet. Immer hieß es, die Maschine kommt gleich. Um Mitternacht haben sie uns dann ein Bier spendiert und uns mitgeteilt, dass das Flugzeug aus dem Verkehr gezogen worden ist. Einfach so. Nicht verspätet. Abbeordert. Der Große Mann braucht es für sich. Wann er es zurückschickt, weiß keiner. Und dann dieser Dampferfahrschein – hast du je einen Dampferfahrschein gekauft? Diese tausend Bestimmungen, wann Fahrscheine verkauft werden dürfen und wann nicht. Der Mann ist fast nie da. Die verdammte Tür ist immer abgesperrt. Und alle fünf Meter will jemand deine Papiere sehen. Ferdinand, erklären Sie mir das. Als der Mann den Fahrpreis ausgerechnet hat, mit diesen ganzen Luxuszuschlägen, hat er den Betrag zwanzigmal mit seiner Addiermaschine nachgeprüft. Denselben Betrag, zwanzigmal. Warum? Hat er gedacht, die Maschine überlegt es sich anders? Das hat schon mal eine halbe Stunde gedauert. Und dann hat mich Yvette Gott sei Dank an das Essen erinnert. Und an das Wasser. Also mussten wir einkaufen gehen. Sechs Flaschen Vichywasser für fünf Tage. Was anderes hatten sie nicht – ich komme nach Afrika, um Vichywasser zu trinken! Ein Dollar fünfzig die Flasche, US. Sechs Flaschen Rotwein, dieses saure portugiesische Zeug, das sie einem hier verkaufen. Wenn ich gewusst hätte, dass ich es alles auf einem Pappdeckel schleppen muss, hätte ich darauf verzichtet.«

Er hatte außerdem fünf Büchsen Ölsardinen gekauft, eine für jeden Reisetag, nehme ich an; zwei Büchsen Kondensmilch, eine Büchse Nescafé, holländischen Käse, Kekse und einen Vorrat an belgischem Honigkuchen.

Er sagte: »Der Honigkuchen war Yvettes Idee. Sie sagt, er ist sehr nahrhaft.«

»Er hält sich in der Hitze«, sagte sie.

Ich sagte: »Am Gymnasium gab es einen Mann, der nichts anderes als Honigkuchen gegessen hat.«

»Deshalb wird bei uns fast alles geräuchert«, sagte Ferdinand. »Dann hält es sich – jedenfalls solange die Kruste nicht aufgebrochen wird.«

»Aber die Nahrungssituation hier ist verheerend«, sagte Indar. »In den Läden ist alles importiert und teuer. Und auf dem Markt bekommt man außer den Maden und dem anderen Zeug, das die Leute aus der Erde wühlen, nur zwei Stängel dies, zwei Ähren jenes. Und täglich werden es mehr Menschen. Von was leben sie? Ihr habt all diesen Busch hier, all diesen Regen. Und trotzdem steht die Stadt am Rande einer Hungersnot.«

In der Kabine war nicht mehr so viel Platz wie zu Anfang. Ein gedrungener barfüßiger Mann war hereingekommen und hatte sich als der Steward der *cabine de luxe* vorgestellt, gefolgt vom Zahlmeister, der ein Geschirrtuch über der Schulter trug und in der Hand eine zusammengefaltete Tischdecke. Der Zahlmeister scheuchte den Steward hinaus, breitete die Tischdecke über den Tisch – schönes altes, von zahllosen Wäschen malträtiertes Leinen. Dann wandte er sich an Yvette:

»Wie ich sehe, hat Monsieur sich sein eigenes Wasser und Essen mitgebracht. Aber das ist nicht nötig, Madame. Bei uns gelten noch die alten Regeln. Unser Wasser ist gereinigt. Ich habe selber auf Ozeandampfern gearbeitet und Länder in der ganzen Welt bereist. Jetzt bin ich alt und arbeite auf diesem afrikanischen Dampfer. Aber ich bin an weiße Herrschaften gewöhnt und weiß sehr gut, was sie brauchen. Monsieur kann völlig beruhigt sein, Madame. Er wird bestens versorgt werden. Ich werde dafür sorgen, dass sein Essen gesondert zubereitet wird, und ich werde ihn eigenhändig hier in seiner Kabine bedienen.«

Er war ein magerer, ältlicher Mischling; seine Mutter oder sein Vater musste Mulatte gewesen sein. Er hatte bewusst die verbotenen Worte ausgesprochen – *Monsieur*, *Madame*; er hatte ein Tischtuch aufgelegt. Und er wartete auf seine Belohnung. Indar gab ihm zweihundert Francs.

Ferdinand sagte: »Sie haben ihm zu viel gegeben. Er hat Sie Monsieur und Madame genannt, und Sie haben ihm ein Trinkgeld gegeben. Damit sind Sie aus seiner Sicht quitt. Jetzt wird er nichts mehr für Sie tun.«

Und Ferdinand schien Recht zu behalten. Als wir in die Bar ein Deck tiefer gingen, lehnte da der Zahlmeister am Tresen und trank Bier. Er ignorierte uns alle vier, und er schaltete sich auch nicht ein, als wir Bier bestellten und der Barmann »*terminé*« sagte. Hätte nicht der Zahlmeister Bier getrunken, hätte nicht an einem der Tische ein Mann mit drei gut gekleideten Damen Bier getrunken, dann hätte es sogar glaubhaft gewirkt. Die Bar – mit einer gerahmten Photographie des Präsidenten an der Wand, im Häuptlingskostüm, den geschnitzten Stab mit dem Fetisch in der erhobenen Hand – war kahl, die braunen Regale leer.

»*Citoyen*«, sagte ich zu dem Barmann. »*Citoyen*«, sagte Ferdinand. Wir brachten ein Palaver in Gang, und im Hinterzimmer fand sich doch noch Bier.

Indar sagte: »Sie müssen mein Führer sein, Ferdinand. Sie müssen für mich verhandeln.«

Es war Mittag vorbei und sehr heiß. Die Bar war durchflutet von dem Licht, das der Fluss zurückwarf; Äderchen aus Gold tanzten darin. Das Bier, wenngleich dünn, lullte uns ein. Indar vergaß die Schmerzen, die ihn plagten; eine Diskussion, die er mit Ferdinand über das Mustergut auf der Domäne und die treulosen Chinesen und Taiwanesen begann, plätscherte aus. Meine eigene Nervosität schwand;

meine Stimmung hob sich: Ich würde zusammen mit Yvette von Bord gehen.

Das Licht war das des frühen Nachmittags, wenn die Glut geschürt ist, die Flamme am heißesten lodert, und man doch bereits ahnt, dass sie sich bald verzehrt haben wird. Der Fluss glitzerte, statt Schlammbraun nun Weiß und Gold. Auf ihm wimmelte es von Einbäumen mit Außenbordmotor, wie immer an den Dampfertagen. An den Seiten der Einbäume prangten in großen Lettern die vollmundigen Namen ihrer »Firmen«. Wenn ein Einbaum über die glitzernde Fläche glitt, sah man seine Insassen als Silhouetten vor dem Geglitzer; dann schienen sie alle sehr niedrig zu sitzen und nur aus Schultern und runden Köpfen zu bestehen, so dass sie einen Moment lang wirkten wie Comicfiguren bei einer absurden Kahnpartie.

Ein Mann kam in die Bar geeiert, auf Plateauschuhen mit fast fünf Zentimeter dicken Sohlen. Er musste aus der Hauptstadt sein – diese Schuhmode war noch nicht bis zu uns vorgedrungen. Er musste außerdem ein Hafenbeamter sein, denn er kontrollierte unsere Fahrscheine und Anlegerkarten. Nicht lange nachdem er wieder hinausgeeiert war, schienen Zahlmeister, Barmann und einige der Männer an den Tischen plötzlich in Panik zu geraten. Diese Panik schied endlich Besatzung und Hafenpersonal (alle in Zivil) von den anderen Leuten, die in die Bar gekommen waren und um ihr Bier verhandelt hatten, und sie besagte nichts weiter, als dass der Dampfer bald ablegen würde.

Indar legte Yvette die Hand auf den Schenkel. Als sie sich ihm zuwandte, sagte er gedämpft: »Ich werde sehen, was ich wegen Raymonds Buch herausfinden kann. Aber wir wissen ja beide, wie die Leute in der Hauptstadt sind. Wenn sie auf Briefe nicht antworten, dann deshalb, weil sie nicht antworten wollen. Sie werden nicht ja oder nein sagen. Sie werden gar nichts sagen. Aber ich werde tun, was ich kann.«

Ihre Umarmung, bevor wir von Bord gingen, reichte über das Förmliche nicht hinaus. Ferdinand gab sich ungerührt. Kein Händedruck, kein Lebewohl. Er sagte nur: »Salim.« Und seine Verbeugung vor Yvette glich eher einem Nicken.

Wir blieben am Anleger stehen und schauten zu. Nach einigem Manövrieren war der Abstand zwischen Dampfer und Kaimauer groß genug. Dann wurde das Passagierboot angehängt, und Dampfer und Boot vollführten eine langsame, weite Drehung in den Fluss hinaus, wobei hinter den Gittern am Heck des Passagierboots ein regelrechtes Hinterhoftreiben sichtbar wurde, ein verschachteltes Durcheinander auf mehreren Etagen, halb Küche, halb Käfig.

Eine Abreise kann wie Verrat anmuten, wie eine Absage an einen Ort und seine Menschen. Mit diesem Gefühl hatte ich mich seit dem Vortag, seit dem vermeintlichen Abschied von Indar, abzufinden versucht. Ich sorgte mich um ihn – und hatte in ihm doch, wie auch in Ferdinand, den Glücklichen gesehen, der zu neuen, reicheren Erfahrungen aufbrach, während ich zurückblieb mit meinem kleinen Leben, an einem Ort, der erneut in Bedeutungslosigkeit versank.

Damit war es vorbei, als ich nach diesem dem glücklichen Zufall geschuldeten zweiten Abschied mit Yvette auf dem jetzt nackt ins Wasser ragenden Anleger stand und Dampfer und Passagierboot zusah, wie sie Fahrt aufnahmen auf dem braunen Fluss, vor der Leere der jenseitigen Böschung, die in der Hitze so blass wirkte, als wäre sie Teil des weißen Himmels. Das Zentrum des Geschehens war hier, bei uns, in der Stadt am Ufer. Indar war der Mann, der fortgeschickt wurde. Den schweren Gang tat er.

11

Es war nach zwei Uhr, eine Tageszeit, um die man es bei Sonne im Freien nicht aushielt. Wir hatten beide kein Mittagessen gehabt, nur das blähende Bier, und Yvette sagte zu einem kleinen Imbiss irgendwo im Kühlen nicht nein.

Der Asphalt des Anlegers war weich unter unseren Sohlen. Harte schwarze Schatten pressten sich eng an die Mauern der Hafengebäude – solide Kolonialbauten aus ocker getünchtem Stein, mit grünen Fensterläden, hohen, eisenvergitterten Fenstern, grün gestrichenen Wellblechdächern. Eine verkratzte Schiefertafel vor dem geschlossenen Fahrkartenschalter verkündete noch die Abfahrtszeit des Dampfers. Aber das Personal war gegangen; die Menge vor dem Tor hatte sich zerstreut. Die Marktstände rund um die Granitwand des zerstörten Denkmals wurden abgebaut. Die gefiederten Blätter der Flammenbäume boten keinen Schatten; die Sonne brannte durch sie hindurch. Der Boden, um die Grasbüschel zu kleinen Hügeln angeweht und ansonsten zu Staub zermahlen, war mit Abfällen und Tierkot übersät; eingetrocknete Pfützen, von oben und unten mit feinem Sand beschichtet, wölbten sich an den Rändern hoch, als wollten sie sich vom Boden schälen.

Wir gingen nicht in Maheshs Bigburger-Restaurant. Ich wollte Komplikationen vermeiden – Shoba missbilligte Yvettes

Verbindung zu Indar. Stattdessen gingen wir ins Tivoli. Es lag nur ein Stückchen entfernt, und ich hoffte, Ildephonse, Maheshs Boy, würde mich nicht verraten. Aber das war unwahrscheinlich; nach Mittag hatte Ildephonse für gewöhnlich abgeschaltet.

Das Tivoli war neu, relativ neu jedenfalls, ein Produkt unseres anhaltenden Booms; es gehörte einer Familie, die vor der Unabhängigkeit ein Restaurant in der Hauptstadt betrieben hatte. Jetzt, nach einigen Jahren in Europa, waren sie zurückgekommen, um hier einen neuen Anlauf zu nehmen. Es war eine große Investition für sie – sie hatten an nichts gespart –, und mir schien, dass sie sehr viel riskierten. Aber ich wusste nicht genug über die Europäer und ihre Vorlieben, was Restaurants anging. Und das Tivoli war für unsere Europäer gedacht. Es war ein Familienlokal, und seine Klientel waren die Männer mit den Zeitverträgen, die für die verschiedenen Regierungsprojekte in unsere Region geholt wurden, für die Domäne, den Flughafen, die Wasserversorgung, das Kraftwerk. Die Atmosphäre war europäisch; Afrikaner hielten sich fern. Beamte mit goldenen Uhren und goldenen Kugelschreibern und Drehbleistiften wie bei Mahesh waren hier keine zu sehen. Im Tivoli hatte man vor derlei seine Ruhe.

Trotzdem konnte man nicht vergessen, wo man war. Das Bild des Präsidenten ragte fast einen Meter hoch auf. Die offiziellen Porträts des Präsidenten in afrikanischer Tracht wurden immer größer, die Qualität der Abzüge besser (sie wurden jetzt in Europa angefertigt, hieß es). Und wusste man einmal um die Bedeutung des Leopardenfells, die Symbolkraft der Schnitzereien auf dem Stab, dann half es nichts; man konnte sich ihrer Wirkung nicht entziehen. Wir alle waren sein Volk geworden; selbst hier im Tivoli wurden wir daran erinnert, dass wir, jeder auf seine Weise, von ihm abhängig waren.

Normalerweise waren die Boys – Kellner, *citoyens* – freundlich und zuvorkommend und flink. Aber die Mittagszeit war mehr oder minder vorbei; der große dicke Sohn der Familie, der sonst von seinem Platz neben dem Kaffeeautomaten hinterm Tresen ein Auge auf alles hatte, hielt offenbar gerade seine Siesta, kein anderes Familienmitglied war zu sehen, und die Kellner standen untätig herum, wie verkleidet in ihren blauen Kellnerjacken. Sie waren nicht unhöflich, nur einfach abwesend, wie Menschen, die ihre Rolle verloren hatten.

Aber die klimatisierte Luft tat gut, das gedämpftere Licht nach dem Gleißen, die Trockenheit nach der Schwüle draußen. Yvette wirkte nicht mehr so abgekämpft; ihre Energie kehrte zusehends zurück. Es gelang uns, einen Kellner auf uns aufmerksam zu machen. Er brachte uns eine Karaffe mit portugiesischem Rotwein, eisgekühltem Rotwein, der sich sacht erwärmte, und zwei Holzplatten mit schottischem Räucherlachs auf Toast. Alles war importiert; alles war teuer; wobei Räucherlachs auf Toast noch das einfachste Gericht im Tivoli war.

Ich sagte zu Yvette: »Indar ist manchmal ein bisschen theatralisch. War es wirklich so schlimm?«

»Es war noch viel schlimmer. Er hat die Tragödie mit den Reiseschecks unterschlagen.«

Sie saß mit dem Rücken zur Wand. Sie machte eine kleine, Einhalt gebietende Geste – wie Raymond – mit der Hand an der Tischkante und deutete mit dem Kopf leicht nach rechts.

Zwei Tische weiter beendete eine fünfköpfige Familie gerade ihre Mahlzeit, laut redend. Ganz normale Leute, eine Familiengruppe, wie ich sie im Tivoli schon öfters gesehen hatte. Aber bei Yvette erregten sie offenbar Missfallen, ja mehr als Missfallen; eine kleine Wut schien sie zu packen.

Sie sagte: »Sie durchschauen sie nicht. Ich schon.«

Und doch schien dieses Gesicht, so erbost, drauf und dran zu lächeln, und die leicht schrägen Augen, halb geschlossen über der kleinen Kaffeetasse, die sie auf Mundhöhe hielt, blickten ganz sittsam drein. Was an der Familie hatte sie so erzürnt? Die Gegend, der sie sie zuordnete? Der Beruf des Mannes, die Redeweise, die Lautstärke, die Manieren? Was würde sie da zu den Leuten in unseren Nachtclubs sagen?

Ich fragte: »Kannten Sie Indar schon vorher?«

»Ich habe ihn hier kennen gelernt.« Sie stellte die Tasse hin. Eine Weile betrachtete sie sie mit schmalen Augen, dann blickte sie auf, als hätte sie einen Entschluss gefasst. »Man lebt sein Leben. Ein Fremder taucht auf. Er ist eine Bürde. Man kann ihn nicht brauchen. Aber dann wird die Bürde Gewohnheit.«

Meine Erfahrungen mit Frauen außerhalb meiner Familie waren spezieller Natur und sehr begrenzt. Ich hatte noch nie mit einer Frau wie dieser zu tun gehabt, mit Sprache wie dieser, mit einer Frau von solcher Reizbarkeit, solcher Entschiedenheit. Und aus ihren Worten von eben sprach für mich eine Aufrichtigkeit, eine Kühnheit, die auf einen Mann meiner Herkunft eine Spur erschreckend und dadurch umso betörender wirken musste.

Es passte mir nicht, dass das Bindeglied zwischen uns Indar sein sollte – bei Indar und ihr war es offenbar Raymond gewesen. Ich sagte: »Sie ahnen gar nicht, wie schön ich diesen Abend bei Ihnen fand. Ich kann die Bluse nicht vergessen, die Sie anhatten. Ich hoffe seitdem immer, Sie noch einmal darin zu sehen. Schwarze bestickte Seide, wunderschön geschnitten.«

Ich hätte kein besseres Thema ansprechen können. »Der Anlass hat gefehlt«, sagte sie. »Aber ich kann Ihnen versichern, es gibt sie noch.«

»Sie war nicht aus Indien, oder? Der Schnitt und die Stickerei sahen europäisch aus.«

»Sie ist aus Kopenhagen. Margit Brandt. Raymond war zu einer Tagung dort.«

Und an der Tür des Tivoli – in diesem Moment des Innehaltens, ehe wir wieder hinaustraten in Hitze und Licht, so wie man in anderen Teilen der Welt innehält, bevor man endgültig in den Regen hinaustritt – sagte sie zu mir, als fiele es ihr eben erst ein: »Möchten Sie vielleicht morgen zu uns zum Mittagessen kommen? Wir müssen einen von den Dozenten einladen, und Raymond findet solche Veranstaltungen zurzeit sehr ermüdend.«

Der Dampfer musste jetzt an die fünfzehn Meilen entfernt sein. Er fuhr durch den Busch; die erste Buschsiedlung musste schon hinter ihm liegen. Dort wartete man, obwohl die Stadt so nahe war, seit dem frühen Morgen auf ihn, und bei seinem Auftauchen herrschte Volksfeststimmung. Knaben sprangen von ihren Einbäumen ins Wasser, schwammen zu dem vorbeifahrenden Dampfer und dem Passagierboot hinaus und versuchten, die Aufmerksamkeit der Fahrgäste auf sich zu lenken. Die Boote der Händler stießen sich von ihren Warteplätzen am Ufer ab, beladen mit ihrer kleinen Fracht von Ananas und primitiven Stühlen und Hockern (Wegwerfmöbeln für die Flussfahrt, eine Spezialität der Gegend). Diese Händler machten in Trauben an den Seiten des Dampfers fest und ließen sich – vielleicht in ebendiesem Moment – ein paar Meilen flussabwärts ziehen, um dann, nach dem kurzen Spaß, viele Stunden wieder zurückzupaddeln, schweigend, durch den verblassenden Nachmittag, Dämmer und Nacht.

Yvette hatte die Einladung abgesagt. Aber sie hatte mir nicht Bescheid gesagt. Der weiß livrierte Diener führte mich in ein Zimmer, das sichtlich nicht auf Gäste eingestellt war und wenig Ähnlichkeit mit dem Zimmer meiner Erinnerung hatte. Zwar lagen auf dem Boden die afrikanischen Matten, aber einige der Polstersessel, die an dem Abend damals ausquartiert (und, so hörte ich Yvette noch sagen, in eines der Schlafzimmer verbannt) worden waren, standen nun wieder da – volantbesetzter Kunstsamt in dem in der Domäne allgegenwärtigen »alten« Bronzeton.

Die Gebäude der Domäne waren aus dem Boden gestampft worden, und die Mängel, die der Lampenschein kaschiert hatte, sprangen nun, in der Mittagshelle, ins Auge. Der Putz an den Wänden wies an vielen Stellen Risse auf, und einer dieser Risse folgte dem Stufenverlauf der Hohlziegel darunter. Bei den Fenstern und Türstöcken hatte man auf jede Art der Einfassung verzichtet, so dass sie eher unregelmäßig ins Mauerwerk gehauenen Löchern glichen. Die Deckenverkleidung, Platten aus Pressspan oder einem ähnlichen Material, hatte hier und da Beulen. Aus einer der beiden Klimaanlagen im Zimmer war Flüssigkeit die Wand hinuntergelaufen; beide waren ausgeschaltet. Die Fenster standen offen, und das Zimmer, von keinem Dachvorsprung, keinem Baum in dem planierten Vorgarten beschattet, schwamm von grellem Licht und schien keinerlei Schutz zu bieten. Was für Phantasien hatte ich um diesen Raum gesponnen, um die Musik, die aus dem Plattenspieler gedrungen war – da stand er, an der Wand neben dem Bücherregal, mit einer in der Helle gut sichtbaren Staubschicht auf seinem getönten Plexiglasdeckel.

Das Zimmer so zu sehen, wie Yvette täglich darin lebte – noch dazu in dem Wissen um Raymonds wahren Status im Lande –, das war wie ein Blick hinter die Kulissen, und ein

Hauch von Hausfrauenalltag wehte mich an, eine Ahnung von den Spannungen und Unzufriedenheiten von Yvettes Leben in der Domäne, das mir bis dahin so glanzvoll erschienen war. Es machte mir Angst davor, mich auf sie und dies ihr Leben einzulassen, und gleichzeitig spürte ich überrascht und erleichtert, wie sich meine Phantasien in Luft auflösten. Aber Erleichterung und Angst dauerten nur an, bis sie hereinkam. Und die Überraschung war, wie stets für mich, sie selbst.

Sie wirkte mehr belustigt als zerknirscht. Sie habe mich vergessen, sagte sie, aber sie habe gewusst, dass da noch etwas war, an das sie sich hätte erinnern sollen. Die Pläne für das Mittagessen seien so oft umgestoßen worden – jetzt fand es im Dozentenzimmer an der Hochschule statt. Sie ging hinaus, um uns ein paar südafrikanische Eier in die Pfanne zu hauen. Der Diener erschien, räumte einige Quittungen von dem ovalen Tisch, der dunkel und auf Hochglanz poliert war, und brachte die Teller. »Man lebt sein Leben. Ein Fremder taucht auf. Er ist eine Bürde.«

Im obersten Fach des Bücherregals sah ich das Buch, das Indar mir an dem Abend damals gezeigt hatte, das Buch mit dem Dank für Raymonds und Yvettes großzügige Gastfreundschaft in der Hauptstadt – eine Erwähnung, die Yvette etwas bedeutet hatte. In dem grellen Licht, dem veränderten Zimmer war auch das Buch nicht mehr dasselbe. Viele der Buchrücken waren ausgeblichen. In einem Buch, das ich herauszog, entdeckte ich Raymonds Namen und das Datum 1937 – ein Exlibris, aber zu jener Zeit vielleicht auch eine Absichtserklärung, ein Ausdruck seines Glaubens an die eigene Zukunft. Wie glanzlos es jetzt schien mit seinen braunen Seitenrändern, der fast bis zur Unkenntlichkeit verblassten roten Schrift auf dem papierenen Rücken – tot, ein Relikt. In einem anderen, neueren Buch stand Yvettes Name, ihr Mädchenname; eine elegante kontinentale Handschrift mit verschnörkeltem Ypsilon, die eine ganz ähnliche Sprache sprach wie dreiundzwanzig Jahre zuvor Raymonds Unterschrift.

Als wir unsere Eier aßen, sagte ich zu Yvette: »Ich würde gern einmal etwas von Raymond lesen. Indar sagt, er weiß mehr über das Land als irgendein anderer heutzutage. Hat er Bücher veröffentlicht?«

»Er arbeitet an einem Buch, seit etlichen Jahren schon. Die Regierung wollte es herausbringen, aber jetzt sind anscheinend Schwierigkeiten aufgetaucht.«

»Es gibt also keine Bücher.«

»Seine Doktorarbeit gibt es. Die ist als Buch erschienen. Aber empfehlen kann ich sie nicht. Ich fand es eine Qual, sie zu lesen. Als ich das Raymond gesagt habe, meinte er, es sei für ihn auch eine Qual gewesen, sie zu schreiben. Verschiedene Zeitschriften haben Artikel von ihm gebracht. Aber zum Artikelschreiben kommt er nicht oft. Er hat seine ganze Zeit in dieses große Werk über die Geschichte des Landes investiert.«

»Stimmt es, dass der Präsident Teile davon gelesen hat?«

»Das hieß es früher immer.«

Aber sie konnte mir nicht sagen, worin die Schwierigkeiten bestanden. Ich erfuhr lediglich, dass Raymond seine Geschichtsstudien vorübergehend hintangestellt hatte, um eine Auswahl von Ansprachen des Präsidenten vorzubereiten. Unser Essen mutete plötzlich traurig an. Nun da ich mehr über Yvettes Stellung in der Domäne wusste (und sicher nicht der Einzige war, der Geschichten über Raymond gehört hatte), empfand ich, dass das Haus ihr wie ein Gefängnis vorkommen musste. Und dieser Abend, an dem sie eine Party gegeben und ihre Margit-Brandt-Bluse angezogen hatte, schien immer mehr wie eine Verirrung.

Als ich mich verabschiedete, sagte ich: »Kommen Sie doch mal nachmittags mit in den ›Club hellénique‹. Wie wär's mit morgen? Die Leute da leben alle schon ewig hier. Denen kann keiner was vormachen. Das Letzte, worüber sie reden wollen, ist die Befindlichkeit des Landes.«

Sie willigte ein. Aber dann sagte sie: »Sie dürfen sie aber nicht vergessen.«

Ich hatte keine Ahnung, wovon sie sprach. Sie verließ das Zimmer, durch die Tür, durch die Raymond abgegangen war, nachdem er seine kleine Rede gehalten hatte, und kam mit einem Stoß Zeitschriften zurück, *Cahier* dies, *Cahier* das, einige davon aus der Regierungsdruckerei in der Hauptstadt. Das waren die Zeitschriften mit Raymonds Artikeln. Schon jetzt also verband uns Raymond; es war wie ein Anfang.

Das stoppelige Gras auf den Rasenflächen – Grünflächen – in diesem Teil der Domäne stand hoch; es überwucherte fast die Bodenlampen in ihren pilzförmigen Aluminiumgehäusen, die die asphaltierten Straßen säumten. Etliche dieser Lampen waren eingeschlagen, einige schon seit einer ganzen Weile, aber es schien niemanden zu geben, der sie reparierte. Auf der anderen Seite der Domäne eroberte der Busch das Gelände des Mustergutes zurück; nichts war von dem Vorhaben geblieben als der chinesische Torbogen, den die abtrünnigen Taiwanesen oder Chinesen gebaut hatten, und die sechs Traktoren, die in Reih und Glied vor sich hin rotteten. Aber das Areal, in dem sonntags die Besucher den Richtungspfeilen folgten – jetzt unter der Aufsicht der Jugendgarde, nicht mehr der Armee –, wurde instand gehalten. Immer noch wurden die Statuen entlang dieser öffentlichen Promenade um neue ergänzt. Die jüngste, am Ende des Hauptwegs postiert, war eine klobige, unfertig wirkende Steinskulptur einer Mutter mit Kind.

Nazruddins damalige Worte fielen mir wieder ein. »Das hier ist nichts. Es ist nur Busch.« Aber mein Schrecken war anders geartet als seiner. Mein Schrecken hatte nichts mit meinen Geschäftsaussichten zu tun. Ich sah die leeren Flächen der Domäne und die Barackensiedlungen der Dörfler gleich davor, und meine Gedanken galten Yvette und ihrem Leben in der Domäne. Kein kleines Europa in Afrika, wie ich geglaubt hatte, als Indar hier gewesen war. Nur ein Leben im Busch. Und meine Angst war ebenso sehr die Angst, abgewiesen zu werden und mit leeren Händen dazustehen, wie die Angst vor dem, was ein Erfolg bedeuten konnte.

Aber diese Angst schwand am nächsten Nachmittag, als sie zu mir in die Wohnung kam. Sie war auch mit Indar schon hier gewesen; in dieser Umgebung, meiner eigenen, schien ihr alter Glanz weitgehend wiederhergestellt. Sie hatte die Tischtennisplatte mit meinem Haushaltskram und der für Mettys Bügelarbeit freigehaltenen Ecke gesehen. Sie hatte die Gemälde europäischer Seehäfen gesehen, die die belgische Dame mir zusammen mit dem weißen Atelier-Wohnzimmer vererbt hatte.

Und es war diese weiße Wand, vor der sie mir, nachdem wir beide stehend, ein paar Floskeln über die Bilder und den »Club hellénique« ausgetauscht hatten, das Profil zuwandte – sich wegdrehte, als ich zu ihr trat, ohne Abwehr und auch ohne Ermutigung, nur ein wenig matt, schien mir, angesichts einer neuen Bürde. Der Augenblick, so wie ich ihn deutete, war der Schlüssel zu allem, was folgte. Die Herausforderung, die ich damals empfand, empfand ich stets aufs Neue; sie verfehlte niemals die Wirkung auf mich.

Bis dahin waren meine Phantasien Bordellphantasien von Eroberung und Erniedrigung gewesen, mit der Frau als willigem Opfer, das bei seiner eigenen Erniedrigung mithalf. Das war alles, was ich kannte. Es war alles, was die Bordelle und Nachtclubs unserer Stadt mich gelehrt hatten. Ich hatte mir keinen Zwang antun müssen, um während Indars Zeit hier auf meine Besuche dort zu verzichten. Ich wurde nur noch schlecht gelaunt von solchen Ausschweifungen. Schon seit einer Weile enthielt ich mich – obwohl ich käufliche Frauen durchaus noch begehrlich betrachten konnte, wenn ich eine Gruppe von ihnen in einer Bar oder im Vorraum eines Bordells sah – des tatsächlichen Verkehrs mit ihnen und griff auf indirektere Formen der Befriedigung zurück. Meine spezielle Art der Vertrautheit mit so vielen Frauen hatte in mir eine gewisse Verachtung für ihre Reize geweckt; und gleichzeitig hatte ich mich, wie nicht wenige Männer, die nur das Bordell kennen, als schwach, als hoffnungslos unterlegen zu sehen begonnen. Meine Gefühle für Yvette hatten mich selbst überrascht, und das Abenteuer mit ihr (der Ungekauften und dennoch Willigen), das in dem weißen Wohnzimmer seinen Anfang nahm, war etwas völlig Neues für mich.

Das, was ich Bordellphantasien genannt habe, rettete mich über die erste Unbeholfenheit hinweg. Aber im Schlafzimmer mit der riesigen Schaumstoffmatratze – die nun endlich dem Zweck dienen durfte, dem die belgische Malerin sie zweifellos zugedacht hatte –, im Schlafzimmer wandelten sich diese Phantasien. Die Ichbezogenheit fiel von ihnen ab.

Frauen machen die halbe Welt aus; und ich hatte geglaubt, einen Punkt erreicht zu haben, wo die weibliche Nacktheit keine Überraschungen mehr bergen kann. Doch nun war mir, als stünde ich am Beginn aller Erfahrung; als erblickte ich zum ersten Mal eine Frau. Es verblüffte mich, dass ich bei der Besessenheit, mit der mein Denken um Yvette gekreist war, dennoch so viel für selbstverständlich erachtet hatte. Der Körper auf dem Bett war für mich wie eine Offenbarung der weiblichen Gestalt schlechthin. Unfasslich, dass Kleider, selbst die scheinbar enthüllenden tropischen Kleider, in denen ich Yvette gesehen hatte, so viel verborgen haben konnten, dass sie den Körper gleichsam in einzelne Teile zerlegen konnten, ohne auch nur annähernd die Herrlichkeit des Ganzen anzudeuten.

Das Erlebte im Stil meiner pornographischen Magazine zu schildern wäre ähnlich verfälschend wie ein Versuch, mich selbst zu photographieren; ich würde zu meinem eigenen Voyeur dadurch, und die Erfahrung verkäme zu ebenjener Bordellphantasie, die sie im Schlafzimmer so weit hinter sich ließ.

Ich war überwältigt, aber hellwach. Ich wollte mich nicht an die Selbstvergessenheit, die Egozentrik dieser Phantasie verlieren, an die Blindheit dieser Phantasie. Der Wunsch, der mich packte (und jede Angst vor dem Versagen wegbrannte), war der Wunsch, die Besitzerin dieses Körpers zu gewinnen; und weil ich die Besitzerin zu gewinnen wünschte, sah ich den Körper als vollkommen an und wollte ihn während des ganzen Aktes immerzu sehen und hielt mich während des Aktes immerzu so, dass ich ihn sehen konnte, dass ich ihn nicht mit meinem eigenen Körper begrub und Sehen und Fühlen auslöschte. Meine gesamte Energie, mein gesamtes Streben galt diesem neuen Ziel, die Person zu gewinnen. All meine Befriedigung bezog ich daraus; und der Liebesakt wurde für mich etwas Außergewöhnliches und Unerhörtes, eine nie gekannte Art der Erfüllung, in jedem Augenblick neu.

Wie oft hatte mich früher in solchen Momenten, Momenten des Triumphs erklärtermaßen, Langeweile befallen! Aber als Weg nicht zum eigenen Triumph, sondern dazu, einen anderen zu gewinnen, verlangte dieser selbe Akt nun stete Wachheit von mir, ein stetes Hintanstellen meiner Person. Er war nicht zärtlich, obwohl sich ein großes Bedürfnis nach Zärtlichkeit darin ausdrückte. Er war roh und durch und durch physisch, körperliche Schwerstarbeit beinahe; und in seinem Verlauf nahm er Züge vorsätzlicher Brutalität an. Das überraschte mich. Aber ich war ohnehin überrascht von diesem neuen Ich, das von dem Bordellgänger, für den ich mich gehalten hatte, diesem Geschöpf voller Schwächen, so weit entfernt war wie der Akt selbst von dem Akt der Unterwerfung, den ich aus den Bordellen kannte.

Yvette sagte: »So was hab ich seit Jahren nicht mehr erlebt.« Dieser Satz, wenn er denn der Wahrheit entsprach, wäre mir Belohnung genug gewesen; mein eigener Höhepunkt war unwichtig. *Wenn* er denn der Wahrheit entsprach! Aber woran sollte ich ihre Reaktion messen? Sie war die Erfahrene, ich der Neuling.

Und eine weitere Überraschung wartete auf mich. Keine innere Leere, keine Schläfrigkeit überkam mich hinterher. Im Gegenteil. In diesem Zimmer mit seinen weiß gestrichenen Fensterscheiben, die jetzt im Licht des Spätnachmittags glühten, in diesem aufgeheizten Zimmer am Ende eines unserer drückend schwülen Tage fühlte ich mich – verschwitzt, wie ich war, am ganzen Körper glitschig vor Schweiß – energiegeladen wie nie. Ich hätte in den »Club hellénique« gehen und Squash spielen können. Ich fühlte mich erfrischt, belebt; meine Haut fühlte sich an wie neu. Ich konnte das Wunder nicht glauben, das mir da widerfahren war. Und während ich von Minute zu Minute deutlicher spürte, wie tief meine Befriedigung war, wurde mir erst bewusst, welch ungeheuren Mangel ich bis dahin gelitten hatte. Es war, als entdeckte ich in mir einen gewaltigen, unstillbaren Hunger.

Yvette, nackt, nass, ungeniert, mit strähnigem Haar, aber ansonsten wieder sie selbst – die Röte auf ihrem Gesicht verflogen, die Augen ruhig –, saß mit übereinander geschlagenen Beinen auf der Bettkante und telephonierte. Sie sprach Patois. Es war ihr Hausdiener, mit dem sie sprach; er sollte Raymond ausrichten, dass sie gleich daheim sein würde. Sie zog sich an und machte das Bett. Der kleine hausfrauliche Dienst erinnerte mich – schmerzhaft schon jetzt – an Dienste ähnlicher Art, die sie anderswo erwies.

Unmittelbar bevor sie das Schlafzimmer verließ, blieb sie stehen und küsste mich rasch auf den Reißverschluss meiner Hose. Dann war es vorbei – der Korridor, Mettys grässliche Küche, die Plattform der Außentreppe, gelbliches Nachmittagslicht, Hinterhofbäume, Staub in der Luft, der Rauch der Kochfeuer, die betriebsame Welt und das Geräusch von Yvettes Füßen, die die Stufen hinunterklapperten. Diese Geste, der Kuss auf meine Hose, den ich überall sonst als eine Bordellzugabe abgetan hätte, als den Dank einer Hure für ein zu hohes Trinkgeld, ließ nun Trauer und Zweifel in mir wach werden. War es ehrlich gemeint? War es echt?

Ich spielte mit dem Gedanken, in den Club zu gehen, um die angestaute Energie loszuwerden und noch ein bisschen mehr zu schwitzen. Aber dann ging ich doch nicht. Ich wanderte in der Wohnung herum und ließ die Zeit verstreichen. Das Licht verblasste; eine Stille kam über mich. Ich fühlte mich beschenkt und wie neugeboren; ich wollte ein Weilchen allein sein mit diesem Gefühl.

Später bekam ich Hunger und fuhr hinaus zu dem Nachtclub am Staudamm. Durch den Boom und die vielen Ausländer hatte er jetzt mehr Zulauf denn je. Dennoch war er nicht weiter ausgebaut worden; er wirkte noch immer behelfsmäßig, ein Provisorium, das ohne große Verluste aufgegeben werden konnte – vier Ziegelmauern um ein Stück gerodeten Buschs.

Ich setzte mich an einen der Tische unter den Bäumen an der Steilwand und sah auf den angestrahlten Staudamm hinab, und bis jemand mich bemerkte und die bunten Glühbirnen in den Zweigen anknipste, saß ich einfach im Dunkeln und spürte dieses neue Gefühl auf der Haut. Autos fuhren vor und parkten. Ich hörte Französisch mit europäischen und afrikanischen Akzenten. Afrikanerinnen in Zweier- und Dreiergruppen kamen im Taxi aus der Stadt, turbangeschmückt, träge, laut redend; hoch aufgerichtet schlurften sie in ihren Slippern über den kahlen Boden. Das war das Gegenstück zu der Familienszene, die Yvette im Tivoli so erbost hatte. Mir erschien es alles weit entfernt – der Nachtclub, die Stadt, die Dörfler, die Ausländer, die »Befindlichkeit des Landes«; all das war nur mehr Hintergrund.

Die Stadt empfing mich mit ihrem eigenen nächtlichen Treiben, als ich zurückfuhr. Nachts kam man sich auf den zunehmend bevölkerten Hauptstraßen jetzt manchmal vor wie im Dorf – die schwankenden Gestalten um die kleinen Schankbuden der Vorstädte, die Kochfeuer auf dem Gehsteig, die abgegrenzten Schlafstellen, die verrückten oder betrunkenen alten Männer in Lumpen, die einander anknurrten wie die Hunde und ihre Brocken in dunkle Ecken schleppten, damit ihnen niemand beim Essen zuschauen konnte. Die Schaufenster einiger Läden, vor allem der Kleidergeschäfte mit ihren teuren Importartikeln, waren hell erleuchtet, um Diebe abzuschrecken.

Auf dem Platz unweit der Wohnung heulte lauthals eine junge Frau – ein typisch afrikanisches Geheul. Zwei Männer hatten ihr die Arme verdreht und zerrten sie den Gehsteig entlang. Aber niemand auf dem Platz schritt ein. Die Männer gehörten unserer Jugendgarde an. Sie bezogen ein kleines Gehalt vom Präsidenten, und sie bekamen ein paar Jeeps gestellt. Aber wie die Hafenbeamten mussten auch sie sich ihre Aufgaben selber suchen. Dies hier war ihre neue »Sittenpatrouille«. Sie war das Gegenteil von dem, was der Name besagte. Das Mädchen war wohl in einer der Bars aufgegriffen worden; vermutlich hatte sie eine freche Antwort gegeben oder sich geweigert, zu zahlen.

In der Wohnung sah ich, dass Mettys Licht brannte. »Metty?«, sagte ich. Durch die Tür antwortete er: »*Patron.*« Er hatte ganz aufgehört, mich Salim zu nennen; in letzter Zeit sahen wir uns außerhalb des Ladens selten. Ich glaubte Traurigkeit aus seiner Stimme zu hören, und während ich weiterging in mein Zimmer, mein eigenes Glück vor Augen, dachte ich: Armer Metty. Wie wird es wohl mit ihm enden? So freundlich, und doch letztlich immer ohne Freunde. Er hätte an der Küste bleiben sollen. Dort hatte er seinen festen Platz. Er war unter seinesgleichen. Hier ist er ohne Halt.

Spät am nächsten Vormittag rief Yvette mich im Laden an. Wir hatten noch nie miteinander telephoniert; dennoch sagte sie weder meinen Namen, noch nannte sie ihren. Sie sagte: »Bist du über Mittag in deiner Wohnung?« Ich aß unter der Woche fast nie in der Wohnung zu Mittag, aber ich sagte ja. Sie sagte: »Bis dann.« Und das war alles.

Sie hatte keine Zeit für Pausen, für ein Schweigen gelassen, keine Zeit zum Überraschtsein. Und als ich kurz nach zwölf in dem weißen Wohnzimmer an der Tischtennisplatte stand und in einer Zeitschrift blätterte, spürte ich immer noch keine Überraschung. Der Anlass – so ungewöhnlich er war, zu solch ausgefallener Stunde, in solch tödlich grellem Licht – schien mir nur die Fortsetzung von etwas, das längst zu meinem Leben gehörte.

Ich hörte sie die Stufen heraufeilen, die sie am Nachmittag

zuvor hinuntergeklappert war. Befürchtungen aller Art verboten es mir, mich zu rühren. Die Tür zur Treppe stand offen, die Wohnzimmertür stand offen – ihre Schritte klangen geschäftsmäßig und stockten nicht. Ich war vollkommen glücklich, sie zu sehen; das erleichterte mich grenzenlos. Das Geschäftsmäßige verließ sie auch jetzt nicht; aber das Lächeln, das ihre Züge zu formen schien, war kein Lächeln. Ihre Augen waren ernst, mit einem verstörenden, herausfordernden Anflug von Gier darin.

Sie sagte: »Ich habe den ganzen Morgen an dich gedacht. Ich kriege dich nicht aus meinem Kopf.« Und als hätte sie das Wohnzimmer nur betreten, um gleich weiterzueilen, als wollte sie mit ihrer Ankunft in der Wohnung die Direktheit ihres Anrufs fortsetzen und keinem von uns Zeit für Worte geben, ging sie voran ins Schlafzimmer und fing an, sich auszuziehen.

Es kam wie zuvor. Bei ihr fielen die alten Phantasien von mir ab. Mein Körper gehorchte seinen neuen Impulsen, entdeckte in sich Quellen, die mein neues Begehren zu speisen verstanden. Neu – das war das Wort. Er blieb stets neu, dieser Akt, gleich wie vertraut mir der Körper und seine Reaktionen auch wurden, gleich welches Maß an physischer Präsenz er auch forderte, welche Derbheit, welche Beherrschung und Zartheit. Am Ende (das ich mit meinem Willen herbeiführte, genau wie alles ihm Vorausgehende) war ich erfrischt und belebt wie zuvor und fühlte ich mich weit über das Wunder des Vortags hinausgetragen.

Ich hatte den Laden um zwölf Uhr geschlossen. Als ich zurückkam, war es kurz nach drei. Ich hatte nichts gegessen. Das hätte nur noch mehr Zeit gekostet, und der Freitag war ein wichtiger Geschäftstag. Ich fand den Laden verschlossen. Metty hatte nicht um ein Uhr aufgesperrt, wie ich erwartet hatte. Damit blieb nur eine knappe Stunde für den Handel, und viele der Händler aus den abgelegenen Dörfern hatten ihre Einkäufe vermutlich schon erledigt und sich mit Einbaum oder Lastwagen auf die lange Heimreise gemacht. Die letzten Pritschenwagen auf dem Marktplatz, die losfuhren, sobald sie fertig beladen waren, wirkten mehr oder weniger aufbruchbereit.

Erste Panik durchzuckte mich, eine Vision vom Niedergang des Mannes, der ich einmal gewesen war. Ich sah mich schon als hinfälligen Bettler: der Nicht-Afrikaner, verloren in Afrika, nicht länger stark oder zielstrebig genug, sich zu behaupten, und mit weniger Daseinsberechtigung als die zerlumpten, halb verhungerten alten Säufer aus den Dörfern, die über den Platz wankten, begehrlich die Essensstände beäugten und schluckweise Bier schnorrten, oder die jungen Unruhestifter aus den Vorstädten, eine neue Spezies, die in Hemden mit dem Bild des Großen Mannes darauf herumliefen, über Ausländer und Profit redeten und, obwohl sie wie Ferdinand und seine Freunde zu Gymnasiumszeiten nur auf Geld aus waren, in die Geschäfte kamen, aggressiv um Waren feilschten, die sie doch nicht haben wollten, und auf dem Einkaufspreis bestanden.

Meine Panik – übersteigert, weil es die erste Anwandlung dieser Art war – schlug um in Wut auf Metty, der mich noch am Vorabend so gedauert hatte. Dann fiel es mir wieder ein. Metty traf keine Schuld. Er war am Zoll und löste die Waren aus, die mit dem Dampfer gekommen waren – demselben Dampfer, der Indar und Ferdinand mit sich fortgetragen hatte und nun noch immer eine Tagesreise von der Hauptstadt entfernt war.

Seit zwei Tagen, seit meiner Eiermahlzeit mit Yvette in ihrem Haus in der Domäne, lagen die Zeitschriften mit Raymonds Artikeln bei mir in der Schreibtischschublade. Ich hatte noch keinen Blick auf sie geworfen. Das holte ich jetzt nach; der Gedanke an den Dampfer hatte mich wieder auf sie gebracht.

Meine Bitte, etwas von Raymond lesen zu dürfen, hatte nur der Annäherung an Yvette dienen sollen. Darauf war ich nun nicht mehr angewiesen, und das war gut so. Raymonds Artikel in den einheimischen Zeitschriften wirkten alles andere als einladend. In dem einen rezensierte er ein amerikanisches Buch über afrikanisches Erbrecht. Bei dem anderen, der sehr lang und mit Fußnoten und Tabellen gespickt war, handelte es sich offenbar um eine nach Stämmen und einzelnen Wahlkreisen aufgeschlüsselte Analyse des Wahlverhaltens der Eingeborenen bei den Stadtratswahlen in der großen Bergwerksstadt im Süden kurz vor der Unabhängigkeit; einige der kleineren Stämme waren mir nicht einmal dem Namen nach ein Begriff.

Die älteren Artikel in den ausländischen Zeitschriften machten einen zugänglicheren Eindruck. »Krawall beim Fußballspiel«, in einer amerikanischen Zeitschrift erschienen, befasste sich mit den Rassenunruhen in der Hauptstadt, die in den dreißiger Jahren zur Gründung des ersten afrikanischen politischen Vereins geführt hatten. In »Verlorene Freiheiten«, abgedruckt in einer belgischen Zeitschrift, ging es um die gescheiterten Pläne einiger Missionare gegen Ende des neunzehnten Jahrhunderts, den arabischen Sklavenkarawanen ausgewählte Sklaven abzukaufen und sie in sogenannten Freiheitsdörfern anzusiedeln.

Das klang schon spannender – vor allem die Missionare und die Sklaven interessierten mich. Aber die flotten Einleitungen täuschten; die ideale Lektüre für einen Nachmittag im Laden waren auch diese Artikel nicht. Ich hob sie mir für später auf. Und als ich sie mir abends vornahm, in dem großen Bett, das Yvette ein paar Stunden zuvor gemacht hatte und in dem noch ihr Geruch hing, war ich entsetzt.

Der Artikel über die Rassenunruhen entpuppte sich – nach dem schmissigen ersten Absatz, den ich im Laden gelesen hatte – als ein Konglomerat von Regierungserlassen und Zeitungszitaten. Die Zeitungen wurden sehr häufig zitiert; Raymond schien ihnen große Bedeutung beizumessen. Das befremdete mich, denn nach meinen Erfahrungen an der Küste berichteten die Zeitungen in kleinen Kolonialstädten eine ganz eigene Art von Wahrheit. Sie logen nicht, aber sie waren auf guten Ton bedacht. Sie behandelten Personen von Rang – Geschäftsleute, hohe Beamte, Mitglieder von Parlament und Ministerrat – mit Respekt. Sie kehrten Dinge unter den Teppich – wichtige und oft wesentliche Dinge –, die die Einheimischen wussten und untereinander besprachen.

Ich konnte nicht glauben, dass die hiesigen Zeitungen der dreißiger Jahre da sehr viel anders gewesen waren, und ich hoffte lange, Raymond würde die Zeitungsberichte und Leitartikel an irgendeinem Punkt hinterfragen und versuchen, an die Fakten zu gelangen. Rassenunruhen in der Hauptstadt in den dreißiger Jahren – das hätte doch ein packendes Thema sein müssen: Kriegsreden in den europäischen Cafés und Clubs, Hysterie und Ausschreitungen in den afrikanischen *cités*. Aber an solchen Dingen war Raymond nicht interessiert. Er schien mit keinem der Beteiligten gesprochen zu haben, dabei mussten viele von ihnen zur Zeit seiner Recherchen noch am Leben gewesen sein. Er hielt sich an die Zeitungen; es war, als wolle er beweisen, dass er sie alle gelesen und die politische Haltung einer jeden bis in die kleinste Nuance herausgearbeitet hatte. Er schrieb über eine afrikanische Begebenheit, aber ebenso gut hätte es Europa oder ein Ort sein können, an dem er nie gewesen war.

Der Artikel über die Missionare und die freigekauften Sklaven wimmelte ebenfalls von Zitaten, nicht aus Zeitungen diesmal, sondern aus den Missionsarchiven in Europa. Das Thema war mir nicht neu. In der Schule an der Küste war die europäische Expansion in unserer Gegend immer so dargestellt worden, als wäre es dabei nur darum gegangen, den sklavenhändlerischen Umtrieben der Araber ein Ende zu bereiten. Uns störte das nicht; solches Zeug lernte man nun einmal an der englischen Schule. Die Vergangenheit war etwas Totes, Fernes, der Welt unserer Großväter Zugehöriges, das uns nicht weiter berührte. Trotzdem gingen in Kaufmannsfamilien wie der unseren noch vage Geschichten um – so vage, dass sie kaum wirklich anmuteten –, Geschichten von Priestern aus Europa, die von den Karawanen Sklaven zu niedrigen Preisen gekauft hatten, ehe diese die Handelsplätze an der Küste erreichten. Die Afrikaner (und das war der Clou der Geschichten) hatten geschlottert vor Angst; sie dachten, die Missionare kauften sie, um sie aufzuessen.

Bis ich Raymonds Artikel las, hatte ich nicht geahnt, dass das Unterfangen so groß angelegt und ernst gemeint gewesen war. Raymond listete die Namen sämtlicher Freiheitsdörfer auf, die die Missionare gegründet hatten. Und dann versuchte er mit Hilfe endloser Zitate aus den Briefen und Berichten, den genauen Zeitpunkt des Verschwindens eines jeden dieser Dörfer zu bestimmen. Er nannte keine Gründe; er forschte auch nicht danach; er zitierte nur aus den Missionsberichten. Er schien keinen der Orte, über die er schrieb, besucht zu haben; er hatte mit niemandem zu sprechen versucht. Dabei hätten ihn schon fünf Minuten mit jemandem wie Metty – den die Reise durch den fremden Kontinent trotz all seiner

Erfahrungen an der Küste mit Todesangst erfüllt hatte – begreifen lassen müssen, dass der ganze fromme Plan grausam und in höchstem Maße ignorant war, dass, wer eine Handvoll schutzloser Menschen in fremdem Territorium aussetzte, sie Angriffen, Entführung und noch Schlimmerem auslieferte. Von alledem schien Raymond unbeleckt.

Er wusste so viel, er hatte so viel recherchiert. Er musste Wochen für jeden einzelnen Artikel gebraucht haben. Und dennoch hatte er weniger Ahnung von dem Land, weniger Gespür dafür als Indar, Nazruddin oder sogar Mahesh; und er besaß nichts von Pater Huismans' Sinn für die Fremdartigkeit und Magie Afrikas. Aber er hatte den Kontinent doch zu seinem Thema gemacht! Er hatte Jahre seines Lebens den Dokumentenkisten in seinem Arbeitszimmer gewidmet, die Indar erwähnt hatte. Vielleicht hatte er Afrika nur zu seinem Thema gemacht, weil es ihn hierher verschlagen hatte und er als Gelehrter mit Schriftstücken zu arbeiten gewöhnt war, und er hier ein Land voll neuer Schriftstücke vorgefunden hatte.

Er war Dozent in der Hauptstadt gewesen. Ein Zufall hatte ihn, den schon auf die mittleren Jahre Zugehenden, mit der Mutter des zukünftigen Präsidenten zusammengeführt. Der Zufall (und ein wenig auch das Mitgefühl des Lehrers mit dem verzweifelten afrikanischen Jungen, durchsetzt vermutlich mit einer gewissen Bitterkeit seinen eigenen, erfolgreicheren Kollegen gegenüber, einer gewissen Identifikation mit dem Jungen – dieser Rat an ihn, in die Armee einzutreten, schien nicht ganz frei von heimlicher Bitterkeit), der Zufall hatte ihm jene außerordentliche Beziehung zu dem Mann beschert, der später Präsident wurde und ihn nach der Unabhängigkeit in Höhen erhob, von denen er nie zu träumen gewagt hatte.

Yvette, der unerfahrenen Europäerin mit den ehrgeizigen Hoffnungen, musste er als ein Held erschienen sein. Ihr Ehrgeiz hatte sie irregeleitet, ähnlich wie mich ihr Ambiente irregeleitet hatte, das mir so schillernd vorgekommen war. So war unser Bindeglied also doch Raymond gewesen, von Anfang an.

Drei

Der Grosse Mann

12

Ich dachte oft über den Zufall nach, der es gewollt hatte, dass ich Yvette zum ersten Mal an jenem Abend in ihrem Haus sah, diesem kleinen Europa mitten in Afrika – in ihrer Margit-Brandt-Bluse, sanft beleuchtet von den am Boden aufgestellten Leselampen, während die Stimme von Joan Baez hunderterlei Sehnsüchte in mir aufwühlte.

In einer anderen Umgebung, zu einer anderen Zeit hätte sie vielleicht keinen solchen Eindruck auf mich gemacht. Und hätte ich Raymonds Artikel an dem Tag gelesen, an dem sie sie mir gegeben hatte, wäre am Nachmittag darauf, als sie zu mir in die Wohnung kam, vielleicht gar nichts geschehen. Ich hätte ihr keinen Anlass gegeben, mir vor der weißen Wand des Atelier-Wohnzimmers ihr Profil zuzuwenden; wir wären einfach in den »Club hellénique« gegangen. Schon der Anblick ihres Hauses in der Mittagssonne war wie eine kleine Warnung gewesen. Raymond unmittelbar darauf in einem klareren Licht zu sehen hätte mich womöglich auch sie klarer sehen lassen – ihren Ehrgeiz, ihr fehlgeleitetes Urteil, ihr Scheitern.

Und mit einem solchen Scheitern wollte ich eigentlich nichts zu schaffen haben. Ich hatte von einem Abenteuer mit Yvette geträumt, weil ich in höhere Gefilde entrückt zu werden hoffte, weil ich mich aufschwingen wollte über mein

Leben hier mit seinem Einerlei, der sinnlosen Anspannung, der »Befindlichkeit des Landes«. Was hatte ich davon, mich mit Menschen einzulassen, die ebenso gefangen waren wie ich?

Aber so war es nun. Und es gab kein Zurück. Seit unserem ersten Nachmittag, meiner ersten Entdeckung Yvettes, war ich besessen von ihr, besessen von dieser Person, die gewinnen zu wollen ich nicht aufhören konnte. Die Befriedigung brachte keine Erleichterung; sie schuf nur neue Leere, frischen Hunger.

Die Stadt veränderte sich für mich. Sie löste andere Empfindungen in mir aus als früher. Andere Erinnerungen und Stimmungen verbanden sich mit bestimmten Orten, den Tageszeiten, dem Wetter. In meiner Schreibtischschublade im Laden, in der zwei Tage lang Raymonds Artikel ihr unbeachtetes Dasein gefristet hatten, lagen nun Photos von Yvette. Einige davon waren älteren Datums und dürften ihr einiges bedeutet haben. Diese Photos waren Geschenke, die sie mir dann und wann machte, als kleine Aufmerksamkeiten, Belohnungen, Gesten der Zärtlichkeit; denn wie wir uns zur Begrüßung auch nie umarmten, den Tastsinn nie derart vergeudeten (und selbst mit Küssen sparten), behielten wir wie in stummer Absprache unseren alten Ton bei und vermieden alle zärtlichen Worte. Trotz der immer extremeren Züge, die unsere körperliche Leidenschaft annahm, waren mir unter den Photos von Yvette die keuschesten die liebsten. Am meisten berührten mich die von dem jungen Mädchen in Belgien, für das die Zukunft noch im Dunkeln lag.

Mit diesen Photos in meiner Schublade sah ich auch die Marktbuden vor meinem Laden anders, den Platz mit seinen zerrupften Bäumen, die herumstreifenden Dörfler, die ungepflasterten Straßen, staubig in der Sonne, rot ausschwemmend im Regen. Die heruntergekommene Stadt, in der ich mich als Neutrum gefühlt hatte, war jetzt der Ort, an dem ich ein neuer Mensch geworden war.

Zugleich entwickelte ich ein ganz neues Interesse an der Politik, eine politische Ängstlichkeit fast. Darauf hätte ich verzichten können, aber es war nun einmal so. Durch Yvette war ich an Raymond gebunden und durch Raymond enger als je zuvor an den Präsidenten und seine Macht, vielleicht auch nur an das Wissen um diese Macht. Schon die allgegenwärtigen Porträts des Präsidenten hatten mich empfinden lassen, dass wir alle, Afrikaner oder nicht, sein Volk geworden waren. Dazu kam nun, durch Raymond, das Bewusstsein, dass wir alle miteinander vom Präsidenten abhängig waren und alle miteinander – gleich welcher Arbeit wir nachgingen und wie sehr wir zu unserem eigenen Nutzen zu arbeiten glaubten – ihm dienten.

Für die kurze Zeit, die ich Indar geglaubt und in Raymond den weißen Mann des Großen Mannes gesehen hatte, war ich beglückt gewesen, der höchsten Macht im Staate so nahe sein zu dürfen. Ich hatte mich hinausgehoben gefühlt über das Land, wie ich es kannte, hinausgehoben über seine Alltagsprobleme – die hohen Müllberge, die schlechten Straßen, die launenhaften Beamten, die Elendsquartiere, die Menschen, die tagtäglich aus dem Busch ankamen und nichts zu tun und wenig zu essen fanden, die vielen Betrunkenen, die schnellen Morde, meinen Laden. Die Macht und das Leben rund um den Präsidenten in der Hauptstadt, darin meinte ich die eigentliche Wirklichkeit entdeckt zu haben.

Als ich mir dann über Raymonds tatsächliche Stellung klar geworden war, schien der Präsident zurückzugleiten in die alte Ferne, an seinen Platz hoch über uns. Und doch blieb eine Bindung persönlicher Art. Seine Macht war zu etwas

Dinglichem geworden: wir hingen an ihr wie an Fäden, die er straffziehen oder lockerlassen konnte. Das war ein Gefühl, das ich vorher nicht gekannt hatte. Wie die anderen Ausländer in der Stadt hatte ich getan, was man von mir erwartete. Wir hängten das Porträt des Präsidenten in unseren Läden und Büros auf; wir leisteten unsere Beiträge zu seinen diversen Fonds. Aber wir versuchten all dies als Hintergrund zu sehen; wir hielten es aus unserem Leben heraus. Im »Club hellénique« etwa war die Politik, auch wenn keine Regel es vorschrieb, ein Tabuthema.

Seit ich jedoch durch Raymond und Yvette mitten in die Politik hineingeraten war, seit ich die Absicht hinter jedem neuen Porträt, jeder neuen Statue der afrikanischen Madonna mit dem Kinde begriff, hatten die Statuen und Photographien aufgehört, bloßer Hintergrund für mich zu sein. Es war gut und schön zu hören, dass europäische Druckereien Tausende an diesen Photographien verdienten: die Absicht des Präsidenten verstehen hieß ihre Wirkung spüren. Touristen mochten über die afrikanische Madonna spötteln; ich konnte es nicht.

Von Raymonds Buch, dem Geschichtswerk, kam schlechte Nachricht: keine. Indar hatte nicht geschrieben, trotz seines Versprechens, sich zu erkundigen (und trotz der Hand, die er Yvette auf dem Dampfer beim Abschied auf den Schenkel gelegt hatte). Es tröstete Yvette nicht, zu hören, dass er auch mir nicht geschrieben hatte, dass er ein Mann mit einem Haufen eigener Probleme war. Nicht Indar war es, um den sie sich sorgte; sie wollte Neuigkeiten; selbst als Indar längst das Land verlassen hatte, wartete sie noch auf ein Signal aus der Hauptstadt.

Raymond hatte seine Arbeit an den Reden des Präsidenten inzwischen beendet und war wieder zu seinem Geschichtsbuch zurückgekehrt. Er verstand sich darauf, seine Enttäuschung, seine Anspannung zu verbergen. Aber sie spiegelten sich in Yvette. Wenn sie in die Wohnung kam, wirkte sie manchmal um Jahre älter, als sie war – ihre junge Haut fahl, das Fleisch unter ihrem Kinn zum Ansatz eines Doppelkinns erschlafft, die Fältchen um ihre Augen deutlicher sichtbar.

Armes Mädchen! So hatte sie sich ein Leben mit Raymond nicht vorgestellt. Sie war Studentin in Europa gewesen, als sie sich kennen lernten. Er hatte einer offiziellen Delegation angehört. Seine Rolle als Berater des Mannes, der sich eben erst zum Präsidenten gemacht hatte, sollte nicht publik werden, aber sein Status war ein offenes Geheimnis, und er war zu einem Gastvortrag an Yvettes Universität eingeladen worden. Sie hatte eine Frage gestellt – sie schrieb an einer Arbeit über das Thema der Sklaverei in der franko-afrikanischen Literatur. Hinterher hatten sie sich getroffen; sie war überwältigt gewesen von seinen Aufmerksamkeiten. Raymond hatte bereits eine Ehe hinter sich; einige Jahre vor der Unabhängigkeit, noch zu seiner Zeit als Dozent, war es zur Scheidung gekommen, und seine Frau und Tochter waren nach Europa zurückgekehrt.

»Männern wird immer geraten, sich die Mutter ihrer Zukünftigen gut anzuschauen«, sagte Yvette. »Mädchen in meiner Lage sollten sich die Frau ansehen, die ein Mann abgelegt oder verbraucht hat, und sich klar machen, dass es ihnen nicht viel besser ergehen wird. Aber stell es dir vor: da kommt dieser gut aussehende, berühmte Mann – als Raymond mich zum ersten Mal ausgeführt hat, ist er mit mir in eins der teuersten Restaurants gegangen. Alles auf diese vollkommen beiläufige Art. Aber er wusste, aus was für einer Familie ich komme, und er hat genau gewusst, was er tut. Er hat für dieses eine Essen mehr Geld ausgegeben, als mein Vater in einer Woche verdient. Ich wusste, dass es Spesen waren, aber das hat keine Rolle gespielt. Frauen sind dumm. Aber wenn Frauen nicht dumm wären, würde die Welt stillstehen.

Die erste Zeit hier war wunderbar, das muss ich sagen. Der Präsident hat uns regelmäßig zu seinen Abendgesellschaften eingeladen, und die ersten zwei, drei Male saß ich zu seiner Rechten. Er sagte, das sei das Mindeste, was er für die Frau seines alten *professeur* tun könne – obwohl das Unsinn war; Raymond hat ihn nie unterrichtet; das war nur für die europäische Presse. Er war außerordentlich charmant, der Präsident – aber nicht dass du denkst, er hätte den Bogen je überspannt. Beim ersten Mal haben wir über den Tisch geredet, ganz im Ernst. Es war ein Tisch aus einheimischem Holz, mit afrikanischen Schnitzereien am Rand. Ziemlich grauenhaften, wenn du es genau wissen willst. Er sagte, den Afrikanern sei die Schnitzkunst in die Wiege gelegt und das Land könne die ganze Welt mit hochwertigen Möbeln beliefern. Es war das Gleiche wie mit diesem Industriepark am Fluss, von dem vor einer Weile die Rede war – einfach eine Idee, die gut klang. Aber ich war damals neu hier und wollte alles glauben, was ich erzählt bekam.

Und immer waren die Kameras dabei. Immer Kameras, selbst in dieser allererste Zeit. Er setzte sich ständig für sie in Szene, das merkte man, und es machte die Unterhaltung oft mühsam. Er entspannte sich nie. Er lenkte jedes Gespräch. Er ließ einen nie ein neues Thema anschneiden; er drehte sich einfach weg. So macht man es als Herrscher – das hatte er von irgendjemandem gelernt, und ich lernte es von ihm, ich wurde durch Schaden klug. Er hatte diese abrupte Art, einem den Rücken zu kehren; er kultivierte sie regelrecht. Und als ganz besonders vornehm empfand er es offenbar, zu einer festgesetzten Zeit auf dem Absatz kehrtzumachen und aus dem Zimmer zu gehen.

Wir haben ihn auf seinen Rundreisen begleitet. Auf ein paar von den alten offiziellen Photos stehen wir im Hintergrund – weiße Statisten. Ich habe es natürlich bemerkt, als er anfing, sich anders anzuziehen, aber ich dachte, diese ländlichen afrikanischen Kleider wären ihm einfach bequemer. Überall, wo wir hinkamen, wurden wir mit *séances d'animation* willkommen geheißen, Stammestänzen. Auf die war er ganz versessen. Er sagte, er wolle diesen Tänzen, die durch Hollywood und die westliche Welt in Verruf geraten waren, zu neuer Würde verhelfen. Er hatte vor, moderne Theater für sie zu bauen. Und bei einer von diesen Darbietungen habe ich mich in die Nesseln gesetzt. Er hatte seinen Stab auf den Boden gestellt. Ich wusste nicht, dass das etwas zu bedeuten hat. Ich wusste nicht, dass ich still zu sein hatte – dass zu Zeiten der alten Häuptlinge Leute, die redeten, wenn der Stab niedergesetzt war, zur Strafe zu Tode geprügelt werden konnten. Ich saß in seiner Nähe, und ich machte irgendeine harmlose Bemerkung darüber, wie gut die Tänzer waren. Er verzog nur wütend die Lippen und wandte hocherhobenen Hauptes den Blick ab. An dieser Geste war nichts Vornehmes mehr. Alle Afrikaner waren entsetzt über meinen Fauxpas. Und ich spürte plötzlich, dass der schöne Schein sich in Schrecken gewandelt hatte, dass ich in ein schreckliches Land gekommen war.

Danach war ich bei den öffentlichen Auftritten nicht mehr erwünscht. Aber Raymond hat er natürlich nicht deshalb fallen lassen. Im Gegenteil, nach dieser Geschichte hat er Raymond freundlicher behandelt denn je. Er hat ihn fallen lassen, als klar war, dass er ihn nicht mehr braucht, dass bei der neuen Richtung, die er eingeschlagen hat, der weiße Mann in der Hauptstadt nur mehr eine Hypothek für ihn sein kann. Mit mir hat er seitdem kein Wort mehr gesprochen. Aber er hat es nie versäumt, mich grüßen zu lassen, sich über einen seiner Beamten nach meinem Befinden zu erkundigen. Er braucht ein Vorbild in allem, und ich glaube, jemand hat ihm gesagt, dass de Gaulle den Frauen seiner politischen Feinde stets seine Grüße übersandte.

Deshalb dachte ich, wenn Indar sich in der Hauptstadt wegen Raymonds Buch umhört, würde ihm das hinterbracht werden. Dem Präsidenten wird alles hinterbracht. Diese ganze Sache ist eine Solo-Nummer, das weißt du ja selbst. Und ich hatte mit irgendeiner indirekten Botschaft gerechnet. Aber in all diesen Monaten hat er mich nicht einmal mehr grüßen lassen.«

Sie litt mehr, als Raymond zu leiden schien. Sie war noch fremd in diesem Land, und sie hing in der Luft; sie war in doppelter Weise abhängig. Für Raymond war das Land die Heimat geworden. Und auch die Lage, in der er sich befand, mochte ihm vertraut sein, aus seiner Zeit als verkannter Dozent in der kolonialen Hauptstadt. Vielleicht war er zu seiner einstigen Rolle zurückgekehrt, zu der Selbstgenügsamkeit, die er als Dozent entwickelt hatte, der stillen, aber unbeugsamen Gewissheit, mehr wert zu sein, als alle dachten. Aber ich hatte das Gefühl, dass mehr dahinter steckte. Ich hatte das Gefühl, dass Raymond ganz bewusst nach einem Verhaltenskodex handelte, den er sich selbst auferlegt hatte, und dass es diese Tatsache war, aus der er seine Seelenruhe schöpfte.

Sein Kodex verbot es ihm, sich Enttäuschung oder Neid anmerken zu lassen. Darin unterschied er sich von den jungen Männern, die die Domäne besuchten und bei ihm vorstellig wurden und seinen Ausführungen lauschten. Raymond hatte noch immer seinen bedeutenden Posten; er hatte noch immer seine Kisten voller Aufzeichnungen, die viele Leute einzusehen wünschten; und nach all den Jahren als der weiße Mann des Großen Mannes, all den Jahren als der Experte, der mehr über das Land wusste als sonst eine lebende Seele, genoss er noch immer Respekt.

Wenn einer der Besucher sich kritisch über das Buch eines Kollegen oder über eine Konferenz äußerte, die jemand irgendwo organisiert hatte (Raymond wurde dieser Tage nicht mehr zu Konferenzen eingeladen), schwieg Raymond, sofern er nicht etwas Lobendes über das Buch oder die Konferenz zu sagen wusste. Er blickte dem Besucher unverwandt in die Augen, als wartete er nur darauf, dass dieser zum Ende käme. Das erlebte ich viele Male mit; er machte dann immer den Eindruck, als lasse er geduldig eine Unterbrechung über sich ergehen. Die Enttäuschung, die Verletztheit zeichneten sich auf Yvettes Gesicht ab.

So auch an dem Abend, an dem ich einer Bemerkung eines unserer Gäste entnahm, dass Raymond sich um eine Stelle in den Vereinigten Staaten beworben hatte und abgelehnt worden war. Der Gast, ein bärtiger Mann mit boshaften, unaufrichtigen Augen, gab vor, auf Raymonds Seite zu stehen. Er versuchte sogar so zu tun, als erfülle ihn die Geschichte mit Bitterkeit, darum dachte ich bei mir, dass er wohl einer jener Wissenschaftler war, die Yvette einmal erwähnt hatte – die kamen, um Raymonds Aufzeichnungen durchzugehen, und bei dieser Gelegenheit auch gleich seiner Frau Avancen machten.

Die Zeiten hätten sich geändert seit den frühen sechziger Jahren, sagte der Bärtige. Afrikanisten seien heutzutage nichts so Seltenes mehr; Menschen, die dem Kontinent ihr Leben gewidmet hatten, landeten zunehmend auf dem Abstellgleis. Nun da die Weltmächte fürs Erste übereingekommen seien, sich nicht mehr um Afrika zu streiten, habe sich die Haltung zu Afrika geändert. Dieselben Leute, die das Jahrzehnt zum Jahrzehnt Afrikas erklärt und sich um seine großen Führer gerissen hatten, würden den Kontinent nun verloren geben.

Yvette hob das Handgelenk und sah mit gerunzelter Stirn auf die Uhr. Es wirkte wie eine vorsätzliche Unterbrechung. Sie sagte: »Das Jahrzehnt Afrikas ist vor zehn Sekunden zu Ende gegangen.«

Den gleichen Trick hatte sie schon einmal angewandt, als jemand vom Jahrzehnt Afrikas gesprochen hatte. Er funktionierte auch diesmal. Sie lächelte; Raymond und ich lachten. Der Bärtige verstand den Wink, und über Raymonds erfolglose Bewerbung wurden keine weiteren Worte verloren.

Aber ich war bestürzt über das, was ich gehört hatte, und als Yvette das nächste Mal zu mir in die Wohnung kam, sagte ich: »Wieso hast du mir nicht gesagt, dass ihr von hier wegwollt?«

»Willst du etwa nicht weg?«

»Irgendwann ja.«

»Irgendwann müssen wir alle weggehen. Auf dich wartet ein solides Leben. Du bist praktisch verlobt mit der Tochter von diesem Mann, das hast du mir ja gesagt. Dein Weg ist abgesteckt. Bei mir ist alles im Fluss. Ich muss einfach etwas tun. Ich kann nicht hier bleiben.«

»Aber wieso hast du es mir nicht erzählt?«

»Wozu von etwas reden, aus dem ohnehin nichts wird? Und es wäre nicht gut für uns, wenn es sich herumsprechen würde. Das weißt du doch auch. Außerdem hat Raymond im Ausland inzwischen sowieso keine Chance mehr.«

»Warum hat er sich dann beworben?«

»Weil ich ihn dazu überredet habe. Ich dachte, eine kleine Möglichkeit besteht. Raymond täte so etwas niemals von sich aus. Er ist loyal.«

Die Nähe zum Präsidenten, die Raymond berühmt gemacht und ihm Einladungen zu Konferenzen in allen Teilen der Erde verschafft hatte, gereichte ihm nun im Ausland zum Nachteil. Sofern nicht etwas Außerordentliches geschah, würde er bleiben müssen, wo er war, abhängig von der Macht des Präsidenten.

Seine Stellung in der Domäne erforderte von ihm, dass er seine Autorität unter Beweis stellte. Aber jeden Augenblick konnte er dieser Autorität entkleidet, jeglichen Rückhalts beraubt, zu einem Nichts werden. Ich glaube nicht, dass ich an seiner Stelle noch in der Lage gewesen wäre, Autorität vorzuspiegeln – es wäre mir mehr als schwer gefallen. Wahrscheinlich hätte ich einfach aufgegeben, kapituliert vor der Wahrheit dessen, was Mahesh mir Jahre zuvor gesagt hatte: »Denk daran, Salim, die Leute hier sind *malins*.«

Aber Raymond ließ sich keine Unsicherheit anmerken. Und er blieb loyal – gegenüber dem Präsidenten, sich selbst, seinen Ideen und seiner Arbeit, seiner Vergangenheit. Meine Bewunderung für ihn wurde immer größer. Ich durchforstete die Reden des Präsidenten – die Tageszeitungen wurden per Flugzeug aus der Hauptstadt angeliefert – nach Anzeichen dafür, dass Raymonds Stern wieder im Steigen begriffen war. Und wenn ich ihn als Yvettes Sekundant antrieb und bestärkte, wenn ich Lanzen für ihn brach und ihn sogar im »Club hellénique« als einen Mann pries, der zwar nicht viel veröffentlicht hatte, aber dennoch *Bescheid* wusste, einen Mann, dem jeder intelligente Besucher seine Aufwartung machen sollte, dann nicht nur deshalb, weil ich nicht wollte, dass er fortging, und Yvette mit ihm. Ich wollte ihn nicht gedemütigt sehen. Ich bewunderte ihn für sein Rückgrat und hoffte nur, dass ich mich, wenn meine Zeit kam, ähnlich aufrecht halten konnte.

Das Leben bei uns in der Stadt war von so viel Willkür bestimmt. Yvette, die mein Leben solide und meinen Weg abgesteckt genannt hatte, sah ihr eigenes Leben als ungesichert an. Sie fühlte sich weniger gewappnet als wir anderen; sie musste vorsorgen. Dabei empfanden wir alle wie sie; wir alle glaubten, dass unser eigenes Leben im Fluss war und das der anderen solider. Aber in dieser Stadt mit ihrer Willkür, ihrer Gesetzlosigkeit war unser aller Leben gleichermaßen im Fluss. Wir alle mussten ohne Sicherheiten auskommen. Ohne uns dessen ständig bewusst zu sein, passten wir uns unablässig neu an die Willkür rings um uns an. Letztlich konnte keiner von uns sagen, wo er stand.

Wir standen für uns. Wir mussten alle überleben. Aber durch unsere Haltlosigkeit fühlten wir uns alle isoliert, und keiner fühlte sich mehr jemandem oder etwas verpflichtet. Diese Erfahrung hatte Mahesh gemacht: »Es ist nicht, dass es hier recht und unrecht nicht gibt. Es gibt nur kein Recht.« Dieselbe Erfahrung machte auch ich.

Es war das Gegenteil unseres Familien- und Gemeinschaftslebens an der Küste. Dort hatten Regeln gegolten. Zu viele Regeln; es war ein vorgefertigtes Leben gewesen. Hier hatte ich mich von sämtlichen Regeln frei gemacht. Während der Rebellion – vor so langer Zeit – hatte ich feststellen müssen, dass ich mich damit auch um den Schutz gebracht hatte, den die Regeln gewährten. Wenn ich mir das vor Augen führte, fühlte ich mich ausgeliefert, verloren. Ich führte es mir möglichst nicht vor Augen; das Gefühl glich zu sehr der Panik, die ich jederzeit in mir aufsteigen lassen konnte, wenn ich mir die Lage, die schlichte geographische Lage der Stadt auf dem Kontinent vergegenwärtigte – und meinen Platz in der Stadt.

Dass Raymond dieser Willkür einen so festen Verhaltenskodex entgegensetzte, imponierte mir darum umso mehr.

Als ich das Yvette sagte, meinte sie: »Natürlich ist er imponierend. Deshalb habe ich ihn ja geheiratet.«

Seltsam, nach all der Kritik – oder dem, was ich als Kritik empfunden hatte! Aber alles Seltsame an meiner Beziehung zu Yvette mutete bald nicht mehr seltsam an. Alles an dieser Beziehung war neu für mich; ich nahm alles, wie es kam.

Mit Yvette – und mit Raymond und Yvette zusammen – lernte ich eine Art Familienleben kennen: die Leidenschaft bei mir in der Wohnung, die ruhigen häuslichen Abende bei ihnen in der Domäne. Dass es mein Familienleben geworden war, begriff ich erst, als es aus dem Geleise geriet. Solange es währte, lebte ich es einfach. Und erst als es aus dem Geleise geraten war, begann ich zu staunen, wie selbstverständlich ich mich in Umstände gefügt hatte, die mir, hätte ich dergleichen als Jüngerer über einen anderen gehört, hochgradig verwerflich erschienen wären. Ich verurteilte Ehebruch aufs schärfste. Ich sah ihn unverändert aus dem Blickwinkel meiner Familie und Gemeinschaft an der Küste und empfand ihn als hinterhältig, schimpflich, ein Zeichen von Charakterschwäche.

Yvette war es gewesen, die nach einem Nachmittag in der Wohnung vorgeschlagen hatte, ich solle am Abend zum Essen zu ihnen kommen. Sie schlug es aus Zuneigung vor, weil ich ihr Leid tat mit meinen einsamen Abenden, und sie schien keinerlei Probleme darin zu sehen. Ich war nervös; ich glaubte mich nicht imstande, Raymond so bald danach in seinem eigenen Haus unter die Augen zu treten. Aber Raymond war in seinem Arbeitszimmer, als ich ankam, und blieb dort, bis es Zeit zum Essen war; und meine Nervosität wich einem ganz neuen Kitzel, als ich Yvette, vor so kurzem noch nackt und lüstern, in der Rolle der Ehefrau sah.

Ich saß im Wohnzimmer. Sie kam und ging. Diese Augenblicke waren reinste Wonne für mich. Jede ihrer hausfraulichen Gesten betörte mich; ich war hingerissen von der Alltäglichkeit ihrer Kleidung. Ihre Bewegungen hier im Haus waren geschäftsmäßiger, bestimmter, ihr Französisch (nun da Raymond mit am Tisch saß) präziser. Selbst während ich (ganz ohne Angst jetzt) Raymond zuhörte, fand ich es erregend, auf Abstand zu Yvette zu gehen, zu versuchen, in ihr eine Fremde zu sehen und dann hinter der Fremden jene andere Frau, die ich kannte.

Beim zweiten oder dritten dieser Anlässe brachte ich sie dazu, mit mir in die Wohnung zurückzufahren. Eine Ausrede war nicht nötig; Raymond war unmittelbar nach dem Essen wieder in seinem Arbeitszimmer verschwunden.

Yvette hatte gedacht, ich wolle nur eine Spazierfahrt machen. Als ihr aufging, was ich im Sinn hatte, stieß sie einen kleinen Ruf aus, und ihr Gesicht – so maskenhaft und hausfraulich bei Tisch – war wie verwandelt vor Entzücken. Den ganzen Weg zur Wohnung saß ihr das Lachen in der Kehle. Ihre Reaktion überraschte mich; ich hatte sie noch nie so frei erlebt, so vergnügt, so gelöst.

Sie wusste, dass sie auf Männer wirkte – die Gastdozenten waren Beweis genug. Aber aufs Neue begehrt und gebraucht zu werden, nach allem, was an unserem langen Nachmittag geschehen war, schien sie auf eine nie gekannte Weise zu berühren. Sie war beglückt von mir, über die Maßen beglückt von sich selbst, und so ungezwungen, dass ich eher ein alter Schulfreund als ein Geliebter hätte sein können. Ich versuchte mich an ihre Stelle zu versetzen, mich hineinzufühlen in den Körper und die Seele dieser Frau, und für eine kleine Weile war es, als spürte ich ihr Entzücken am eigenen Leib. Und nach allem, was ich von ihrem Leben wusste, glaubte ich dadurch eine Ahnung von ihren Nöten und Entbehrungen zu bekommen.

Metty war daheim. Früher hatte ich nach alter Gewohnheit darauf geachtet, diese Seite meines Lebens vor ihm verborgen zu halten oder wenigstens so zu tun, als versuchte ich sie zu verbergen. Aber diesmal war keine Heimlichkeit möglich, und es war uns gleich. Und danach verschwendeten wir keinen Gedanken mehr daran, ob Metty da war oder nicht.

Was an jenem Abend unerhört erschien, wurde zum festen Ablauf vieler unserer Tage. Das Abendessen mit Raymond in ihrem Haus oder die Unterhaltung mit ihm nach dem Essen war eingerahmt von dem Nachmittag in der Wohnung und dem späten Abend in der Wohnung. Sodass ich ihm, wenn er sich im Haus zu uns gesellte, mit klarem Kopf und aufrichtiger Anteilnahme zuhören konnte.

An seinen Gepflogenheiten änderte sich nichts. Bei meiner Ankunft – und der der Gäste, wenn es Gäste gab – saß er meist noch im Arbeitszimmer. Es dauerte stets ein wenig, bis er erschien, und trotz seiner zerstreuten Art war sein Haar immer frisch angefeuchtet und sauber zurückgekämmt, und er war sorgfältig gekleidet. Seine Abgänge, zumal wenn er ihnen eine seiner kleinen Reden vorausschickte, konnten dramatisch sein; aber sein Auftritt war in der Regel bescheiden.

Gerade bei einem Beisammensein nach dem Essen spielte er anfangs gern den schüchternen Gast im eigenen Haus. Aber es war nicht schwer, ihn aus der Reserve zu locken. Viele Leute hätten gern mehr über seine Stellung im Lande und sein Verhältnis zum Präsidenten erfahren, aber darüber sprach Raymond nicht mehr. Er sprach stattdessen über seine Arbeit und ging von da zu allgemeineren intellektuellen Fragestellungen über. Das Genie Theodor Mommsens, der die Geschichte Roms neu geschrieben hatte, war eines seiner Lieblingsthemen. Ich lernte immer früher zu erkennen, wann er darauf zusteuerte.

Vor politischen Kommentaren drückte er sich zwar nicht, aber er brachte das Gespräch nie selbst auf die Politik und ließ sich auf keinerlei politische Diskussionen ein. So viel unsere Gäste an dem Land auch auszusetzen fanden, Raymond ließ sie reden, auf diese typische Art, als wartete er, dass eine Unterbrechung zu Ende ginge.

Und unsere Besucher fanden immer mehr auszusetzen. Vor allem über den Kult um die afrikanische Madonna hatten sie eine Menge zu sagen. Schreine standen an verschiedenen Orten, die mit der Mutter des Präsidenten zu tun hatten; immer neue wurden errichtet; und an bestimmten Tagen fanden dorthin obligatorische Wallfahrten statt. Wir in unserer Region hörten von dem Kult, sahen aber nicht viel davon. Die Mutter des Präsidenten kam aus einem kleinen Stamm weiter flussabwärts, und bei uns in der Stadt gab es nur vereinzelte Statuen in pseudo-afrikanischem Stil und ein paar Photographien von Schreinen und Prozessionen. Aber Besucher, die in der Hauptstadt gewesen waren, wussten einiges zu berichten, und für sie als Außenstehende war es leicht, das Ganze in einem satirischen Licht zu sehen.

Immer häufiger schlossen sie auch uns, Raymond und Yvette und Menschen wie mich, in ihren Spott mit ein. Für sie waren wir Nicht-Afrikaner, die sich in Afrikaner hatten verwandeln lassen und zu allem, was ihnen verordnet wurde, ja und amen sagten. Spott dieser Art – aus dem Munde von

Menschen, die nur auf der Durchreise hier waren, Menschen, die wir nie wiedersehen würden, aber um die wir uns dennoch bemühten, Menschen, die in sichere Heimatländer zurückkehren konnten – Spott dieser Art konnte verletzen. Aber Raymond ließ sich nie provozieren.

Einem besonders ungehaltenen Mann sagte er einmal: »Ihnen scheint nicht klar zu sein, dass diese Parodie des Christentums, über die Sie sich so ereifern, nur bei Personen greifen kann, die Christen sind. Was die Sache aus der Sicht des Präsidenten im Übrigen etwas problematisch machen könnte. Die eigentliche Botschaft läuft Gefahr, in der Parodie verloren zu gehen. Denn im Zentrum dieses außergewöhnlichen Kultes steht ja mit der Erlösung der ›Frau Afrikas‹ ein ganz ungeheuerer Gedanke. Aber so wie der Kult bisher präsentiert wird, stößt er beim Volk aus einer ganzen Reihe von Gründen auf Widerstand. Die Botschaft könnte fehlgedeutet und dadurch der große Gedanke, der dahinter steckt, um zwei oder gar drei Generationen zurückgeworfen werden.«

So war Raymond – immer noch loyal, nach Kräften bemüht, Ereignissen, die ihn perplex machen mussten, einen Sinn abzugewinnen. Es half ihm nichts; all seine Gedankenarbeit war vergeblich. Aus der Hauptstadt kam keine Nachricht. Er und Yvette hingen weiterhin in der Luft.

Doch dann, vielleicht einen Monat lang, schien ihre Stimmung sich aufzuhellen. Yvette berichtete, Raymond habe Grund zu der Annahme, dass seine Auswahl der Reden beim Präsidenten Gnade gefunden hatten. Ich war hocherfreut. Es war lachhaft: Ich ertappte mich dabei, dass ich die Bilder des Präsidenten anders betrachtete als zuvor. Und obwohl nichts Direktes verlautete, begann Raymond, nachdem er so lange in der Defensive gewesen war und sich so viel über den Madonnenkult hatte anhören müssen, den Besuchern verstärkt Kontra zu geben und beinahe mit der alten Verve durchblicken zu lassen, dass der Präsident etwas im Schilde führe, das das Land in ganz neue Bahnen lenken würde. Ein- oder zweimal sprach er sogar von der möglichen Veröffentlichung eines Buches mit Reden des Präsidenten und der Wirkung eines solchen Buches auf das Volk.

Das Buch wurde veröffentlicht. Aber es war nicht das Buch, an dem Raymond gearbeitet hatte, nicht die längeren Auszüge mit dem verbindenden Kommentar. Es war ein sehr kleines schmales Bändchen voller Gedanken, *Maximen*, zwei bis drei Gedanken pro Seite, jeder Gedanke vier bis fünf Zeilen lang.

Stapelweise erschienen diese Bändchen in unserer Stadt. In jeder Bar tauchten sie auf, jedem Laden, jedem Büro. Mein Laden bekam hundert Stück zugeteilt; Mahesh im Bigburger-Restaurant bekam hundertfünfzig, das Tivoli ebenso. Jeder Straßenhändler bekam seinen kleinen Vorrat – fünf oder zehn, darüber entschied der Regierungskommissar. Die Bücher waren nicht umsonst; wir mussten sie für zwanzig Francs das Stück kaufen, jeweils im Fünferpack. Der Regierungskommissar war verpflichtet, das Geld für sein gesamtes Kontingent in die Hauptstadt zurückzuschicken, und gute vierzehn Tage fuhr er mit einem Landrover voller *Maximen* in der Gegend herum, dieser mächtige Herr, und versuchte sie loszuschlagen.

Die Jugendgarde brachte den Großteil ihrer Büchlein bei einem ihrer samstagnachmittäglichen Kindermärsche los. Diese Märsche waren stets eine gehetzte, zerfahrene Angelegenheit – blaue Hemden, Hunderte von wuselnden kleinen Beinen, weiße Turnschuhe, manche der jüngeren Kinder in Panik und den Tränen nahe, immer wieder in Trab verfallend, um mit ihrer Bezirksgruppe aufzuschließen, jeder nur bestrebt, möglichst schnell ans Ziel zu kommen, um sich auf den Heimweg machen zu können, der oft viele Meilen lang war.

Der Marsch mit den Büchlein des Präsidenten war noch zerfahrener als gewöhnlich. Nach morgendlichem Regen war der Nachmittag bewölkt und schwül, und der Matsch auf den Straßen war gerade so weit getrocknet, dass Fahrradreifen und sogar Schuhsohlen ihn in unguten klebrigen Klumpen durch die Luft schleuderten wie kleine Geschosse. Die Leinenschuhe der Kinder waren rot verkrustet; ihre schwarzen Beine sahen aus wie mit Wunden übersät.

Eigentlich hatten die Kinder beim Marschieren das Buch des Präsidenten hochhalten und dazu den langen afrikanischen Namen skandieren sollen, den der Präsident sich selbst gegeben hatte. Aber sie waren nicht ordentlich gedrillt worden; die Rufe schallten nur unregelmäßig, und da schwarze Wolken aufgezogen waren und es aussah, als würde es bald wieder zu regnen beginnen, hatten es die Marschierenden noch eiliger als sonst. Sie hasteten mit dem kleinen Buch durch den Dämmer, bespritzten einander mit Dreck dabei und schrien nur, wenn die Jugendgarde sie anschrie.

Die Märsche wurden von den Einheimischen auch so schon nicht ernst genommen, was die Sache nicht besser machte. Mit dem Madonnenkult konnten fast alle, selbst Leute aus dem tiefsten Busch, etwas anfangen. Aber ich bezweifle, dass irgendjemand auf den Plätzen oder dem Markt etwas mit dem *Maximen*-Marsch anfangen konnte. Nicht einmal Mahesh dürfte gewusst haben, worauf die Maximen Bezug nahmen oder welches Vorbild sie hatten, bis er es gesagt bekam.

Die *Maximen* waren bei uns also kein Erfolg. Und in anderen Teilen des Landes musste es sich ähnlich verhalten, denn nach ersten Berichten über den Ansturm auf die Verkaufsstellen ließen die Zeitungen das Thema fallen.

Raymond sagte über den Präsidenten: »Er weiß, wann Rückzug angesagt ist. Das war schon immer seine große Stärke. Keiner kennt den grausamen Humor seines Volkes besser als er. Und vielleicht sieht er endlich ein, dass er schlecht beraten wird.«

Raymond wartete also immer noch. Und allmählich bekam das, was ich als seinen Kodex empfand, für mich einen Anstrich von Sturheit, ja sogar Eitelkeit. Yvette dagegen gab sich gar keine Mühe mehr, ihre Ungeduld zu verhehlen. Sie hatte es satt, immer nur vom Präsidenten zu hören. Für Raymond mochte es keine Alternative zum Leben hier geben. Aber Yvette war voller Unrast. Und das schien mir ein schlechtes Zeichen.

13

MAHESH WAR MEIN FREUND. Aber ich sah in ihm einen Mann, der durch die Beziehung zu Shoba in seiner Entwicklung gehindert worden war. Sein Ehrgeiz war befriedigt. Shoba bewunderte ihn und brauchte ihn, und darum war er zufrieden mit sich, zufrieden mit der Person, die sie bewunderte. All seine Sorge galt der Pflege dieser Person. Er kleidete sich für Shoba, hielt sich in Form für Shoba. Wenn Mahesh sich im Spiegel betrachtete, da war ich mir sicher, verglich er sich nicht mit anderen Männern oder maß sich an irgendeinem Männlichkeitsideal, sondern sah nur den Körper, der Shoba gefiel. Er sah sich mit den Augen seiner Frau, und deshalb empfand ich ihn, obgleich er mein Freund war, nicht als ganzen Mann; seine Hingabe an sie machte ihn klein.

Ich hatte mich meinerseits nach einem Abenteuer gesehnt, nach Leidenschaft und körperlicher Erfüllung, aber ich hatte nie geglaubt, dass es bei mir so weit kommen könnte, dass ich den Wert meiner Person ausschließlich nach den Reaktionen einer Frau bemaß. Doch nun war es so. Mein gesamtes Selbstwertgefühl gründete sich darauf, dass ich Yvettes Geliebter war, dass ich ihr diente und ihr die körperliche Befriedigung verschaffte, die sie suchte.

Das war mein Stolz. Und gleichzeitig beschämte es mich,

meine Männlichkeit auf dies eine reduziert zu wissen. Manchmal, besonders wenn im Laden wenig los war, ertappte ich mich dabei, dass ich an meinem Schreibtisch saß – dem Schreibtisch mit den Photos von Yvette in der Schublade – und trauerte. Trauerte, inmitten einer körperlichen Erfüllung, wie sie vollkommener nicht hätte sein können. Es hatte Zeiten gegeben, da ich so etwas nicht für möglich gehalten hätte.

Und ich verdankte Yvette so viel. Ich hatte so viel dazugelernt. Ich gab mir nicht länger den Anschein der Unbeteiligtheit, den sich ausländische Geschäftsleute so gern geben und der so leicht zu echter Rückständigkeit führen kann. Ich hatte so viel über Geschichte, politische Macht, andere Kontinente erfahren. Aber all meinem neuen Wissen zum Trotz war meine Welt enger als je zuvor. Die Veröffentlichung der *Maximen*, der Büchermarsch – aus all diesen Ereignissen versuchte ich nur herauszulesen, ob mein Leben mit Yvette gefährdet war oder weitergehen konnte. Und je enger meine Welt wurde, desto stärker wurde meine Obsession.

Dennoch rüttelte die Nachricht, dass Noimon verkauft hatte und nach Australien ging, auch mich auf. Noimon war unser größter Geschäftsmann, der Grieche, der überall mitmischte. Er war als sehr junger Mann ins Land gekommen, gleich nach Kriegsende, um auf einer der griechischen Kaffeeplantagen im tiefen Busch zu arbeiten. Obwohl er bei seiner Ankunft nur Griechisch gesprochen hatte, war er sehr schnell aufgestiegen, hatte es zu eigenen Plantagen gebracht und später zu einem Möbelgeschäft in der Stadt. Die Unabhängigkeit hatte ihn verheerend getroffen, aber er hatte ausgeharrt. Im »Club hellénique« – den er fest im Griff hatte und als sein privates Wohlfahrtsinstitut behandelte, denn er hatte ihn über sehr schlechte Zeiten hinweggerettet – pflegte er zu sagen, dass das Land seine Heimat war.

Während des Aufschwungs hatte Noimon immer wieder uminvestiert und expandiert; einmal hatte er Mahesh eine stattliche Summe für das Bigburger-Restaurant angeboten. Er wusste mit den Beamten umzugehen und sicherte sich einen Regierungsauftrag nach dem anderen (er hatte die Häuser in der Domäne möbliert). Und jetzt hatte er sein Imperium still und heimlich an einige der neuen staatlichen Handelsgesellschaften in der Hauptstadt verkauft. Was für Devisentransaktionen dabei stattgefunden hatten, wer sonst noch davon profitiert hatte, darüber konnten wir nur spekulieren; die Zeitung in der Hauptstadt stellte den Verkauf als eine Art Verstaatlichung mit angemessener Entschädigung hin.

Wir fühlten uns alle ein wenig verraten durch seinen Weggang. Und wir kamen uns dumm vor, bloßgestellt. In Zeiten der Panik kann jeder Entschlossenheit zeigen; während eines Booms zu handeln, erfordert Stärke. Nazruddin hatte mich gewarnt. Ich erinnerte mich gut an seine kleine Lektion über den Unterschied zwischen den wahren Geschäftsleuten und den Mathematikern. Der Geschäftsmann kaufte bei zehn und war froh, bei zwölf auszusteigen; der Mathematiker sah zu, wie aus zehn achtzehn wurde, und verkaufte nicht, weil er erst noch auf zwanzig kommen wollte.

Ich hatte mehr erreicht. Bei mir war aus zwei (um in Nazruddins Bild zu bleiben) im Lauf der Jahre zwanzig geworden. Aber jetzt hatte Noimons Weggang den Wert auf fünfzehn gedrückt.

Noimons Weggang läutete das Ende unseres Booms ein, das Ende der Zuversicht. Das wussten wir alle. Aber im »Club hellénique« – wo Noimon noch zwei Wochen zuvor, ganz als wäre nichts, auf seine übliche praktische Art über die Modernisierung des Swimmingpools geredet hatte – gaben wir uns unbeschwert.

Noimon habe nur verkauft, hörte ich, um seinen Kindern eine bessere Ausbildung zu ermöglichen; außerdem sei er von seiner Frau unter Druck gesetzt worden (man munkelte, Noimon habe eine zweite, halbafrikanische Familie). Und dann hieß es, Noimon würde seine Entscheidung schon noch bereuen. Kupfer sei Kupfer, der Aufschwung werde anhalten; solange der Große Mann am Ruder war, gebe es keinen Grund, warum sich etwas ändern sollte. Für einen Urlaub mochten Australien, Europa oder auch Nordamerika ganz recht sein, aber das Leben dort war kein solches Zuckerschlecken, wie manche glaubten, und gerade Noimon, der afrikanische Verhältnisse gewohnt war, würde das sehr bald feststellen. Nein, hier lebte es sich besser, hier hatte man Dienstboten und Swimmingpools, ein Luxus, den sich in anderen Ländern nur Millionäre leisten konnten.

Es war blanker Unsinn. Aber sie konnten nicht anders, sie mussten so daherreden – wobei das Argument mit den Swimmingpools besonders dumm war, denn trotz der ausländischen Techniker war unsere Wasserversorgung zusammengebrochen. Die Stadt war zu schnell gewachsen, zu viele Menschen zogen immer noch zu; in den Vorstädten liefen die Notpumpen den ganzen Tag, und das Wasser war jetzt überall rationiert. Bei einigen der Swimmingpools (sehr viele waren es ohnehin nicht) war das Wasser abgelassen worden. In anderen hatte man – sei es aus Sparsamkeit, sei es aus Unerfahrenheit – einfach die Filteranlagen abgeschaltet, und die Becken waren nun überzogen von grellgrünen Algen und allerlei wildem Gerank und sahen aus wie giftige Urwaldtümpel. Aber die Swimmingpools existierten, gleich in welchem Zustand, und die Leute konnten den Mund deshalb so voll nehmen, weil wir alle mehr an der Vorstellung von Swimmingpools hingen als an der Realität. Selbst als die Becken noch gut in Schuss gewesen waren, hatte kaum jemand sie benutzt; es war, als hätten wir noch nicht gelernt, solch beschwerlichen Luxus in unseren Alltag einzubauen.

Ich hinterbrachte Mahesh das Geschwätz aus dem Club; ich dachte, er würde es sehen wie ich oder zumindest die Ironie daran begreifen, so sehr diese Ironie auch auf uns zurückfiel.

Aber Mahesh begriff die Ironie nicht. Auch er führte die überlegene Lebensqualität in unserer Stadt ins Feld.

Er sagte: »Ich bin froh, dass Noimon weg ist. Soll er doch eine Kostprobe von dem süßen Leben da draußen bekommen. Ich hoffe, es schmeckt ihm. Shoba hat ismailitische Freunde in London. Die machen *wunder*bare Erfahrungen mit dem Leben dort. Es ist nicht alles Harrods da drüben. Sie haben Shoba geschrieben. Frag sie nur. Sie kann dir einiges erzählen über ihre Londoner Freunde. Was da drüben als großes Haus durchgeht, wäre für uns ein einziger Witz. Du hast die Vertreter im van der Weyden gesehen. Das sind Spesen. Frag sie, wie sie zu Hause wohnen. Keiner von denen lebt so gut wie ich hier.«

Später dachte ich, dass es das »ich« in Maheshs letztem Satz war, das mich gekränkt hatte. Mahesh hätte es anders formulieren können. Dieses »ich« öffnete mir die Augen für das, was Indar bei seinem Mittagessen mit Mahesh und Shoba so aufgebracht hatte. Indar hatte gesagt: »Sie wissen nichts von mir, nichts von dem, was ich geleistet habe. Sie haben keine Ahnung, welche Strecken ich zurückgelegt habe.« Er war scharfsichtiger gewesen als ich: mir war es neu, dass Mahesh in dem Sinne »gut« zu leben meinte, in dem er das Wort gebrauchte.

Sein Stil hatte sich nicht groß verändert. Er und Shoba bewohnten nach wie vor ihr Apartment mit den Betonwänden und dem Wohnzimmer voll blitzender Dinge. Aber Mahesh scherzte nicht etwa. Wie er da in seinen adretten Kleidern neben dem importierten Kaffeeautomaten in seinem fertig angelieferten Laden stand, glaubte er ernsthaft, etwas darzustellen, glaubte ernsthaft, dass er ganz oben angekommen war, ein erfolgreicher, kompletter Mensch, der alles Erreichbare erreicht hatte. Bigburger und der Boom – und Shobas ständige Nähe – hatten ihm seinen Sinn für Humor geraubt. Und ich hatte in ihm einen Überlebensgefährten gesehen!

Aber ich hatte kein Recht, ihn oder die anderen zu verurteilen. Ich war wie sie. Auch ich wollte am Erreichten festhalten; auch mir behagte es nicht, bloßgestellt worden zu sein. Ich konnte nicht wie sie so tun, als stünde immer noch alles zum Besten. Aber ich verhielt mich dennoch so. Gerade weil der Aufschwung ins Stocken geraten und der Optimismus erschüttert war, unternahm ich sicherheitshalber gar nichts. Und das erklärte ich auch Nazruddin, als er aus Uganda schrieb.

Nazruddin schrieb fast nie. Aber er sammelte weiterhin Erfahrungen, sein Geist war rege wie eh und je, und obgleich ich jedes Mal ein mulmiges Gefühl hatte, bevor ich seine Briefe öffnete, las ich sie alle mit Vergnügen, denn er bereicherte seine persönlichen Neuigkeiten stets um ein paar neue Betrachtungen allgemeinerer Natur. Unsere Bestürzung über Noimon war noch so frisch, als Metty mit dem Brief vom Postamt kam, dass ich dachte, er müsse von Noimon oder der Entwicklung der Kupferpreise handeln. Aber er handelte von Uganda. Auch dort hatten die Leute Probleme.

Es stehe schlecht um Uganda, schrieb Nazruddin. Mit den

Militärs, die das Ruder übernommen hatten, sei es anfangs recht gut gegangen, aber inzwischen machten sich die Spannungen zwischen den verschiedenen Stämmen und Rassen deutlich bemerkbar. Und diese Spannungen ließen sich nicht so einfach aus der Welt schaffen. Uganda war schön, fruchtbar, offen, frei von Armut und reich an afrikanischer Tradition. Es hätte eine Zukunft haben sollen, aber Ugandas Problem war seine Größe. Das Land war zu klein geworden für seine Stammesrivalitäten. Das Auto und die modernen Straßen hatten das Land zu klein gemacht; es würde immer Schwierigkeiten geben. Die einzelnen Stämme fühlten sich in ihren Gebieten ungleich bedrohter als früher, als noch jeder, selbst Händler von der Küste wie unsere Großväter, zu Fuß unterwegs gewesen war und eine einzige Handelsreise ein ganzes Jahr dauern konnte. Afrika, das mit modernem Werkzeug zu seinen alten Sitten zurückkehrte, würde auf einige Zeit ein schwieriges Pflaster sein. Besser, man deutete die Zeichen rechtzeitig, statt abzuwarten und zu hoffen.

Zum dritten Mal in seinem Leben plante Nazruddin also, seine Zelte abzubrechen und von vorn anzufangen, diesmal außerhalb Afrikas, in Kanada. »Aber mein Glück neigt sich dem Ende zu. Das verrät mir meine Hand.«

Trotz seiner beunruhigenden Nachrichten war der Brief in Nazruddins altem, besonnenem Stil abgefasst. Er enthielt keine direkten Ratschläge, und er stellte keine direkten Forderungen. Aber ich fühlte mich – wie ich es gerade in dieser Zeit des Umbruchs ja auch sollte – an mein Abkommen mit Nazruddin gemahnt, an meine Pflichten gegenüber seiner und meiner Familie. Das steigerte meine Panik noch. Gleichzeitig bestärkte es mich in meinem Entschluss, zu bleiben und nichts zu tun.

Ich antwortete in der erwähnten Weise, indem ich unsere

neuen Schwierigkeiten in der Stadt schilderte. Ich ließ mir Zeit mit dem Antworten, und dann überraschte ich mich selbst mit der Leidenschaftlichkeit, mit der ich mich als einen inkompetenten, hilflosen Menschen darstellte, als einen von Nazruddins Mathematikern. Und nichts, das ich schrieb, entsprach nicht der Wahrheit. Ich war genauso hilflos, wie ich behauptete. Ich wusste keinen Ort, wo ich hätte hingehen können. Nach dem, was ich an Indar und anderen Gästen in der Domäne beobachtet hatte, bezweifelte ich, dass ich über genügend Talent oder Fertigkeiten verfügte, um in einem fremden Land zu überleben.

Es war, als hätte mein Brief mich vor mir selbst entlarvt. Meine Panik wuchs, und mit ihr mein schlechtes Gewissen, dieses Gefühl, meinen eigenen Untergang herbeizuführen. Und aus diesem Gefühl heraus, diesem Bewusstsein, dass mein Leben schrumpfte und immer obsessiver wurde, je weiter es schrumpfte, begann ich mich selbst in Frage zu stellen. War es denn Yvette, von der ich besessen war? Oder ging es mir – wie Mahesh mit seinen neuen Allüren – nicht vielmehr um mich selbst, um den Mann, der ich bei Yvette sein durfte? Um ihr zu dienen, wie ich es tat, musste ich mein Augenmerk auf sie richten statt auf mich. Und doch fand ich genau in dieser Selbstlosigkeit meine eigene Erfüllung; nach meinen Bordellerfahrungen schien es mir undenkbar, dass ich mich je bei einer anderen Frau so sehr als Mann fühlen konnte. Meine Männlichkeit, so wie Yvette sie mir vor Augen führte, war etwas, auf das ich nicht mehr verzichten mochte. Hing ich also in Wahrheit mehr an dem Bild als an ihr?

Und seltsam verwoben mit diesem Bild meiner selbst, dem Bild von mir und Yvette, war die Stadt – die Wohnung, das Haus in der Domäne, unser beider Tagesablauf, das Fehlen einer Gemeinschaft, die Isolation, in der wir beide lebten. An keinem anderen Ort konnte es sein wie hier, und vielleicht war auch an keinem anderen Ort unsere Beziehung möglich. Die Frage, ob sie sich anderswo fortsetzen ließe, stellte sich nie. Alles, was über das Hier und Jetzt hinausreichte, schob ich tunlichst von mir.

Als sie das erste Mal nach dem Abendessen in ihrem Haus mit mir in die Wohnung zurückgefahren war, hatte ich ihre Nöte am eigenen Leib zu fühlen geglaubt: die Nöte einer ehrgeizigen Frau, die jung geheiratet hatte und ins falsche Land gekommen war, ohne Rückfahrkarte. Ich hatte mir nie eingebildet, ihr aus diesen Nöten helfen zu können. Ich hatte mich damit abgefunden – ja den Gedanken sogar erregend gefunden –, dass ich für sie eine zur Gewohnheit gewordene Bürde war. Vielleicht war sie für mich ja nichts anderes. Aber ich hatte keine Möglichkeit, mir darüber Klarheit zu verschaffen, und eigentlich wollte ich es auch nicht. Die Isolation, die meine Besessenheit schürte, schien mir längst normal und notwendig.

Irgendwann würde all das vorübergehen; wir würden beide unser unterbrochenes Leben wieder aufnehmen. Das war keine Tragödie. Die Gewissheit dieses Endes – während der Boom an Schwung verlor und aus meinen fünfzehn vierzehn wurde und Nazruddin und seine entwurzelte Familie in Kanada Fuß zu fassen versuchten – war meine Sicherheit.

Ganz plötzlich verließ Shoba uns, um ihre Familie im Osten zu besuchen. Ihr Vater war gestorben. Sie war zu seiner Einäscherung gefahren.

Ich war erstaunt, als Mahesh es mir erzählte. Nicht über den Tod ihres Vaters, sondern darüber, dass Shoba zu ihrer Familie zurückkehren konnte. Damit hätte ich nach ihren Erzählungen niemals gerechnet. Shoba hatte sich immer als die

Verstoßene hingestellt, als die Frau, die durch ihre Heirat mit Mahesh die Gesetze ihrer Gemeinschaft gebrochen hatte und sich in diesem entlegenen Winkel versteckte, um der Rache ihrer Familie zu entgehen.

Als sie mir ihre Geschichte erzählt hatte – beim Mittagessen an einem stillen, zu stillen Tag während der Rebellion –, hatte sie gesagt, sie müsse sich vor Fremden in Acht nehmen. Schließlich könne ihre Familie einen Mann gleich welcher Rasse dingen, der ihre Drohungen wahr machte: sie entstellte oder Mahesh tötete. Säure auf dem Gesicht der Frau, Mord an ihrem Mann, das waren in solchen Fällen gängige Drohungen, und die in vieler Hinsicht so konventionelle Shoba ließ mich mit einiger Genugtuung wissen, dass auch bei ihr daran nicht gespart worden war. In der Regel waren es leere Drohungen, die nur dem Brauch Genüge tun sollten, aber es konnte auch vorkommen, dass sie buchstabengetreu in die Tat umgesetzt wurden. Als freilich Jahr um Jahr verstrich und Shoba die Einzelheiten ihrer ursprünglichen Erzählung zu vergessen schien, hatte ich aufgehört, an die dramatische Geschichte mit dem gedungenen Fremden zu glauben. Aber ich war immer davon ausgegangen, dass Shoba von ihrer Familie verstoßen worden war.

In meiner eigenen Lage war ich mir Shobas Beispiel immer bewusst gewesen, und es enttäuschte mich, zu entdecken, dass sie die Verbindung niemals völlig gekappt hatte. Und Mahesh – nun, Mahesh war auf einmal ganz der trauernde Schwiegersohn. Vielleicht sollte die sanfte, gramvolle Miene, mit der er nun teure Bestellungen für Kaffee und Bier und Bigburger entgegennahm (die Preise dieser Tage!), der Sache zusätzliche Theatralik verleihen. Oder es war seine Art, Beileid für Shoba und Respekt gegenüber dem Toten zu bekunden. Aber ein wenig merkte man ihm auch an, dass er sich nun endlich an dem Platz sah, der ihm gebührte. Was für ein Witz!

Doch dann wurde der Witz plötzlich schal. Shoba hatte zwei Monate wegbleiben wollen. Sie kam nach drei Wochen zurück, und dann schien sie sich zu verkriechen. Ich wurde nicht mehr zum Mittagessen eingeladen; diese Gewohnheit – fast schon eine Tradition inzwischen – fand nun ein Ende. Die politische Lage im Osten habe ihr zugesetzt, sagte Mahesh. Sie habe die Afrikaner ja nie leiden können, und seit ihrer Heimkehr könne sie sich gar nicht mehr lassen vor Abscheu über die großsprecherischen Politiker, die alle nur in die eigene Tasche wirtschafteten, über die nicht enden wollenden Lügen und Hassaufrufe im Radio und in den Zeitungen, über die Handtaschendiebstähle bei Tag, die Gewalt bei Nacht. Und es habe sie entsetzt, wie sehr es mit ihrer Familie, die sie all die Jahre als wohlhabend und solide gesehen hatte, bergab gegangen war. All dies, und dazu die Trauer um ihren Vater – sie sei einfach ein wenig seltsam zurzeit. Es sei besser, sagte Mahesh, wenn ich vorerst wegbliebe.

Aber als Erklärung schien das etwas dürftig. Waren es wirklich nur die politischen Zustände, die Afrikaner und der Schmerz um den Vater, dem sie damals Schande gemacht hatte? Oder spielte noch etwas anderes mit: eine veränderte Sicht auf den Mann vielleicht, den sie gewählt, und das Leben, das sie gelebt hatte? Kummer um das Familienleben, das nun für immer verloren war? Oder eine tiefere Reue über den Verrat, den sie verübt hatte?

Aus der Trauer, die Mahesh in Shobas Abwesenheit so freudig zur Schau getragen hatte, wurde nun, nach ihrer Rückkehr, eine tiefe und sehr echte Bedrücktheit, und bald schimmerte durch diese Bedrücktheit Unwillen hindurch. Man begann ihm sein Alter anzusehen. Das Selbstbewusstsein, das ich so aufreizend gefunden hatte, verließ ihn. Ich war bekümmert darüber, bekümmert, dass er es nur so kurz hatte auskosten dürfen. Und er, der so hart über Noimon geurteilt und mit solchem Stolz über seinen eigenen Lebensstil gesprochen hatte, sagte nun: »Es hat alles keinen Wert, Salim. Es geht alles nur wieder den Bach runter.«

Seit ich nicht mehr mit ihnen zu Mittag aß und sie auch nicht mehr bei sich daheim besuchen konnte, schaute ich abends ab und zu bei Bigburger vorbei, um ein paar Worte mit Mahesh zu wechseln. Eines Abends traf ich dort Shoba.

Sie saß am Tresen, ganz an der Wand, und Mahesh saß auf dem Hocker neben ihrem. Sie wirkten wie Gäste in ihrem eigenen Lokal.

Ich begrüßte Shoba, aber es lag keine Wärme in ihrer Erwiderung. Ich hätte ein Fremder oder flüchtiger Bekannter sein können. Selbst als ich mich neben Mahesh setzte, blieb sie abwesend. Sie sah einfach durch mich hindurch. Und Mahesh schien nichts zu bemerken. Sollte nun ich für all das büßen, was sie sich selbst vorwarf?

Ich kannte sie beide schon so lange. Sie gehörten zu meinem Leben, so sehr meine Gefühle für sie auch schwankten. Shoba hatte einen Leidenszug um die Augen – etwas Angespanntes, irgendwie Kränkliches, aber ein bisschen Schauspielerei war sichtlich auch mit dabei. Doch, es verletzte mich. Und als ich ging – ohne dass einer von ihnen protestiert hätte –, fühlte ich mich verstoßen und eine Spur benommen. Und all die vertrauten Einzelheiten des nächtlichen Straßenlebens – der goldene Flammenschein auf den ausgezehrten, erschöpften Gesichtern der Leute um die Kochstellen, die Gruppen im Schatten der Ladenmarkisen, die Schläfer und ihre Abzäunungen, die zerlumpten, verlorenen Geisteskranken, die über einen Holzsteig gefächerten Lichter einer Bar – all das wirkte plötzlich fremd.

Ein Radio lief in der Wohnung. Es war ungewöhnlich laut gedreht, und als ich die Außentreppe hinaufstieg, dachte ich, Metty empfange eine Fußballübertragung aus der Hauptstadt. Eine hallende Stimme wechselte ständig Tempo und Tonfall, und im Hintergrund grölte die Menge. Mettys Tür stand offen; er saß in Unterhose und Unterhemd auf der vordersten Kante seiner Matratze. Das Licht der von der Zimmerdecke baumelnden Glühbirne war gelblich und trüb, der Lärm ohrenbetäubend.

Metty sah nur rasch zu mir auf, ehe er sich wieder konzentrierte. »Der Präsident«, sagte er.

Das wurde mir auch klar, nun da ich begonnen hatte, den Worten zu folgen. Und es erklärte, warum Metty keinen Anlass sah, den Apparat leiser zu stellen. Die Rede war angekündigt worden; ich hatte es vergessen.

Der Präsident benutzte die afrikanische Sprache, die fast alle Menschen entlang des Flusses verstanden. Anfangs hatte der Präsident seine Reden auf Französisch gehalten. Doch in der heutigen Rede waren die einzigen französischen Worte *citoyens* und *citoyennes*, und sie kamen wieder und immer wieder vor, um des Klangeffekts willen, bald verschliffen zu einer pulsierenden Tonfolge, bald voneinander abgesetzt, jede Silbe einzeln betont, ein feierlicher Trommelschlag.

Die afrikanische Sprache, derer sich der Präsident in seinen Reden bediente, war eine sehr einfache Mischsprache, und er vereinfachte sie noch weiter, vergröberte sie zu der Sprache der Schankbuden und der Straßenprügeleien; für die Dauer seiner Rede verwandelte sich dieser Mann, der höfische Sitten und die Artigkeiten de Gaulles nachahmte und alle an ihren Fäden zappeln ließ, in den Niedrigsten der Niedrigen. Und das machte den Reiz der afrikanischen Sprache aus dem Munde des Präsidenten aus. Dieser majestätische und melodische Gebrauch der niedersten Sprache und der derbsten Ausdrücke war es, was Metty fesselte.

Metty lauschte versunken. Seine Augen unter den gelben Glanzlichtern auf seiner Stirn waren unbewegt, klein, gebannt. Seine Lippen waren zusammengepresst, und in seiner Konzentration schob er sie immerzu vor und zurück. Wenn die derben Ausdrücke oder die Obszönitäten kamen und die Menge johlte, lachte Metty, ohne den Mund zu öffnen.

Bisher unterschied sich die Rede nicht wesentlich von anderen Reden des Präsidenten. Die Themen waren bekannt: Opfermut und die strahlende Zukunft; die Würde der »Frau Afrikas«. Die Revolution musste vorangetrieben werden, mochten die schwarzen Männer in den Städten, die davon träumten, eines Tages als weiße Männer aufzuwachen, noch so murren; die Afrikaner mussten sich zu ihrem Afrikanertum bekennen, sich erhobenen Hauptes auf ihre demokratischen und sozialistischen Traditionen besinnen und die Vorzüge der Kost und der Heilmittel ihrer Vorväter wiederentdecken, anstatt wie kleine Kinder nach den Dingen in den importierten Dosen und Flaschen zu schreien; Wachsamkeit tat Not, Fleiß und vor allem Disziplin.

Indem er so scheinbar nur alte Grundsätze bekräftigte, griff der Präsident neue Kritik auf und zog sie ins Lächerliche, ob sie sich nun gegen den Madonnenkult wandte oder gegen die Nahrungs- und Arzneimittelknappheit. Er griff Kritik immer auf, und oft kam er ihr zuvor. Er fügte alles zu einem Ganzen zusammen; er gab sich den Anschein, als sei er allwissend. Er gab sich den Anschein, als wäre alles, was im Lande geschah, ob gut oder schlecht oder ganz normal, Teil eines einzigen großen Planes.

Die Menschen hörten seinen Reden gern zu, weil so viel darin vertraut war; wie Metty jetzt eben warteten sie auf die alten Witze. Aber jede Rede war auch eine neue Darbietung mit ihren eigenen dramaturgischen Kunstgriffen, und jede Rede verfolgte einen Zweck. Die heutige Rede betraf in besonderem Maße unsere Stadt und Region. So sagte es der Präsident, und es wurde zu einem seiner Kunstgriffe im späteren Teil der Rede; immer wieder unterbrach er sich, um anzukündigen, dass er den Menschen in unserer Stadt und Region etwas zu sagen habe, aber wir müssten noch warten. Die Menge in der Hauptstadt, die den Kunstgriff als Kunstgriff erkannte, als neues Stilelement, begann zu grölen, als sie merkte, was gespielt wurde.

Uns in der Region schmecke unser Bier, sagte der Präsident. Ihm schmecke es mindestens so gut; er könne uns jederzeit unter den Tisch trinken. Aber wir sollten uns nicht zu voll laufen lassen; er habe uns eine Mitteilung zu machen. Und es war bekannt, dass die Mitteilung des Präsidenten etwas mit unserer Jugendgarde zu tun haben würde. Zwei Wochen oder länger warteten wir nun schon auf diese Mitteilung; zwei Wochen lang hatte er die ganze Stadt zappeln lassen.

Seit dem fehlgeschlagenen Büchermarsch war das Ansehen der Jugendgarde stetig gesunken. Ihre Kindermärsche an den Samstagnachmittagen waren noch zerfahrener und dürftiger geworden, und die Funktionäre mussten feststellen, dass sie keine Handhabe hatten, die Kinder zur Teilnahme zu zwingen. Ihre Sittenpatrouille hatten sie aufrechterhalten. Aber die nächtlichen Gruppen waren jetzt feindseliger, und eines Abends war einer der Funktionäre getötet worden.

Es hatte als Kabbelei mit ein paar Schläfern begonnen, die ihr Stück Gehsteig als eine Art Dauereinrichtung mit gestohlenen Betonklötzen von einer Baustelle abgesperrt hatten. Und es hätte leicht mit gegenseitigem Anbrüllen getan sein können. Doch der Funktionär war gestolpert und hingefallen. Durch diesen Sturz, diesen augenblickslangen Anschein der Hilflosigkeit, hatte er den ersten Schlag mit einem der Betonklötze herausgefordert; und beim Anblick des Blutes hatten sich Dutzende kleiner Hände in jäher Raserei zum Mord erhoben.

Niemand war verhaftet worden. Die Polizei hatte Angst; die Jugendgarde hatte Angst; die Leute auf den Straßen hatten Angst. Ein paar Tage später hieß es, die Armee sei im Anmarsch, um in einigen der Barackenstädte durchzugreifen. Das hatte eine kleine Fluchtwelle zurück in die Dörfer ausgelöst; die Einbäume hatten reichlich zu tun. Aber nichts war geschehen. Alle hatten das Wort des Präsidenten abgewartet. Aber über zwei Wochen lang war vom Präsidenten nichts verlautet.

Und was der Präsident jetzt sagte, ließ uns den Atem stocken. Die Jugendgarde in unserer Region sollte aufgelöst werden. Die Funktionäre hätten ihre Pflicht gegenüber dem Volk vergessen; sie hätten ihm, dem Präsidenten, die Treue gebrochen; sie hätten zu viel geredet. Kein Sold mehr für sie, keine Stellen beim Staat; sie sollten alle aus der Stadt verbannt und in den Busch zurückgeschickt werden, um dort nützliche Arbeit zu leisten. Im Busch würden sie die Weisheit der Affen lernen.

»*Citoyens-citoyennes*, Affe schlau. Affe mordsschlau. Affe kann sprechen. Das wusstet ihr nicht? Jetzt wisst ihr's. Affe kann sprechen, aber er hält die Schnauze. Affe weiß, wenn Mensch ihn hört, Mensch ihn fangen und hauen und machen, dass er arbeitet. Machen, dass er schwer schleppt in heißer Sonne. Machen, dass er rudert Boot. *Citoyens! Citoyennes!* Zeigen wir's denen, damit sie werden wie Affe! Schicken wir sie in den Busch und lassen sie schuften, bis ihnen der Arsch abfällt!«

14

So ging der grosse Mann vor. Er wählte den Zeitpunkt, und was wie ein Angriff auf seine Autorität angemutet hatte, half letzten Endes, sie zu untermauern. Er zeigte sich wieder als Freund des *petit peuple*, wie er es gern nannte, der kleinen Leute, und er bestrafte ihre Unterdrücker.

Aber der Große Mann hatte unsere Stadt nie besucht. Vielleicht hatte Raymond Recht, und die Berichte, die er erhalten hatte, waren ungenau oder unvollständig. Denn diesmal ging die Rechnung nicht auf. Wir alle hatten die Jugendgarde als Bedrohung empfunden, und keiner trauerte ihr nach. Aber nach der Auflösung der Jugendgarde brachen in unserer Stadt schlimme Zeiten an.

Die Polizei und andere Beamte ließen sich Schikanen einfallen. Sie begannen Metty zu sekkieren, sooft er mit dem Wagen unterwegs war, selbst auf der kurzen Fahrt zum Zoll. Immer wieder wurde er angehalten, bald von Leuten, die er kannte, bald von Leuten, die ihn zuvor bereits angehalten hatten; dann wurden die Fahrzeugpapiere und seine eigenen Papiere kontrolliert. Manchmal musste er das Auto stehen lassen und zu Fuß zum Laden zurückgehen, um einen fehlenden Ausweis oder Schein zu holen. Und wenn er alles dabeihatte, nützte es auch nichts.

Einmal wurde er, völlig ohne Grund, aufs Polizeirevier gebracht, wo sie ihm seine Fingerabdrücke abnahmen und ihn zusammen mit einer Reihe verzagter Leidensgenossen einen ganzen Nachmittag lang mit geschwärzten Händen in einem Raum mit rissigem Betonboden und Holzbänken ohne Lehne festhielten; die blaue Leimfarbe an den Wänden dahinter war speckig und angegraut von all den dagegen reibenden Köpfen und Schultern.

Der Raum – aus dem ich ihn nach langer Suche am späten Nachmittag befreite – war ein primitiver Verschlag aus Beton und Wellblech auf der Rückseite des zu Kolonialzeiten erbauten Hauptgebäudes. Der Fußboden befand sich nur eine Handbreit über der Erde; die Tür stand offen, und in dem kahlen Hof sah man ein paar Hühner scharren. Aber trotz dieser Behelfsmäßigkeit und Ländlichkeit, trotz des Nachmittagslichts, das von draußen hereinfiel, fühlte man sich wie im Gefängnis. Für den wachhabenden Beamten gab es Tisch und Stuhl, und diese abgestoßenen Möbel machten die Degradierung aller anderen im Raum umso spürbarer.

Der Beamte in seiner brettsteifen Uniform schwitzte unter den Achseln, und er trug sehr langsam, Buchstabe für Buchstabe, etwas in ein großes Buch ein, vermutlich die Angaben auf den fleckigen Bögen mit den Fingerabdrücken. Er hatte einen Revolver. Eine Photographie des Präsidenten mit seinem Häuptlingsstab hing an der blauen Wand, und darüber, fast unter der Decke, standen auf der rauen Oberfläche, die in dieser Höhe mehr staubig als speckig war, die Worte DISCIPLINE AVANT TOUT, »Disziplin über alles«.

Der Raum gefiel mir nicht, und ich hielt es nach dem Vorfall für klüger, Metty nicht mehr im Wagen loszuschicken und stattdessen als mein eigener Zollgehilfe zu agieren. Daraufhin wandten die Beamten ihre Aufmerksamkeit mir zu.

Sie gruben alte Zollerklärungen aus, allesamt vor langer

Zeit auf die übliche Weise besiegelt und abgehakt, und kamen damit in den Laden und schwenkten sie vor meiner Nase herum wie nicht eingelöste Schuldscheine. Sie behaupteten, ihre Vorgesetzten säßen ihnen im Nacken, und wollten bestimmte Einzelheiten nochmals mit mir durchgehen. Anfangs waren sie schüchtern, wie Schuljungen, die etwas ausgefressen hatten; dann verschwörerisch wie Freunde, die mir heimlich einen Vorteil verschaffen wollten, und schließlich aggressiv wie eben böse Beamte. Andere wollten meine Lagerbestände anhand meiner Zollerklärungen und Quittungen überprüfen; wieder andere sagten, sie müssten meine Preise kontrollieren.

Es war Nötigung, und das Ziel war Geld, Geld auf die Schnelle, bevor der Wind umsprang. Diese Männer witterten einen bevorstehenden Umbruch; sie hatten in der Auflösung der Jugendgarde ein Zeichen für die Schwäche des Präsidenten gesehen, nicht seine Stärke. Helfen konnte mir in dieser Lage niemand. Zwar konnte jeder Beamte durch eine kleine Zuwendung dazu gebracht werden, eine Garantie für sein eigenes Verhalten abzugeben. Aber kein Beamter war hoch genug oder unangreifbar genug, um Zusicherungen über das Verhalten anderer Beamter zu machen.

In der Stadt schien alles wie immer – die Armee war in ihrer Kaserne, die Bilder des Präsidenten hingen überall, der Dampfer traf regelmäßig aus der Hauptstadt ein. Aber die Menschen konnten oder wollten nicht mehr an eine Autorität glauben, die die Dinge lenkte, und alles war wieder im Fluss wie ganz zu Anfang. Nur dass nach so vielen Jahren des Friedens und der gut gefüllten Warenregale jedermann gieriger war.

Den anderen ausländischen Geschäftsleuten ging es nicht besser als mir. Selbst Noimon, wäre er noch da gewesen, hätte zu leiden gehabt. Mahesh war düsterer gestimmt denn je. »Wie ich immer sage – du kannst sie dingen, aber kaufen kannst du sie nicht.« Das war eine seiner Redensarten, und sie besagte, dass auf Abmachungen hierzulande kein Verlass war, dass ein Wort unter Männern nur für den Tag galt, an dem es gegeben wurde, und man sich seinen Frieden in Krisenzeiten täglich neu erkaufen musste. Sein Rezept lautete, es auszusitzen. Eine andere Wahl hatten wir ohnehin nicht.

Meine heimliche Überzeugung – und mein Trost in diesen Tagen – war, dass die Beamten die Situation falsch deuteten und ihre Panik hausgemacht war. Wie Raymond glaubte inzwischen auch ich an die unfehlbare Weisheit des Präsidenten und vertraute darauf, dass er etwas tun würde, um seine Autorität wiederherzustellen. Also drückte ich mich vorerst vor dem Bezahlen, denn wer einmal damit anfing, zahlte immer weiter.

Aber die Geduld der Beamten war größer als meine. Es verging ungelogen kein Tag, ohne dass einer von ihnen bei mir auftauchte. Ich fing an, auf ihre Besuche zu warten. Es zerrte an meinen Nerven. Wenn am Nachmittag noch niemand da gewesen war, konnte es geschehen, dass ich mich plötzlich in Schweiß gebadet fand. Wie ich sie zu hassen und zu fürchten begann, diese Gesichter, die sich – lächelnd, *malin* – in heuchlerischer Vertraulichkeit und Hilfsbereitschaft dicht vor meines schoben.

Und dann ließ der Druck nach. Nicht weil der Präsident etwas unternahm, wie ich es erhofft hatte. Sondern weil in unserer Stadt die Gewalt Einzug hielt. Nicht die abendlichen Dramen der Prügeleien und Morde, sondern stetige, über die Stadt verteilte nächtliche Überfälle auf Polizisten und Polizeiwachen, Beamte und Amtsgebäude.

Dies war es zweifellos, was die Beamten vorausgeahnt hatten und ich nicht. Dies war es, was sie dazu getrieben hatte, an sich zu raffen, was sie nur konnten, solange es noch ging. Eines Nachts wurde in der Domäne die Statue der afrikanischen Madonna mit dem Kind von ihrem Sockel gestoßen und zertrümmert wie seinerzeit die Statuen der Kolonialzeit und das Denkmal vor dem Tor zum Anleger. Nach diesem Zwischenfall stellten die Beamten ihre Besuche ein. Sie ließen sich nicht mehr im Laden blicken; sie hatten zu viel anderes zu tun. Und obgleich ich nicht behaupten konnte, dass die Lage besser geworden war, schien die Gewalt die Luft doch zu reinigen, und eine Weile hatte sie auf mich, wie auf die Leute, die ich auf den Straßen und Plätzen sah, sogar eine belebende Wirkung – wie bisweilen ein großer Brand oder ein Sturm.

In unserer wuchernden, übervölkerten, regellosen Stadt hatten wir unzählige Male die Gewalt aufflackern sehen. Die Wasserknappheit hatte zu Krawallen geführt, und in den Barackensiedlungen waren mehrmals Unruhen ausgebrochen, nachdem jemand von einem Auto überfahren worden war. Dieses Element der Massenhysterie schwang auch jetzt wieder mit, aber gleichzeitig wurde immer klarer, dass den neuen Vorfällen ein Plan zugrunde lag oder zumindest ein einendes Prinzip. Vielleicht hatte irgendeine Prophezeiung in den *cités* und Vorstädten die Runde gemacht, und die Träume mehrerer Leute hatten sie bestätigt. Von so etwas konnten auch die Beamten leicht Wind bekommen haben.

Als er mir eines Morgens meinen Kaffee brachte, reichte mir Metty mit ernster Miene ein bedrucktes Stück Papier, das sorgsam mehrmals gefaltet und entlang der Knicke schwärzlich verfärbt war. Es war ein Flugblatt, und offenbar war es viele Male auf- und wieder zugefaltet worden. Es trug die Überschrift »Die Ahnen schreien auf«, und herausgegeben hatte es eine gewisse »Befreiungsarmee«.

Die Ahnen schreien auf. Viele falsche Götter sind in dieses Land gekommen, aber noch nie waren sie so falsch wie die Götter von heute. Der Kult der Frau Afrikas tötet alle unsere Mütter, und weil der Krieg die Fortsetzung der Politik ist, haben wir beschlossen, mit Waffengewalt gegen den FEIND vorzugehen. Sonst sterben wir alle für immer. Die Ahnen schreien auf. Wenn wir nicht taub sind, können wir sie hören. Mit FEIND meinen wir die Mächte des Imperialismus, die Multinationalen und ihre Marionetten, die falschen Götter, die Kapitalisten, die Priester und Lehrer, die falsche Interpretationen verbreiten. Die Gesetze fördern das Verbrechen. Die Schulen lehren Unwissenheit, und die Menschen ziehen die Unwissenheit ihrer wahren Kultur vor. Unsere Soldaten und Funktionäre haben falsche Wünsche und falsche Gelüste eingepflanzt bekommen, und jetzt stellen die Ausländer uns überall als Diebe hin. Wir wissen nichts von uns selbst und führen uns selbst irre. Wir marschieren in den Tod. Wir haben die WAHREN GESETZE vergessen. Wir von der BEFREIUNGSARMEE sind ungebildet. Wir drucken keine Bücher und halten keine Reden. Wir wissen nur die WAHRHEIT: dass dieses Land dem Volk gehört, dessen Ahnen jetzt aufschreien. UNSER VOLK muss den Kampf verstehen. Es muss lernen, mit uns zu sterben.

Metty behauptete, nicht zu wissen, wo das Flugblatt herstammte. Jemand habe es ihm am Abend vorher zugesteckt. Ich hatte den Eindruck, dass er mehr wusste, als er zugab, aber ich bohrte nicht nach.

Wir hatten nicht viele Druckereien in der Stadt, und mir war klar, dass das Flugblatt – miserabel gedruckt, die Buchstaben beschädigt und nicht zusammenpassend – aus derselben Druckerei kommen musste wie früher die wöchentliche Zeitung der Jugendgarde. Die war für die Dauer ihrer Existenz unsere einzige Lokalzeitung gewesen, ein lächerliches Ding – wie das schwarze Brett in einer Schule, mit sinnlosen Werbeanzeigen von Händlern, Geschäftsleuten und sogar Standbesitzern auf dem Markt und dazu vereinzelten Meldungen (Nachrichten wurden sie genannt, aber es war eher offene Erpressung) über Leute, die gegen Verkehrsregeln verstießen oder Regierungsfahrzeuge als Nachttaxis zweckentfremdeten oder Hütten bauten, wo sie es nicht durften.

Es war schon sonderbar. Solange sie noch dem Präsidenten gedient hatten, waren die Funktionäre der Jugendgarde den Leuten, unter denen sie Ordnung hatten schaffen wollen, verhasst gewesen. Nun, vom Präsidenten in seiner »Affen«-Rede gedemütigt, ihrer Macht und ihrer Stellung beraubt, biederten sie sich bei der Bevölkerung als erniedrigte, gepeinigte Einheimische an, als die Rächer der Menschen in der Region. Und sie hatten Erfolg damit.

Es war wie in der Zeit vor der Rebellion. Aber damals hatte es keine Flugblätter gegeben, keine Anführer, die so jung und so gebildet gewesen wären. Und noch etwas war diesmal anders. Zur Zeit der Rebellion hatte sich die Stadt gerade erst wieder zu erholen begonnen, und zu den ersten Unruhen war es weit entfernt gekommen, in den Dörfern. Jetzt spielte sich alles in der Stadt selbst ab. Als Folge floss erheblich mehr Blut, und die Gewalt, die sich zunächst ausschließlich gegen die Regierung zu richten schien, weitete sich aus. Afrikanische Marktbuden und Läden in den Außenbezirken wurden überfallen und ausgeraubt. Menschen wurden auf fürchterliche Weise ermordet, von Aufständischen und Polizisten und den Kriminellen der Elendsviertel.

Erst die Afrikaner und die Außenbezirke, dann das Zentrum und die Zugereisten – das war die Entwicklung, die ich hier voraussah. Kaum befreit von einer Erpressung von oben, vor der es keinen Schutz gab, stand mir somit neue Willkür bevor, und diesmal konnte mir erst recht niemand helfen. Angst begleitete mich nun durch die vertrauten Straßen, ein Gefühl, plötzlich physisch verletzbar zu sein. Die Straßen waren immer gefährlich gewesen. Aber nicht für mich. Als Außenseiter war ich bislang ausgenommen gewesen von der Gewalt, die ich ringsum beobachtete.

Die Anspannung war enorm. Sie vergiftete alles, und zum ersten Mal erwog ich die Flucht. Hätte mir irgendwo in einer fernen Stadt ein Haus offen gestanden, das Sicherheit verhieß, ich glaube, ich wäre fortgegangen. Einmal hatte es ein solches Haus für mich gegeben; einmal hatte es mehrere solche Häuser gegeben. Jetzt gab es sie nicht mehr. Die Nachrichten von Nazruddin aus Kanada waren entmutigend. Sein Jahr in Kanada war schlecht verlaufen, er stand im Begriff, seine Familie erneut aus ihrer Umgebung zu reißen und nach England überzusiedeln. Die Welt dort draußen bot keine Zuflucht mehr; sie war für mich die ferne Fremde geblieben und hielt nur noch Verderben bereit. Was ich in meinem Brief an Nazruddin behauptet hatte, war wahr geworden. Mir waren die Hände gebunden. Ich musste ausharren, wo ich war.

Also ließ ich Ziele Ziele sein, machte weiter, lebte mein Leben; das hatte ich vor Jahren von Mahesh gelernt. Und immer öfter vergaß ich im Umgang mit Menschen, die ich gut kannte, in ihren Gesichtern zu forschen, vergaß meine Furcht. Sodass die Furcht, dieses Gefühl, dass alles jeden Augenblick zu Ende sein konnte, zum Hintergrund wurde, zu einer Lebensbedingung, an der sich nichts ändern ließ. Und eines Nachmittags im »Club hellénique« sagte ein Deutscher aus der Hauptstadt, ein Mann Ende fünfzig, etwas zu mir, das mich fast vollends beruhigte.

»In einer solchen Lage können Sie nicht Ihre ganze Zeit mit Angsthaben zubringen«, sagte er. »Schon möglich, dass Ihnen etwas passiert, aber Sie müssen es betrachten wie einen schweren Verkehrsunfall – etwas, das sich Ihrem Einfluss entzieht und das überall passieren kann.«

Die Zeit verging. Die große Explosion, das Beben, das ich vorhergesehen hatte, blieb aus. Die Brände drangen nicht bis in die Innenstadt vor; die Mittel der Rebellen waren begrenzt. Die Überfälle und Morde dauerten an, die Polizei führte ihre Vergeltungsschläge durch, und eine Art Gleichgewicht stellte sich ein. Zwei bis drei Menschen kamen jede Nacht um. Doch seltsamerweise rückte all das in immer weitere Ferne. In dieser Stadt mit ihrer Größe, ihrer unkontrollierten Ausdehnung fanden nur Sensationen auf Dauer Beachtung; die Leute auf den Straßen und Plätzen gierten nicht mehr nach Neuigkeiten. Es gab auch keine. Der Präsident äußerte sich nicht, und auch im Radio und in den Zeitungen verlautete nichts aus der Hauptstadt.

In der Innenstadt nahm das Leben seinen gewohnten Gang. Ein Geschäftsmann, der mit dem Flugzeug oder dem Dampfer aus der Hauptstadt anreiste, der im van der Weyden abstieg, die gängigen Restaurants und Nachtclubs besuchte und keine Fragen stellte, hätte nicht geahnt, dass die Stadt sich im Aufruhr befand, dass der Aufruhr seine Anführer hatte und – wenngleich ihre Namen nur in ihren eigenen Vierteln bekannt waren – seine Märtyrer.

Raymond war seit einer Weile schon wie betäubt. Irgendwann musste er zu dem Schluss gelangt sein, dass der Präsident ihn nicht an seine Seite zurückberufen würde, und er hatte aufgehört zu warten, aufgehört, die Zeichen zu deuten. Bei unseren Abendessen verzichtete er auf seine Analysen und Erklärungen; er versuchte nicht mehr, die Teile zu einem Ganzen zusammenzufügen.

Er sprach nicht mehr über die Geschichte oder über Theodor Mommsen. Ich weiß nicht, was er in seinem Arbeitszimmer machte, und Yvette konnte es mir nicht sagen; sie schien nicht übermäßig interessiert. Einmal bekam ich den Eindruck, dass er in seinen Aufsätzen und Notizen von früher las. Er erwähnte ein Tagebuch, das er während seiner ersten Zeit hier im Lande geführt hatte. Er habe so viel vergessen, sagte er; so viele Dinge seien dazu verurteilt, vergessen zu werden. Das war eines seiner alten Konversationsthemen, wie ihm offenbar selbst auffiel, denn er brach ab. Später sagte er: »Ein seltsames Gefühl, diese Tagebücher zu lesen. Damals hat man sich gekratzt, um zu sehen, ob Blut kam.«

Der Aufstand trug das seine zu Raymonds Verunsicherung bei; und nachdem die Madonnenstatue in der Domäne zertrümmert worden war, wurde er sehr nervös. Es war nicht die Gewohnheit des Präsidenten, denjenigen seiner Männer, deren Stuhl wackelte, beizustehen; in der Regel wurden diese Männer verstoßen. Und Raymond bangte nun seiner Verstoßung entgegen. Eine Stelle, ein Haus, ein Auskommen, körperliche Unversehrtheit – das war alles, was er noch hatte. Er war ein geschlagener Mann, und das Haus in der Domäne glich einem Totenhaus.

Es traf auch mich hart. Das Haus war wichtig für mich; und wie ich jetzt feststellte, hing von dem Wohlergehen und dem Optimismus beider seiner Bewohner viel ab. Raymond geschlagen – das beraubte meine Abende dort jeden Sinns. Diese Abende in ihrem Haus waren Bestandteil meiner Beziehung mit Yvette; sie ließen sich nicht einfach in ein anderes Umfeld verpflanzen. Das hätte eine neue Szenerie erfordert, eine andere Art von Stadt, eine andere Art von Beziehung als die, die ich hatte.

Mein Leben mit Yvette war auf das Wohlergehen und den Optimismus von uns allen dreien angewiesen. Diese Entdeckung traf mich unvorbereitet. Ich hatte sie zuerst an mir selbst gemacht, als die Beamten mich unter Druck gesetzt hatten. In dieser Zeit hätte ich mich am liebsten vor Yvette verkrochen. Um sie zu sehen, um auf die richtige Art mit ihr zusammen zu sein, glaubte ich ihr die Stärke zeigen zu müssen, die ich immer gezeigt hatte. Ich konnte ihr nicht als ein Mann gegenübertreten, der von anderen Männern gequält und erniedrigt wurde. Sie hatte selber Grund zur Unruhe, das wusste ich, und die Vorstellung zweier Verlorener, die beieinander Trost suchten, war mir unerträglich.

Und wie in stummer Übereinkunft begannen wir die Abstände zwischen unseren Treffen zu verlängern. Diese ersten Tage ohne Yvette, die ersten Tage des Alleinseins, wenn die Erregung abflaute und der Blick wieder klar wurde, waren immer eine Erleichterung. Ich konnte mir sogar vorspiegeln, dass ich ein freier Mann war, dass es möglich war, ohne sie auszukommen.

Dann rief sie an. Das Wissen, nach wie vor gebraucht zu werden, schien jedes Mal Befriedigung genug; doch während ich in der Wohnung auf sie wartete, gewannen Gereiztheit und Selbstekel die Oberhand – und behielten sie bis zu dem Moment, in dem Yvette die Stufen der Außentreppe hinaufklapperte und ins Wohnzimmer trat, ihr Gesicht gezeichnet von der Sorge um Raymond und den Tagen der Trennung.

Dann zerrannen diese Tage der Trennung in meiner eigenen Wahrnehmung zu nichts; die Zeit schnurrte in sich zusammen. Körperlich kannte ich sie mittlerweile so gut; jede Begegnung schien bald nahtlos mit der letzten verbunden.

Aber der Eindruck der Kontinuität, so zwingend er in diesen intimen, eingegrenzten Augenblicken auch sein mochte, war eine Illusion, wie ich sehr wohl wusste. Da waren die Stunden und Tage in ihrem Haus, mit Raymond; da war das, was sie beschäftigte, wenn sie allein war, ihre eigene Suche. Sie erzählte immer weniger. Es gab nun Erlebnisse, die wir nicht miteinander teilten, und ich verstand vieles nicht mehr ohne Erläuterung oder Kommentar.

Sie rief mich alle zehn Tage an. Zehn Tage waren für sie offensichtlich die Grenze, die nicht überschritten werden durfte. Und an einem dieser Tage empfand ich plötzlich – als das große Schaumstoffbett schon wieder gemacht war und sie sich für die Rückfahrt in die Domäne schminkte und Einzelheiten ihrer Erscheinung im Spiegel am Frisiertisch überprüfte – ganz plötzlich empfand ich, dass unsere Beziehung in diesem Moment etwas recht Blutleeres hatte. Ich hätte ein nachsichtiger Vater oder Ehemann sein können, ja ich hätte eine Freundin sein können, die zusah, wie sie sich für einen Liebhaber herrichtete.

Der Gedanke hatte die Wirkung mancher Träume, die uneingestandenen Ängsten ein Gesicht verleihen; er war wie eine Offenbarung. Meine eigenen Sorgen, Raymonds Niederlage – unwillkürlich hatte ich wohl begonnen, auch in Yvette die Verliererin zu sehen, die in der Stadt Gefangene, die von sich selbst und dem dahinschwindenden Guthaben ihres Körpers nicht weniger angeekelt war als ich von mir und meinen Problemen. Nun aber sah ich sie vor diesem Spiegel: sah sie dort stehen, gesättigt von mehr, als ich ihr eben gegeben hatte, und begriff meinen Irrtum. Diese leeren Tage, wenn sie nicht bei mir war, diese Tage, über die ich keine Fragen stellte, konnten für sie voller Möglichkeiten sein. Ich begann, auf eine Bestätigung zu lauern. Und dann, zwei Treffen später, glaubte ich sie gefunden zu haben.

Ich kannte sie so gut. Auch jetzt hatte ich nicht aufgehört, mein Augenmerk auf sie zu richten statt auf mich. Alles andere wäre bedeutungsleer gewesen; alles andere wäre undenkbar gewesen. Was sie in mir zutage förderte, war für mich stets aufs Neue unfasslich, ein Geschenk. Ihre Reaktionen waren Teil dieses Geschenks, ich war auf jede Nuance eingespielt, ich konnte sie alle genauestens tarieren. Bei jedem Beisammensein spürte ich, wie ihr sensuelles Gedächtnis zu arbeiten begann, wie es die Gegenwart mit der Vergangenheit verknüpfte. Aber nun, an dem Tag, von dem ich spreche, waren ihre Reaktionen uneindeutig. Etwas war geschehen; eine neue Gewohnheit hatte sich zu bilden begonnen und die zarte Membran älterer Erinnerung zerrissen. Ich hatte nichts anderes erwartet. Eines Tages hatte es so kommen müssen. Aber der Moment war bitter wie Galle.

Danach wieder das blutleere Intermezzo. Das große Schaumstoffbett war gemacht – derselbe hausfrauliche Dienst wie zu der Zeit, als es noch Leidenschaft war. Ich stand. Sie stand auch und begutachtete ihre Lippen im Spiegel.

Sie sagte: »Du machst mich schön. Was würde ich ohne dich tun?« Das war eine ihrer kleinen Artigkeiten. Aber dann sagte sie: »Raymond wird mit mir schlafen wollen, wenn er mich so sieht.« Und das war ungewöhnlich, gar nicht typisch für sie.

»Erregt dich das?«, fragte ich.

»Ältere Männer sind nicht so abstoßend, wie du anscheinend denkst. Und immerhin bin ich eine Frau. Wenn ein Mann bei mir bestimmte Knöpfe drückt, reagiere ich.«

Es war nicht als Kränkung gemeint, aber es kränkte mich dennoch. Und dann dachte ich: Wahrscheinlich hat sie Recht. Raymond ist wie ein Junge, der Prügel bezogen hat. An was soll er sich sonst klammern?

Ich sagte: »Er hat sicher gelitten unseretwegen.«

»Raymond? Ich weiß nicht. Ich glaube nicht. Es war ihm nie etwas anzumerken. Gut, vielleicht sieht er das im Nachhinein anders.«

Ich begleitete sie hinaus zur Treppe, wo der Schatten des Hauses breit über dem Hof lag: Baumkronen über den Häusern und hölzernen Außengebäuden, goldenes Nachmittagslicht, Staub in der Luft, die Blüten der Flammenbäume, der Rauch der Kochfeuer. Sie eilte die Holzstufen hinunter, mitten hinein in die grelle Sonnenschneise zwischen den Häusern. Und durch all die Geräusche von den umliegenden Höfen hindurch hörte ich sie wegfahren.

Und erst ein paar Tage später fiel mir plötzlich auf, wie merkwürdig es war, dass wir in einem solchen Augenblick von Raymond gesprochen hatten. Ich hatte von Raymonds Schmerz gesprochen und dabei an meinen Schmerz gedacht; Yvette hatte von Raymonds Bedürfnissen gesprochen und dabei die ihren im Sinn gehabt. Wir hatten begonnen, wenn schon nicht in Gegensätzen, so doch verklausuliert zu reden, in Lügen, die keine Lügen waren, sondern jene verkappten Fingerzeige, zu denen Menschen in gewissen Situationen Zuflucht nehmen.

Eines Abends etwa eine Woche später lag ich im Bett und las einen Artikel über die Entstehung des Universums durch den Urknall. Das Thema war nicht neu für mich; ich las gern in meinen populärwissenschaftlichen Zeitschriften über Dinge nach, die ich schon aus anderen Lexiken kannte. Dabei ging es mir weniger um Wissen als darum, mir auf einfache und angenehme Art all die Dinge in Erinnerung zu rufen, die ich nicht wusste. Es war etwas Rauschhaftes an dieser Art des Lesens; es ließ mich von einer unausdenkbaren Zukunft träumen, einer Zeit unumschränkten Friedens, in der ich mir sämtliche Wissensgebiete von Grund auf zu Eigen machen und alle Tage und Nächte meinen Studien weihen würde.

Draußen schlug eine Autotür. Und ich wusste, noch ehe ihre Schritte auf der Treppe klapperten, dass es Yvette war, Yvette, die unverhofft und wundersam zu so später Stunde zu mir kam. Sie eilte die Stufen herauf; ich hörte ihre Schuhe und Kleider überlaut im Korridor, und dann stieß sie die Schlafzimmertür auf.

Sie war elegant angezogen, ihr Gesicht glühte rosig. Sie musste von irgendeinem offiziellen Anlass kommen. Ohne Rücksicht auf ihre Kleider warf sie sich aufs Bett und umarmte mich.

»Ich hab's einfach riskiert«, sagte sie. »Das ganze Essen durch konnte ich nur an dich denken, und bei der ersten Gelegenheit habe ich mich weggestohlen. Ich musste einfach. Ich war mir nicht sicher, dass du daheim bist, aber ich hab's riskiert.«

Ich roch das Essen in ihrem Atem, den Wein. Es war alles so schnell gegangen, gerade erst hatte die Autotür geschlagen, und nun das: Yvette auf dem Bett, das leere Zimmer verwandelt, Yvette aufgekratzt, übersprudelnd, fast wie damals, als wir zum ersten Mal nach dem Abendessen in der Domäne zur Wohnung zurückgefahren waren. Die Tränen schossen mir in die Augen.

Sie sagte: »Ich kann nicht lang bleiben. Ich geb nur dem Gott einen Kuss, und dann geh ich.«

Hinterher besann sie sich wieder auf ihre Kleider, auf die sie bis dahin kaum geachtet hatte. Vor dem Spiegel stehend, schob sie den Rock hoch, um die Bluse glatt zu ziehen. Ich blieb im Bett; sie wollte es so.

Mit schräg gelegtem Kopf, den Blick in den Spiegel gerichtet, sagte sie: »Ich dachte, du treibst dich vielleicht in deinem alten Revier herum.«

Ihre Worte klangen jetzt mechanischer. Die Stimmung, die sie ins Zimmer mitgebracht hatte, hatte sie verlassen. Doch als sie schließlich fertig war und sich vom Spiegel wieder zu mir wandte, wirkte sie aufs Neue zutiefst zufrieden mit sich und mit mir, mit ihrem kleinen Abenteuer.

»Tut mir Leid«, sagte sie. »Aber ich muss los.« Und fast schon an der Tür drehte sie sich um und lächelte und sagte: »Du hast doch keine Frau im Schrank versteckt, oder?«

Es war so untypisch. Es erinnerte mich so an die Sprüche mancher Huren, die einem schmeicheln zu müssen glauben, indem sie Eifersucht heucheln. Es verdarb alles. Gegensätze; wieder diese Kommunikation durch Gegensätze. Die Frau im Schrank: der andere Mann da draußen irgendwo. Die Fahrt von der Domäne hierher: diese andere Fahrt zurück. Zugetanheit, unmittelbar vor dem Verrat. Und mir waren die Tränen gekommen.

Da brach es sich Bahn, all das, was sich in mir angestaut hatte, seit sie begonnen hatte, ihre Kleider zu richten. Mit einem Satz war ich vom Bett aufgesprungen und stand zwischen ihr und der Tür.

»Hältst du mich für Raymond?«
Sie erschrak.

»Hältst du mich für Raymond?«

Diesmal bekam sie nicht erst Gelegenheit, zu antworten. Sie bekam Schläge ins Gesicht, so viele und so heftige trotz schützend erhobener Arme, dass sie rückwärts taumelte und sich zu Boden fallen ließ. Darauf nahm ich den Fuß zu Hilfe, um der Schönheit ihrer Schuhe zu huldigen, ihren Fesseln, dem Rock, den ich sie hatte hochschieben sehen, dem Bogen ihrer Hüfte. Sie drehte das Gesicht zum Boden und lag eine Zeit lang ganz still; dann holte sie Atem, tief, wie ein Kind, bevor es zu schreien anfängt, und ein Wimmern kam, das nach einer Weile in richtiges, furchtbares Schluchzen überging. Das war das Einzige, viele Minuten lang.

Ich saß auf dem Windsorstuhl an der Wand, zwischen den Kleidern, die ich vor dem Zubettgehen ausgezogen hatte. Meine Handfläche war steif, geschwollen. Der Handrücken schmerzte vom kleinen Finger bis hinunter zum Handgelenk; Knochen war auf Knochen geprallt. Yvette hievte sich hoch. Ihre Augen waren nur Schlitze zwischen den roten, von echten Tränen verquollenen Lidern. Sie setzte sich auf den Bettrand, auf die äußerste Ecke der Schaumstoffmatratze, und sah zu Boden. Ihre Hände lagen mit den Handflächen nach oben auf ihren Knien. Mir war elend.

Nach einer Weile sagte sie: »Ich wollte dich einfach sehen. Es schien so eine gute Idee. Ich hab mich getäuscht.«

Dann schwiegen wir.

Ich sagte: »Dein Essen?«

Sie schüttelte langsam den Kopf. Ihr Abend war verdorben; sie hatte ihn abgeschrieben – aber wie klaglos! Und dieses Kopfschütteln ließ mich plötzlich ihre Freude von vorhin nachfühlen, die ihr so gründlich vergangen war. Mein Fehler: ich war zu schnell bereit gewesen, sie verloren zu geben.

Sie trat sich die Schuhe von den Füßen. Sie stand auf, öffnete den Reißverschluss an ihrem Rock und zog ihn aus.

Dann stieg sie so, wie sie war, mit ihren aufgeplusterten Haaren und der Bluse, ins Bett, deckte sich mit dem oberen Baumwolllaken zu und rutschte hinüber auf die andere Seite, ihre Seite. Sie bettete ihren toupierten Kopf auf das Kissen, mit dem Rücken zu mir, und die Zeitschrift, die noch immer dort lag, fiel mit ihrem eigenen kleinen Geräusch auf den Boden. Und so verharrten wir eine Zeit lang in dieser Stunde des Abschieds, dieser Parodie der Häuslichkeit, jeder in seiner sonderbaren Haltung.

Schließlich sagte sie: »Kommst du nicht?«

Ich war zu nervös, um mich zu rühren oder zu sprechen.

Und noch ein wenig später drehte sie sich zu mir und sagte: »Du kannst doch nicht ewig auf dem Stuhl da bleiben.«

Ich ging zum Bett und setzte mich neben sie. Ihr Körper war ganz weich, ganz geschmeidig, ganz warm. Nur ein- oder zweimal hatte ich sie so erlebt. In solch einem Moment! Ich spreizte ihr die Beine. Sie hob sie mir entgegen – Mulden glatter Haut beidseits der Erhebung in der Mitte –, und dann spuckte ich ihr zwischen die Schenkel, bis ich keinen Speichel mehr hatte. All ihre Weichheit schlug in Entrüstung um. »Wie kannst du es wagen!«, schrie sie. Knochen prallte wieder gegen Knochen, meine Hand schmerzte bei jedem Schlag, bis sie sich auf die andere Bettseite hinüberwälzte, sich aufsetzte und eine Nummer zu wählen begann. Wen rief sie um diese Zeit an? An wen konnte sie sich wenden, wessen konnte sie sich so sicher sein?

Sie sagte: »Raymond. Ach, Raymond. Nein, nein. Mir geht's gut. Entschuldige. Ich komme sofort.«

Sie zog sich Rock und Schuhe an und fegte, ohne die Tür zu schließen, hinaus in den Korridor. Kein Innehalten, kein Zögern; ich hörte sie die Treppenstufen hinunterklappern – welch ein Geräusch! Das Bett, in dem nichts stattgefunden hatte, war zerwühlt, zum ersten Mal nach einem ihrer Besuche; mit den hausfraulichen Aufmerksamkeiten war es vorbei. Das Kissen war eingedrückt von ihrem Kopf, das Laken gerafft von ihren Bewegungen – Pretiosen jetzt, mir unendlich teuer, diese Andenken aus Stoff, die bald verschwunden sein würden. Ich legte mich dahin, wo sie gelegen hatte, um ihren Geruch zu riechen.

Vor der Tür sagte Metty: »Salim?« Und noch einmal lauter: »Salim.« Und er kam herein, in der Unterhose.

Ich sagte: »O Ali, Ali. Es sind furchtbare Sachen passiert. Ich habe sie bespuckt. Sie hat mich dazu gebracht, sie zu bespucken.«

»Jeder streitet sich mal. Nach drei Jahren ist es nicht einfach aus.«

»Ali, das ist es nicht. Ich konnte nichts mit ihr anfangen. Ich wollte sie nicht. Ich wollte sie nicht. Das ist das Entsetzliche. Es ist alles weg.«

»Du darfst nicht hier drin bleiben. Komm, wir gehen raus. Ich zieh mir Hemd und Hose an, und wir gehen raus. Wir gehen ein Stück zusammen. Wir gehen zum Fluss. Komm, ich geh mit dir.«

Der Fluss, der Fluss bei Nacht. Nein. Nein.

»Ich weiß mehr über deine Familie als du, Salim. Du musst es dir von der Seele laufen. Das ist das beste Mittel.«

»Ich bleibe hier.«

Er stand noch ein Weilchen da, dann ging er in sein Zimmer. Aber ich wusste, dass er wartete und wachte. Meine geschwollene Hand schmerzte jetzt quer über den ganzen Handrücken; der kleine Finger fühlte sich wie abgestorben an. Die Haut war stellenweise blauschwarz – auch das nun ein Andenken.

Als das Telefon klingelte, war ich bereit.

»Salim, ich wollte nicht so weglaufen. Wie geht es dir?«

»Grauenhaft. Und dir?«

»Das erste Stück bin ich ganz langsam gefahren. Dann, nach der Brücke, bin ich gerast, damit ich schneller anrufen kann.«

»Ich wusste, dass du anrufen würdest. Ich habe darauf gewartet.«

»Soll ich zurückkommen? Die Straße ist ganz leer. Ich kann in zwanzig Minuten da sein. O Salim. Ich sehe furchtbar aus. Mein Gesicht ist zum Davonlaufen. Ich werde tagelang nicht unter die Leute gehen können.«

»Für mich wirst du immer wunderbar aussehen. Das weißt du.«

»Ich hätte dir ein Valium geben sollen, als ich gesehen habe, in was für einem Zustand du bist. Aber daran habe ich erst gedacht, als ich schon im Auto saß. Du musst versuchen, zu schlafen. Mach dir eine heiße Milch und versuch zu schlafen. Es hilft, wenn man etwas Heißes trinkt. Lass dir von Metty eine heiße Milch machen.«

Nie so vertraut, nie so sehr Ehefrau wie in diesem Moment. Durchs Telefon redete es sich leichter. Und als das vorbei war, begann ich meine Nachtwache, wartete auf das Tageslicht und den nächsten Anruf. Metty schlief. Er hatte seine Zimmertür offen gelassen, und ich hörte seine Atemzüge.

Dann, im Morgengrauen, kam ein Augenblick, in dem die Nacht plötzlich Vergangenheit wurde. Die Pinselstriche auf den weiß getünchten Fensterscheiben zeichneten sich schon ab, da hatte ich, inmitten meiner Pein, eine Erleuchtung. Es war eine Erleuchtung ohne Worte; die Worte, in die ich sie zu fassen versuchte, waren verworren und verscheuchten sie. Mir schien, dass wir Menschen nur geboren wurden, um alt zu werden, um unsere Lebensspanne auszuschöpfen, Erfahrung zu sammeln. Der Mensch lebte, um Erfahrung zu sammeln; die Natur der Erfahrung war unwesentlich; Glück und Schmerz – vor allem Schmerz – bedeuteten nichts, Schmerz auszustehen bedeutete ebenso wenig, wie dem Glück nachzujagen. Und selbst als die Erleuchtung verblasst war, als sie so schemenhaft und halb unsinnig geworden war wie ein Traum, blieb mir als Erinnerung die Gewissheit über die Illusion des Schmerzes.

Das Licht hinter den weiß gestrichenen Fenstern wurde heller. Das aufgestörte Zimmer hatte sich verändert. Es schien schal geworden. Das einzig reale Andenken war jetzt mein wunder Handrücken, obwohl ich nur hätte suchen müssen, um ein oder zwei Haare von ihrem Kopf zu finden. Ich zog mich an und ging die Treppe hinunter; die Idee eines Morgenspaziergangs verwarf ich und fuhr stattdessen mit dem Auto durch die erwachende Stadt. Die Farben belebten mich; ich dachte, solch frühmorgendliche Fahrten hätte ich öfter unternehmen sollen.

Kurz vor sieben fuhr ich ins Zentrum, zu Bigburger. Säcke und Schachteln voll unabgeholtem Müll standen auf dem Gehsteig. Ildephonse war da, seine Livreejacke inzwischen ähnlich abgenutzt wie die Einrichtung. Selbst so früh am Tag hatte Ildephonse schon getrunken; wie den meisten Afrikanern genügten ihm ein paar Schlucke von dem leichten hiesigen Bier, um den alten Pegel zu erreichen. Er kannte mich seit Jahren; ich war der erste Kunde an diesem Morgen, und doch nahm er mich kaum wahr. Seine biertrüben Augen starrten an mir vorbei auf die Straße. In einer der Falten oder Kerben seiner Unterlippe klemmte ein Zahnstocher, so präzise und passgenau, dass Ildephonse reden oder den Kiefer herunterklappen konnte, ohne dass der Zahnstocher verrutschte; es wirkte wie ein Zaubertrick.

Ich holte ihn aus weiß Gott welchen Fernen zurück, und er brachte mir eine Tasse Kaffee und ein Brötchen mit einer Scheibe Schmelzkäse darin. Das machte zweihundert Francs, fast sechs Dollar; die Preise waren absurd dieser Tage.

Ein paar Minuten vor acht kam Mahesh. Er hatte sich gehen lassen. Er war immer stolz auf seine zierliche Statur gewesen. Aber ganz so zierlich war er nicht mehr; es fehlte nicht viel, und er wäre einfach ein kleiner, dicker Mann.

Seine Ankunft hatte eine elektrisierende Wirkung auf Ildephonse. Im Nu waren der glasige Blick und der Zahnstocher verschwunden, und er flitzte rührig hin und her und lächelte und begrüßte die Morgenkundschaft, hauptsächlich Gäste aus dem Van-der-Weyden.

Ich hoffte, Mahesh würde meine Verfassung bemerken. Aber er verlor kein Wort darüber; er wirkte nicht einmal erstaunt, dass ich da war.

Er sagte: »Shoba würde dich gern sehen, Salim.«

»Wie geht es ihr?«

»Besser. Ich glaube, es geht ihr besser. Sie möchte dich sehen. Du musst uns besuchen. Komm zum Essen. Komm zum Mittagessen. Komm gleich morgen.«

Zabeth half mir, den Vormittag zu überstehen. Es war ihr Einkaufstag. Mit ihren Geschäften ging es seit Beginn der Unruhen bergab, und sie berichtete schlimme Dinge aus den Dörfern. Immer mehr junge Männer wurden von der Polizei und der Armee entführt; das war die neue Taktik der Regierung. Obwohl die Zeitungen darüber schwiegen, herrschte im Busch wieder Krieg. Zabeth schien eher auf Seiten der Rebellen zu stehen, aber ganz sicher war ich mir nicht, deshalb gab ich mich möglichst neutral.

Ich erkundigte mich nach Ferdinand. Seine Ausbildung in

der Hauptstadt war abgeschlossen. Seine erste Ernennung stand bevor, und als Letztes hatte ich von Zabeth gehört, er sei als Nachfolger unseres Regierungskommissars im Gespräch, der kurz nach Ausbruch der Gewalt seinen Posten hatte räumen müssen. Ferdinands gemischte Abstammung machte ihn zu einer guten Wahl für das schwierige Amt.

Zabeth, die den beeindruckenden Titel recht gelassen aussprach (ich musste an das alte Spendenbuch für die Turnhalle des Gymnasiums denken, an die Zeiten, da der Gouverneur der Provinz auf einer Seite für sich unterschrieben hatte wie ein Fürst), Zabeth sagte: »Ja, Fer'nand wird wohl der Regierungskommissar, Mis' Salim. Wenn sie ihn am Leben lassen.«

»Am Leben lassen, Beth?«

»Wenn sie ihn nicht umbringen. Ich weiß nicht, ob ich ihm den Posten wünschen soll, Mis' Salim. Beide Seiten werden ihn umbringen wollen. Und als Allererster wird ihn der Präsident umbringen wollen, als Opfer. Der gönnt keinem was, Mis' Salim. Er lässt niemand hochkommen in diesem Land. Überall ist nur sein Bild zu sehen. Und schauen Sie sich die Zeitungen an. Sein Bild ist größer als das von allen anderen, jeden Tag. Schauen Sie.«

Auf meinem Schreibtisch lag die gestrige Zeitung aus der Hauptstadt, und das Photo, auf das Zabeth deutete, zeigte den Präsidenten bei einer Ansprache vor Regierungsbeamten der Südprovinz.

»Schauen Sie, Mis' Salim. Er selber ist groß. Die anderen sind so klein, dass man sie kaum sehen kann. Man kann nicht erkennen, wer wer ist.«

Die Beamten trugen die vom Präsidenten entworfene Amtstracht – kurzärmlige Jacke und Halstuch statt Hemd und Krawatte. Sie saßen in engen, ordentlichen Reihen, und auf dem Bild sahen sie wirklich alle gleich aus. Aber Zabeth wollte auf etwas anderes hinaus. Sie fasste die Photographie nicht als Photographie auf; sie kümmerte sich nicht um Entfernung und Perspektive. Sie sprach von der tatsächlichen Größe der verschiedenen Bildausschnitte. Sie brachte mir etwas zu Bewusstsein, das mir vorher nie aufgefallen war: dass nämlich auf den Bildern in der Zeitung nur ausländische Besucher genauso viel Platz erhielten wie der Präsident. Gegen die Einheimischen wirkte er immer riesengroß. Und waren einmal zwei Abbildungen gleich groß, dann zeigte das Bild des Präsidenten nur sein Gesicht, während der andere Mann ganz zu sehen war. Das Photo mit den Beamten aus dem Süden, schräg über die Schulter des Präsidenten aufgenommen, wurde von seinen Schultern, seinem Kopf und der Mütze beherrscht; die Beamten waren nichts als eng zusammengedrängte Punkte in Einheitsuniform.

»Er bringt diese Männer um, Mis' Salim. Innerlich schreien sie, und er hört, wie sie schreien. Und wissen Sie, Mis' Salim, was er da hat, ist kein Fetisch. Gar nichts ist das.«

Ihr Blick war jetzt auf das große Photo an der Wand gerichtet, auf dem der Präsident seinen mit geschnitzten Emblemen verzierten Häuptlingsstab hochreckte. In dem geblähten Bauch der hockenden menschlichen Gestalt in der Mitte des Stabs war angeblich der berühmte Fetisch verborgen.

Sie sagte: »Da drin ist nichts. Ich werd Ihnen was sagen über den Präsidenten. Er hat einen Mann, und dieser Mann geht immer vor ihm her, überall, wo er hinkommt. Dieser Mann springt aus dem Auto, bevor das Auto hält, und alles Schlechte, das auf den Präsidenten wartet, folgt dem Mann und lässt den Präsidenten in Frieden. Ich hab es gesehen, Mis' Salim. Und ich sag Ihnen noch was. Der Mann, der herausspringt und in der Menge verschwindet, ist weiß.«

»Aber der Präsident war doch gar nie hier, Beth.«
»Ich hab's gesehen, Mis' Salim. Ich hab den Mann gesehen. Und erzählen Sie mir nicht, Sie wüssten nicht Bescheid.«

Metty tat mir gut an diesem Tag. Ohne das Vorgefallene zu erwähnen, behandelte er mich mit einer Mischung aus Scheu (Scheu vor dem gewalttätigen, verwundeten Mann) und Fürsorglichkeit. Ich erinnerte mich an ähnliche Momente in unserem Haus an der Küste, nach dem einen oder anderen schlimmen Familienkrach. Auch er erinnerte sich vermutlich an solche Momente und verfiel in alte Gewohnheiten. Nach einer Weile wurde es fast zu einer Rolle, die ich ihm zuliebe spielte, und das half.

Ich duldete es, dass er mich nachmittags heim in die Wohnung schickte; er würde das Absperren übernehmen, sagte er. Danach ging er nicht wie sonst zu seiner Familie. Er kam in die Wohnung und ließ mich auf diskrete Weise wissen, dass er da war und blieb. Ich hörte ihn auf Zehenspitzen herumgehen. Das wäre nicht nötig gewesen, aber die Rücksichtnahme tröstete mich, und ich fiel in Schlaf, in den Kissen, aus denen von Zeit zu Zeit ganz schwach ein Duft des gestrigen (nein, des heutigen) Tags stieg.

Die Zeit rückte in Schüben vor. Bei jedem Erwachen war ich verwirrt. Das Nachmittagslicht schien so verkehrt wie die lärmende Dunkelheit. So verging die zweite Nacht. Und das Telefon klingelte nicht, und ich rief nicht an. Am Morgen brachte Metty mir Kaffee.

Ich ging zu meinem Mittagessen bei Mahesh und Shoba; es kam mir vor, als wären der Besuch bei Bigburger und die Einladung eine Ewigkeit her.

Die Wohnung mit ihren gegen das Sonnengleißen zugezogenen Vorhängen, ihren schönen Perserteppichen, dem Messinggeschirr und all dem anderen kleinen Zierat war genauso, wie ich sie in Erinnerung hatte. Es wurde eine schweigsame Mahlzeit, kein rechtes Wiedersehens- oder Versöhnungsmahl. Wir sprachen nicht über die neueren Ereignisse. Das Thema Immobilienpreise – Maheshs früheres Lieblingsthema, das inzwischen alle nur noch deprimierte – wurde nicht berührt. Wenn wir redeten, dann über das Essen.

Gegen Ende fragte Shoba nach Yvette. Es war das erste Mal, dass sie das tat. Ich berichtete ihr knapp, wie die Dinge standen. Sie sagte: »Das tut mir Leid. So etwas erlebst du vielleicht zwanzig Jahre nicht mehr.« Und nach all meinen heimlichen Gedanken über Shoba, über ihre Spießigkeit, ihre Gehässigkeit, verblüfften mich so viel Anteilnahme und Weisheit.

Mahesh räumte den Tisch ab und machte den Nescafé – bisher hatte ich nirgends einen Dienstboten gesehen. Shoba zog die Vorhänge an einem der Fenster einen Spalt auf, um mehr Licht einzulassen. In diesem Licht setzte sie sich auf das moderne Sofa – glänzendes Metallgestänge, klobige Armpolster – und deutete auf den Platz neben sich. »Hier, Salim.«

Sie ließ mich nicht aus den Augen, als ich mich hinsetzte. Dann wandte sie mir das Profil zu, das Kinn leicht angehoben, und sagte: »Fällt dir an meinem Gesicht etwas auf?«

Ich begriff die Frage nicht.

Sie sagte: »Salim!« und drehte mir voll das Gesicht zu – das Kinn immer noch erhoben, die Augen starr auf meine gerichtet. »Entstellt es mich noch sehr? Schau dir die Augenpartie und die linke Wange an. Vor allem die linke Wange. Was siehst du?«

Mahesh stellte die Tassen mit dem Kaffee auf das niedrige Tischchen und trat neben mich und schaute auch. »Salim kann nichts sehen«, sagte er.

Shoba sagte: »Lass ihn für sich selber sprechen. Schau mein linkes Auge an. Schau dir die Haut unter dem Auge und auf dem Backenknochen an.« Und sie reckte den Hals, als würde sie für ein Profil auf einer Münze Modell stehen.

Und als ich ganz genau schaute, zu entdecken suchte, was sie von mir entdeckt wissen wollte, sah ich, dass der Ausdruck um ihre Augen, den ich der Müdigkeit oder Krankheit zugeschrieben hatte, zum Teil auch von einer kaum wahrnehmbaren Verfärbung der Haut herrührte, von einem schwachen Blaustich in ihrer Blässe, bemerkbar nur auf dem linken Backenknochen. Und nun da ich sah, was ich zuvor so lange nicht gesehen hatte, vermochte ich darüber nicht mehr hinwegzusehen, und ich sah es als die Entstellung, als die sie es sah. Sie merkte es mir an. Sie wurde niedergeschlagen, verzagt.

»Es ist nicht mehr schlimm«, sagte Mahesh. »Es wäre ihm von allein nie aufgefallen.«

Shoba sagte: »Als ich meiner Familie gesagt habe, dass ich mein Leben mit Mahesh verbringen will, haben meine Brüder damit gedroht, mir Säure ins Gesicht zu schütten. Die Drohung hat sich erfüllt, könnte man sagen. Nach dem Tod meines Vaters haben sie mir telegraphiert. Ich habe das als Zeichen verstanden, dass sie mich bei der Trauerfeier dabeihaben wollten. Es war eine schreckliche Art, zurückzukommen – mein Vater tot, das Land in solch einem Zustand, diese grässlichen Afrikaner überall ... Ich sah sie alle am Rand des Abgrunds! Aber das konnte ich niemandem sagen. Wenn man sie fragt, was sie jetzt machen wollen, tun sie so, als wäre alles in bester Ordnung, als gäbe es keinerlei Grund zur Beunruhigung. Und man selber muss das Spiel mitspielen. Warum sind wir so?

Eines Morgens – ich weiß nicht, wie ich so dumm sein konnte. Es gab da dieses Sindhi-Mädchen. Sie hatte in England studiert – das hat sie jedenfalls behauptet –, und sie hatte einen Friseurladen. Die Sonne bei uns im Hochland ist sehr stark, und ich war viel in der Gegend herumgefahren, um alte Freunde zu besuchen oder auch einfach, um aus dem Haus zu kommen. Alle die Orte, die ich früher so gern mochte, waren mir verleidet, als ich sie jetzt wiedersah, deshalb musste ich damit aufhören. Aber von dem vielen Herumfahren war meine Haut ganz braun und fleckig geworden. Ich habe das Sindhi-Mädchen gefragt, ob sie nicht eine Creme oder so etwas hat, die dagegen hilft. Sie hat gesagt, sie weiß etwas. Sie hat dieses Etwas aufgetragen. Als ich geschrien habe, war es schon zu spät. Sie hatte Wasserstoffperoxyd genommen. Ich bin mit verätztem Gesicht zurück in unser Haus gerannt. Und aus diesem Haus des Todes ist für mich ein echtes Trauerhaus geworden.

Ich habe es nicht mehr ausgehalten dort. Ich musste mein Gesicht vor allen verstecken. Also habe ich mich heimgeflüchtet, und jetzt verstecke ich mich hier. Ich kann nirgends mehr hingehen. Ich verlasse das Haus nur im Dunkeln. Es ist besser geworden. Aber ich muss immer noch aufpassen. Du brauchst mir nichts zu erzählen, Salim. Ich habe dir die Wahrheit angesehen. Jetzt kann ich nicht mehr ins Ausland reisen. Ich wollte so gern hier weg. Das Geld hätten wir gehabt. New York, London, Paris. Kennst du Paris? Da gibt es einen Hautspezialisten. Der soll die Haut besser abtragen können als jeder andere Arzt. Wenn ich da irgendwie hinkäme ... Und danach könnte ich überall hin. Suisse zum Beispiel – wie heißt das gleich wieder?«

»Die Schweiz.«

»Siehst du. Ich verlerne alles in dieser Wohnung. Das müsste ein schönes Land zum Leben sein, denke ich immer, wenn man an eine Aufenthaltsgenehmigung kommt ...«

Mahesh indessen betrachtete unausgesetzt ihr Gesicht, halb ermutigend, halb entnervt. An seinem feinen roten Baumwollhemd mit dem schön geschnittenen steifen Kragen stand der oberste Knopf offen, modisch, wie er es von ihr gelernt hatte.

Ich war froh, fortzukommen von ihnen, fort aus dieser guten Stube voller fixer Ideen. Haut, abtragen – die Worte verursachten mir noch lange, nachdem ich sie verlassen hatte, Unbehagen.

Hinter ihrer Fixiertheit steckte mehr als nur ein Hautschaden. Sie waren abgeschnitten von ihren Wurzeln. Früher hatte ihnen das Wissen um ihre überlegenen Traditionen (die andere Menschen an anderen Orten für sie pflegten) Sicherheit gegeben; jetzt waren sie mitten in Afrika auf sich gestellt, allein und ohne Rückhalt. Bei ihnen hatte der Zerfall eingesetzt. Ich war wie sie. Wenn ich nicht schnell handelte, würde es mit mir das gleiche Ende nehmen. Dieses ständige Befragen von Spiegeln und Augen; diese Sucht, den Makel zu exponieren, den man so sorgsam verbarg; Wahnsinn in einem engen Zimmer.

Ich beschloss, in die Welt zurückzukehren, auszubrechen aus der beschränkten Geographie der Stadt, um meine Pflicht an denen zu erfüllen, die auf mich zählten. Ich schrieb Nazruddin, dass ich zu einem Besuch nach London kommen würde, und überließ es ihm, diese simple Botschaft auszulegen. Aber was für eine Entscheidung – zu einer Zeit, da ich keine andere Wahl hatte, da Familie und Gemeinschaft praktisch nicht mehr existierten, da Pflicht kaum noch etwas bedeutete und es keine sicheren Häuser mehr gab.

Die Maschine, die ich schließlich nahm, flog über die Ostküste nach Norden, mit einer Zwischenlandung auf unserem Flughafen. Ich brauchte nicht einmal in die Hauptstadt zu fahren. Das hieß, ich lernte die Hauptstadt auch jetzt nicht kennen.

Auf dem Nachtflug nach Europa schlief ich ein. Eine Frau auf dem Fensterplatz, die sich an mir vorbei in den Gang schob, streifte meine Knie und weckte mich auf. Ich dachte: Das ist ja Yvette. Dann ist sie also doch bei mir. Ich muss warten, bis sie zurückkommt. Und hellwach wartete ich zehn, fünfzehn Sekunden lang. Dann begriff ich, dass es nur ein Wachtraum gewesen war. Und es tat weh – zu erkennen, dass ich allein war und zu einem ganz anderen Ziel unterwegs.

15

ICH WAR NOCH NIE geflogen. Undeutlich erinnerte ich mich daran, was Indar über das Fliegen gesagt hatte, nämlich – sinngemäß –, dass das Flugzeug ihm geholfen habe, sich auf seine Heimatlosigkeit einzustellen. Ich begann zu verstehen, was er gemeint hatte.

Am Abend war ich noch in Afrika gewesen, am Morgen war ich in Europa. Es war mehr als eine schnelle Art zu reisen. Es war, als wäre man an zwei Orten gleichzeitig. Ich erwachte in London, die Taschen voll mit kleinen Andenken an Afrika wie etwa dem Zollschein vom Flughafen, den ich von einem Beamten bekommen hatte, den ich kannte, in einer ganz anderen Art von Menge, einer ganz anderen Art von Gebäude, einem anderen Klima. Beide Orte waren wirklich; beide waren unwirklich. Man konnte den einen gegen den anderen ausspielen, und es fühlte sich nicht an, als hätte man eine endgültige Entscheidung gefällt, eine Reise ohne Umkehr angetreten. Obwohl ich genau das in gewisser Weise getan hatte, auch wenn ich mit Rückflugticket und Touristenvisum unterwegs war und nur sechs Wochen bleiben durfte.

Das Europa, in das mich das Flugzeug brachte, war nicht das Europa, mit dem ich aufgewachsen war. Meine Kindheit hindurch hatte Europa unsere Welt beherrscht. Es hatte die Araber in Afrika besiegt und das Innere des Kontinents unterworfen. Es beherrschte die Küste und all die Länder am Indischen Ozean, mit denen wir Handel trieben; es lieferte unsere Waren. Sicher, wir wussten, wer wir waren und woher wir stammten. Aber erst Europa mit seinen bunten Briefmarken gab uns unsere Vorstellung davon, was malerisch an uns war. Und es gab uns eine neue Sprache.

Jetzt herrschte Europa nicht mehr. Aber es beeinflusste uns immer noch auf hunderterlei Arten durch seine Sprache, und es belieferte uns mit seinen von Jahr zu Jahr wundersameren Waren, Dingen, die mitten im afrikanischen Busch unser Selbstverständnis prägen halfen, die unseren Glauben an unsere Modernität und Fortschrittlichkeit begründeten und uns eine Ahnung von einem anderen Europa vermittelten – dem Europa der großen Städte, großen Kaufhäuser, großen Bauwerke und großen Universitäten. Nur die Privilegierten und Begabten unter uns bekamen dieses Europa zu sehen. Indar hatte sich dorthin aufgemacht, als Student an seiner berühmten Universität. Und wenn Menschen wie Shoba vom Reisen sprachen, dann schwebte ihnen dieses Europa vor.

Aber das Europa, in das ich kam – erwartetermaßen –, war weder das alte Europa noch das neue. Es war eine geschrumpfte Ausgabe davon, armselig und abschreckend. Es war der Ort, an dem Indar nach seiner Zeit an der berühmten Universität gelitten und seinen Platz in der Welt zu bestimmen versucht hatte; der Ort, an den sich Nazruddin und seine Familie geflüchtet hatten; ein Ort, in den Hunderttausende von Menschen wie ich aus Teilen der Welt wie dem meinen hereindrängten, alle auf der Suche nach Arbeit und Auskommen.

Von diesem Europa hatte ich kein Bild im Kopf. Dabei lag es hier in London vor meiner Nase, unübersehbar, und es war nichts Geheimnisvolles daran. Diese unzähligen kleinen

Stände, Buden, Kioske und überquellenden Lebensmittelläden, alle betrieben von Leuten wie mir – man sah buchstäblich vor sich, wie sie sich ins Land gedrängt und gezwängt hatten. Sie feilschten mitten in London wie früher mitten in Afrika. Die Waren legten kürzere Wege zurück, aber die Beziehung des Händlers zu seiner Ware blieb die gleiche. In den Straßen von London sah ich diese Leute, die so waren wie ich, wie aus weiter Ferne. Ich sah die jungen Mädchen, die um Mitternacht in dem Gefängnis ihrer Kioske Zigaretten verkauften, und sie kamen mir wie Marionetten in einem Puppentheater vor. Sie waren ausgeschlossen vom Leben der großen Stadt, die ihre Heimat hatte werden sollen, und ich konnte nur den Kopf schütteln über die Sinnlosigkeit ihres eigenen schweren Lebens, die Sinnlosigkeit ihrer beschwerlichen Reise.

Was für Illusionen Afrika Menschen von außerhalb eingab! In Afrika hatte ich unseren Arbeitsinstinkt, unser Leistungsvermögen selbst unter extremen Bedingungen, als heroisch und schöpferisch empfunden. Ich hatte darin das Gegenstück zu der Gleichgültigkeit und Rückständigkeit des dörflichen Afrikas gesehen. Aber hier in London, vor einem Hintergrund der Geschäftigkeit, schien mir dieser Instinkt nur noch Instinkt, sinnlos, reiner Selbstzweck. Alles in mir rebellierte dagegen, heftiger, als ich je in meiner Jugend gegen etwas rebelliert hatte. Und auch das Aufbegehren, von dem Indar mir erzählt hatte, verstand ich nun plötzlich, dieses Aufbegehren an jenem Tag an dem großen Londoner Fluss, als er beschlossen hatte, sich loszusagen von den Begriffen der Heimat und altüberkommenen Frömmigkeit, von der kritiklosen Verehrung unserer großen Anführer und von der Selbstunterdrückung, die mit dieser Verehrung und diesen Begriffen einherging, und sich bewusst hineinzustürzen in die größere, harschere Welt. Auch für mich war das die einzige Art, wie ich hier leben konnte, wenn ich es musste.

Doch hinter mir lag ja schon ein Leben der Rebellion, in Afrika. Ich hatte es so lange ertragen, wie es nur ging. Und ich war nach London gekommen, um Linderung und Rettung zu finden, Rückhalt an dem, was von unserem strukturierten Leben noch übrig war.

Nazruddin zeigte sich wenig überrascht von meiner Verlobung mit seiner Tochter Kareisha. Er hatte, wie ich mit Bestürzung feststellte, nie an der Treue gezweifelt, die er Jahre zuvor aus meiner Hand gelesen hatte. Auch Kareisha war nicht überrascht. Der Einzige, der die Entwicklung mit einiger Verwunderung zu betrachten schien, war ich selbst, der es kaum fassen konnte, dass sich eine solche Wende in meinem Leben mit solcher Leichtigkeit vollzog.

Zu der Verlobung kam es, als mein Aufenthalt schon fast um war. Aber sie war von Anfang an als besiegelt angesehen worden. Und es war ja auch tröstlich, mich in der großen fremden Stadt, nach diesem rasanten Ortswechsel, von Kareisha unter ihre Fittiche nehmen, mich von ihr beim Namen rufen und durch London führen zu lassen – sie als die Wissende (die auf Uganda und Kanada zurückblicken konnte), ich als der Primitive (der seine Unbedarftheit ein wenig übertrieb).

Sie war Apothekerin. Das ging zum Teil auf Nazruddins Betreiben zurück. Er hatte zu viele Umschwünge, zu viel plötzlichen Aufruhr erlebt, um noch an die schützende Macht von Eigentum und Handel glauben zu können, und so hatte er seine Kinder dazu gedrängt, Fertigkeiten zu erlernen, die überall von Nutzen sein würden. Vielleicht war es ihr Beruf, der Kareisha so heiter und ausgeglichen machte – eine Seltenheit bei einer unverheirateten Dreißigjährigen aus unserer Gemeinschaft –; vielleicht waren es auch ihr erfülltes Familienleben oder das Vorbild Nazruddins, der unvermindert seine Erfahrungen auskostete und nach Neuem Ausschau hielt. Aber ich wurde mir immer sicherer, dass es irgendwann im Lauf ihrer Wanderjahre eine Romanze gegeben haben musste. Früher einmal hätte mich die Vorstellung empört. Jetzt störte es mich nicht. Und der Mann musste nett gewesen sein. Denn Kareisha hatte eine Zuneigung zu Männern zurückbehalten. Das war ungewohnt für mich; ich hatte so wenig Erfahrung mit Frauen. Ich schwelgte in dieser Zuneigung und spielte ein wenig den Pascha. Es hatte etwas unendlich Wohltuendes.

Spielte – vieles, was ich hier tat, war gespielt. Denn Abend für Abend musste ich wieder zurück in mein Hotel (nicht weit von ihrer Wohnung), und dort musste ich mich meiner Einsamkeit stellen, diesem anderen Menschen, der ich war. Ich hasste dieses Hotelzimmer. Es gab mir das Gefühl, in einem Niemandsland zu sein. Es ließ alte Ängste wieder aufleben und neue entstehen, Ängste, die mit London zu tun hatten, mit dieser entgrenzten Welt, in der ich meinen Weg würde machen müssen. Wie sollte ich beginnen? Wenn ich den Fernseher einschaltete, dann nicht, um zu staunen, sondern um mich der großen Fremdheit dort draußen auszusetzen und zu rätseln, wie diese Männer auf dem Bildschirm es geschafft hatten, aus der Menge herausgelesen zu werden. Und in einem Winkel meines Innern tröstete ich mich damit, dass ich immer noch »zurückgehen« konnte, dass ich nur ins Flugzeug steigen musste, dass mich schließlich niemand zum Hierbleiben zwingen konnte. Die Entscheidungen und Freuden des Tages und frühen Abends überdauerten bei mir nie die Nacht.

Indar hatte von Menschen wie mir behauptet, wir würden

unsere Augen verschließen, wenn wir in eine große Stadt kamen; unsere einzige Sorge sei es, zu zeigen, dass wir nicht übermannt waren. Und das traf zu, auch auf mich, obwohl ich Kareisha zur Führerin hatte. Ich wusste, ich war in London, aber ich wusste nicht wirklich, wo ich war. Die Stadt überstieg meine Fassungskräfte. Mit Bestimmtheit konnte ich nur sagen, dass ich in der Gloucester Road war. Da lag mein Hotel; da lag Nazruddins Wohnung. Ich fuhr überallhin mit der Untergrundbahn, tauchte an einer Stelle in die Erde hinab, tauchte an einer anderen wieder auf, ohne einen Ort mit dem anderen verbinden zu können, und nicht selten nahm ich verzwickte Umsteigemanöver in Kauf, um eine kurze Strecke zurückzulegen.

Die einzige Straße, in der ich mich auskannte, war die Gloucester Road. Wenn ich in die eine Richtung ging, kam ich zu lauter hohen Gebäuden und Alleen und verlor die Orientierung. In der anderen Richtung kamen zahllose Touristenlokale und ein paar arabische Restaurants und dann der Park. Durch den Park führte eine breite, sacht ansteigende Promenade, auf der die Jungen Skateboard fuhren. In der Mitte des Parks lag ein großer Teich mit gemauerter Böschung. Er sah künstlich aus, war jedoch voll echter Vögel – Schwäne, Enten aller Art –, und ich wunderte mich immer, dass es den Vögeln nichts ausmachte, dort zu sein. Künstliche Vögel, die schönen Zelluloidvögel meiner Kindheit etwa, hätten viel eher ins Bild gepasst. Rundum, fern hinter den Bäumen, ragten die Häuser auf. An einem solchen Ort fiel es einem leicht, die Stadt als das Werk von Menschen zu begreifen, nicht als etwas, das von sich aus wuchs und einfach »da war«. Auch davon hatte Indar gesprochen, und er hatte Recht gehabt. Leute wie wir ließen uns gern dazu verleiten, große Städte als naturgegeben zu betrachten. Das versöhnte uns mit unseren Slums. Eine Stadt wuchs eben so und die andere so, sagten wir uns.

Im Park ließen die Leute an schönen Nachmittagen Drachen steigen, und manchmal spielten Araber aus den Botschaften unter den Bäumen Fußball. Überhaupt sah man viele Araber, hellhäutige Menschen, richtige Araber, keine halbafrikanischen wie an unserer Küste; einer der Zeitungsstände vor dem U-Bahnhof Gloucester Road war voller arabischer Zeitungen und Illustrierten. Nicht alle Araber waren reich oder auch nur sauber. Manchmal bemerkte ich kleine Grüppchen armer Araber in verdreckten Kleidern, die im Park auf dem Rasen oder auf einem der Bürgersteige in der Nähe hockten. Ich hielt sie für Dienstboten, und das schien mir beschämend genug. Doch dann begegnete ich eines Tages einer arabischen Dame mit ihrem Sklaven.

Der Bursche sprang mir sofort ins Auge. Er trug sein weißes Käppchen und das einfache weiße Gewand, das seinen Status vor aller Welt kenntlich machte, und er schleppte zwei Lebensmitteltüten aus dem Waitrose-Supermarkt in der Gloucester Road. Er ging die vorgeschriebenen zehn Schritte vor seiner Herrin her, die dick war auf die typische Art der Araberinnen und ihr blasses Gesicht unter dem durchsichtigen schwarzen Schleier mit blauen Zeichen bemalt hatte. Sie war zufrieden mit sich; man sah ihr an, dass sie es aufregend fand, in London zu sein und mit den anderen modernen Hausfrauen im Waitrose-Supermarkt einzukaufen. Im ersten Moment hielt sie mich für einen Araber, und sie warf mir durch ihren dünnen Schleier einen Blick zu, der Zustimmung und Bewunderung heischte.

Was den Burschen mit den Einkaufstüten betraf, so war er ein magerer, hellhäutiger junger Mann und, wie ich vermutete, im Haus seiner Herrin geboren. Sein Gesicht hatte den leeren, hündischen Ausdruck, den im Haus geborene Sklaven nach meiner Erinnerung gern aufsetzten, wenn sie sich mit ihrer Herrschaft in der Öffentlichkeit zeigten und irgendwelche einfachen Aufgaben verrichteten. Dieser Bursche tat so, als wären die Waitrose-Einkäufe bleischwer, aber das war nur Schauspielerei, um die Aufmerksamkeit auf ihn selbst und die Dame zu lenken, der er diente. Auch er hatte mich zunächst für einen Araber gehalten, und als wir aneinander vorbeigingen, hörte er auf, den Schwerbeladenen zu mimen, und spähte mit sehnsüchtiger Neugier zu mir herüber wie ein Welpe, der spielen möchte und doch einsehen muss, dass jetzt nicht die Zeit dafür ist.

Ich war unterwegs zu Waitrose, um eine Flasche Wein für Nazruddin zu kaufen. Seine Freude an Wein und gutem Essen hatte nicht nachgelassen. Es war ihm ein Vergnügen, mich in diesen Dingen anzuleiten; und tatsächlich empfand ich nach dem portugiesischen Wein, den ich all die Jahre in Afrika getrunken hatte – weiß und charakterlos oder rot und sauer – die Vielfalt der Weine hier in London jeden Tag als kleine Offenbarung. Beim Abendessen in der Wohnung (vor dem Fernsehen: Nazruddin sah jeden Abend ein paar Stunden fern) erzählte ich ihm von dem weißgekleideten Sklaven. Er sagte, das überrasche ihn nicht; das gebe es jetzt offenbar häufiger in der Gloucester Road; seit ein paar Wochen schon falle ihm ein schmieriger Geselle in Braun auf.

»Früher war der Teufel los«, sagte er, »wenn einer dabei erwischt worden ist, wie er ein paar Jungs in einer Dau nach Arabien verschifft hat. Heute haben sie ihre Pässe und Visen wie alle anderen auch, sie reisen ein wie alle anderen auch, und keiner schert sich einen Dreck darum.

Ich bin abergläubisch, was die Araber angeht. Sie haben uns und der halben Welt unsere Religion gegeben, aber wenn sie aus Arabien ankommen ... tut mir Leid, dann erwarte ich mir nichts Gutes. Denk nur daran, wo wir herkommen. Persien, Indien, Afrika. Denk daran, was dort passiert ist. Und jetzt Europa. Sie pumpen das Öl rein und saugen das Geld raus. Pumpen das Öl rein, um das System am Laufen zu halten, saugen das Geld raus, damit es kollabiert. Sie brauchen Europa. Sie wollen die Waren und den Grundbesitz, und gleichzeitig brauchen sie einen sicheren Ort für ihr Geld. Ihre eigenen Länder sind so grauenhaft. Aber sie vernichten den Reichtum. Sie schlachten die Gans, die die goldenen Eier legt.

Nicht dass sie die Einzigen wären. Auf der ganzen Welt ist der Reichtum auf der Flucht. Die Leute haben den Globus abgeschrappt, so sauber wie ein Afrikaner seinen Hof, und jetzt wollen sie weg aus den grauenvollen Gegenden, in denen sie ihr Geld gescheffelt haben, irgendwohin, wo das Leben angenehm und sicher ist. Ich war selbst einer von ihnen. Koreaner, Filipinos, Leute aus Hongkong und Taiwan, Südafrikaner, Italiener, Griechen, Südamerikaner, Argentinier, Kolumbianer, Venezuelaner, Bolivianer, jede Menge Schwarze, die Länder leer geräumt haben, von denen du noch nie gehört hast, Chinesen von überall her. Alle sind sie auf der Flucht. Alle fliehen sie vor dem Feuer. Glaub nicht, die Leute würden nur aus Afrika weglaufen.

Seit die Schweiz ihre Grenzen dichtgemacht hat, fliehen die meisten in die Vereinigten Staaten und nach Kanada. Und da werden sie schon erwartet, von den Profis, den Geldwaschexperten. Die Südamerikaner warten auf die Südamerikaner, die Asiaten auf die Asiaten, die Griechen auf die Griechen, und ab geht's in die Wäscherei. In Toronto, Vancouver, Kalifornien, egal wo. Und Miami ist sowieso eine einzige große Geldwaschanstalt.

Das wusste ich schon, bevor ich nach Kanada kam. Ich habe mir von niemandem eine Millionen-Villa in Kalifornien oder einen Orangenhain in Mittelamerika oder ein Stück Sumpf in Florida andrehen lassen. Weißt du, was ich stattdessen gekauft habe? Du wirst es nicht glauben. Ich habe eine Ölquelle gekauft, einen Anteil an einer Ölquelle. Der Mann war Geologe. Ich habe ihn durch Advani kennen gelernt. Sie brauchen zehn Leute, hieß es, um eine kleine Ölgesellschaft zu gründen. Sie wollten hunderttausend Dollar zusammenbekommen, zehn von jedem von uns. Das Grundkapital sollte diese Summe aber übersteigen, und wenn wir auf Öl stießen, sollte der Geologe die restlichen Anteile zu einem Nennbetrag aufkaufen dürfen. Das war fair. Schließlich war es sein Einsatz, seine Arbeit.

Die Anteile waren in Ordnung, das Land war da. In Kanada kannst du einfach hingehen und bohren. Du kannst die Ausrüstung mieten, nicht mal besonders teuer. Rund dreißigtausend für eine Probebohrung, je nach Bodenbeschaffenheit. Und es gibt keine Abbaugebühren wie bei euch. Ich habe es alles überprüft. Es war ein Risiko, aber ich dachte, nur ein geologisches Risiko. Ich habe meine zehntausend gezahlt. Und was passiert? Wir stoßen auf Öl. Damit waren meine zehn über Nacht zweihundert wert geworden – gut, sagen wir hundert. Aber weil wir eine personenbezogene Gesellschaft waren, stand der Gewinn nur auf dem Papier. Wir hätten nur aneinander verkaufen können, und so viel Geld hatte keiner von uns.

Der Geologe übte seine Option aus und kaufte zu einem Spottpreis die übrigen Anteile. Dadurch erlangte er die Kontrolle über die Gesellschaft – aber so war es ja abgemacht. Dann kaufte er eine praktisch bankrotte Bergwerksgesellschaft. Wir wunderten uns, aber inzwischen hätte keiner mehr zu bezweifeln gewagt, dass der Mann wusste, was er tat. Dann hat er sich auf eine von den schwarzen Inseln abgesetzt. Er hatte die beiden Firmen irgendwie miteinander verbunden, dann mit dem Öl als Sicherheit einen Kredit von einer Million Dollar aufgenommen und das Geld unter einem Vorwand auf seine Firma übertragen. Wir sind auf den Schulden sitzen geblieben. Der älteste Trick der Welt, und wir neun haben dabeigestanden und zugeschaut, als würden wir einem Mann zuschauen, der ein Loch in die Erde gräbt. Zu allem Überfluss sind wir auch noch dahinter gekommen, dass er seinen Anteil gar nicht eingezahlt hatte. Er hat es alles mit unserem Geld gemacht. Und jetzt setzt er wahrscheinlich Himmel und Hölle in Bewegung, um seine Million an einen sicheren Ort zu schaffen. Tja, so habe ich das Kunststück fertig gebracht, plus zehn in minus hundert zu verwandeln.

Mit der Zeit wird sich das Minus ausgleichen. Das Öl ist ja da. Vielleicht hole ich sogar meine zehntausend wieder rein. Das ist das Problem bei Leuten wie uns, die durch die Welt ziehen und Verstecke für ihr Geld suchen: Wir verstehen uns nur in der Heimat auf unsere Geschäfte. Trotzdem. Das mit dem Öl war nur nebenbei. Eigentlich hatte ich ein Kino, ein Ethno-Kino. Kennst du das Wort? Es ist ein Sammelbegriff für alle ausländischen Volksgruppen an einem Ort. Es war sehr ethnisch da, wo ich gewohnt habe, aber die Idee ist mir vor allem deshalb gekommen, weil ein Kino in der Innenstadt zum Verkauf stand und weil es eine hübsche kleine Geldanlage schien.

Bei der Besichtigung hat alles bestens funktioniert, aber nach der Übernahme konnten wir plötzlich kein klares Bild mehr auf die Leinwand bekommen. Erst dachte ich, es liegt nur am Objektiv. Dann wurde mir klar, dass der Mann, der mir den Laden verkauft hatte, die Maschinen ausgetauscht hatte. Ich bin zu ihm hingegangen und habe gesagt: ›So geht das nicht.‹ Er sagte: ›Wer sind Sie? Ich kenne Sie nicht.‹ Basta. Aber schließlich waren die Projektoren gerichtet, die Sitze renoviert und so weiter. Besonders gut lief es nicht. Ein Ethno-Kino in der Innenstadt war keine glorreiche Idee. Das Problem bei vielen ethnischen Gruppen ist einfach, dass sie Stubenhocker sind. Sie wollen bloß auf dem kürzesten Weg nach Hause, und da sitzen sie dann. Am meisten Erfolg hatten wir mit den indischen Filmen. Zu denen kamen jede Menge Griechen. Die Griechen lieben indische Filme. Wusstest du das? Wie auch immer. Wir kämpften uns durch den Sommer. Es wurde kalt. Ich schaltete die Heizung ein. Nichts geschah. Das Kino hatte keine Heizung. Oder sie war ausgebaut worden.

Ich ging wieder zu dem Mann. Ich sagte: ›Sie haben behauptet, dass alles funktioniert.‹ Er sagte: ›Wer sind Sie?‹ Ich sagte: ›Meine Vorfahren haben sich über Jahrhunderte am Indischen Ozean als Händler und Kaufleute halten können, unter jeder Art von Regierung. Und es gibt einen Grund, warum wir uns so lange gehalten haben. Wir verhandeln hart, aber wir halten Wort. Unsere sämtlichen Verträge sind mündlich, aber was einmal zugesagt ist, gilt. Und zwar nicht, weil wir Heilige sind. Sondern weil sonst das ganze System zusammenbrechen würde.‹ Er sagte: ›Dann gehen Sie doch zurück an den Indischen Ozean.‹

Als ich wieder draußen war, bin ich sehr schnell gegangen. Ich bin über eine Unebenheit im Pflaster gestolpert und habe mir den Fuß verrenkt. Das habe ich als Zeichen genommen. Mein Glück hatte mich verlassen, wie ich es ja immer vorausgeahnt hatte. Ich wusste, ich konnte in diesem Land nicht bleiben. Es kam mir wie ein einziger Schwindel vor. Die

Leute dort sehen sich als Teil der westlichen Welt, aber in Wirklichkeit unterscheidet sie so gut wie nichts mehr von uns Flüchtlingen. Sie sind wie Heimatlose, die auf dem Land anderer und von der Intelligenz anderer leben und damit ihren Daseinszweck erfüllt glauben. Deshalb sind sie so gelangweilt und abgestumpft. Unter ihnen zu leben schien mir der sichere Tod.

Als ich nach England kam, riet mein Instinkt mir eigentlich, es mit Feinmechanik zu versuchen. Ein kleines Land, ein gutes Straßen- und Schienennetz, Strom, weit gefächerte industrielle Möglichkeiten. Ich dachte, wenn ich mir die richtige Gegend aussuche, gute Ausrüstung anschaffe und Asiaten einstelle, kann nichts schief gehen. Die Europäer können sich für Maschinen und Fabriken nicht mehr begeistern. Die Asiaten dagegen lieben sie; insgeheim sind ihnen Fabriken wichtiger als ihre Familien. Aber nach Kanada habe ich dazu nicht den Mut aufgebracht. Ich wollte lieber auf Nummer Sicher gehen. Und das Sicherste schienen mir Immobilien. So bin ich in der Gloucester Road gelandet.

Die Gloucester Road ist eine der Haupt-Touristengegenden hier, das siehst du ja. London zerstört sich selbst für den Tourismus – auch das kannst du hier sehen. Hunderte von Häusern, Tausende von Wohnungen sind geräumt worden, um Hotels, Pensionen und Restaurants für die Touristen zu schaffen. Privater Wohnraum wird immer knapper. Ich dachte, ich könnte nichts falsch machen. Ich habe sechs Wohnungen in einem Mietshaus gekauft. Da hatte der Boom gerade seinen Höhepunkt erreicht. Seitdem sind die Preise um fünfundzwanzig Prozent gefallen, und die Zinsen sind von zwölf auf zwanzig, zum Teil sogar vierundzwanzig Prozent gestiegen. Weißt du noch den Skandal bei uns an der Küste, als herauskam, dass Indars Familie zehn bis zwölf Prozent für ihre Darlehen nahm? Manchmal glaube ich, ich verstehe nichts mehr vom Geld. Und die Straßen draußen sind voller Araber.

Ich muss absurd hohe Mieten verlangen, um meine Kosten zu decken. Und wenn man absurd hohe Mieten verlangt, gerät man an merkwürdige Mieter. Das hier ist eins meiner Souvenirs. Ein Wettschein von einem der Wettbüros in der Gloucester Road. Der soll mich an ein Mädchen vom Lande erinnern, das aus dem Norden hierher gezogen war. Sie hat auf den falschen Araber gesetzt, sozusagen. Der Mann, mit dem sie sich eingelassen hat, war einer von den Armen, ein Algerier. Sie hat immer den Müll vor die Wohnungstür gekippt. Der Algerier hat derweil auf Pferde gesetzt. Damit wollten sie an das große Geld kommen.

Sie haben gewonnen, und dann haben sie verloren. Sie konnten die Miete nicht mehr zahlen. Ich habe die Miete gesenkt. Sie konnten immer noch nicht bezahlen. Es kamen Beschwerden über den Müll und die Kräche, und der Algerier pisste regelmäßig in den Lift, wenn er ausgesperrt war. Ich bat sie auszuziehen. Sie weigerten sich, und das Recht war auf ihrer Seite. Einmal habe ich das Schloss auswechseln lassen, als sie nicht da waren. Als sie zurückkamen, haben sie einfach die Polizei gerufen, und die hat ihnen aufgemacht. Damit ich in Zukunft nicht mehr reinkann, haben sie ein neues Schloss eingebaut. Die ganzen Schlüssellöcher an der Tür mit den Metalleinfassungen drum herum sahen aus wie die Knopfleiste an einem Hemd. Ich gab auf.

Rechnungen wurden überhaupt keine mehr bezahlt. Eines Morgens ging ich hin und klopfte. Aus der Wohnung drang Gewisper, aber niemand öffnete. Der Lift war nicht weit weg von der Wohnungstür. Ich machte die Lifttür auf und wieder zu. Und richtig, sie dachten, ich wäre wieder hinuntergefahren, und schauten heraus, um sich zu vergewissern. Ich stellte den Fuß in den Türspalt und ging hinein. Die kleine Wohnung war voller armer Araber in Unterhemden und grässlich bunten Unterhosen. Der ganze Fußboden lag voll mit Matten und Decken. Das Mädchen war nicht bei ihnen. Entweder hatten sie sie rausgeschmissen, oder sie war freiwillig gegangen. Ich hatte also zwei Monate lang zwanzig Prozent Zinsen und andere Gebühren bezahlt, nur um einem ganzen Zelt voll armer Araber Unterschlupf zu gewähren. Sie sind ein seltsames Volk, rassisch gesehen. Einer von ihnen hatte feuerrote Haare. Was machen sie in London? Was erwarten sie sich? Wie wollen sie überleben? Wo auf der Welt gibt es einen Platz für Menschen wie sie? Sie sind so viele.

Hier ist noch ein Mädchen, das einfach abgehauen ist. Die hat mich siebenhundert Pfund gekostet. Sie kam aus Osteuropa, Flüchtling wahrscheinlich. Aber sie war eine Frau. Sie muss einiges investiert haben, um diese Photokarten von sich drucken zu lassen. Da sitzt sie, bis zum Hals im Wasser – keine Ahnung, was sie sich von dem Bild versprochen hat. Da steht sie, den Daumen gereckt wie eine Anhalterin, in einer Art durchgeknöpftem Overall, der oben offen ist und ein Stück Busen sehen lässt. Und hier posiert sie in schwarzer Lederhose und einem großen schwarzen Zylinder und streckt ihren kleinen Hintern in die Luft. ›Erika. Model—Schauspielerin—Sängerin—Tänzerin. Haare: rot. Augen: graugrün. Spezialgebiete: Mode—Kosmetik—Fußbekleidung—Hände—Beine—Zähne—Haare. 1,75 m. 82–63–84.‹ Alles das, und nirgends ein Abnehmer. Nur schwanger geworden ist sie, und nachdem sie noch schnell £ 1200 – zwölfhundert Pfund! – vertelefoniert hat, ist sie dann eines Nachts abgehauen und hat als Einziges diese Karten mit ihren Bildern dagelassen. Einen riesigen Stapel. Ich habe es nicht übers

Herz gebracht, sie alle wegzuwerfen. Ich fand, ich sollte eine behalten, als Andenken.

Was wird aus diesen Leuten? Wohin gehen sie? Wie leben sie? Kehren sie in ihre Heimat zurück? Haben sie überhaupt eine Heimat, in die sie zurückkehren können? Du hast immer wieder über die Ostafrikanerinnen in den Tabakskiosken gesprochen, Salim, die die ganze Nacht Zigaretten verkaufen. Sie schlagen dir aufs Gemüt. Du sagst, dass sie keine Zukunft haben, dass sie nicht einmal wissen, wo sie sind. Ich frage mich, ob das nicht ihr Glück ist. Sie erwarten nichts anderes als das, diese Arbeit, diese Monotonie. Die Leute, von denen ich rede, haben Erwartungen, und sie merken, dass sie hier in London verloren sind. Es muss schrecklich für sie sein, klein beizugeben und zurückzugehen. Dieses Viertel hier wimmelt von ihnen, alle kommen sie hierher geströmt, weil sie sonst nichts kennen und weil es schick ist, alle versuchen sie, eine Existenz aus dem Boden zu stampfen. Du kannst es ihnen nicht verdenken. Sie machen nur das nach, was die Reichen ihnen vormachen.

London ist so groß und so hektisch, dass es ein bisschen dauert, bis man merkt, dass sich eigentlich nur ganz wenig tut. Die Stadt zehrt ihre eigene Energie auf. So viele sind sang- und klanglos untergegangen. Es ist kein neues Kapital da, kein echtes Kapital, und das macht alle nur noch verzweifelter. Wir sind zur falschen Zeit hergekommen. Aber was soll's. Es ist überall die falsche Zeit. Damals, in Afrika, als wir noch unsere Kataloge studiert und unsere Waren bestellt und zugeschaut haben, wie im Hafen die Schiffe entladen wurden – wer hätte da geahnt, dass es in Europa so sein würde, dass die britischen Pässe, die wir uns zum Schutz gegen die Afrikaner haben ausstellen lassen, uns tatsächlich einmal hierher bringen würden und dass die Straßen draußen voller Araber sein würden?«

So weit Nazruddin. Kareisha sagte: »Dir ist hoffentlich klar, dass das die Geschichte eines glücklichen Menschen ist.« Da sagte sie mir nichts Neues.

Nazruddin ging es nicht schlecht. Er hatte sich in der Gloucester Road eingelebt. London bot eine ungewohnte Kulisse, aber Nazruddin selbst wirkte unverändert. Aus dem Fünfzigjährigen war ein Sechzigjähriger geworden, aber sonderlich gealtert schien er deshalb nicht. Er trug die gleichen Anzüge wie früher; und die breiten Revers (mit den nach unten gebogenen Ecken), die ich immer mit ihm verband, waren jetzt wieder in Mode. Ich glaubte nicht, dass er ernsthafte Zweifel daran hegte, dass sich seine Immobiliengeschäfte über kurz oder lang auszahlen würden. Was an ihm nagte (und ihn vom Ende seines Glücks sprechen ließ), war die Untätigkeit. Dabei hatte er in der Gloucester Road, dieser guten halben Meile zwischen der U-Bahn-Station und dem Park, den idealen Ort für seinen Ruhestand gefunden.

Er holte sich in einem der Läden seine Morgenzeitung, las sie bei einer Tasse Kaffee in einem winzigen Café, in dem es auch alte Aquarelle zu kaufen gab, schlenderte ein Stück durch den Park, bummelte durch die diversen Feinkostgeschäfte. Manchmal gönnte er sich den Nachmittagstee oder einen Drink in dem großen altmodischen Clubraum des Backsteinhotels neben dem Bahnhof. Manchmal ging er in ein arabisches oder persisches »Tanzlokal«. Und am Abend erwarteten ihn in der Wohnung die Wunder des Fernsehens. Die Nachbarschaft war kosmopolitisch, reich an Abwechslung, aus Menschen aller Altersgruppen zusammengesetzt. Es war eine fröhliche Gegend, eine Urlaubsgegend fast, und Nazruddins Tage waren voll der Begegnungen und neuen Beobachtungen. Er nannte die Gloucester Road die beste Straße der Welt; er wolle dort bleiben, sagte er, solange man ihn ließ.

Auch diesmal hatte er es wieder gut getroffen. Das war immer seine besondere Gabe gewesen: durchblicken zu lassen, dass er es gut getroffen hatte. Deshalb hatte ich ihm ja so nachgeeifert. Nazruddins Vorbild – oder vielmehr das, was ich insgeheim in seine Erfahrungen hineingelesen hatte – war richtungweisend für mein eigenes Leben gewesen. Doch so sehr es mich freute, ihn erneut guter Dinge zu sehen – jetzt in London bedrückte mich diese seine Gabe. Sie machte mir bewusst, dass ich in all den Jahren nicht zu ihm aufgeschlossen hatte und auch nie aufschließen würde; dass ich immer Ungenügen empfinden würde. Es konnte so schlimm werden, dass ich mich, gepeinigt von Einsamkeit und Furcht, in meinem Hotelzimmer verkroch.

Im Einschlafen schreckte ich manchmal ins Wachsein zurück, weil vor meinem Auge plötzlich ein Bild aus meiner afrikanischen Stadt stand – vollkommen wirklich (und nur eine Flugstrecke entfernt!), aber durch die Erinnerungen, die sich daran knüpften, doch einem Traum gleich. Dann rief ich mir meine Erleuchtung ins Gedächtnis, diese Erkenntnis, dass es für den Menschen damit getan ist, zu leben, dass Schmerz nur eine Illusion ist. Ich spielte London gegen Afrika aus, bis eins so unwirklich war wie das andere und der Schlaf kam. Nach einer Weile musste ich die Erleuchtung, die Stimmung jenes afrikanischen Morgens nicht mehr eigens heraufbeschwören. Ich musste mich nur umdrehen, und schon war sie da, diese ferne Vision eines Planeten voller Menschen, die sich, verloren in Raum und Zeit, einer schrecklichen, sinnlosen Geschäftigkeit hingaben.

Und in diesem Zustand der Apathie und Verantwortungslosigkeit – ähnlich den Verlorenen der Gloucester Road, von denen Nazruddin gesprochen hatte – verlobte ich mich mit Kareisha.

Eines Tages, kurz vor meiner Abreise, fragte Kareisha mich: »Hast du dich eigentlich mit Indar getroffen? Hast du noch vor, ihn zu sehen?«

Indar? Sein Name war in unseren Unterhaltungen oft gefallen, aber ich hatte nicht gewusst, dass er in London war.

»Macht nichts«, sagte Kareisha. »Ich würde dir sowieso davon abraten, ihn zu besuchen oder dich bei ihm zu melden. Er wird schwierig und aggressiv, wenn er schlechter Stimmung ist, und das kann ziemlich unschön sein. Es ist immer das Gleiche mit ihm, seit seine Organisation eingegangen ist.«

»Seine Organisation ist eingegangen?«

»Vor zwei Jahren schon.«

»Aber er wusste doch, dass das irgendwann passieren würde. Er hat so geredet, als würde er damit rechnen. Dozenten, Universitäten, innerafrikanischer Austausch – er hat gewusst, dass der Rummel nicht von Dauer sein kann, dass keine afrikanische Regierung ein echtes Interesse an solchen Themen hat. Aber ich dachte, er hätte jede Menge Pläne. Er meinte damals, es gäbe genug andere Arten der Selbstausbeutung für ihn.«

»Als es ernst wurde, sah die Sache anders aus«, sagte Kareisha. »Er hing mehr an seiner Organisation, als er zugeben wollte. Natürlich gibt es alles Mögliche, was er tun könnte. Aber er denkt gar nicht daran. Er könnte eine Stelle an einer Universität bekommen, auf jeden Fall in Amerika. Die nötigen Beziehungen hätte er. Er könnte für die Zeitung schreiben. Wir haben es aufgegeben, mit ihm darüber zu reden. Naz' sagt, Indar ist resistent gegen Hilfe geworden. Das Problem ist, dass er zu viel in diese Organisation investiert hat. Und nachdem sie aufgelöst wurde, hatte er dieses schlimme Erlebnis in Amerika. Schlimm für ihn jedenfalls.

Du kennst ja Indar. Als er jung war, hat ihm nichts so viel bedeutet wie der Reichtum seiner Familie. Du erinnerst dich an das Haus, in dem sie gewohnt haben. Wenn man in solch einem Haus wohnt, denkt man wahrscheinlich zehn oder zwölf oder zwanzig Mal am Tag, wie reich man doch ist oder dass man reicher ist als fast alle anderen. Und du erinnerst dich daran, wie er immer seinen Weg gemacht hat. Von Geld war nie die Rede, aber es war immer da. Man könnte sagen, er hat sich geheiligt gefühlt durch seinen Reichtum. Das geht vermutlich allen reichen Leuten so. Und das ist die eine Vorstellung, an der Indar immer festgehalten hat. Den Reichtum konnte ihm seine Organisation nicht zurückgeben, aber die Heiligkeit schon. Sie hat ihn wieder über alle anderen erhoben, ihn auf eine Stufe mit den Mächtigen in Afrika gestellt – Gast der Regierung hier, Gast der Regierung dort, hier ein Treffen mit einem Außenminister, da ein Treffen mit einem Präsidenten. Deshalb war es so ein Schlag, als der Verein dichtgemacht hat, als die Amerikaner zu dem Schluss kamen, dass es für sie doch nichts zu holen gab.

Indar ist nach Amerika gegangen, nach New York – wo er sich, typisch Indar, in einem teuren Hotel einquartiert hat. Er hat sich mit seinen amerikanischen Bekannten getroffen. Sie waren alle sehr nett. Aber in ihrer Nettigkeit schwang etwas mit, was ihm nicht gefiel. Sie schienen der Meinung, dass er sich etwas mehr nach unten orientieren sollte, und er tat so, als würde er es nicht merken. Ich weiß nicht, was sich Indar von diesen Leuten erwartet hat. Doch, ich weiß es. Er hat gehofft, sie würden ihn zu einem der ihren machen, ihm helfen, sein Niveau zu halten. Das schuldeten sie ihm, fand er. Er gab eine Menge Geld aus, und langsam wurden seine Mittel knapp. Eines Tages sah er sich, äußerst widerwillig, sogar billigere Hotels an. Davor scheute er deshalb zurück, weil er dachte, schon ein billigeres Hotel überhaupt in Erwägung zu ziehen, hieß einzugestehen, dass er praktisch am Ende war. Er war entsetzt von den billigeren Hotels. In New York ist der Abstieg steil, sagte er.

Einen Mann gab es, der seine besondere Bezugsperson war. Diesen Mann hatte er ganz zu Beginn in London kennen gelernt, und sie waren Freunde geworden. Nicht gleich – am Anfang hatte er den Mann für naiv gehalten und war aggressiv zu ihm gewesen. Das war Indar später immer peinlich, weil ausgerechnet dieser Mann ihm aus seiner damaligen Krise herausgeholfen hatte. Der Mann hatte Indar in dieser Zeit in London sein Selbstvertrauen zurückgegeben und ihn dazu gebracht, Afrika und sich selbst positiv zu sehen. Er war es, der Indars gute Ideen ans Licht geholt hatte. Indar hatte sich mit der Zeit sehr auf diesen Mann verlassen. Er sah ihn als seinesgleichen, und du weißt, was ich damit meine.

In New York trafen sie sich regelmäßig. Mittagessen im Restaurant, Drinks in der Bar, Besuche im Büro. Aber nie kam etwas dabei heraus. Jedes Mal musste Indar in sein Hotel zurückgehen und weiterwarten. Er verlor mehr und mehr den Mut. Dann lud der Mann Indar zu einem Abendessen in seiner Wohnung ein. Es war ein vornehmes Gebäude. Indar nannte am Empfang seinen Namen und fuhr mit dem Lift nach oben. Der Fahrstuhlführer wartete und sah ihm nach, bis die Wohnungstür aufging und Indar eingelassen wurde. Als Indar die Wohnung betrat, traute er seinen Augen nicht.

Er hatte den Mann als seinesgleichen betrachtet, als seinen Freund. Er hatte sich diesem Mann geöffnet. Jetzt stellte er fest, dass der Mann unendlich reich war. Er war nie in einem prächtigeren Raum gewesen. Du oder ich hätten es interessant gefunden, solchen Reichtum. Indar war am Boden zerstört. Erst hier, in dieser vornehmen Wohnung mit ihren kostbaren Gegenständen und Gemälden, erst hier wurde Indar klar, dass er sich dem Mann geöffnet und ihm all seine kleinen Sorgen und Ängste anvertraut hatte, ohne seinerseits von irgendwelchen Sorgen und Ängsten zu erfahren. Dieser Mann war viel, viel heiliger. Es war unerträglich für Indar. Er fühlte sich betrogen und für dumm verkauft. Er hatte sich auf diesen Mann verlassen. Er hatte seine Ideen an ihm getestet, er hatte bei ihm moralischen Beistand gesucht. Er hatte sie beide als ebenbürtig betrachtet. Jetzt schien ihm, dass er all die Jahre getäuscht und aufs Übelste ausgenutzt worden war. All der Optimismus, den sie aus ihm herausgesaugt hatten, aus ihm, der so viel verloren hatte. All die konstruktiven Ideen! Afrika! Was hatte diese Wohnung, was hatte diese Abendgesellschaft mit Afrika zu tun? Wo waren die Gefahren, die Verluste? Das Privatleben, das Leben im Kreis der Freunde, war völlig anders als das öffentliche. Ich weiß nicht, was Indar erwartet hat.

Während des Essens konzentrierte er seinen ganzen Groll auf eine junge Frau. Sie war mit einem sehr alten Journalisten verheiratet, der Bücher geschrieben hatte, die ihm einmal eine Menge Geld eingebracht hatten. Sie widerte Indar an. Warum hatte sie den Alten geheiratet? Es schien ein Witz. Denn das Essen wurde ganz eindeutig für sie und den Mann gegeben, mit dem sie ein Verhältnis hatte. Sie hielten es nicht gerade geheim, und der Alte tat so, als würde er nichts merken. Stattdessen schwafelte er, immer mit sich selbst als Mittelpunkt, über die französische Politik der dreißiger Jahre, über die vielen bedeutenden Persönlichkeiten, die er kennen gelernt hatte, und seine vertraulichen Gespräche mit ihnen. Niemand schenkte ihm die geringste Beachtung, aber das störte ihn nicht.

Trotzdem, er war eine Berühmtheit gewesen. Das hielt Indar sich immer wieder vor Augen. Er versuchte, sich mit dem Alten zu identifizieren, um die anderen besser hassen zu können. Dann merkte der Alte, woher Indar kam, und er fing an, über Indien in den alten Zeiten und seine Begegnung mit Gandhi in irgendeiner berühmten Lehmhütte zu reden. Und du weißt ja, dass Gandhi und Nehru nicht gerade Indars Lieblingsthema sind. Er beschloss, dass er doch nicht in Stimmung für Sozialarbeit war, und fuhr dem Alten über den Mund, viel gröber als irgendjemand sonst an diesem Abend.

Am Ende des Essens war Indar in einem inneren Aufruhr. Die billigen Hotels fielen ihm ein, die er angeschaut hatte, und als er im Lift hinunterfuhr, erfasste ihn wilde Panik. Er dachte, er würde umkippen. Aber er schaffte es bis nach draußen, und dort wurde er ruhiger. Ihm war eine sehr einfache Idee gekommen. Die Idee nämlich, dass es Zeit für ihn war, nach Hause zu gehen, fort von allem.

Es ist immer das Gleiche seitdem. Streckenweise dreht sich für ihn alles nur darum – dass es Zeit ist, nach Hause zu gehen. Ihm schwebt irgendein Traumdorf vor. In den Phasen dazwischen nimmt er die niedrigsten Arbeiten an. Er weiß, dass er für Besseres qualifiziert ist, aber dafür ist er sich zu gut. Ich glaube, er hört es gern, dass er sich unter Wert verkauft. Wir haben es mittlerweile aufgegeben. Er ist nicht mehr bereit, etwas zu riskieren. Als Opfer fühlt er sich sicherer, er gefällt sich in der Rolle. Aber das wirst du ja selbst sehen, wenn du zurückkommst.«

Was Kareisha von Indar erzählte, berührte mich stärker, als sie ahnte. Diese Vorstellung, nach Hause zu gehen, fortzugehen, die Vorstellung des Anderswo – das kannte ich selber seit vielen Jahren und in vielen Gestalten. In Afrika hatte ich stets damit gelebt. In London hatte ich mich in manchen Nächten in meinem Hotelzimmer davon vereinnahmen lassen. Es war Täuschung. Was daran Trost schien, sah ich jetzt, schwächte und vernichtete nur.

Die Erleuchtung, an die ich mich klammerte, meine Erkenntnis über die Einheit der Erfahrung und die Illusion des Schmerzes, entsprang derselben Art des Fühlens. Wir fielen ihr anheim – Menschen wie Indar und ich –, weil sie die Grundlage unserer alten Lebensweise war. Aber ich hatte mich abgekehrt von dieser Lebensweise – und gerade noch rechtzeitig. Dieses Leben existierte nicht mehr, trotz der Mädchen in den Zigarettenkiosken. Nicht in London, nicht in Afrika. Es gab keine Rückkehr; es gab nichts, zu dem wir hätten zurückkehren können. Wir waren geworden, wozu die Welt uns gemacht hatte; wir mussten mit ihr zurechtkommen, wie sie war. Der jüngere Indar war klüger gewesen. Man musste mit dem Flugzeug fliegen; man musste die Vergangenheit mit Füßen treten, so wie Indar sie mit Füßen zu treten behauptet hatte. Man musste die Erinnerungen abschütteln, die traumgleichen Bilder des Verlusts alltäglich machen.

Das war die Stimmung, in der ich London und Kareisha verließ, um meine Angelegenheiten in Afrika abzuwickeln, so viel von meinem Besitz zu Geld zu machen, wie ich nur konnte. Und an einem neuen Ort neu anzufangen.

Ich kam spätnachmittags in Brüssel an. Mein Flug nach Afrika ging um Mitternacht. Erneut empfand ich die Dramatik des Fliegens: London schon hinter mir, Afrika vor mir, jetzt und hier Brüssel. Ich ging essen und danach in eine Bar, eine, in der man eine Frau bekommen konnte. Das Erregende dabei lag einzig in dem Gedanken, nicht in der Lokalität selbst. Was wenig später folgte, war kurz und bedeutungslos und aufbauend. Es schmälerte nicht den Wert dessen, was ich in Afrika gehabt hatte; das war keine Einbildung gewesen;

das blieb wahr. Und es nahm mir die ganz konkreten Bedenken wegen meiner Verlobung mit Kareisha, die ich noch nicht einmal geküsst hatte.

Die Frau, nackt, unerschüttert, stand vor einem hohen Spiegel und musterte sich. Dicke Beine, schlaffer Bauch, schwere Brüste. Sie sagte: »Ich mache seit einer Weile mit ein paar Freundinnen Joga. Wir haben eine Jogalehrerin. Machst du Joga?«

»Ich spiele viel Squash.«

Sie hörte gar nicht hin. »Unsere Lehrerin sagt, das Fluidum des Mannes kann zu viel sein für eine Frau. Unsere Lehrerin sagt, nach einer gefährlichen Begegnung kann die Frau wieder sie selbst werden, indem sie entweder fest in die Hände klatscht oder tief Atem holt. Welche Methode empfiehlst du?«

»Klatsch in die Hände.«

Sie drehte sich zu mir hin wie sonst wahrscheinlich zu ihrer Jogalehrerin, straffte die Schultern, schloss die Augen halb, holte mit gestreckten Armen aus und schlug heftig die Hände gegeneinander. Bei dem Knall, der überlaut klang in dem vollgestopften kleinen Zimmer, öffnete sie die Augen, schaute erstaunt, lächelte, als wäre alles nur Spaß gewesen, und sagte: »*Geh!*« Als ich wieder auf der Straße war, holte ich tief Atem und fuhr geradewegs zum Flughafen, zu meinem Mitternachtsflug.

Vier

Krieg

16

Der Morgen brach plötzlich an, blassblau im Westen, im Osten rot, die Röte waagrecht durchzogen mit dicken schwarzen Wolkenbalken. Und viele Minuten sah man nichts als das, nichts als Weite und Leuchten – sechs Meilen über der Erde! Dann verloren wir langsam an Höhe, sanken hinaus aus dem Licht. Unter dem schweren Gewölk kam Afrika in Sicht, dunkelgrün, nassglänzend. Es schien noch kaum zu dämmern dort unten; in den Wäldern, über den Flüssen musste es fast dunkel sein. Das Waldland zog sich immer weiter hin. Erstes Sonnenlicht streifte die Unterseiten der Wolken; als wir landeten, war es hell.

Endlich war ich also in der Hauptstadt. Es hatte etwas Seltsames, sie auf diese Weise kennen zu lernen, nach einem solchen Umweg. Wäre ich geradewegs aus meiner Stadt am oberen Flusslauf angekommen, wäre sie mir gewaltig erschienen, prachtvoll, einer Hauptstadt würdig. Aber nach Europa, nach London, das sich noch so nah anfühlte, schien sie mir fadenscheinig trotz ihrer Größe, ein Abklatsch Europas, und wie Blendwerk am Ende all dieser Wälder.

Die Routinierteren unter den europäischen Fluggästen, unbeeindruckt von dem riesigen Porträt des Präsidenten mit seinem Häuptlingsstab, eilten im Sturmschritt zu Passkontrolle und Zoll und schienen sich einfach durchzudrängen.

Ich fand sie sehr kühn, aber sie standen natürlich auch unter entsprechendem Schutz; fast alle waren Botschaftsangehörige, Mitarbeiter bei Regierungsprojekten, Angestellte großer Firmen. Mein Weg gestaltete sich langwieriger. Als ich den Ausgang erreichte, war das Flughafengebäude so gut wie leer. Die Plakate der Fluglinien und das Photo des Präsidenten hatten niemanden mehr, der sie ansah. Die meisten Beamten waren verschwunden. Und es war vollends Tag.

Die Fahrt in die Stadt dauerte lange. Sie hatte Ähnlichkeit mit der Fahrt von der Domäne ins Zentrum meiner eigenen Stadt. Aber das Land hier war hügeliger und der Maßstab ungleich größer. Die Vorstädte und die *cités* (mit ihren Maisanpflanzungen zwischen den Häusern) dehnten sich weiter aus; es gab Busse, sogar einen Eisenbahnzug mit altmodischen offenen Waggons; es gab Fabriken. Am Straßenrand standen Bretterwände von rund drei Metern Höhe, einheitlich gestrichen, jede mit einem Spruch oder einer Maxime des Präsidenten darauf. Einige der gemalten Porträts des Präsidenten waren buchstäblich haushoch. Da konnte unsere Stadt nicht mithalten. Bei uns in der Stadt war alles ein paar Nummern kleiner.

Porträts, Maximen und dazwischen vereinzelte Statuen der afrikanischen Madonna säumten meinen Weg bis zum Hotel. Wäre ich frisch aus unserer Stadt in der Hauptstadt angekommen, hätte ich mich von ihnen erdrückt gefühlt. Aber ich kam aus Europa, ich hatte das Land noch eben aus der Luft gesehen, mein erster Eindruck der Hauptstadt, dieser Eindruck der Fadenscheinigkeit, hing mir noch nach, und so war mein Blickwinkel überraschend ein anderer. Mir schien plötzlich etwas Rührendes in diesen Maximen und Porträts und Statuen zu liegen, in diesem Wunsch eines Mannes aus dem Busch, sich Größe zu verleihen, und der Plumpheit, mit der er dabei vorging. Ja ich hatte fast Mitleid mit dem Mann, der sich hier so in Szene setzte.

Ich verstand jetzt, warum so viele der späteren Besucher in der Domäne unser Land und unsere Ehrfurcht vor dem Präsidenten komisch gefunden hatten. Mir allerdings erschien das, was ich entlang der Flughafenstraße sah, nicht komisch. Es erschien mir als eine Art Aufschrei. Ich kam frisch aus Europa; ich hatte die wahre Konkurrenz gesehen.

Über Nacht hatte ich einen Kontinent gegen einen anderen vertauscht, und dieses merkwürdige Mitgefühl mit dem Präsidenten, diese Ahnung von der Aussichtslosigkeit seines Unterfangens blieben auf den Augenblick meiner Ankunft beschränkt. Das Mitleid ließ in dem Maße nach, in dem mir die Stadt vertrauter wurde und ich sie als eine größere Ausgabe meiner eigenen Stadt begriff. Das Mitleid ließ, um genau zu sein, nach, sobald ich in dem großen neuen Hotel ankam (klimatisiert, mit Läden in der Hotelhalle und einem Swimmingpool, den niemand benutzte) und überall Geheimpolizei sah. Was konnten Geheimpolizisten hier groß zu tun haben? Sie waren da, weil sie wollten, dass die Touristen sie sahen. Und weil es ihnen in dem schicken neuen Hotel gefiel: sie wollten, dass die Touristen sie in diesem modernen Ambiente sahen. Es war erbärmlich; oder man konnte es als Witz auffassen. Aber mit diesen Männern war nicht immer zu spaßen. Schon jetzt waren mir die Spannungen Afrikas wieder gegenwärtig.

Dies also war die Stadt des Präsidenten. Hier war er aufgewachsen, hier hatte seine Mutter als Zimmermädchen im Hotel gearbeitet. Diese Stadt war es, die vor der Unabhängigkeit sein Bild von Europa geprägt hatte. Die Stadt der Kolonialzeit, ausgedehnter als unsere, mit vielen Wohnvierteln voll schöner, schattenspendender Bäume, die inzwischen ihre volle Größe erreicht hatten, war noch zu sehen. Das war das

Europa, das der Präsident mit seinen eigenen Gebäuden in den Schatten zu stellen versuchte. Denn obgleich im Kern der Verfall herrschte, obgleich unmittelbar an die prächtigen kolonialen Boulevards ungepflasterte Straßen und Müllhaufen angrenzten, gab es doch neue öffentliche Bauten in Hülle und Fülle. Riesige Gebiete entlang des Flusses waren in präsidiale Residenzen verwandelt worden – Paläste mit hohen Mauern, Gärten, Prunkgebäuden aller Art.

In dem präsidentschaftlichen Park nahe den Stromschnellen (die sich vor unseren Stromschnellen tausend Meilen weiter stromaufwärts nicht zu verstecken brauchten) war die Statue des europäischen Entdeckers, der den Fluss kartographiert hatte und mit dem ersten Dampfer gefahren war, durch das gewaltige Standbild eines afrikanischen Kriegers mit Speer und Schild ersetzt worden, ausgeführt im modernen afrikanischen Stil; Pater Huismans hätte keinen Blick daran verschwendet. Gleich daneben, etwas kleiner, stand eine afrikanische Madonna mit gebeugtem, verschleiertem Haupt. Nur ein Stückchen entfernt lagen die Gräber der frühesten Europäer: eine tote kleine Siedlung, aus der dennoch alles Spätere hervorgegangen war, auch unsere Stadt. Einfache Leute mit einfachen Gewerben und einfachen Waren, die Wegbereiter Europas. Wie die Leute, die jetzt ins Land kamen, die Leute aus dem Flugzeug.

Von den Stromschnellen drang ein unaufhörliches, immer gleiches Rauschen herüber. Wasserhyazinthen – das »neue Zeug im Fluss«, unterwegs aus dem fernen Herzen des Kontinents – trieben vorbei, in Knäueln, Teppichen, einzelnen Fetzen, hier fast am Ziel ihrer Reise.

Am nächsten Morgen fuhr ich zum Flughafen zurück, um weiterzufliegen ins Landesinnere. Inzwischen hatte ich mich ein wenig auf die Stadt eingestellt, und ihre Ausdehnung machte größeren Eindruck auf mich. Ständig tauchten neben der Straße neue Siedlungen auf. Wovon lebten all diese Menschen? Das hügelige Land war abgegrast, parzelliert, ausgelaugt, kahl. War hier einmal Urwald gewesen? Viele der Pfosten, die die Bretterwände mit den Maximen des Präsidenten im Boden verankerten, waren in den nackten Lehm getrieben. Und die Bretterwände selbst, bespritzt mit Straßendreck, ihre unteren Ränder mit Staub zugeweht, waren längst nicht so neu, wie sie am Morgen zuvor gewirkt hatten; sie verstärkten die Trostlosigkeit nur.

Am Flughafen standen auf der Anzeigetafel in der Halle für die Binnenflüge mein Flug und noch ein anderer angeschrieben. Die Anzeigetafel funktionierte elektronisch und war, wie eine Plakette verkündete, in Italien hergestellt. Sie war hochmodern; sie unterschied sich in nichts von den Tafeln, die ich im Londoner und im Brüsseler Flughafen gesehen hatte. Aber darunter, um die Schalter und die Gepäckwaagen, herrschte das übliche Drunter und Drüber, und das Gepäck, das mit viel Geschrei aufgegeben wurde, glich eher der Fracht eines Busses, der zum Markt fuhr: Blechtruhen, Pappkartons, Stoffbündel, Säcke voll diesem und jenem, große, mit Tüchern umwickelte Emailleschüsseln.

Ich hatte mein Ticket, und an dem Ticket war nichts auszusetzen, aber mein Name fand sich nicht auf der Passagierliste. Erst mussten ein paar Francs den Besitzer wechseln. Und als ich schon zum Flugzeug hinausging, wollte plötzlich ein Sicherheitsbeamter in Zivil, der irgendetwas aß, meine Papiere sehen und entschied, dass sie eingehenderer Prüfung bedurften. Er schaute sehr gekränkt und ließ mich in einem leeren Kämmerchen warten. Das war die übliche Vorgehensweise. Die gekränkten Seitenblicke, das kleine Privatzimmer

– so gaben mittelrangige Beamten einem zu verstehen, dass sie sich ein wenig zu bereichern gedachten.

Aber dieser Kerl ging leer aus, weil er sich dumm anstellte und mich so lange in dem kleinen Raum schmoren ließ, ohne abzukassieren, dass er den Abflug verzögerte und von einem Angestellten der Fluglinie zusammengestaucht wurde, der in mein Kämmerchen stürmte (offenbar wusste er genau, wo ich zu finden war), mich barsch hinausscheuchte und über das Rollfeld zum Flugzeug hetzte, wo ich als Allerletzter glücklich an Bord kam.

In der vordersten Reihe saß einer der europäischen Piloten der Fluggesellschaft, ein untersetzter, väterlich wirkender Mann; er hatte einen kleinen afrikanischen Jungen neben sich, aber ob sie zusammengehörten, war nicht zu erkennen. Ein paar Reihen weiter hinten saß eine Gruppe von sechs bis acht Afrikanern, Männer zwischen dreißig und vierzig mit alten Jacken und bis oben zugeknöpften Hemden, die sehr laut redeten. Sie tranken Whisky direkt aus der Flasche – dabei war es morgens um neun. Whisky war teuer hier, und alle sollten mitbekommen, dass sie Whisky tranken. Die Flasche wurde Fremden angeboten; sogar ich bekam sie gereicht. Die Männer sahen nicht aus wie die Männer aus unserer Region. Sie waren größer, sie hatten eine etwas andere Hautfarbe, andere Physiognomien. Ich wurde nicht schlau aus ihren Gesichtern; ich las nur ihre Arroganz und ihre Trunkenheit darin. Sie renommierten; jeder sollte merken, dass hier Männer saßen, die Plantagen ihr Eigen nannten. Sie benahmen sich wie Leute, die eben erst zu Geld gekommen sind; ich wusste nicht recht, was ich von ihnen halten sollte.

Es war ein harmloser Flug, zwei Stunden, mit einer Zwischenlandung. Und nach meinen Langstrecken schien mir, dass wir kaum begonnen hatten, über den weißen Wolken dahinzuschweben, als wir auch schon wieder zum Sinkflug ansetzten. Da sahen wir dann, dass wir dem Fluss gefolgt waren, ein braunes Band aus dieser Höhe, durchzogen von Fältchen und Furchen und Wirbeln, mit vielen Nebenläufen zwischen langen, schmalen Inseln aus Grün. Der Schatten des Flugzeugs glitt über die Waldfläche. Je größer dieser Schatten wurde, desto mehr verlor die Fläche an Glätte und Dichtheit; der Urwald, auf den wir uns hinabsenkten, war recht zerzaust.

Nach der Landung mussten wir alle aussteigen. Wir gingen zu dem kleinen Gebäude am Rand des Flugplatzes, und von da sahen wir, wie die Maschine umdrehte, ein Stück weit rollte und davonflog. Sie wurde für den Präsidenten benötigt; sie würde zurückkommen, wenn ihre Pflicht getan war. Wir mussten warten. Es war erst zehn. Bis Mittag etwa, solange die Hitze zunahm, waren wir zapplig. Danach fassten wir uns – alle, selbst die Whiskytrinker – in Geduld.

Wir saßen im Busch. Der Flugplatz war eine gerodete Fläche mitten im Busch. In der Ferne zeigte eine Verdichtung der Baumkronen den Verlauf des Flusses an. Von oben hatten wir gesehen, wie verästelt er war, wie leicht man sich verirren, Stunden damit verschwenden konnte, Wasserarme entlangzupaddeln, die einen vom Hauptbett wegführten. Nur wenige Meilen abseits des Flusses lebten die Menschen in ihren Dörfern nicht viel anders, als sie es über Jahrhunderte getan hatten. Keine achtundvierzig Stunden zuvor war ich noch in der menschenwimmelnden Gloucester Road gewesen, wo alle Welt zusammenkam. Jetzt starrte ich seit Stunden auf Busch. Wie viele Meilen trennten mich von der Hauptstadt, von meiner eigenen Stadt? Wie lange mochte es dauern, diese Strecke zu Land oder zu Wasser zurückzulegen? Wie viele Wochen, wie viele Monate, bedroht von welchen Gefahren?

Wolken zogen auf. Sie färbten sich dunkel, und auch der Busch wurde dunkel. Blitze schauderten über den Himmel, und dann kamen Regen und Wind und trieben uns von der Veranda ins Innere des kleinen Gebäudes. Es goss und stürmte. Der Busch verschwand hinter einer Wasserwand. Von solchen Güssen lebte der Urwald; sie waren es, die die grellgrünen Gräser um das Flughafengebäude so hoch aufschießen ließen. Der Regen wurde feiner, die Wolken stiegen ein wenig. Der Busch nahm wieder Gestalt an, eine Baumreihe hinter der anderen, die vordersten Bäume dunkler, die hinteren blass und blasser, bis sie sich im Grau des Himmels verloren.

Die Metalltische waren übersät mit leeren Bierflaschen. Kaum jemand lief herum; fast jeder hatte seinen festen Platz gefunden. Gesprochen wurde nicht viel. Die Belgierin, die schon bei unserer Ankunft dagesessen hatte und mit uns weiterfliegen wollte, war unverändert in ihre französische Taschenbuchausgabe von *Die Leute von Peyton Place* vertieft. Sie hatte den Busch und das Wetter ausgeblendet und war in Gedanken weit weg.

Die Sonne kam heraus und glitzerte im hohen, nassen Gras. Der Asphalt dampfte, und eine Zeit lang sah ich ihm dabei zu. Später am Nachmittag überzog sich die eine Hälfte des Himmels schwarz, während die andere hell blieb. Das Gewitter, das mit heftigen Blitzen in der schwarzen Hälfte begann, breitete sich bis zu uns aus, und es wurde finster und kalt und sehr feucht. Düsternis legte sich über den Wald. Dieses zweite Gewitter hatte nichts Erhebendes mehr.

Einer der afrikanischen Passagiere, ein älterer Mann, kam mit einem grauen Filzhut und einem blauen Frotteebademantel über dem Anzug daher. Niemand achtete groß auf ihn. Ich registrierte flüchtig seinen merkwürdigen Aufzug und dachte: Er verwendet dieses fremde Zeug auf seine Weise. Und etwas Ähnliches ging mir durch den Kopf, als ein barfüßiger Mann mit einem Feuerwehrhelm mit heruntergeklapptem Plastikvisier erschien. Es war ein alter Mann mit eingefallenem Gesicht; seine kurzen braunen Shorts und das grau karierte Hemd waren zerlumpt und vom Regen durchweicht. Er hat eine Tanzmaske gefunden, dachte ich, fertig von der Stange. Er schlurfte von Tisch zu Tisch und inspizierte die Bierflaschen. Wenn ihm eine Flasche den Aufwand zu lohnen schien, schob er das Visier seiner Maske hoch und trank sie leer.

Der Regen hörte auf, aber die Dunkelheit blieb; es war später Nachmittag. Das Flugzeug kam zurück, erkennbar zunächst nur als brauner Rauchschweif am Himmel. Als wir auf das nasse Rollfeld hinausgingen, stand der Mann mit dem Feuerwehrhelm – zusammen mit einem ebenfalls behelmten Gefährten – schwankend neben der Gangway. Er war tatsächlich ein Feuerwehrmann.

Im Steigen sahen wir den Fluss, der das letzte Licht einfing. Er glänzte rotgolden, dann rot. Wir folgten ihm viele Meilen und Minuten, bis er nichts als ein Schimmer war, ein Stück Glätte, ein tieferes Schwarz zwischen den schwarzen Wäldern. Und dann war alles schwarz. Durch diese Schwärze flogen wir unserem Ziel entgegen. Die Reise, die noch am Morgen so simpel erschienen war, hatte eine neue Dimension angenommen. Raum und Zeit hatten ihre alte Bedeutung zurückgewonnen. Mir war, als wäre ich viele Tage unterwegs gewesen, und als wir wieder zu sinken begannen, kam mir die Strecke, die ich zurückgelegt hatte, ungeheuer vor, und ich fragte mich, woher ich den Mut genommen hatte, so lange an einem Ort zu leben, der in solcher Ferne lag.

Und dann war plötzlich alles leicht. Ein vertrautes Gebäude; Beamte, die ich kannte und mit denen ich verhandeln konnte; Menschen, in deren Gesichtern ich zu lesen verstand; eins unserer alten desinfizierten Taxis; die wohl bekannte holprige Straße in die Stadt, erst durch Busch, der hier nicht anonym war, dann zwischen den Ansiedlungen der Dörfler hindurch. Nach einem Tag voll der Fremdheit hatte das Leben wieder eine Struktur bekommen.

Wir passierten ein ausgebranntes Gebäude, eine neue Ruine. Es war eine Grundschule gewesen, eine flache Baracke, die zu keiner Zeit viel hergemacht hatte, und ich hätte es im Dunkeln wahrscheinlich gar nicht bemerkt, wenn nicht der Fahrer darauf gezeigt hätte, sensationslustig. Der Aufstand, die Befreiungsarmee – all das gab es also nach wie vor. Es schmälerte nicht meine Erleichterung, wieder in der Stadt zu sein, wieder die nächtlichen Scharen auf den Bürgersteigen zu sehen und mich – so schnell nach meiner Ankunft, ein klein wenig umhangen noch von der Düsternis der Wälder – in meiner eigenen Straße zu finden, wo alles noch da war, so wirklich und alltäglich wie immer.

Umso bestürzender, umso ernüchternder dann Mettys Kühle. Ich hatte einen so weiten Weg hinter mir. Er sollte Anteil nehmen; von ihm hatte ich mir das herzlichste Willkommen erwartet. Er musste das Schlagen der Taxitür gehört haben, meine Verhandlungen mit dem Fahrer. Aber Metty kam nicht herunter. Und als ich die Außentreppe hinaufging, stand er in der Tür zu seinem Zimmer und sagte als Einziges: »Der *patron* – so eine Überraschung.« Die ganze Reise schien mit einem Mal schal geworden.

Die Wohnung war unverändert. Aber irgendetwas an meinem Wohnzimmer und mehr noch dem Schlafzimmer – zu aufgeräumt vielleicht? nicht muffig genug? – gab mir das Gefühl, dass Metty sich in meiner Abwesenheit in der Wohnung ausgebreitet hatte. Das Telegramm, das ich ihm aus London geschickt hatte, musste ihn zum Rückzug veranlasst haben. Grollte er mir deshalb? Metty? Aber er war in unserer Familie aufgewachsen; er kannte kein anderes Leben. Er hatte immer bei der Familie oder bei mir gewohnt. Er war nie allein gewesen, außer auf dem Weg von der Küste hierher, und jetzt.

Am Morgen brachte er mir Kaffee.

»Der *patron* wird ja wohl wissen, warum er zurückgekommen ist«, sagte er.

»Das hast du gestern Abend schon gesagt.«

»Weil dir hier nichts mehr gehört. Weißt du das nicht? Hat dir das in London keiner gesagt? Liest du keine Zeitung? Du bist alles los. Sie haben dir deinen Laden weggenommen. Sie haben ihn Bürger Théotime gegeben. Der Präsident hat vor zwei Wochen eine Rede gehalten. Er hat gesagt, es muss radikalisiert werden und er nimmt allen alles weg. Allen Ausländern. Am nächsten Tag hing schon ein Schloss an der Tür. Und an allen möglichen anderen Türen auch. Hast du das nicht gelesen in London? Du hast nichts mehr, ich habe nichts mehr. Ich weiß nicht, warum du zurückgekommen bist. Wegen mir bestimmt nicht.«

Metty war in einem kläglichen Zustand. Ich hatte ihn allein gelassen. Er musste verzweifelt auf meine Rückkehr gewartet haben. Er wollte mich provozieren, er wollte, dass ich ihn anherrschte. Er wollte mir eine beschützerische Geste entlocken. Aber ich war so hilflos wie er.

Radikalisierung: das Wort hatte ich vorgestern in der Hauptstadt in einer Schlagzeile gelesen, aber nicht weiter darauf geachtet. Für mich war es ein Wort gewesen, nicht mehr; wir hatten so viele. Jetzt begriff ich, dass Radikalisierung das große neue Ereignis war.

Es war so, wie Metty gesagt hatte. Der Präsident hatte zu einem seiner Überraschungsschläge ausgeholt, und diesmal hatte dieser Schlag uns gegolten. Ich und etliche andere Geschäftsleute waren enteignet worden. Unsere Geschäfte gehörten nun per Dekret nicht mehr uns, sondern wurden vom Präsidenten an neue Besitzer vergeben. Diese neuen Besitzer hießen »staatliche Treuhänder«. Bürger Théotime war zum staatlichen Treuhänder für meinen Laden bestimmt worden, und seit einer Woche, berichtete Metty, verbrachte er seine Tage auch tatsächlich dort.

»Und was macht er?«

»Was er macht? Auf dich warten. Du sollst sein Geschäftsführer werden. Dafür bist du zurückgekommen. Na, bald siehst du's ja selbst. Hetz dich nicht. Théo steht nicht sehr früh auf.«

Als ich in den Laden kam, sah ich, dass die Waren – das, was nach sechs Wochen von ihnen übrig war – noch auf die alte Art ausgelegt waren. Théo hatte nichts angerührt. Aber mein Schreibtisch stand nicht mehr neben der Säule vorne im Laden, sondern hinten im Lagerraum. Metty sagte, dahin sei er gleich am ersten Tag geräumt worden. Bürger Théo hatte beschlossen, den Lagerraum zu seinem Büro zu machen; er war gern für sich.

In der obersten Schreibtischschublade (in der seinerzeit die Photos von Yvette gelegen und meinen Blick auf den Marktplatz verwandelt hatten) fand ich einen Haufen zerfledderter franko-afrikanischer Photoromane und Comic-Hefte, in denen Afrikaner bei ihrem hochmodernen Leben besichtigt werden konnten – in den Comics waren sie fast als Europäer gezeichnet. Seit zwei, drei Jahren griff dieser französische Schund immer mehr um sich. Meine eigenen Sachen – Zeitschriften und Ladendokumente, die ich vorsichtshalber für Metty dagelassen hatte – lagen in den beiden unteren Schubladen. Sie waren sorgsam behandelt worden;

so viel Anstand hatte Théo immerhin besessen. Verstaatlichung: das war für mich ein Wort gewesen. Sie am eigenen Leib zu erleben, war ein Schock.

Ich wartete auf Théo.

Und als der Mann kam, war er sichtlich verlegen, und seine erste Regung, als er mich durch das Glas sah, war, an der Tür vorbeizugehen. Ich hatte ihn vor Jahren als Mechaniker kennen gelernt; er hatte die Fahrzeuge der Gesundheitsbehörde gewartet. Dann war er dank gewisser Stammesbeziehungen in der Politik aufgestiegen, wenn auch nicht sehr weit. Ich bezweifelte, dass er seinen Namen schreiben konnte. Er war um die vierzig, unauffällig im Aussehen, mit einem breiten, dunkelbraunen Gesicht, das verwittert und vom Alkohol gedunsen war. Er war auch jetzt betrunken. Aber nur von Bier; Whisky war ihm noch zu vornehm. Wie auch die kurzärmlige Jacke und das Halstuch der Amtstracht. Ihm genügten Hemd und Hose. Théo war ein bescheidener Mann.

Ich stand da, wo einmal mein Schreibtisch gestanden hatte. Und beim Anblick von Théos verschwitztem, schmuddeligem weißem Hemd fühlte ich mich unversehens an die Tage erinnert, als die Schuljungen in mir eine Beute gewittert hatten und im Laden aufgekreuzt waren, um mir mit plumpen Tricks Geld abzubetteln. Théos Nase war mit Schweiß beperlt. Es wirkte nicht so, als wäre sein Gesicht heute schon mit Wasser in Berührung gekommen. Nur mit dem frischen Alkohol, den er einem üblen Kater hinterhergeschüttet hatte.

Er sagte: »Mis' Salim. Salim. Bürger. Sie dürfen das nicht persönlich nehmen. Es ist nicht auf meinen Wunsch hin so gekommen. Ich habe den größten Respekt vor Ihnen, das wissen Sie. Aber Sie haben es ja selber gesehen. Die Revolution wurde langsam« – er tastete nach dem Wort – »*un pé pour-*

rie. Ein bisschen faul. Unsere jungen Leute sind ungeduldig geworden. Es war nötig« – er fand keine Worte, machte nur ein verwirrtes Gesicht, ballte die Faust und puffte damit unbeholfen in die Luft – »eine Radikalisierung war nötig. Es war unbedingt eine Radikalisierung nötig. Wir haben zu viel vom Präsidenten erwartet. Niemand war bereit, Verantwortung zu übernehmen. Jetzt sind die Leute zur Verantwortung gezwungen worden. Aber Sie werden in keiner Weise darunter zu leiden haben. Sie bekommen eine angemessene Entschädigung ausbezahlt. Sie können Ihr Lagerverzeichnis selbst zusammenstellen. Und Sie bleiben Geschäftsführer. Das Geschäft läuft weiter wie bisher. Darauf besteht der Präsident. Niemand soll einen Nachteil haben. Sie bekommen ein faires Gehalt. Sobald der Regierungskommissar da ist, werden die Verträge ausgestellt.«

Nach dem stockenden Anfang hatten seine Sätze formell geklungen, wie eine vorbereitete kleine Rede. Gegen Ende wurde er wieder verlegen. Er schien darauf zu warten, dass ich etwas sagte. Aber dann überlegte er es sich anders und verzog sich in den Lagerraum, sein Büro. Und ich ging zu Bigburger, um nach Mahesh zu schauen.

Bei Bigburger war alles wie immer. Mahesh, noch ein wenig feister geworden, zapfte Kaffee aus dem Automaten, und Ildephonse flitzte hin und her und servierte den Nachzüglern Frühstück. Ich war überrascht.

Mahesh sagte: »Der Laden ist doch schon seit Jahren afrikanisch. Da lässt sich nichts mehr radikalisieren. Ich leite Bigburger nur für 'Phonse und ein paar andere. Sie haben damals eine afrikanische Firma gegründet und mich im Kleinen daran beteiligt, als Geschäftsführer, und dann haben sie mir die Konzession abgekauft. Während des Booms war das noch. Sie haben hohe Schulden bei der Bank. Du würdest es nicht glauben, wenn du 'Phonse so siehst. Aber es stimmt. Eine ganze Menge Geschäftsleute haben es so gemacht, nachdem Noimon an die Regierung verkauft hatte. Das hat uns gezeigt, woher der Wind weht, und ein paar von uns haben beschlossen, uns im Voraus zu entschädigen. Damals ging das noch. Die Banken wussten ja kaum, wohin mit ihrem Geld.«

»Davon habe ich nie etwas gehört.«

»Über solche Dinge hält man besser den Mund. Und du warst mit deinen Gedanken sowieso woanders.«

Da hatte er Recht. Zwischen uns hatte eine gewisse Kühle geherrscht damals; wir waren beide vergrätzt gewesen nach Noimons Weggang.

»Was ist mit dem Tivoli?«, fragte ich. »Diese ganze neue Küchenausstattung. Sie haben so viel investiert.«

»Die sind bis über beide Ohren verschuldet. Kein Afrikaner, der auch nur halbwegs bei Trost ist, würde da Treuhänder werden wollen. Bei deinem Laden sind sie Schlange gestanden. Da wusste ich, dass du nicht vorgesorgt hast. Théotime und ein anderer Mann haben sich sogar darum geprügelt, hier im Bigburger. Und das war nicht die einzige solche Schlägerei. Es ging zu wie im Karneval, nachdem der Präsident die neuen Maßnahmen angekündigt hatte. Überall sind sie einfach in die Geschäfte marschiert und haben ohne ein Wort ihre Zeichen an die Tür gemalt oder Stofffetzen auf den Boden geworfen, als würden sie sich auf dem Markt ein Stück Fleisch reservieren. Ein paar Tage lang war die Hölle los. Einer von den Griechen hat seine Kaffeeplantage abgebrannt. Inzwischen haben sich alle beruhigt. Der Präsident hat eine Bekanntmachung herausgegeben und klargestellt, dass alles, was der Große Mann gibt, vom Großen Mann auch wieder einkassiert werden kann. So hält der Große Mann sie bei der Stange. Er gibt, und er nimmt.«

Ich blieb den ganzen Vormittag im Bigburger. Es hatte etwas Seltsames, den Arbeitstag mit Schwatzen zu vertun – Neuigkeiten auszutauschen, das Kommen und Gehen im Bigburger und im van der Weyden auf der anderen Straßenseite zu beobachten, und dabei stets zu fühlen, dass ich abgeschnitten war von der Stadt und ihrem Leben.

Von Shoba konnte Mahesh mir wenig Neues berichten. Es hatte sich nichts geändert. Sie versteckte sich mit ihrem entstellten Gesicht weiterhin in der Wohnung. Aber Mahesh hatte es aufgegeben, dagegen zu kämpfen; er haderte nicht mehr damit. Es machte ihn auch nicht, wie ich befürchtet hatte, traurig, von London und meiner Reise zu hören. Andere Menschen reisten; andere Menschen gingen fort; Mahesh nicht. So einfach stellten sich ihm die Dinge nun dar.

Ich wurde Théotimes Geschäftsführer. Er wirkte erleichtert und froh und stimmte dem Gehalt, das ich ihm vorschlug, klaglos zu. Ich kaufte einen Tisch und einen Stuhl und stellte sie neben der Säule auf, sodass es fast so war wie in alten Zeiten. Tagelang suchte ich alte Rechnungen zusammen und überprüfte den Lagerbestand, um meine Inventarliste zu erstellen. Sie war ein schwer durchschaubares Dokument und natürlich getürkt. Aber Théotime zeichnete sie so bereitwillig ab (er schickte mich aus dem Lagerraum, während er mühsam sein *Cit: Theot:* darunter setzte), dass Mahesh sicher Recht hatte: es würde keine Entschädigungssumme ausgezahlt werden; das Äußerste, womit ich rechnen konnte, sofern überhaupt jemand an mich dachte, waren staatliche Pfandbriefe.

Die Inventur führte mir nur vor Augen, was ich verloren hatte. Was blieb mir? An die achttausend Dollar in einer Bank in Europa, Erträge aus meinen Goldgeschäften von früher;

dieses Geld hatte bloß vor sich hin gedümpelt und an Wert verloren. Dann gab es die Wohnung in der Stadt, für die sich kein Käufer finden würde; aber das Auto konnte ein paar tausend Dollar einbringen. Und ich hatte eine halbe Million hiesiger Francs in verschiedenen Banken – circa vierzehntausend Dollar nach dem offiziellen Wechselkurs, auf dem freien Markt die Hälfte. Das war alles; es war nicht viel. Ich musste dazuverdienen, so schnell ich konnte, und das wenige, was ich hatte, musste ich außer Landes schaffen.

Als Geschäftsführer im Laden boten sich mir Chancen, aber üppig waren sie nicht. Also ging ich Risiken ein. Ich begann mit Gold und Elfenbein zu handeln. Ich kaufte, lagerte und verkaufte, oder ich arbeitete größeren Auftraggebern zu (die direkt auf mein europäisches Konto zahlten); dann lagerte ich die Ware und verschob sie für eine Provision. Meine Lieferanten und manchmal auch die Wilderer selbst waren Beamte oder Armeeangehörige, gefährliche Geschäftspartner also. Viel sprang dabei nicht heraus. Gold klingt nur teuer; man muss viele Kilo verschieben, wenn es sich lohnen soll. Elfenbein warf mehr ab, aber Elfenbein war schwieriger zu lagern (ich machte weiterhin von dem Loch am Fuß meiner Treppe Gebrauch) und schwieriger zu transportieren. Ich gab es zusammen mit den übrigen Waren den Lastern oder Bussen mit, die zum Markt fuhren (größere Stoßzähne in Matratzenlieferungen, kleinere Stücke in Säcken voll Maniok), immer im Namen von Bürger Théotime jetzt, und manchmal brachte ich Théotime selbst auch noch dazu, sich auf seinen politischen Einfluss zu besinnen und den Fahrer öffentlich ins Gebet zu nehmen.

Geld zu verdienen war nicht das Problem. Das Problem war, es außer Landes zu bringen. Aus Ländern wie dem unseren ließ sich Geld nur herausschmuggeln, wenn es um sehr große

Summen ging und man hohe Beamte oder Minister dafür gewinnen konnte, oder wenn die Konjunktur ohnehin rege war. Jetzt lahmte die Konjunktur, und ich war auf Besucher angewiesen, die aus welchen Gründen auch immer einheimische Devisen brauchten. Es war der einzige Weg. Und ich musste darauf vertrauen, dass diese Leute die Rechnung beglichen, wenn sie nach Europa oder in die Vereinigten Staaten zurückkamen.

Es war ein zähes Geschäft, erniedrigende Kundenschlepperei. Ich wäre schon froh, sagen zu können, dass ich irgendwelche Gesetzmäßigkeiten im menschlichen Verhalten entdeckt hätte. Sagen zu können, dass Menschen aus bestimmten Kreisen oder Ländern vertrauenswürdig waren und Menschen aus anderen Kreisen oder Ländern nicht. Das hätte die Sache erheblich vereinfacht. So war es jedes Mal ein Vabanquespiel. Zwei Drittel meines Geldes verlor ich auf diese Weise: ich gab es Fremden.

Die Geldgeschäfte führten mich regelmäßig in die Domäne; ein Großteil meiner Kontakte kam dort zustande. Anfangs fand ich es beklemmend, mich dort aufzuhalten. Aber dann bewahrheitete sich Indars Ausspruch über die Vergangenheit, die man mit Füßen treten musste: Die Domäne verlor für mich bald ihre alte Bedeutung. Jetzt war sie der Ort, an dem ehrbare Bürger – erstmalige Gesetzesbrecher viele von ihnen, die sich hinterher auf ihre Gesetzestreue beriefen, um mich guten Gewissens zu übervorteilen – bessere Bedingungen als die vereinbarten herauszuschlagen versuchten. All diesen Leuten gemeinsam waren ihre Nervosität und ihre Verachtung – Verachtung für mich, Verachtung für das Land. Ich war halb auf ihrer Seite; ich beneidete sie darum, dass ihnen das Verachten so leicht fiel.

Eines Nachmittags sah ich, dass Raymonds und Yvettes

Haus einen neuen Bewohner bekommen hatte, einen Afrikaner. Das Haus hatte seit meiner Rückkehr leer gestanden. Raymond und Yvette waren weggezogen; niemand, nicht einmal Mahesh, konnte mir sagen, wohin oder unter welchen Umständen. Die Türen und Fenster standen weit offen, und das unterstrich noch die Minderwertigkeit der Bauweise.

Der neue Mann stach mit entblößtem Oberkörper die Erde vor dem Haus um, und ich hielt an, um ein wenig mit ihm zu plaudern. Er kam von weiter flussabwärts, und er war freundlich. Er wolle Mais und Maniok anbauen, sagte er. Mit Landwirtschaft im größeren Stil hatten die Afrikaner nichts im Sinn, aber sie liebten diese kleinen Anpflanzungen, Nahrung für den Hausbedarf, möglichst nahe am Haus. Er bemerkte meinen Wagen; er besann sich auf seinen bloßen Rücken. Er erwähnte, dass er für die staatliche Gesellschaft arbeitete, die den Dampferservice betrieb. Und um mir einen Eindruck von seinem Rang zu vermitteln, ließ er mich wissen, dass er im Dampfer jedes Mal in der ersten Klasse fahre, und zwar kostenlos. Eine Stellung beim Staat, ein staatseigenes Haus in der berühmten Domäne – er war ein glücklicher Mann, zufrieden mit dem Erreichten und ohne den Wunsch nach mehr.

Es gab jetzt einige solche Haushalte in der Domäne. Das Polytechnikum existierte nach wie vor, aber die Domäne war nicht mehr der moderne Vorzeigeort von früher. Sie wirkte zerrupfter; mit jeder Woche ähnelte sie mehr einer Afrikanersiedlung. Mais, der in diesem Klima und Erdreich in drei Tagen keimte, wuchs überall, und was wie Ziersträucher aussah, waren die lila-grünen Blätter des Manioks, der aus einem einfachen Ableger spross, selbst wenn man ihn verkehrt herum einpflanzte. Dieses Stück Erde – wie viele Verwandlungen hatte es schon mitgemacht. Urwald an einer Biegung im

Fluss, Treffpunkt für die Stämme, arabische Siedlung, europäischer Außenposten, europäischer Villenvorort, ein Trümmerfeld, das den Ruinen einer toten Zivilisation glich, die glitzernde Domäne des Neuen Afrika, und nun dies.

Während wir redeten, kamen Kinder hinter dem Haus hervor, Dorfkinder, die beim Anblick des Erwachsenen noch knicksten, bevor sie sich scheu näherten, um zu lauschen und zu schauen. Und dann stürmte ein großer Dobermann auf mich zu.

Der Mann mit der Forke sagte: »Keine Angst. Er läuft an Ihnen vorbei. Er sieht nicht sehr gut. Er hat einem Ausländer gehört. Der hat ihn mir geschenkt, als er weggegangen ist.«

Es kam, wie er gesagt hatte. Der Dobermann verfehlte mich fast um einen halben Meter und preschte noch ein Stück weiter, ehe er sich herumwarf, zurückraste und wild mit seinem Stummelschwanz wedelnd an mir hochsprang – verzückt über meinen Ausländergeruch, für einen Moment überzeugt, jemand anderen wiedergefunden zu haben.

Ich war froh, dass Raymond nicht mehr hier war, um seinetwillen. Er wäre nicht mehr sicher gewesen, nicht in der Domäne und nicht in der Stadt. Der seltsame Ruf, der ihm gegen Ende angehaftet hatte – als der weiße Mann, der vor dem Präsidenten herging und das dem Präsidenten bestimmte Unheil auf sich zog –, dieser Ruf hätte die Befreiungsarmee dazu ermutigen können, ihn zu töten, zumal jetzt, da der Präsident, wie es hieß, einen Besuch in der Stadt plante und die Stadt sich für diesen Besuch schmückte.

Die Abfallberge im Stadtzentrum wurden weggekarrt. Die zerfurchten Straßen wurden planiert und befestigt. Und Farbe! Die ganze Innenstadt triefte von Farbe, auf Beton und Gips und Holz geklatscht, aufs Pflaster tropfend. Jemand wollte offenbar seine Lagerbestände loswerden – Rosa und

Zitronengelb, Rot und Lila und Blau. Der Busch befand sich im Krieg, in der Stadt herrschte Aufruhr, jede Nacht kam es zu Zwischenfällen. Und hier im Zentrum schien plötzlich der Karneval eingekehrt.

17

BÜRGER THÉOTIME KAM morgens angestapft, rotäugig, gequälten Blicks, benebelt von seinem Frühstücksbier und für die Geschäftszeit gerüstet mit ein paar Comic-Heften oder Photoromanen. Mit diesen Heften wurde in der Stadt ein systematischer Tauschhandel betrieben; Théo hatte stets etwas Neues zum Anschauen. Und bezeichnenderweise gaben ihm seine fest zusammengerollten Comics oder Photoromane, wenn er damit in den Laden kam, das Aussehen eines tüchtigen, hochbeschäftigten Mannes. Er ging geradewegs in den Lagerraum, und dort blieb er den ganzen Vormittag, ohne einmal herauszukommen. Anfangs verwechselte ich das mit Rücksichtnahme; ich dachte, er wolle sich im Hintergrund halten, nicht im Weg sein. Aber dann wurde mir klar, dass er sich damit keinen Zwang antat. Er saß gern in dem dunklen Lagerraum, ohne eine dringendere Aufgabe, als dann und wann ein bisschen in seinen Heften zu blättern und sein Bier zu trinken.

Nach einer Weile nahm seine Befangenheit jedoch ab, seine Scheu vor mir schwand, und sein Leben im Lagerraum bekam etwas Farbe. Er erhielt nun Damenbesuch. Es gefiel ihm, sich den Frauen als ein richtiger *directeur* mit Personal und einem Büro zu präsentieren, und den Frauen gefiel es auch. Solche Besuche konnten sich über ganze Nachmittage hinziehen, und die Gespräche, die Théotime und die jeweilige Frau dabei führten, ähnelten den Gesprächen von Leuten, die sich gemeinsam vor dem Regen unterstellen: lange Pausen, lange, stumpfe Blicke in verschiedene Richtungen.

Es war ein angenehmes Leben für Théotime, angenehmer, als er es sich als Mechaniker bei der Gesundheitsbehörde je hätte träumen lassen. Aber je mehr er an Selbstvertrauen gewann, je mehr er die Angst verlor, der Präsident könne ihm den Laden wieder wegnehmen, desto schwieriger wurde es mit ihm.

Es passte ihm nicht mehr, dass er als *directeur* kein Auto hatte. Vielleicht hatten die Frauen ihn darauf gebracht, vielleicht auch das Beispiel anderer Treuhänder oder einer seiner Comics. Ich hatte ein Auto; plötzlich wollte er da- und dorthin gefahren werden, und dann verlangte er, dass ich ihn zur Arbeit abholte und hinterher wieder zurückfuhr. Ich hätte ablehnen können. Aber ich sagte mir, dass es kein hoher Preis war, wenn er nur Ruhe gab. Die ersten Male saß er vorne, danach auf der Rückbank. Ich fuhr ihn viermal täglich.

Sehr lange gab er nicht Ruhe. Womöglich tat ich zu ungezwungen, bemäntelte meine Demütigung zu gut: Théotime sann jedenfalls schon bald auf neue Mittel und Wege, seine Überlegenheit zu zeigen. Das Dumme war, dass ihm nichts einfiel. Er hätte liebend gern seine Rolle ausgefüllt – selbst den Laden geführt oder sich zumindest eingeredet, er führe ihn, ohne dabei auf das bequeme Leben im Lagerraum zu verzichten. Aber er wusste, dass er keine Ahnung hatte; er wusste, dass ich wusste, dass er keine Ahnung hatte, und seine Hilflosigkeit erboste ihn. Er lieferte eine Szene nach der anderen. Er soff, er litt, er drohte und verschloss sich jeder Logik mit der Hartnäckigkeit eines Beamten, der schwierig sein will, *malin*.

Es war seltsam. Ich sollte ihn als meinen Chef anerkennen.

Aber gleichzeitig wollte er einen Freibrief von mir, weil er ein ungebildeter Afrikaner war. Er wollte respektiert werden, und er wollte Nachsicht, ja Mitleid. Er wollte im Grunde, dass ich den Untergebenen *spielte*, ihm zuliebe. Sobald ich ihm diesen Wunsch aber erfüllte, ihm beispielsweise irgendwelche harmlosen Papiere zur Zustimmung vorlegte, bekam ich eine Autorität zu spüren, an der nichts Gespieltes war. Er verbuchte diese Autorität auf seinem Konto, und er machte sie sich später zunutze, um sich neue Sonderrechte zu erzwingen. Wie bei den Autofahrten.

Mit einem schwierigen Beamten wäre ich leichter zurechtgekommen. Der Beamte, der beleidigt tat – und einen etwa herunterputzte, weil man die Hand auf seinen Schreibtisch aufstützte –, wollte nur Geld. Théotime, dessen schlichtes Selbstvertrauen in seiner neuen Rolle rasch einem Bewusstsein der eigenen Hilflosigkeit gewichen war, wollte, dass man ihn als einen Menschen behandelte, der er nicht war. Daran war nichts komisch. Ich hatte mir vorgenommen, meine Enteignung gelassen zu sehen, mich auf das Ziel zu konzentrieren, das ich mir gesteckt hatte. Aber die Gelassenheit fiel mir schwer. Der Laden wurde mir zunehmend zuwider.

Für Metty war es noch schlimmer. Die kleinen Dienste, die er anfangs für Théotime verrichtet hatte, wurden zu Pflichten, und die Pflichten wurden immer mehr. Théotime begann Metty mit völlig sinnlosen Aufträgen durch die Gegend zu schicken.

Eines späten Abends, nachdem er bei seiner Familie gewesen war, kam Metty zu mir ins Zimmer und sagte: »Ich halte es nicht mehr aus, *patron*. Irgendwann tue ich etwas ganz Furchtbares. Wenn Théo nicht aufhört, bringe ich ihn um. Lieber mache ich Feldarbeit, als ihn zu bedienen.«

»Es wird nicht lang dauern«, sagte ich.

Unwillen verzerrte ihm das Gesicht, und er stampfte leise mit dem Fuß auf. Er war den Tränen nahe. Er sagte: »Was heißt das? Was soll das?«, und ging aus dem Zimmer.

Am nächsten Morgen holte ich Théotime ab, um ihn in den Laden zu fahren. Als wohlhabender und einflussreicher Mann unserer Stadt hatte Théotime drei oder vier Familien in verschiedenen Vierteln. Aber seit seinem Aufstieg zum staatlichen Treuhänder hatte er sich (wie andere Treuhänder auch) eine Anzahl neuer Frauen zugelegt, und mit einer dieser Frauen lebte er in einem der kleinen Hinterhäuser in einem *cité*-Hof. Der nackte rote Erdboden des Hofs war von flachen schwarzen Abwassergräben durchzogen, mit einem Wall von lockergescharrter Erde und Abfällen am Rand, ein paar Mangobäumen und anderen Bäumen hier und da und Maniok, Mais und Grüppchen von Bananenstauden zwischen den Häusern.

Auf mein Hupen kamen aus den verschiedenen Häuschen Kinder und Frauen gelaufen, um Théotime zuzusehen, wie er zum Auto schritt, in der Hand sein zusammengerolltes Comic-Heft. Er tat so, als bemerkte er die Zuschauer nicht, und spuckte lässig ein-, zweimal auf den Boden. Seine Augen waren rot vom Bier, und er versuchte ein beleidigtes Gesicht zu machen.

Ich bog aus der löchrigen *cité*-Gasse auf die planierte rote Hauptstraße, deren sämtliche Häuser für den Besuch des Präsidenten frisch gestrichen waren: Wände, Fensterrahmen und Türen jeweils einheitlich, aber jedes Haus in einer anderen Farbe.

Ich sagte: »Ich möchte mit Ihnen über Bürger Mettys Pflichten in unserem Unternehmen sprechen, Bürger. Bürger Metty ist der Assistent des Geschäftsführers. Er ist nicht einfach ein Dienstbote.«

Darauf hatte Théotime nur gewartet. Er hatte eine kleine Rede parat. Er sagte: »Sie erstaunen mich, Bürger. Ich bin der vom Präsidenten eingesetzte staatliche Treuhänder. Bürger Metty ist Angestellter eines staatlichen Unternehmens. Über die Pflichten des *métis* entscheide ich.« Halbblut nannte er ihn, eine Spitze gegen den selbst gewählten Namen, auf den Metty einmal so stolz gewesen war.

Die grellen Farben der Häuser schienen mir noch eine Spur unwirklicher zu werden. Sie wurden die Farben meiner Wut und Verzweiflung.

Ich sank schon seit einer Weile in Mettys Achtung, und jetzt hatte ich vollends versagt. Ich konnte ihm nicht einmal mehr das bisschen Schutz gewähren, das er von mir erbeten hatte – das stellte Théotime im Verlauf des Tages zur Genüge klar. Und so endete der alte Pakt zwischen Metty und mir, der der Pakt zwischen seiner Familie und meiner war. Selbst wenn ich ihm irgendwo anders eine Stelle hätte verschaffen können – was mir früher sicher gelungen wäre –, hätte das für unsere besondere Verbindung das Aus bedeutet. Auch er spürte das, und es warf ihn noch mehr aus der Bahn.

Er fing an zu sagen: »Ich werde irgendwas ganz Schreckliches tun, Salim. Du musst mir Geld geben. Gib mir Geld und lass mich hier weggehen. Ich spüre, dass ich sonst etwas Schreckliches tue.«

Ich empfand sein Unglück als einen zusätzlichen Druck. Ich schlug es zu meinem eigenen Unglück dazu, machte es zu einem Teil davon. Ich hätte mehr an ihn denken sollen. Ich hätte ihn dazu überreden sollen, nicht mehr in den Laden zu gehen, und ihm ein Taschengeld auszahlen, solange mein eigenes Gehalt reichte. Genau das wollte er im Prinzip ja. Aber er sagte es nicht so. Er baute es ein in diesen verrückten Plan fortzugehen, der mich nur erschreckte, mich nur denken ließ: Aber wo soll er denn hin?

Also ging er weiter zu Théotime in den Laden und litt immer mehr. Als er eines Abends wieder ankam mit seinem: »Gib mir Geld, und ich verschwinde hier«, sagte ich, um ihn irgendwie zu trösten: »Es kann nicht ewig so bleiben, Metty« – ich meinte die Situation im Laden. Das ließ ihn laut aufschreien: »*Salim!*« Und am nächsten Morgen brachte er mir zum ersten Mal keinen Kaffee.

Das war Anfang der Woche. Am Freitagnachmittag sperrte ich den Laden ab, chauffierte Théotime heim in seinen Hinterhof und fuhr in die Wohnung zurück. Sie deprimierte mich nur noch. Sie war kein Zuhause mehr. Seit dem Morgen mit Théotime im Auto widerten die grellen neuen Farben der Stadt mich an. Es waren die Farben eines Ortes, der mir fremd geworden war, fern gerückt von der übrigen Welt. Und alles in der Wohnung schien gleichermaßen fremd und fern. Ich überlegte gerade, ob ich in den »Club hellénique« fahren sollte – soweit von ihm noch die Rede sein konnte –, als ich Autotüren schlagen hörte.

Ich trat auf die Plattform hinaus und sah Polizei unten im Hof. Ein leitender Beamter war dabei, den ich kannte – Prosper hieß er. Einer seiner Männer trug eine Forke, ein anderer eine Schaufel. Sie wussten, wonach sie suchten, und sie wussten auch, wo sie suchen mussten – am Fuß der Außentreppe. Ich hatte vier Stoßzähne dort vergraben.

Meine Gedanken rasten, stellten Zusammenhänge her. Metty! Oh, Ali!, dachte ich. Was hast du mir angetan? Ich musste unbedingt jemandem Bescheid sagen. Mahesh – außer ihm gab es niemanden. Er würde jetzt bei sich daheim sein. Ich ging ins Schlafzimmer und wählte seine Nummer. Mahesh meldete sich, und ich konnte gerade noch sagen:

»Ich sitze in der Klemme«, ehe ich auf der Treppe Schritte hörte. Ich legte auf, ging ins Bad, zog die Spülkette, und als ich die Plattform erreichte, kam da der mondgesichtige Prosper die Stufen herauf, allein, lächelnd.

Lächelnd kam er die Stufen herauf, und ich wich zurück vor diesem Lächeln, und so gingen wir ein Stück den Korridor entlang, beide schweigend, bis ich mich umdrehte und Prosper in das weiße Wohnzimmer führte. Er konnte seine Befriedigung nicht verhehlen. Seine Augen glitzerten. Er hatte sich noch nicht entschieden, wie er vorgehen würde. Er hatte sich noch nicht entschieden, wie viel er fordern wollte.

»Der Präsident kommt nächste Woche«, sagte er. »Wussten Sie das? Der Präsident ist ein großer Naturschützer. Deshalb könnte das hier sehr unangenehm für Sie werden. Wenn ich meinen Bericht einreiche, sind die Folgen unabsehbar. Ein paar tausend wird Sie das schon kosten.«

Das erschien mir sehr glimpflich.

Er bemerkte meine Erleichterung. Er sagte: »Ich meine nicht Francs. Ich meine Dollar. Ja, das wird Sie drei- oder viertausend Dollar kosten.«

Das war unerhört. Prosper wusste, dass es unerhört war. Früher wären fünf Dollar mehr als genug gewesen, und selbst während des Booms hatte sich mit fünfundzwanzig Dollar noch vieles regeln lassen. Seit dem Aufstand war das natürlich nicht mehr so, und die Radikalisierung hatte es noch schlimmer gemacht. Die Gier, die Verzweiflung hatten zugenommen. Jeder hatte das Gefühl, dass es rasend schnell bergab ging, dass das große Chaos bevorstand; und einige benahmen sich, als hätte das Geld schon allen Wert verloren. Dennoch hatten Beamte wie Prosper erst kürzlich begonnen, dreistellige Summen zu fordern.

Ich sagte: »So viel Geld habe ich nicht.«

»Ich dachte mir schon, dass Sie das sagen würden. Nächste Woche kommt der Präsident. Wir nehmen eine Reihe von Personen vorsorglich in Gewahrsam. Da sind Sie auch dabei. Die Stoßzähne vergessen wir fürs Erste. Sie bleiben in Haft, bis der Präsident abgereist ist. Vielleicht haben Sie das Geld dann ja plötzlich doch.«

Ich packte ein paar Sachen in eine Segeltuchtasche, und dann fuhr ich auf der Ladefläche von Prospers Landrover durch die bunt gestrichene Stadt zum Polizeirevier. Dort lernte ich das Warten. Dort befahl ich mir, alle Gedanken an die Stadt zu verbannen, befahl mir, die Zeit zu vergessen und meinen Kopf so weit wie möglich von allem zu leeren.

Es war eine Reise mit vielen Stationen, die ich in dem Gebäude antrat, und ich begann in Prosper meinen Führer durch diese spezielle Hölle zu sehen. Immer wieder ließ er mich lange in Räumen und Korridoren sitzen oder stehen, alle glänzend von frischer Ölfarbe, und es war fast eine Erleichterung, wenn er dann zurückkam, mit seinen feisten Backen und seiner flotten Aktentasche.

Die Sonne ging schon fast unter, als er mich zu dem Anbau hinten im Hof hinüberbrachte, aus dem ich einmal Metty befreit hatte und in dem ich nun, ehe ich ins städtische Gefängnis verfrachtet wurde, selber meine Fingerabdrücke abgenommen bekam. Ich hatte die Wände schmutzig blau in Erinnerung. Jetzt waren sie strahlend gelb, und das DISCIPLINE AVANT TOUT – »Disziplin über alles« – prangte in großen, frisch gemalten schwarzen Lettern. Ich konzentrierte meine ganze Aufmerksamkeit auf die schiefen, unregelmäßigen Buchstaben, auf die Kornstruktur des Präsidentenporträts, die Unebenheiten im gelben Putz, die getrockneten gelben Farbspritzer auf dem rissigen Fußboden.

Der Raum war voller junger Männer, die von der Polizei aufgegriffen worden waren. Es dauerte lange, bis ich an die Reihe kam. Der Mann an dem Tisch ließ alle merken, wie überlastet er war. Er sah die Gesichter der Männer, deren Fingerabdrücke er nahm, gar nicht an.

Ich fragte, ob ich mir nicht die Tinte von den Händen waschen dürfe. Es ging mir nicht um die Sauberkeit, merkte ich im Nachhinein. Es ging mir darum, ruhig zu erscheinen, ungebrochen, mich zu benehmen, als wäre das, was hier geschah, alltäglich. Der Mann am Tisch sagte, doch, und brachte aus einer Schublade eine rosafarbene Seifenschachtel zum Vorschein, in der ein dünnes, schwärzlich gestreiftes Restchen Seife lag. Es war völlig trocken. Ich könne draußen die Pumpe benutzen, sagte er mir.

Ich ging in den Hof hinaus. Es war jetzt dunkel. Um mich herum Bäume, Lichter, der Rauch der Kochstellen, Abendgeräusche. Die Pumpe stand neben dem offenen Wagenschuppen. Die Tinte ließ sich zu meiner Überraschung leicht abwaschen. Wut begann in mir zu brodeln, als ich zurückkam und dem Mann seine Seife gab und die anderen sah, die mit mir in dem gelben Raum warteten.

Wo es eine Ordnung gab, hatten solche Dinge ihren Sinn. Wo es Gesetz gab, hatten solche Dinge ihren Sinn. Aber es gab keine Ordnung, es gab kein Gesetz, es war alles nur Schau, Spiegelfechterei, eine Vergeudung menschlicher Lebenszeit. Wie oft mochte es gespielt worden sein, selbst im Busch schon, dieses Spiel von Wärtern und Gefangenen, bei dem Menschen für nichts und wieder nichts draufgehen konnten? Ich musste daran denken, was Raymond immer gesagt hatte – über die vielen Ereignisse, die einfach vergessen wurden, abhanden kamen, untergingen.

Das Gefängnis lag an der Straße zur Domäne. Eine weite

freie Fläche trennte es von der Straße, und auf dieser Fläche waren ein Markt und eine Siedlung entstanden. Nur das prägte sich im Vorbeifahren ein – der Markt und die Siedlung. Die Betonmauer des Gefängnisses, keine zweieinhalb Meter hoch, bildete nichts als einen weißen Hintergrund. Es war mir nie so recht wie ein Gefängnis vorgekommen. Es hatte etwas Künstliches, fast Putziges, dieses neue Gefängnis in der neuen Siedlung, beides wirkte so primitiv und behelfsmäßig auf der Lichtung im Busch. Ein bisschen war es, als würden die Leute, die es gebaut hatten – Dorfleute, die jetzt Städter sein wollten –, nur so tun, als wären sie eine Gemeinschaft mit Regeln. Sie hatten eine Mauer hochgezogen, die kaum höher als mannshoch war, und hinter diese Mauer ein paar Leute gesteckt, und weil sie aus dem Dorf kamen, reichte ihnen das als Gefängnis. Anderswo wäre ein Gefängnis eine aufwendigere Angelegenheit gewesen. Dieses hier war so schlicht: Das Leben hinter der niedrigen Mauer konnte kaum anders sein als das harmlose Markttreiben davor.

Nun aber öffnete am Ende des Fahrwegs, hinter den Lichtern und Radios der kleinen Hütten und Baracken und Stände und Schankbuden, dieses Gefängnis seine Tore und ließ mich ein. Eine Mauer, die höher als mannshoch ist, ist eine hohe Mauer. Ihr neuer weißer Anstrich schimmerte im Licht der elektrischen Lampen, und auch hier stand wieder in schwarzen Lettern, die diesmal jedoch gut einen halben Meter hoch waren: DISCIPLINE AVANT TOUT. Ich fühlte mich verurteilt und verhöhnt von den Worten. Aber das war ja auch ihr Zweck. Welch eine vertrackte Lüge sie geworden waren! Wie lange würde es dauern, sich durch diesen Berg von Lügen zurückzuarbeiten zu dem, was einfach und wahr war?

Im Innern, hinter dem Gefängnistor, empfingen mich Schweigen und Weite: ein riesiger, kahler, staubiger Hof mit niedrigen, quadratisch angeordneten Baracken aus Beton und Wellblech.

Durch das Gitterfenster meiner Zelle sah ich auf einen nackten Innenhof hinaus, der von elektrischen Lampen auf hohen Masten ausgeleuchtet war. Meine Zelle hatte keine Decke, nur das Wellblechdach. Alles war primitiv, aber stabil. Es war Freitagabend. Und Freitag war natürlich der beste Tag für Verhaftungen; übers Wochenende ging nichts voran. Ich musste mich in Geduld üben, in einem Gefängnis, das nun plötzlich real war – und gerade durch seine Schlichtheit beängstigend.

In einer solchen Zelle wird man sich bald seines Körpers bewusst. Man steigert sich in einen Hass auf diesen Körper hinein. Und der Körper ist alles, was wir haben; das war der sonderbare Gedanke, der immer wieder durch meine Wut an die Oberfläche stieg.

Das Gefängnis war voll besetzt. Das sah ich am Morgen. Zabeth und andere hatten mir schon vor geraumer Zeit von den Entführungskommandos in den Dörfern erzählt. Aber ich hatte nicht geahnt, dass so viele junge Männer und Knaben verhaftet worden waren. Und erst recht war es mir nie in den Sinn gekommen, sie in dem Gefängnis zu vermuten, an dem ich so oft vorbeifuhr. Der Aufstand und die Befreiungsarmee wurden in den Zeitungen mit keinem Wort erwähnt. Aber hier im Gefängnis – jedenfalls dem Teil, in dem ich war – drehte sich alles darum. Und es war furchtbar.

In der Morgenhelle hatte es wie eine Art Schulunterricht geklungen: eine Klasse, die von vielen Lehrern Gedichte eingepaukt bekam. Die Lehrer entpuppten sich als Wärter mit großen Stiefeln und Stöcken, die Gedichte als Lobeshymnen auf den Präsidenten und die afrikanische Madonna, und die Schüler, die gezwungen wurden, die Zeilen nachzubeten, waren die jungen Männer und Knaben aus den Dörfern; etliche von ihnen hatte man gefesselt in den Innenhof geworfen und misshandelte sie auf Weisen, über die ich nicht reden möchte.

Es waren grässliche Frühmorgengeräusche. Auch diese armen Menschen waren gefangen und verurteilt von den Worten an der weißen Gefängnismauer. Aber es war ihren Gesichtern anzusehen, dass sie ihren Verstand, ihre Herzen und Seelen abgeschottet hatten gegen alles. Die wütenden Wärter, Afrikaner wie sie, schienen dies zu begreifen, zu wissen, dass ihre Opfer für sie unerreichbar waren.

Diese Gesichter Afrikas! Diese Masken kindlicher Ruhe, die den Zorn der ganzen Welt auf sich zogen – auch den anderer Afrikaner, wie jetzt im Gefängnis. Ich glaubte sie nie klarer gesehen zu haben. Gleichgültig gegenüber fremden Blicken, gleichgültig gegenüber Mitleid oder Verachtung, waren diese Gesichter dennoch nicht leer, nicht passiv oder resigniert. Eine fiebrige Erregung erfüllte die Gefangenen ebenso wie ihre Peiniger. Aber bei den Gefangenen war es eine innere Erregung, die sie weit über ihre Sache hinaustrug, weit über jede Erinnerung an diese Sache, jedes Denken. Sie waren zum Sterben bereit, nicht weil sie Märtyrer waren, sondern weil das, was sie waren – ihr Bewusstsein davon –, alles war, was sie hatten. Das hielt sie gepackt: die Vorstellung davon, was sie waren. Ich hatte mich ihnen nie näher gefühlt und nie ferner.

Den ganzen Tag über, während die Hitze zunahm und dann langsam abklang, rissen die Geräusche nicht ab. Jenseits der weißen Mauer war der Markt, die Welt. Sämtliche Bilder, die mir von dieser Welt im Kopf geblieben waren, wurden von den Geschehnissen um mich vergiftet. Und das Gefängnis war mir putzig erschienen! Ich hatte gedacht, das Leben hinter dieser Mauer müsse dem Markttreiben ähneln. Yvette und ich hatten eines Nachmittags einmal an einem der Stände angehalten, um Süßkartoffeln zu kaufen. Der Mann am Nachbarstand hatte eine große weiße Schüssel gehabt, in der haarige orangerote Raupen herumkrochen, und beim Anblick von Yvettes entsetztem Gesicht hatte er lachend die Schüssel genommen und sie zum Autofenster hereingestreckt, um sie ihr zu schenken; anschließend hatte er sich dann eine zappelnde Raupe über den Mund gehalten und so getan, als würde er kauen.

So ging es dort draußen zu. Während hier die jungen Männer und Knaben Disziplin und Loblieder auf den Präsidenten lernten. Es gab einen Grund für die Erregung der Wärter, der Lehrer. Eine wichtige Hinrichtung stand bevor, hörte ich; der Präsident würde ihr persönlich beiwohnen, wenn er in die Stadt kam, und dazu den Lobliedern lauschen, die seine Feinde ihm sangen. Für diesen Besuch hatte sich die Stadt so bunt geschmückt.

Ich hatte das Gefühl, dass mich kaum etwas von den Männern im Hof unterschied, dass es keinen Grund gab, warum ich nicht wie sie behandelt werden sollte. Ich musste alles daransetzen, meine Sonderstellung zu behalten, der Mann zu bleiben, der nur darauf wartete, dass man ihn gegen ein Lösegeld freiließ. Auf gar keinen Fall durfte es geschehen, dass einer der Wärter mich anfasste. Physischer Kontakt gleich welcher Art konnte der Auftakt zu weit Schlimmerem sein. Ich musste alles vermeiden, was auch nur die leiseste Berührung herausforderte. Also kooperierte ich. Ich befolgte Befehle, fast bevor sie erteilt wurden. Und nach Ablauf meines Wochenendes kam ich mir – so wütend, so gehorsam, so ausgeliefert an die Bilder und Geräusche aus dem Hof – wie ein hartgesottener Knastbruder vor.

Prosper kam mich am Montagmorgen holen. Ich hatte damit gerechnet, dass jemand kommen würde. Aber ich hatte nicht mit Prosper gerechnet, und er sah nicht eben froh aus. Das Beuteglitzern war aus seinen Augen verschwunden. Im Landrover saß ich neben ihm, und als wir zum Gefängnistor hinausfuhren, sagte er fast kameradschaftlich: »Wir hätten die Sache am Freitag aus der Welt schaffen können. Jetzt haben Sie sich noch tiefer reingeritten. Der Regierungskommissar will Sie sich persönlich vorknöpfen. Ich kann nur hoffen, dass es halbwegs glimpflich ausgeht.«

Ich wusste nicht, ob das eine gute oder eine schlechte Nachricht war. Der Regierungskommissar konnte Ferdinand sein. Seine Ernennung war bereits vor einiger Zeit bekannt gegeben worden, aber noch hatte er sich in der Stadt nicht blicken lassen, und es war nicht auszuschließen, dass die Ernennung widerrufen worden war. Wenn es allerdings Ferdinand war, dann waren dies denkbar ungünstige Umstände für ein Wiedersehen.

Ferdinand, so wie ich ihn kannte, hatte seinen Weg gemacht, indem er sämtliche seiner Rollen konsequent angenommen und verkörpert hatte: Gymnasiast, Student am Polytechnikum, neuer Mann Afrikas, Erste-Klasse-Passagier auf dem Dampfer. Wo mochte er jetzt stehen – nach vierjähriger Ausbildung in dieser so völlig vom Präsidenten beherrschten Hauptstadt? Was hatte er gelernt? Was für ein Bild hatte er von sich, dem Beamten des Präsidenten? Aus seiner Sicht war er natürlich aufgestiegen, ich dagegen war kleiner geworden. Es hatte mir immer ein wenig zu schaffen gemacht, dieses Wissen, dass der Abstand zwischen Ferdinand und mir sich mit der Zeit stetig vergrößern würde. Mehr als einmal hatte ich mir gedacht, wie gut eingerichtet und einfach die Welt für ihn, den Dorfjungen, war, der bei null angefangen hatte.

Prosper lieferte mich an der Pforte des Kommissariats ab. Eine breite Veranda zog sich um den ganzen Innenhof, und drei ihrer Seiten waren mit breiten Riedjalousien gegen die Sonne abgeschirmt. Es war ein sonderbares Gefühl, durch diese schmalen Licht- und Schattenstreifen zu gehen – sie über mich hinwegwandern zu sehen, als bewegten sie sich mit mir. Der Adjutant führte mich in einen Vorraum, wo mir nach dem blendenden Hell-Dunkel der Veranda augenblickslang Lichtpünktchen vor den Augen tanzten, und dann wurde ich ins Amtszimmer gerufen.

Es war Ferdinand, fremd mit seinem gepunkteten Halstuch und der kurzärmligen Jacke, und doch unerwartet normal anzusehen. Ich hatte Eleganz erwartet, Schwung, ein wenig Überheblichkeit, ein wenig Angabe. Aber Ferdinand wirkte in sich gekehrt und kränklich wie ein Mann, der noch nicht recht von einem Fieber genesen ist. Ihm lag nichts daran, mir zu imponieren.

An der frisch geweißelten Wand hing ein überlebensgroßes Photo des Präsidenten, nur das Gesicht – aber welch ein lebendiges Gesicht! Ferdinand erschien unter diesem Gesicht wie geschrumpft, austauschbar in seiner Dienstuniform, einer jener typischen Beamten, wie sie auf den Gruppenbildern in der Zeitung zu sehen waren. Er unterschied sich in nichts von seinen Amtskollegen. Ich fragte mich, warum ich gedacht hatte, er würde anders sein. Diese Männer, die in allem von der Gunst des Präsidenten abhingen, waren durchweg Nervenbündel. Die große Macht, die sie ausübten, ging einher mit einer ständigen Angst vor dem Todesstoß. Und sie waren labil, mehr tot als lebendig.

Ferdinand sagte: »Meine Mutter hat mir erzählt, du wärst weggegangen. Ich war überrascht, dass du noch hier bist.«

»Ich war sechs Wochen in London. Ich habe deine Mutter noch nicht gesehen, seit ich wieder da bin.«

»Sie hat ihr Geschäft aufgegeben. Und das musst du auch. Du musst weg von hier. Du musst so schnell wie möglich weg. Hier bist du am Ende. Einmal haben sie dich schon verhaftet. Das ist neu. Weißt du, was das heißt? Es heißt, dass sie dich wieder verhaften. Und ich werde nicht immer da sein, um dich rauszuholen. Ich weiß nicht, wie viel Prosper und die anderen von dir haben wollten. Aber beim nächsten Mal wird es mehr sein. Das ist das Einzige, worum es jetzt noch geht. Das weißt du selbst. Sie haben dir im Gefängnis nichts getan. Aber nur, weil sie nicht auf die Idee gekommen sind. Weil sie noch nicht so weit denken. Du bist Ausländer; du bist noch tabu; sie verprügeln nur die Leute aus dem Busch. Aber irgendwann bist du dran, und dann entdecken sie, dass du ein Mensch wie alle anderen auch bist, und dann wird es dir schlimm ergehen. Du musst weg hier. Vergiss alles andere und schau, dass du wegkommst. Fliegen kannst du nicht. Die Flüge sind alle reserviert, für die Beamten, die zum Besuch des Präsidenten herkommen. Das sind die Sicherheitsbestimmungen. Aber am Dienstag geht noch ein Dampfer. Das ist morgen. Nimm ihn. Es könnte der letzte sein. Es wird überall wimmeln von Beamten. Sieh zu, dass du keine Aufmerksamkeit erregst. Nimm nicht zu viel Gepäck mit. Sag keinem etwas. Für Prosper finde ich solange am Flughafen etwas zu tun.«

»Ich mache es so, wie du sagst. Und wie geht es dir, Ferdinand?«

»Frag lieber nicht. Denk nicht, dass es nur dich trifft. Es trifft alle. Das ist das Furchtbare. Es trifft Prosper, es trifft den Mann, dem sie deinen Laden gegeben haben – alle. Keiner hat mehr eine Chance. Wir gehen alle miteinander vor die Hunde, und tief im Innern weiß das jeder. Es ist aus mit uns. Nichts hat mehr einen Sinn. Deshalb sind alle so panisch. Jeder will noch schnell abkassieren und dann weg. Aber wohin? Das ist es, was die Leute wahnsinnig macht. Sie merken, dass es keine Zuflucht mehr für sie gibt. Mir ist das während meiner Lehrzeit in der Hauptstadt aufgegangen. Plötzlich ist mir klar geworden, dass ich benutzt worden bin. Dass meine ganze Ausbildung umsonst war. Dass man mich betrogen hat. Alles, was ich bekommen habe, war nur dazu gedacht, mich zu vernichten. Ich habe mich danach gesehnt, wieder ein Kind zu sein, nichts mehr wissen zu müssen von Büchern und allem, was mit Büchern zusammenhängt. Der Busch hat seine eigenen Gesetze. Aber es gibt keine Rückkehr mehr. Ich habe eine Rundreise durch die Dörfer gemacht. Es ist ein Albtraum. Diese ganzen Flugplätze, die der Mann angelegt hat – die die ausländischen Firmen angelegt haben ... es ist nirgends mehr sicher.«

Sein Gesicht hatte anfangs einer Maske geglichen. Jetzt zeigte es nackte Angst.

»Was wirst du tun?«, fragte ich.

»Ich weiß nicht. Ich werde tun, was ich tun muss.«

Das war immer seine Devise gewesen.

Auf seinem Schreibtisch stand ein gläserner Briefbeschwerer – kleine Blüten in einer Halbkugel aus Kristall. Er stellte ihn auf die offene Fläche seiner linken Hand und betrachtete ihn.

Er sagte: »Und du gehst jetzt und besorgst dir deine Fahrkarte für den Dampfer. Da haben wir uns zum letzten Mal gesehen. Ich habe oft an diesen Tag denken müssen. Wir waren zu viert auf dem Dampfer. Es war Mittag. Wir haben Bier in der Bar getrunken. Die Frau des Direktors war da – du bist mit ihr von Bord gegangen. Und der Dozent war da, der dein Freund war. Er ist mit mir weggefahren. Das war die beste Zeit. Der letzte Tag, der Abschiedstag. Es war eine gute Fahrt. Am Ziel änderte sich das. Ich habe einen Traum gehabt, Salim. Einen fürchterlichen Traum.«

Er nahm den Briefbeschwerer wieder und stellte ihn auf den Tisch zurück.

»Eine Hinrichtung ist angesetzt«, sagte er, »morgens um sieben. Das ist der Grund, warum wir uns treffen. Wir sollen der Hinrichtung beiwohnen. Der Todeskandidat ist einer von uns, aber er weiß es nicht. Er denkt, er wird nur zuschauen. Wir treffen uns an einem Ort, den ich nicht beschreiben kann, aber er muss irgendetwas mit der Familie zu tun haben, irgendetwas mit meiner Mutter. Ich bin völlig panisch. Ich habe etwas auf beschämende Weise beschmutzt und versuche hektisch, es sauber zu bekommen oder zu verstecken, weil ich um sieben bei der Hinrichtung sein muss. Wir warten auf den Mann. Wir begrüßen ihn wie immer. Und hier liegt im Traum das Problem. Lassen wir den Mann allein, lassen wir ihn allein zu seiner Hinrichtung fahren? Werden wir den Mut haben, ihn zu begleiten, bis zuletzt nett mit ihm zu plaudern? Fahren wir alle in einem Auto oder lieber in zweien?«

»Ihr müsst in einem Auto fahren. Wenn ihr zwei nehmt, habt ihr es euch im Grunde schon anders überlegt.«

»Geh und kauf dir deine Fahrkarte.«

Das Fahrkartenbüro war berüchtigt für seine sporadischen Öffnungszeiten. Ich wartete auf der hölzernen Bank vor der Tür, bis der Mann kam und aufmachte. Die *cabine de luxe* war frei; ich buchte sie. Das nahm den Großteil des Vormittags in Anspruch. Die Marktbuden vor der Anlegestelle waren schon aufgebaut; der Dampfer wurde für den Nachmittag erwartet. Ich dachte daran, bei Mahesh im Bigburger vorbeizugehen, entschied mich aber dagegen. Das Lokal war zu gut einsehbar und zu zentral, und mittags aßen zu viele Beamte dort. Ein seltsames Gefühl, die Stadt aus diesem Blickwinkel betrachten zu müssen.

Ich aß einen Happen im Tivoli. Es wirkte ein wenig trübselig dieser Tage, als stünde die »Radikalisierung« schon vor der Tür. Aber die Atmosphäre war unverändert europäisch; europäische Handwerker saßen mit ihren Familien an den Tischen, ein paar Männer tranken Bier an der Bar. Ich fragte mich, was wohl aus diesen Menschen werden würde. Aber sie waren beschützt. Ich kaufte etwas Brot und Käse und ein paar teure Konserven – meine letzten Einkäufe in der Stadt – und beschloss, die restliche Zeit in der Wohnung zu verbringen. Ich mochte sonst nichts unternehmen. Ich verspürte keinerlei Verlangen, irgendwo hinzugehen, etwas anzuschauen, mit jemandem zu reden. Selbst der Gedanke an einen Anruf bei Mahesh schien wie eine Last.

Am späten Nachmittag wurden auf der Außentreppe Schritte laut. Metty. Ich war überrascht. Normalerweise war er um diese Zeit bei seiner Familie.

Er kam ins Wohnzimmer und sagte: »Ich hab gehört, sie haben dich rausgelassen, Salim.«

Er sah zerknirscht und verwirrt aus. Er musste ein paar üble Tage hinter sich haben, seit er mich an Prosper verraten hatte. Das war es, worauf er die Sprache zu bringen hoffte. Aber ich wollte nicht darüber reden. Der Schock, den dieser schreckliche Moment vor drei Tagen mir versetzt hatte, war abgeebbt. Ich hatte andere Dinge im Kopf.

Also sagten wir nichts. Und sehr schnell schien es, als gäbe es auch nichts zu sagen. Es war ein Schweigen, wie es noch niemals zwischen uns geherrscht hatte. Er stand ein bisschen herum, ging in sein Zimmer, kam wieder zurück.

»Du musst mich mitnehmen, Salim.«

»Wohin mitnehmen?«

»Du kannst mich nicht hier lassen.«

»Was ist mit deiner Familie? Und wie soll ich dich denn mitnehmen, Metty? Die Welt ist nicht mehr so wie früher. Jetzt brauchst du Papiere, Einreisegenehmigungen. Die kann ich für mich selbst kaum beschaffen. Ich habe keine Ahnung, wo ich hingehen werde oder was ich tue. Ich habe fast kein Geld. Ich kann mit Mühe und Not für mich selber sorgen.«

»Es wird furchtbar hier, Salim. Du weißt ja nicht, was sie draußen alles reden. Es wird fürchterlich, wenn der Präsident kommt. Erst wollten sie nur die Regierungsleute umbringen. Jetzt sagt die Befreiungsarmee, das reicht nicht. Sie sagen, sie müssen es machen wie beim letzten Mal, aber diesmal richtig. Erst wollten sie Volkstribunale abhalten und die Leute auf den Plätzen erschießen. Jetzt sagen sie, es muss noch viel mehr Blut fließen, jeder muss seine Hände in Blut tauchen. Sie wollen alle umbringen, die lesen und schreiben können, alle, die je Anzug und Krawatte anhatten, alle, die je ein *jacket de boy* anhatten. Sie wollen alle Herren umbringen und alle Diener. Wenn sie fertig sind, wird von der Stadt nichts mehr übrig sein. Sie wollen morden und immer weiter morden. Sie sagen, das ist der einzige Weg – zu den Ursprüngen zurückkehren, bevor es zu spät ist. Das Morden wird Tage dauern. Besser tagelang morden als für immer sterben, sagen sie. Es wird fürchterlich, wenn der Präsident kommt.«

Ich versuchte ihn zu beruhigen. »Solche Reden führen sie immer. Seit Beginn der Revolte reden sie von dem Morgen, an dem hier alles in Flammen aufgeht. Das hätten sie gerne, deshalb versuchen sie es herbeizureden. Aber in Wahrheit weiß niemand, was passiert. Und der Präsident ist schlau. Das weißt du. Er wird genau wissen, was für einen Empfang sie ihm hier bereiten wollen. Also schürt er die Erwartungen, und dann kommt er vielleicht gar nicht. Du kennst den Präsidenten. Du weißt, wie er mit den Leuten Katz und Maus spielt.«

»Die Befreiungsarmee, das sind nicht nur diese Jungen im Busch, Salim. Alle sind dabei. Alle, die du siehst. Wie soll ich alleine durchkommen?«

»Du musst auf eigenes Risiko leben. So machen das alle hier. Immer schon. Und ich glaube nicht, dass sie dich behelligen werden – du bist keine Bedrohung für sie. Aber versteck das Auto. Führ sie damit nicht in Versuchung. Ursprünge hin oder her, zu dem Auto werden sie nicht nein sagen. Wenn sie sich daran erinnern und dich danach fragen, sag ihnen, sie sollen sich an Prosper wenden. Und denk immer dran: es geht wieder aufwärts, es ist nur eine Frage der Zeit.«

»Aber wovon soll ich leben? Ohne Laden, ohne Geld? Du hast mir kein Geld gegeben. Du hast es an andere Leute fortgegeben, obwohl ich dich so gebeten habe.«

Ich sagte: »Ali! Ich habe es fortgegeben. Du hast Recht. Ich weiß nicht, warum ich das getan habe. Ich hätte einen Teil davon dir geben können. Ich weiß nicht, warum ich das nicht getan habe. Ich bin einfach nicht darauf gekommen. Ich bin nicht auf die Idee gekommen. Du hast mich eben erst darauf gebracht. Es muss dich verrückt gemacht haben. Warum hast du nichts gesagt?«

»Ich dachte, du wirst schon wissen, was du tust, Salim.«

»Ich wusste es nicht. Ich weiß es auch jetzt nicht. Aber wenn das hier vorbei ist, wirst du das Auto haben, und du wirst die Wohnung haben. Das Auto wird einiges wert sein, wenn du es behältst. Und ich werde dir über Mahesh Geld schicken. Das wird sich leicht einrichten lassen.«

Es war ihm kein Trost. Aber mehr konnte ich vorerst nicht tun. Das begriff er auch und drängte mich nicht weiter. Kurz darauf ging er zu seiner Familie.

Letztlich rief ich Mahesh doch nicht an; ich beschloss, ihm später zu schreiben. Die Sicherheitskontrollen am Anleger waren am nächsten Morgen nicht übermäßig streng. Aber die Beamten waren angespannt. Sie hatten richtig zu tun, und das kam mir zugute. Ein abreisender Ausländer interessierte sie weniger als die fremden Afrikaner in dem Marktlager um das Monument und das Tor. Dennoch wurde ich alle paar Schritte angehalten.

Eine Beamtin fragte, als sie mir meine Papiere zurückgab: »Warum fahren Sie heute? Heute Nachmittag kommt der Präsident. Möchten Sie ihn nicht sehen?« Sie war eine Einheimische. Schwang da Ironie in ihrer Stimme mit? Aus meiner jedenfalls war alle Ironie sorglich verbannt, als ich sagte: »Ich würde ihn gern sehen, Bürgerin. Aber es geht nicht anders.« Sie lächelte und winkte mich durch.

Endlich war ich an Bord. Es war heiß in meiner *cabine de luxe*. Sie lag nach dem Fluss hin, der blendete, und die Sonne brannte aufs Deck. Ich wechselte auf die schattige Seite, die den Kai überblickte. Keine gute Idee.

Ein Soldat am Kai begann mir Zeichen zu machen. Unsere Blicke trafen sich, und schon stiefelte er die Laufplanke herauf. Ich dachte: Ich darf nicht allein sein mit ihm. Ich brauche Zeugen.

Ich ging in die Bar hinunter. Der Barmann stand vor seinen leeren Regalen. Ein dicker Mann mit prallen, glatten Armen, offensichtlich ein Mitglied der Besatzung, saß mit seinem Glas an einem der Tische.

Ich setzte mich an einen Tisch in der Mitte, und gleich darauf erschien der Soldat an der Tür. Er blieb eine Weile dort stehen, eingeschüchtert durch die Anwesenheit des Dicken. Aber dann überwand er seine Scheu, kam zu mir an den Tisch, beugte sich herab und flüsterte: »*C'est moi qui a réglé votre affair.* Ich hab das für Sie gedeichselt.«

Es war eine lächelnde Forderung nach Geld, von einem Mann, dem vielleicht schon bald der Kampf bevorstand. Ich rührte mich nicht; der Dicke starrte herüber. Der Soldat spürte seinen Blick und trat den Rückzug an, lächelnd, mit Gebärden, die mir bedeuteten, dass ich seine Forderung vergessen sollte. Dennoch hütete ich mich danach, mich zu zeigen.

Wir legten gegen Mittag ab. Das Passagierboot wurde nicht mehr hinter dem Dampfer hergezogen – das galt jetzt als kolonialer Brauch. Stattdessen wurde es am Bug festgemacht. Die Stadt lag bald hinter uns. Aber noch über Meilen hinweg waren auf dieser Seite des Flusses, wenn auch überwuchert, die Stellen zu erkennen, wo die Weißen in der Kolonialzeit ihre Plantagen angelegt, ihre vornehmen Häuser gebaut hatten.

Nach der Hitze des Morgens war es windig geworden, und in dem silbrigen Gewitterlicht schimmerte das Buschwerk grellgrün gegen den schwarzen Himmel. Die Erde unter diesem grellen Grün war leuchtend rot. Windstöße krausten die Wasserfläche und löschten die Spiegelungen entlang den Ufern aus. Aber der Regen, den sie brachten, dauerte nicht lang; wir glitten darunter hindurch. Bald umgab uns richtiger Urwald. Ab und zu passierten wir ein Dorf, und die Händler stakten uns in ihren Einbäumen entgegen. So ging es den ganzen drückenden Nachmittag hindurch.

Der Himmel verschleierte sich, und die sinkende Sonne glomm orange und spiegelte sich als durchbrochener goldener Streif auf dem schlammigen Wasser. Dann tauchten wir in ein goldenes Glühen ein. Ein Dorf lag vor uns – angezeigt durch Einbäume in der Ferne. In dem diesigen Licht schienen die Silhouetten der Einbäume und ihrer Insassen an den Rändern zu zerfließen. Aber diese Einbäume hatten, als wir näher kamen, keine Ware zu verkaufen. Sie wollten nur verzweifelt am Dampfer festmachen. Von beiden Ufern flohen sie herbei, drängelten, verkeilten sich, und viele kenterten. In der schmalen Rinne zwischen dem Boot und dem Dampfer wippten Wasserhyazinthen. Wir fuhren weiter. Dunkelheit senkte sich herab.

Und in dieser Dunkelheit kamen wir jäh unter lautem Krachen und Stampfen zum Stillstand. Schreie ertönten aus dem Passagierboot, den Einbäumen und vielen Teilen des Dampfers. Junge Männer mit Gewehren waren an Bord gekommen und hatten den Dampfer in ihre Gewalt zu bringen versucht. Aber es war ihnen misslungen; ein junger Mann lag auf der Brücke über uns in seinem Blut. Der Dicke, der Kapitän, hatte das Kommando behalten. Das erfuhren wir später.

Für den Augenblick sahen wir nur den Suchscheinwerfer des Dampfers, der die Uferböschung entlangtastete und das Passagierboot erfasste, das sich losgerissen hatte und schräg durch die Wasserhyazinthen am Ufer davontrieb. Der Lichtkegel glitt über die Fahrgäste, die hinter ihren Gittern und dem Maschendraht noch kaum begriffen zu haben schienen, dass sie steuerlos dahintrieben. Dann knallten Schüsse. Der Scheinwerfer wurde abgeschaltet; das Boot war nicht mehr zu sehen. Der Dampfer nahm wieder Fahrt auf und stampfte unbeleuchtet flussabwärts, fort vom Schauplatz des Gefechts. Die Luft musste nur so schwirren von Nachtfaltern und anderem Getier. Der Scheinwerfer hatte Tausende aufschimmern lassen, weiß im weißen Licht.

Juli 1977 – August 1978

Das fulminante Debüt des Nobelpreisträgers

In seinem ersten veröffentlichten Roman erzählt V. S. Naipaul die witzig-melancholische Geschichte von Ganesh, dem großen Heiler von Trinidad, und liefert das satirische Porträt eines Dorfes, das den ungewöhnlichen und überraschenden Aufstieg von Ganesh staunend begleitet.

»Der Reichtum von Naipauls Imagination, das brillante fiktionale Konzept, in dem sie sich ausdrückt, sind ohne Vergleich heutzutage.«
New York Times

V. S. Naipaul

Der mystische Masseur
Roman

Econ | **Ullstein** | List

**Nobelpreisträger
V. S. Naipaul von seiner
komischsten Seite**

Um in Elvira Wählerstimmen zu gewinnen, wird alles eingesetzt: Rum und Aberglaube, eindrucksvolle Rhetorik und mit feierlicher Miene präsentierte Lausbubenstreiche. Die Hindu-, Moslem- und schwarzen Wähler werden immer ratloser. Größer noch wird ihre Verwirrung, als plötzlich zwei weibliche Zeugen Jehovas auf roten Fahrrädern in ihrer Mitte auftauchen ... Eine höchst amüsante Miniatur des westindisch-politischen Lebens!

*»Einer der besten Autoren,
die es heute gibt.«*
Newsweek

V. S. Naipaul

Wahlkampf auf karibisch
Roman

Econ | **Ullstein** | List

»Guerillas *scheint uns V. S. Naipauls Herz der Finsternis zu sein: eine Anatomie der Verzweiflung und der Leere, erschaffen von einem brillanten Künstler.«*
Observer

Endzeitstimmung auf einer kleinen karibischen Insel: Die Vergangenheit ist furchtbar, die Gegenwart chaotisch, Verfall zeigt sich in allen Gesellschaftsschichten. Doch auch der aufkeimende revolutionäre Drang schlägt um in persönliches Drama und endet in der gewalttätigen Katastrophe.

»*Das abgenutzte Wort vom verstörenden Potential der Literatur – angesichts der Bücher dieses störrischen, durch und durch singulären Autors gewinnt es wieder seine Wahrheit und seine Würde.«*
Die Welt

V. S. Naipaul

Guerillas
Roman

Econ | **ULLSTEIN** | List

»*Dieses großartige,
variationsreiche, kunstvolle
Buch gehört zu seinen besten.*«
The Independent

Autobiographisch-fiktional setzt V. S. Naipaul im Trinidad der 40er Jahre ein, als er 17 Jahre alt war und darauf brannte, endlich nach England zu kommen, um dort zu studieren. Er lässt den Leser eintreten in einen erzählerischen Reigen, der seinen Lebensweg nachzeichnet und persönliche Erfahrungen mit nationalen und weltgeschichtlichen Ereignissen verbindet. Ein Meisterwerk eines der großen Autoren unserer Zeit.

»*V. S. Naipaul ist ein
bedeutender Schriftsteller
und wahrscheinlich ein
noch bedeutenderer
Nobelpreisträger.*«
Frankfurter Allgemeine Zeitung

V. S. Naipaul

Ein Weg in der Welt
Roman

Econ | **ULLSTEIN** | List